POWER GAMES

L'heure de vérité

TOM CLANCY ET MARTIN GREENBERG
présentent

Tom Clancy

POWER GAMES

L'heure de vérité

ROMAN

Écrit par Jerome Preisler

Traduit de l'américain
par Jean Bonnefoy

ALBIN MICHEL

Ceci est une œuvre de fiction. Les personnages et les situations décrits dans ce livre sont purement imaginaires : toute ressemblance avec des personnages ou des événements existant ou ayant existé ne serait que pure coïncidence.

Édition originale :
TOM CLANCY'S POWER PLAYS : ZERO HOUR
A Berkley Book
Publié avec l'accord de RSE Holdings, Inc.

PREMIÈRE PARTIE

Des feux bleus

1

Ville de New York

Le blizzard prévu pour janvier était arrivé sous la forme d'un gadouilleux mélange de pluie et de neige fondue, au grand dam des présentateurs météo, obligés de réviser leurs prévisions. Mais alors que Sullivan était ravi de les voir annoncer ce que tout individu ayant les yeux en face des trous pouvait constater de visu, il n'avait pas entendu sur l'autoradio de la Jaguar le moindre bulletin signalant l'apparition de plaques de verglas traîtresses.

Jamais rien ne change dans cette ville, songea-t-il. Que la sensation soit due aux intempéries, à une menace terroriste ou à un nouveau spectacle de Broadway. On avait toujours droit à l'inévitable battage publicitaire, aux interminables palabres des prétendus experts des médias, pour déboucher au bout du compte sur quelque chose qui n'avait rien à voir avec l'événement annoncé. À moins d'être un vrai plouc tout juste débarqué d'un car en provenance du Kansas ou de quelque autre région où cerfs et antilopes s'ébattent encore en liberté, on se rendait bien vite compte que leur blabla n'était guère plus qu'un bruit de fond, à peine différent du brouhaha quotidien dans une artère du centre-ville.

Tout ça, on le savait, on le savait pertinemment. Et si on n'était pas idiot, on apprenait à réviser ses attentes, à faire preuve d'un peu de bon sens, et à espérer qu'au prochain virage, on n'allait pas se prendre la chute d'une poutre métallique sur le coin de la tronche.

Tout en faisant de son mieux pour maintenir son adhérence sur la voie express Roosevelt en direction du nord et gagner le haut de Manhattan depuis la 23e Rue Est, Sullivan s'efforçait d'appliquer ces bonnes résolutions au marché qu'il était sur le point de conclure. Malgré son instinct, c'était loin d'être facile. Traquer le deal parfait qui le mettrait enfin à l'abri des soucis financiers. À ce stade, on pouvait parler d'obsession, il n'y voyait aucun inconvénient. Mais son tout dernier coup était assez particulier. Une marchandise unique, un gain substantiel et une excellente opération pour l'acheteur, qui pouvait espérer à son tour une jolie culbute.

Si cela n'était pas synonyme de perfection, on n'en était pas loin.

Le puissant chauffage de la Jaguar soufflait depuis déjà un certain temps et Sullivan quitta d'une main le volant pour ouvrir la fermeture à glissière de son anorak Altaïr — un vêtement hyper-tendance qu'il s'était commandé en Suisse pour une petite fortune. Même s'il se demandait si c'était vraiment le souffle d'air chaud qui le faisait transpirer. Peut-être n'était-ce qu'une légère ivresse. Il imaginait déjà les formidables profits qui seraient générés en bout de chaîne — *chaînes* au pluriel, puisque ses divers produits aboutiraient en des endroits différents. Répandre la richesse, partager son succès... Patrick Sullivan estimait avoir contribué ces derniers mois à bâtir toute une économie alternative ; on pouvait le qualifier de capitaliste entreprenant. Et son tout dernier article — contrairement à la tempête de neige — devrait répondre aux attentes placées en lui. L'aurait-il voulu qu'il n'aurait pu minimiser sa valeur unique.

L'enjeu de ce soir allait être de rompre des liens, songea Sullivan. De privilégier le développement personnel, et de faire ainsi un pas de géant pour assurer son avenir. Et, incidemment, il pourrait dans la foulée rendre un fier service à la planète. Au bout du compte, Hassul le Vampire se retrouverait le grand perdant dans l'affaire — ce pitre grotesque et sa bande de rôdeurs nocturnes allaient bientôt avoir du mal à trouver de l'aide ou de la sympathie.

Mais Sullivan refusait de se laisser distraire par ces brillantes perspectives. Si cela devait le faire passer pour un égoïste, tant pis. Il s'enorgueillissait d'être un homme d'affaires solide, un fournisseur sérieux. Tous ses clients avaient toujours été satisfaits. Les gens qui comptaient sur lui pouvaient dormir tranquilles. Il remplissait ses engagements financiers, s'occupait des siens, et dans le même temps assurait ses arrières. Un homme devait savoir en mettre de côté, il n'y avait rien là de répréhensible. Sullivan estimait qu'il se débrouillait bien — mieux que bien — tout en restant conscient que d'aucuns le jugeraient selon des critères aussi irréalistes qu'hypocrites qu'ils n'oseraient même pas s'appliquer à eux-mêmes.

Sullivan regarda le panneau routier qui venait de surgir devant lui et fut quelque peu surpris de découvrir qu'il était presque arrivé à la hauteur de la sortie sur la 96e Rue Est. L'heure d'affluence était passée depuis longtemps, et avec ce temps pourri, la circulation était restée clairsemée, si bien que son trajet avait été plus court que prévu, malgré la chaussée glissante qui l'avait obligé à rouler bien au-dessous de la vitesse limite de soixante kilomètres-heure. La plupart des autres véhicules empruntant la voie express étaient des taxis allant à La Guardia cueillir des clients, mais vu la météo, entre retards et annulations, ce devait être la pagaille à l'aéroport et tous ces pauvres bougres risquaient de dépenser leur essence pour pas grand-chose.

À l'approche de la 103e Rue, Sullivan leva les yeux vers la passerelle qui desservait l'île Randalls, dans l'espoir de voir une silhouette solitaire traverser l'esplanade, mais l'escalier d'accès comme le tablier étaient déserts. Ce détail anecdotique mis de côté, il poursuivit sa route sur environ quatre cents mètres encore, puis se déporta sur la gauche avant la fourche pour s'engager au-delà de la voie sur berge qui longeait Harlem. Laissant sur sa droite, sur la rive opposée, les usines et les entrepôts du Queens, il obliqua vers la voie d'accès au pont de Triboro, appuyant sur la pédale de frein pour gravir à une allure d'escargot la longue rampe circulaire.

Parvenu sur le tablier, Sullivan découvrit que le pont était aussi désert que la voie express qu'il venait de quitter. Au poste de péage, il obliqua vers la barrière réservée exclusivement au paiement par pièces et s'arrêta pour s'acquitter du montant auprès du flic de l'autoroute dont le discret coup d'œil provoqua chez lui un bref réflexe de paranoïa. Il se souvenait d'un temps où les barrières de péage étaient tenues par de simples employés et il ne s'était toujours pas vraiment habitué aux mesures de sécurité renforcées qui avaient transformé les ponts et tunnels d'accès à New York en véritables postes fortifiés de contrôle. Désormais, on avait l'impression qu'il était impossible de passer d'un faubourg à un autre sans l'aval d'une garde policière armée jusqu'aux dents. Bienvenue dans le nouveau millénaire.

La barrière se souleva et Sullivan redémarra pour se fondre dans les files de circulation qui redescendaient sur l'autre rive vers la rampe de sortie desservant les îles Randalls et Wards ; il ralentit momentanément, le temps de passer en pleins phares pour percer l'obscurité au bas de la rampe. La neige fondue crépitait sur le toit et le pare-brise de la Jaguar. Des détritus volaient sur l'étroite bande de bitume, poussés par les rafales en petits tas informes contre les pylônes du pont de chemin de fer sur sa gauche.

Sullivan reprit la route, longeant au ralenti le vieux stade de Downing. Ses phares se reflétaient sur les panneaux réfléchissants signalant l'école de formation des pompiers de New York, une clinique de désintoxication et un centre psychiatrique d'État à sécurité renforcée, dont les bâtiments lugubres s'étendaient derrière une menaçante clôture grillagée haute de quinze mètres et surmontée de fil rasoir. Après un brusque virage à gauche il déboucha sur une voie d'accès qui passait devant l'usine de traitement des eaux usées du service des égouts, installée à la lisière orientale de l'île ; on y voyait des bennes à ordures, des cabines Algeco et d'énormes bennes en acier entassées derrière une autre clôture barbelée.

Au bout de quelques minutes, la voie d'accès franchissait le chenal envasé qui s'enfonçait comme un doigt en cul-de-sac dans l'île Wards. Là, une troisième clôture, haute celle-ci de trois mètres tout au plus, délimitait un jardin public aujourd'hui à l'abandon, aménagé le long de la berge. La grille d'entrée avait été entièrement arrachée de ses gonds et reposait au sol, près d'une ouverture bien assez large pour laisser passer la Jag.

Sullivan ignora la pancarte ACCÈS INTERDIT À TOUT VÉHICULE PAR DÉCISION DE POLICE fixée au sommet de la grille et s'engagea dans l'enclos.

Il emprunta la série de sentiers pavés qui descendaient en lacets jusqu'à la berge, ses phares glissant sur les herbes rabougries en révélant des plaques de glace toute fraîche au pied des arbres et des bancs de bois. Droit devant lui, dans l'ombre, un abri de jardinier en béton flanqué de toilettes publiques se dressait à peu près à l'endroit où le sentier devenait trop étroit pour sa voiture. Il immobilisa celle-ci dans la pente, quelques mètres avant l'édicule trapu, puis se carra dans son fauteuil, laissant les phares et les essuie-glaces allumés, le moteur de la Jag tournant toujours pour que le chauffage continue de fonctionner. Nonobstant son coûteux anorak, il avait décrété que la moiteur sous ses bras ne pouvait être due qu'au stress.

Sullivan attendit, fixant l'obscurité. Il ne vit pas âme qui vive à proximité du bâtiment et jeta un coup d'œil au cadran éclairé de la pendulette de bord. Onze heures moins le quart ; il était arrivé pile-poil à son rendez-vous. S'il devait se fier à son expérience, son homme allait apparaître. Malgré tout, Sullivan éprouvait une sorte d'irritation. Ayant déjà dû s'arracher au délicieux confort de l'appartement de Chelsea pour affronter ce vent et ce froid épouvantables sur cette île pourrie, ce n'était pas tant l'attente qui le contrariait. Il était là, et bien là. D'autres choses avaient plus d'importance. Ou auraient dû en avoir, en tout cas.

Plusieurs minutes s'écoulèrent au ralenti. Le vent continuait de souffler du fleuve en rafales qui contournaient la voiture en hurlant, criblant le toit et les vitres de neige fondue. Les branches dénudées oscillaient sous la violence du blizzard. Sullivan s'enfonça dans son siège et songea à la mallette posée à l'arrière. Il avait pris de sérieux risques pour apporter la précieuse marchandise. Comme d'habitude, il avait accepté le lieu et l'heure choisis par l'acheteur. Non, décida-t-il, son impatience n'avait rien d'injustifié. Il était quand même en droit d'exiger en retour un peu du respect et de la considération que lui-même accordait…

Un bref coup sec contre la vitre droite du passager le tira brutalement de ses réflexions. Il se redressa avec un hoquet surpris puis se retourna pour jeter un œil, à l'instant même où un poing ganté de noir martelait à nouveau la vitre.

L'homme dehors était grand, mince et vêtu d'un de ces longs manteaux de cuir australiens qui descendait à mi-mollet comme une cape. Ses cheveux bruns coiffés en arrière étaient trempés, le parapluie ouvert n'offrant qu'une protection limitée contre le crachin tombant de biais.

Sullivan poussa un soupir. Son acheteur était toujours égal à lui-même : surgissant de nulle part, s'approchant de sa portière sans un bruit, à croire qu'il avait du sang de chat dans les veines.

Ayant débloqué la portière droite à l'aide de sa commande centralisée, Sullivan se pencha par-dessus le siège pour saisir la poignée de la mallette et l'entrouvrir.

« Lathrop, dit-il simplement. Vous feriez mieux de monter. »

« Je poireaute ici depuis un bout de temps, observa Sullivan.

— C'est vrai ?

— Oui. Et sous ce putain d'orage. C'est pas un truc que j'apprécie trop. »

Lathrop se tourna vers lui pour le jauger.

« La journée a été dure, au bureau ?

— Je suis sérieux.

— Je sais, rétorqua Lathrop. J'essaie simplement de comprendre pourquoi vous êtes si irritable. Je me suis dit que vous deviez être fatigué, mais avec ce nouveau blouson vachement classe, c'est pas flagrant. »

Sullivan n'était vraiment pas d'humeur à plaisanter.

« Je vous l'ai dit, ce n'est pas une blague...

— Je parie que les femmes adorent votre air jeune et athlétique. »

Sullivan ravala sa frustration. Il ne savait pas trop comment prendre cette remarque ou, plus exactement, ce que Lathrop savait au juste sur lui. Mais ses paroles avaient le don de lui porter sur les nerfs.

« Écoutez, c'était juste une remarque en passant, poursuivit-il. Concentrons-nous sur ce qui est important. »

Lathrop acquiesça. « Tout à fait. »

Sullivan se tut. Après quelques instants, il émit un grognement sourd, s'avança pour allumer le plafonnier. Puis, s'étant replacé au volant, il sortit de sa poche intérieure de veston un écrin plat de Skaï noir qu'il déposa avec précaution sur l'accoudoir central entre Lathrop et lui.

« Tenez. » Sullivan actionna les verrous magnétiques qui fermaient le couvercle et le souleva. « Vérifiez par vous-même. »

Lathrop se pencha au-dessus de l'écrin pour en examiner le contenu.

« Ce brillant, au milieu, est rudement sexy, non ? commenta Sullivan. Allez-y, prenez-le, vous constaterez par vous-même. »

Sans retirer ses gants, Lathrop tendit la main vers la gemme. Il tenait une petite loupe. Il porta l'instrument à son œil et examina longuement la pierre en la faisant tourner sous le plafonnier.

« Joli, constata-t-il. Très joli. »

Sullivan acquiesça.

« S'il y avait un peu plus de lumière, vous seriez encore plus impressionné. Les pierres de trois carats, on en retire en général entre quinze et vingt mille pièce. Je veux dire, à la Bourse, ou n'importe où ailleurs, peu importe en fait. Mais le caillou que vous avez dans les mains a une taille et un poids exceptionnels. Et regardez un peu ce feu, cet éclat. Quand je dis sexy, je devrais dire bandant. Un quinze carats du Cachemire, pureté maximale, va chercher dans les...

— Je sais combien. À condition que je puisse présenter les certificats.

— Il est de la même qualité que toutes les autres pierres que vous avez eues par moi. Envoyez-le à l'AGL pour qu'ils l'évaluent. Ou au labo de Gubelin, en Suisse. Je vous laisse le choix. Les experts pourront pratiquer dessus leurs tests habituels. Je vous garantis qu'il passera l'épreuve haut la main. »

Lathrop acheva son inspection, remit la pierre dans son compartiment tapissé de mousse, rempocha sa loupe.

« Une main gantée de bleu… non ? »

Sullivan accueillit le jeu de mots d'un sourire un peu las. Son irritation semblait s'être en partie dissipée.

« Ouais. Bien vu. »

Silence. Lathrop le regarda. La pluie dégoulinait toujours de ses cheveux bruns gominés, une petite flaque d'humidité s'étalait sous la pointe du parapluie plié niché entre ses jambes.

« Combien demandez-vous pour l'ensemble ? »

Sullivan hésita un instant. Il avait été un commercial toute sa vie durant et, d'ordinaire, il n'était pas du genre hyper-anxieux. Mais ce soir, il était moins sûr de lui.

« Je m'étais dit qu'il serait logique de faire un blot, de convenir d'un prix d'ensemble…

— Peut-être, ou peut-être pas, coupa Lathrop. Je sais que je peux placer les pierres. Prendre le reste est par contre un pari coûteux malgré vos affirmations. »

Sullivan hocha la tête.

« Je ne suis pas un type qui raconte des histoires. Ce que j'ai obtenu de la Libellule… je pourrais vous énumérer la liste des parties intéressées. À commencer par notre propre pays, les États-Unis… regardez plutôt ce qu'ils mijotent depuis quelque temps à Los Alamos. Ou dans ce laboratoire des montagnes de Californie… Livermore, je crois. Vous iriez présenter ça à notre putain de gouvernement, vous ramasseriez un paquet. Et je ne parle pas des boîtes privées, merde, elles feraient n'importe quoi pour mettre la main dessus. Tenez, rien que cette multinationale allemande. UpLink International en est un autre exemple. Pétés de fric, ils sont, croyez-en mon expérience personnelle. Si vous avez besoin d'un peu plus de choix, je pourrais vous en citer une douzaine, là, au débotté. »

Lathrop s'abstint de répondre. Il s'était brusquement tourné vers le pare-brise pour regarder dehors, l'air lointain, la tête un peu penchée, la bouche entrouverte, le coin de la lèvre supérieure relevé comme en une esquisse de grimace. Sullivan avait déjà noté ces manies sans pouvoir en définir le sens... mais elles renforçaient toujours cette impression que l'homme avait en lui quelque chose de félin. Comme s'il humait l'air, toute son attention mobilisée par une piste que nul autre ne pouvait détecter.

« Ces fameuses parties intéressées », reprit Lathrop après quelques secondes. Sa voix était devenue un peu lointaine, comme son expression. « Pourquoi ne pas le leur porter vous-même, court-circuiter les intermédiaires ?

— Mauvais plan, commenta Sullivan avec un hochement de tête. Je sais jusqu'où je peux tirer avantage de ma position. » Il haussa les épaules. « Tout est une question de niveau de confiance. »

Lathrop continuait à regarder à travers le pare-brise couvert de givre, en direction de la masse noire et brouillée des eaux.

« Vous avez tout amené ?

— Dans la mallette, confirma Sullivan en indiquant d'un signe de tête la banquette arrière. Tout y est, excepté les clés.

— Donc, votre niveau de confiance ne vous permet pas de me confier le tout dès ce soir.

— Allez, dit Sullivan. En l'état, vous aurez déjà les brillants. Ce devrait être pleinement satisfaisant, non ? »

Lathrop se tourna vers lui. « Quel est votre prix ?

— Cinq cent mille, tout compris. Vous virez la moitié de la somme sur le compte habituel. Je confirme le paiement, et vous envoie aussitôt les clés. Ensuite, vous me transférez le solde et nous sommes quittes. »

Une pause. Lathrop s'étira avant de tendre la main par-dessus l'accoudoir.

« D'accord, marché conclu. *Mazel* et *broche.*

Sullivan ne put retenir un nouveau sourire.

« Est-ce l'expression qu'ils utilisent ? » s'enquit-il en acceptant la poignée de main.

Lathrop le confirma. « Chance et bénédiction. C'est la formule consacrée. Un sceau qui lie les parties aussi solidement qu'un contrat écrit. »

Sullivan se sentait fort content de lui.

« Puissiez-vous vivre aussi longtemps que vous le désirez, et ne jamais être dans le besoin aussi longtemps que vous vivrez, précisa-t-il. C'est ainsi que l'auraient formulé mes ancêtres irlandais. »

Lathrop demeura sans rien dire, continuant de secouer la main de Sullivan, toujours serrée dans la sienne…

Et puis, tout soudain, il arrêta de la secouer pour renforcer son étreinte.

Sullivan arqua les sourcils, perplexe, voulut se libérer, se rendit compte qu'il ne pouvait pas. Lathrop ne voulait pas lâcher prise. Il continuait de lui tenir la main, sans cesser de le fixer droit dans les yeux.

Le sourire de Sullivan se mua en grimace de douleur. Il chercha de nouveau à se dégager. En vain. La main de Lathrop était comme un étau qui lui écrasait douloureusement les phalanges.

« Hé, fit Sullivan. À quoi ça rime ? Vous êtes... »

Un coup d'œil au pistolet que Lathrop venait de sortir de sa poche gauche de pardessus le fit taire. Un calibre 45 automatique à canon long dont l'embouchure venait de s'enfoncer dans la chair tendre sous son oreille.

« Ouvre la portière et descends de voiture, ordonna Lathrop.

— Je ne comprends pas...

— Je t'ai dit de descendre, répéta Lathrop. T'essaies de te barrer, je te descends sur place. T'as un problème pour obéir ? »

Sullivan déglutit, sentit la pression de l'arme contre sa joue.

« Non, fit-il. Non, aucun. »

Lathrop lui sourit.

« Bon plan », railla-t-il.

Sullivan comprit qu'il s'était embringué dans une arnaque aux proportions monumentales et il ne pouvait qu'espérer en avoir vu le pire, et prier le ciel que cela n'aille pas plus loin. Bon Dieu, comment avait-il pu se montrer aussi négligent et stupide ?

Il se trouvait dans l'obscurité de la cabane de jardinier dans laquelle Lathrop l'avait conduit sous la menace de son arme, le dos plaqué contre un mur de béton couvert de graffitis, les pieds enfouis sous une épaisse couche d'emballages froissés, de canettes écrasées, de vieilles seringues, d'ampoules de crack et autres immondices abandonnés au long des décennies par toute une cohorte dépenaillée de drogués et de clochards avinés. Il en avait la nausée, submergé qu'il était par la terreur et par l'épouvantable puanteur des lieux.

Lathrop, pour sa part, ne semblait pas affecté par cet environnement sinistre. Il faisait face à Sullivan en silence, une petite torche électrique dans une main, le calibre 45 toujours braqué sur lui dans l'autre. Sa haute silhouette se dessinait à contre-jour devant la porte entrouverte de la cabane.

« Je ne vois pas pourquoi vous voulez faire ça, objecta Sullivan. J'ai toujours été réglo avec vous. Si vous avez une plainte à formuler pour ce qui concerne l'argent ou mes conditions, on peut arranger ça.

— Faux, coupa doucement Lathrop. On peut pas. »

Une nouvelle vague de nausée remonta dans la gorge de Sullivan. L'idée lui vint de rappeler à Lathrop les clés de la Libellule mais il se rendit soudain compte que ce serait une terrible gaffe et il ravala prestement sa proposition. Si Lathrop avait oublié les clés, ou s'il croyait ne pas en avoir besoin, alors tant mieux. Il apprendrait. Et peut-être qu'alors Sullivan pourrait en tirer parti pour mieux faire pression sur lui.

« Je ne vais pas chercher à vous faire changer d'avis, dit-il enfin, de guerre lasse. Prenez tout ce que vous voulez. Évitez simplement… enfin, ce serait une erreur de vous laisser emporter.

— Oh ? fit Lathrop en se rapprochant, l'arme toujours brandie. Continue, Sullivan. C'est toi, le commerçant. Fourgue-moi ton idée. »

Sullivan s'entendait respirer tandis qu'il cherchait à se reprendre et surtout à contenir sa nausée.

« Ce n'est pas comme si je pouvais vous faire du mal, dit-il en déglutissant. Genre filer prévenir la police. On sort de cette décharge, chacun repart de son côté, et c'est marre…

— Je ne suis pas venu en voiture.

— Peu importe. » Crispé, Sullivan fixait Lathrop dans le pâle faisceau de la torche. « Tout ce que je dis, c'est que vous n'avez pas à craindre que je vous cause des problèmes pour…

— Tu sais pertinemment que je ne viens jamais en voiture à ces rendez-vous, rétorqua Lathrop avec une insistance un peu lasse. Tu m'as observé. Lors de notre dernière rencontre, par exemple. »

Sullivan plissa les paupières. Il sentit un froid pénétrant qui n'avait rien à voir avec la température ambiante, et se souvint que moins d'une demi-heure auparavant, l'inquiétude lui donnait des suées.

« Cela n'a rien à… »

Froncement de sourcils désapprobateur de Lathrop, qui avança d'un pas encore, et lui enfonça le canon de son arme entre les côtes.

« À d'autres. » Il rajusta sa torche dont le faisceau accentua les creux de son visage. « Tu as quitté la voie express à la hauteur du croisement entre la 111e Rue et la Première Avenue, et tu as laissé ta voiture à l'entrée du parc. Puis tu as traversé les terrains de basket, emprunté la passerelle pour rejoindre la berge, puis gagné cette jetée, quatre pâtés de maisons plus bas. T'as dû te dire que tu pouvais attendre tapi dans l'ombre pour me surveiller sans être repéré. Une fois que tu m'as vu emprunter la passerelle pour gagner l'île, tu es retourné prendre ta voiture et traverser le pont. »

Une rafale un peu plus forte entrouvrit un peu plus la porte et Sullivan entendit la neige fondue crépiter sur le béton du sol de la cabane. La température sur l'île était descendue en dessous de zéro, cristallisant les gouttes de pluie qui se mêlaient à l'averse glaciale portée par le vent du large.

« Très bien », concéda Sullivan. Son cœur battait la chamade. « Je ne vais pas vous raconter d'histoire. Je ne vais pas nier ce que j'ai fait. Mais je n'avais pas l'intention de vous doubler ou quoi que ce soit... Je prenais juste mes précautions. Pour surveiller mes arrières. Vous devriez être le premier à le comprendre...

— Certes, concéda Lathrop. Le problème, c'est que tu es un peu trop nerveux, Sullivan. Et ça, je ne peux pas me le permettre. »

Sullivan entendit le déclic du chien du calibre 45, son corps en perçut la vibration, et il fixa Lathrop, en proie à une terreur impuissante. « Mon Dieu, je vous en supplie, qu'est-ce que vous faites... ?

— Je prends mes précautions », dit Lathrop avant de l'abattre, à bout touchant, de deux balles en pleine poitrine.

Lathrop reprit son souffle en contemplant le fleuve, dont les vaguelettes huileuses et noires éclaboussaient la pointe de ses bottes en caoutchouc. Il avait traîné depuis la cabane le baril métallique contenant le corps de Sullivan jusqu'au bas de la colline pour le balancer dans ces eaux où la pègre irlandaise de la ville avait depuis des générations fait disparaître ses cadavres indésirables — et cet Irlandais-ci n'avait pas été un modèle non plus.

Il regarda le courant emporter prestement son fardeau vers le chenal Manhattan-Queens du pont de Triboro, puis glisser sous les énormes piles à demi submergées avant de s'évanouir dans les turbulences nocturnes. Il apercevait les guirlandes lumineuses des câbles de suspension qui scintillaient doucement au travers des ondées. D'autres lumières, plus brillantes, aux fenêtres des HLM sur la berge proche, côté Manhattan et, un peu plus au sud, à celles des résidences huppées… toutes ces fenêtres illuminées qui escaladaient le ciel noir en hautes rangées égales.

Lathrop se prit à souhaiter pouvoir braquer une lunette vers toutes ces vitres lointaines et lorgner dans chaque pièce de chacun de ces appartements. D'ici, au cœur de la nuit, sur la berge du fleuve, il explorerait les secrets obscènes des existences qui se déroulaient à l'intérieur, sonderait leurs intimités, leurs appétits, leurs perversions cachées.

Bien sûr, songea-t-il, jouer avec des secrets pouvait occasionner une dangereuse dépendance. De celles qui pouvaient vous tuer un homme s'il n'avait pas le savoir-faire et la constitution pour s'y frotter.

Lathrop demeura quelques minutes encore sur la berge, à contempler, songeur, les lumières de la ville sur la rive opposée. Puis il se retourna pour gravir la pente et rejoindre la Jaguar, conscient d'avoir encore une ultime tâche à accomplir avant que la nuit ne soit achevée.

Il était presque deux heures du matin quand Lathrop gara la Jaguar contre le trottoir devant l'école primaire de la 75e Rue Est, un mètre ou deux en retrait du panneau INTERDIT DE STATIONNER posé devant l'entrée.

Il coupa le moteur, mit les clés dans sa poche, inspecta l'habitacle pour s'assurer de l'absence de tout indice visible avant de s'estimer satisfait du résultat. Puis il se pencha par-dessus la banquette pour récupérer la serviette de Sullivan, tapota l'écrin bien planqué dans sa poche intérieure de pardessus, descendit et ferma derrière lui la portière, côté conducteur.

La transition entre neige fondue et véritable blizzard s'était finalement produite au-dessus du fleuve, au retour vers Manhattan, et Lathrop sentait à présent de gros grêlons crépiter sur son parapluie alors qu'il levait les yeux vers le panneau INTERDIT DE STATIONNER. Il était précisé que les contrevenants se verraient soumis à une amende et que leur véhicule serait conduit en fourrière les jours d'école, ce qui expliquait l'absence de toute autre voiture garée sur ce côté de la chaussée.

Quand les camions de la fourrière passeraient pour la première fois aux alentours de sept heures du matin, leurs chauffeurs auraient tôt fait de repérer une luxueuse berline britannique qu'ils auraient été bien en peine de se payer avec leur maigre salaire, ils se diraient qu'elle devait appartenir à quelque richard de l'Upper East Side qui se croyait au-dessus des lois et s'empresseraient de chausser leurs bottes pour conduire le véhicule à la fourrière à l'autre bout de la ville — la rancune et l'envie étant deux des plus agréables stimulants que Lathrop avait découverts dans le grand sac de bonbons de la vie. La Jag irait moisir dans cette fourrière municipale au milieu de centaines d'autres véhicules jusqu'à ce que quelqu'un remarque sa disparition et décide de se coltiner le parcours du combattant nécessaire pour la retrouver et la récupérer. Lathrop soupçonnait que cela n'allait pas arriver avant plusieurs jours, voire plusieurs semaines, or un délai de quarante-huit heures lui suffisait amplement.

Malgré tout, il n'était pas près de se reposer. Il avait encore des dispositions à prendre, et même si ces dernières allaient dépendre de circonstances qu'il ne connaissait pas encore — et des occasions qui pourraient survenir en fonction de celles-ci —, il n'était jamais trop tôt pour commencer.

Tenant la serviette d'une main, Lathrop releva son col, courba la tête sous son parapluie et traversa d'un pas vif la rue déserte sous la grêle et le vent cinglant.

2

Ville de New York / Vallée de l'Hudson

« Cela fait près d'une semaine que mon mari a disparu », dit-elle.

Lenny Reisenberg regarda la femme assise de l'autre côté de son bureau et se dit que ce n'était pas franchement un scoop. Il était au courant de l'affaire depuis que les inspecteurs de police du comté de Nassau étaient passés le voir quelques jours plus tôt pour ce qu'il avaient qualifié de conversation informelle.

« Ils m'ont dit que vous pourriez être la dernière personne à l'avoir vu, poursuivit-elle. Que vous êtes la dernière personne qu'il est censé avoir rencontrée… »

Ça aussi, Lenny l'avait appris par les inspecteurs. Son repas d'affaires avec Patrick Sullivan l'après-midi de sa disparition avait été son ultime rendez-vous… ou du moins, le dernier que Sullivan avait inscrit dans l'agenda de son ordinateur de bureau pour ce jour précis. Et de fait, les deux hommes s'étaient retrouvés en fin d'après-midi dans un restaurant de cuisine sudiste traditionnelle, situé près de l'immeuble Flatiron, à quelques rues de là, leur goût commun pour les patates douces frites et le pain de maïs — deux spécialités maison — en ayant fait un lieu de prédilection pour se rencontrer.

« Je suis désolée de vous importuner mais je me demande… j'espérais que vous pourriez me dire comment Pat vous avait semblé lors de votre rendez-vous, poursuivit Mme Sullivan. Si son comportement indiquait quoi que ce soit… d'anormal. Ou s'il vous avait suggéré où il devait se rendre ensuite. Enfin, tout ce que vous auriez pu remarquer. » Elle se racla la gorge. « Il faut absolument que je découvre ce qui a pu lui arriver. »

Lenny se fit la réflexion que les inspecteurs étaient passés le voir en gros pour les mêmes raisons. Mais leur intérêt était d'une sécheresse toute professionnelle, leurs questions posées avec une neutralité courtoise. Et il se dit que c'était bien compréhensible : ils avaient eu leur content d'hommes mariés partis en goguette pour une durée indéterminée. Lenny avait eu l'impression qu'ils pensaient que l'affaire se réglerait toute seule un beau jour, avec monsieur se pointant à la porte du domicile conjugal, ébouriffé, mal rasé, un pan de chemise coincé dans la braguette, et la carte de visite qu'on lui avait tendue avec un clin d'œil au Mustang Ranch, quelque part sur la route du Nevada, dépassant encore de sa poche revolver.

L'épouse de Patrick Sullivan avait manifestement un autre point de vue. Elle était venue le voir, submergée par l'anxiété et le désespoir. C'était de son époux qu'elle parlait, pas d'un cas anonyme assigné dans l'indifférence par un commissaire divisionnaire.

C'était son époux qui avait disparu.

Et depuis près d'une semaine à présent…

Lenny aurait voulu pouvoir lui dire quelque chose d'utile.

Il continuait de dévisager Mary Sullivan dans le calme de son bureau, sa tasse de café, toujours intacte, devant lui. On ne risquait pas de la confondre avec une de ses jeunes collègues tendance qui travaillaient au dernier étage du service régional d'expéditions d'UpLink International. Ces dernières étaient toujours au fait de la dernière mode chez les cadres sup. Elle n'aurait en revanche pas détonné à un poste de réceptionniste ou dans un des cagibis des étages inférieurs où il avait décroché son premier poste dans l'entreprise et peut-être sa dernière chance de devenir quelqu'un, vingt ans plus tôt. C'est qu'il était un sacré numéro en ce temps-là. Un boursier qui avait réussi l'exploit de se faire virer de la fac dès le premier semestre. Un jeune homme désœuvré, sans autre plan de carrière que de gagner de quoi payer le loyer du mois suivant… sans chercher plus loin.

Pur produit de Brooklyn, Lenny s'était bien vite trouvé en terrain familier en remarquant le style de vêtements de Mme Sullivan, confirmant ce qu'il avait déjà perçu clairement à son élocution. La quarantaine bien sonnée, peut-être déjà quinquagénaire, elle avait des cheveux blond roux un peu trop laqués et apprêtés pour faire classe, des traits un peu trop fades pour être jolie, et une silhouette un peu trop épaisse autour de la taille, des hanches et des cuisses pour paraître bien proportionnée aux yeux de la majorité des hommes. Tout dans son apparence confortait cette image. Trop de ceci, trop de cela. Un maquillage un peu trop appuyé. Un parfum lourd et entêtant, sans la subtilité qu'ont les plus coûteuses fragrances. Elle avait certes les ongles manucurés mais ils étaient plus longs et un peu plus vernis que n'auraient pu l'imaginer dans leurs pires cauchemars les femmes de l'autre rive, côté Manhattan. De même, le col roulé émeraude et le foulard assorti étaient un peu plus voyants qu'il n'eût convenu, et quelque part Lenny trouvait cela dommage. Censés souligner des yeux dont le vert était la marque indubitable d'un ADN irlandais, ils avaient exactement l'effet opposé, focalisant toute l'attention au détriment de ce qu'elle avait de plus beau. Et alors que tous ses vêtements étaient sans doute griffés, ils étaient de milieu de gamme, achetés dans quelque solderie d'une galerie marchande — TJ Maxx plutôt que Bloomingdale.

Lenny se remémora ses souliers à talon plat, au moment où sa secrétaire l'avait fait entrer dans son bureau. L'empeigne était en cuir de qualité correcte mais les semelles étaient en caoutchouc, sans doute synthétique. Et, détail significatif, ce n'étaient pas des bottes. L'hiver, les femmes de Manhattan portaient des bottes. Une mode dictée par l'aspect pratique : ayant en général le privilège de pouvoir effectuer leurs déplacements à pied — et elles ne s'en privaient pas —, les bottes leur permettaient de garder les pieds au chaud et au sec. Quand les femmes venues des quartiers périphériques devaient effectuer le parcours debout dans des rames de métro bondées.

De quelle banlieue venait-elle ? Bensonhurst ou peut-être Bay Ridge. Un de ces quartiers de maisons identiques alignées sur la Septième ou la Huitième Avenue, aurait parié Lenny. Peut-être pas si loin finalement du berceau miteux de ses propres origines. La preuve était là, affleurant à la surface. Lenny imaginait des parents ouvriers, un appartement sinistre empestant le désodorisant bon marché, avec des chromos de la Vierge encadrés pour cacher les plaques de peinture écaillée sur les murs. Une chambre minuscule, qu'elle partageait avec une demi-douzaine de frères et sœurs entassés dans des lits superposés. Cinq jours par semaine, elle descendait un perron aux marches de marbre éraflé pour gagner l'arrêt de bus, dans son uniforme d'élève de l'école catholique, corsage blanc et robe plissée écossaise.

Lenny saisissait l'essence même de Mary Sullivan, il avait presque l'impression d'avoir déjà plongé son regard dans ces yeux verts si tristes. Ce qui lui rendait d'autant plus pénible la tâche de devoir fatalement la décevoir encore.

« Je repense à mon déjeuner avec Pat, et je n'en retiens rien de particulier, était-il à présent en train de dire. En général, j'aborde d'emblée les questions professionnelles, avant de discuter de choses et d'autres. Un peu l'inverse de la majorité des gens…

— Vous voulez vous détendre, observa Mary Sullivan d'une voix douce. Pouvoir profiter de votre repas. »

Lenny acquiesça.

« Sinon, autant rester au bureau et avaler vite fait un sandwich au beurre de cacahuète », renchérit-il.

Elle resta silencieuse.

« J'ignore si vous êtes familiarisée avec l'aspect technique du travail de Pat, mais sa société fournit ce qui se fait de mieux sur le marché en matière de fibres et de galettes de silicium, indiqua Lenny. UpLink en utilise de grandes quantités.

— Pour les liaisons en fibres optiques, c'est ça ?

— Tout ce qui est en rapport avec les lasers, précisa Lenny. Dont les fibres optiques, en effet. »

Mme Sullivan lui adressa un sourire forcé.

« Ne m'en demandez pas plus… Je ne serai jamais un Einstein en jupon, mais j'essaie d'apprendre, peu à peu.

— C'est déjà mieux que la majorité des gens, observa Lenny. Quoi qu'il en soit, l'entreprise de votre mari a une cargaison entière qui doit nous arriver de l'étranger… du Pakistan, si vous voulez tout savoir… et nous devions aplanir un certain nombre de questions liées au passage en douane. Je crois bien qu'on était déjà passés à la conversation personnelle quand on nous a enfin servis. On a parlé de sport, des mômes, enfin, les sujets habituels… Pat m'a dit que votre petite Andrea se débrouillait très bien à l'école…

— Donna, vous voulez dire.

— Oh, j'aurais pourtant juré… auriez-vous d'autres enf…

— Non, rien qu'elle. Elle s'appelle en réalité Donna Ane, c'est peut-être ce qui explique votre confusion.

— Oh.

— Mais ce serait bien le genre de Pat de se vanter à l'avance. Donna vient juste d'être admise en cours d'année à Reed et n'a commencé que la semaine dernière. »

Lenny essaya de cacher son embarras. Non content d'avoir massacré son nom, il s'était persuadé que la fille de Sullivan était à l'école primaire… Et peut-être âgée de sept ou huit ans, maximum.

« Ma foi, Pat m'a dit effectivement qu'il était ravi de ses résultats, insista-t-il. Et de pas mal d'autres choses, aussi. Son boulot… Je crois qu'un certain nombre de rapports récents l'avaient enthousiasmé. » Lenny marqua un temps. « Je me rappelle également qu'on a parlé de hockey… Je n'ai pas besoin de vous dire que c'est un supporter des Islanders.

— Non, en effet », confirma Mme Sullivan. Là encore, ce sourire pâle et sans joie. « Pas besoin. »

Lenny resta quelques instants silencieux, se creusant les méninges.

« Il y avait un match au Coliseum, ce soir-là, reprit-il. Votre mari m'a dit qu'il allait rester en ville pour le regarder, dans un bar équipé de vidéo. Les écrans géants, vous savez. » Nouvelle pause. « Votre maison à Long Island… c'est bien vers le bout du comté de Nassau, n'est-ce pas ? »

Signe de tête affirmatif.

« Glen Cove. Mais c'est une résidence pour les cadres de l'entreprise. Nous avons vendu notre ancienne maison l'été dernier et acheté un terrain à Amity Harbor pour construire plus grand. Le chantier a pris du retard, alors les employeurs de Pat ont accepté de nous loger provisoirement dans une de leurs résidences jusqu'à la fin des travaux. »

Lenny faillit lâcher un soupir de soulagement en constatant qu'enfin les choses se goupillaient à peu près bien ce coup-ci, même s'il n'avait pas souvenance que Sullivan lui ait touché mot de ce déménagement.

« Pat m'a évoqué ses déplacements en train de banlieue, reprit-il. Quand il m'a dit qu'il ne rentrait pas directement chez lui, je l'ai un peu charrié, en lui faisant remarquer qu'il devait être un vrai supporter qui s'ignorait. À cause de la météo, bien sûr. Toute la semaine, la ville avait paniqué en prévision du blizzard censé se diriger vers nous et puis, voilà qu'on nous annonce qu'il ne fera même pas assez froid pour avoir deux centimètres de neige. Mais il faisait quand même un temps de chien et on pouvait craindre que les rails seraient verglacés et que son retour dans l'île risquait d'être problématique. Alors je lui ai proposé plutôt d'assouvir sa passion du hockey devant le téléviseur du salon. » Lenny haussa les épaules. « Je me souviens qu'il m'a répondu qu'il ne pouvait pas. Il avait ce rendez-vous avec son ami…

— Tony DeSanto, confirma Mary Sullivan, avec un nouveau hochement de tête. Depuis tout mômes, ils sont comme deux frères, et ils ont toujours eu l'habitude d'aller ensemble voir des matches. Tous les mercredis, sans faute, à longueur d'année. Ce sont des mordus de sport. L'hiver, c'est le hockey. Les Isles contre les Rangers — qui va gagner, on dirait que leur vie en dépend. Puis vient le printemps et ils vont voir les Mets au Shea Stadium. Ensuite, c'est la saison du foot. Les Giants. Sans faute. » Son ample poitrine s'élevait et retombait tandis qu'elle s'efforçait de contenir son émotion. « Tony habite au centre, près d'Union Square. De temps en temps… s'il y a une tempête de neige comme l'autre soir, ou si la partie se prolonge, enfin, vous voyez… Peter reste coucher chez lui… »

Mme Sullivan laissa la phrase en suspens, ses yeux s'emplirent de larmes et elle fourragea dans son sac à la recherche d'un Kleenex avant que Lenny ait pu gauchement lui tendre la boîte posée sur son bureau.

« Puis-je aller vous chercher un verre d'eau… ou autre chose à boire… ?

— Non, non, merci…

— Vous êtes sûre ? Un café, peut-être ? Ce n'est pas un problème... »

Elle hocha lentement la tête.

« Non, vraiment, ça ira. »

Bref silence. Les mains de Lenny croisèrent un trombone abandonné sur son buvard et se mirent à le tripoter.

« Les policiers ont évoqué l'ami de votre mari quand ils se sont pointés, observa-t-il. Ils n'ont pas dit grand-chose... ils n'avaient aucune raison, j'imagine. Mais enfin, bon, je me demandais pourquoi il ne s'est pas plus inquiété quand Pat lui a posé un lapin.

— Je me suis posé la même question, au début, confia Mme Sullivan. J'ai essayé de joindre Pat sur son portable, vers cinq heures et demie, six heures, cet après-midi-là. Pour pouvoir lui préparer à dîner si jamais il avait changé ses plans. Comme vous l'avez rappelé, il faisait vraiment un temps de chien ce soir-là. Mais il coupe son portable la moitié du temps dès qu'il quitte le bureau... ou plutôt, il oublie délibérément de le rallumer pour éviter que son noctambule de patron le tire du lit à pas d'heure. » Elle se sécha les yeux avec un mouchoir en papier. « J'ai appelé l'appartement de Tony tout de suite après. Personne n'a répondu, j'en ai donc déduit qu'ils y étaient allés comme prévu. Jamais l'idée ne m'est venue de laisser un message.

— Savez-vous où Tony s'est rendu finalement ?

— Attendre Pat dans l'un de leurs bistrots habituels. » Nouveau hochement de tête, avant d'essuyer une tache de rimmel sous l'œil droit. « Et bien sûr, il n'est jamais venu. Tony dit qu'il a cru que mon mari était simplement retourné à la maison, qu'il s'était sans doute dépêché pour attraper le train parce qu'il avait peur des retards. Et qu'il aurait de ses nouvelles un peu plus tard dans la soirée. »

Nouveau silence. Une question vint titiller la curiosité de Lenny mais s'éloigna comme la femme venait à contempler la photo encadrée posée sur son bureau.

« C'est votre famille, monsieur Reisenberg ? »

Lenny acquiesça. Il avait pris plusieurs rouleaux de pellicule durant leurs vacances dans l'Ouest l'été dernier. Trois jours dans les badlands du Dakota du Sud, puis les Collines noires, Deadwood, le parc Custer et enfin le mont Rushmore à l'arrière-plan du cliché qui avait attiré l'œil de Mary Sullivan.

« Mon épouse Janice », précisa-t-il en indiquant la brune mince qui faisait signe à l'appareil depuis la terrasse d'observation située à l'ombre du menton d'Abraham Lincoln. « Les enfants : Max — le plus grand, à gauche —, Jake et Sarah. » Il marqua un temps. « Et au fait, vous pouvez m'appeler Lenny.

— Lenny, vous comprendrez sans doute ce que je vais vous dire. Pat est un mari merveilleux. Je n'ai pas pour habitude de le surveiller. Comme il dit toujours... vingt ans passés sous le même toit, à élever notre fille ensemble, on a plutôt intérêt à se faire mutuellement confiance. De toute façon, avec tous les déplacements auxquels le contraint son travail, ça ne rimerait à rien de surveiller ses moindres faits et gestes. » Elle haussa les épaules, inspira avec un hoquet. « Ce que je veux dire, c'est qu'il est adulte. Je ne suis pas du genre à pousser les hauts cris s'il passe de temps en temps une soirée avec son copain. En général, je dors à poings fermés quand il rentre de ses matches. Cette fois, pourtant, avec cette tempête et ce vent épouvantable, ça a été différent. Impossible de fermer l'œil. Et je me suis inquiétée en ne le voyant pas de retour à minuit. Ou à une heure du matin. Vers deux heures, j'ai rappelé chez Tony. Cette fois, il a décroché, m'a dit qu'il était rentré chez lui depuis une heure déjà et nous avons confronté nos informations. À l'instant précis où j'ai eu la confirmation qu'aucun de nous n'avait eu de nouvelles de Pat, j'ai su qu'il se passait quelque chose d'anormal... »

Un sanglot la prit, puis un autre, et elle se mit à pleurer sans retenue. Lenny étudiait le trombone dans sa main, attendant qu'elle se ressaisisse.

« Madame Sullivan...

— Vous pouvez m'appeler Mary. »

Il la regarda. Vit ce pâle sourire désolé sur des lèvres mouillées de larmes.

« Mary, reprit-il. Votre époux et moi... nous sommes en affaires depuis déjà pas mal de temps. Pour s'en tenir à ce genre de relations, j'ai le sentiment de bien le connaître. » Lenny marqua un temps, fit glisser le trombone sous un doigt, au-dessus d'un autre. « Je me suis demandé s'il y avait quelque chose qu'il aurait pu me dire l'autre jour, un élément qui aurait pu me sembler inhabituel. Je dois bien admettre que non, il n'y avait rien...

— Je vous en prie, aidez-moi à trouver ce qui lui est arrivé », lâcha-t-elle tout d'un coup.

Ses yeux congestionnés croisèrent les siens, s'y accrochèrent.

Lenny demeura quelques instants silencieux. Son visage trahissait la surprise et la confusion, et vu de l'extérieur, une réaction plus ou moins sincère. Le problème était ailleurs. Par bien des aspects, il ne se considérait pas comme un esprit particulièrement vif. On avait beau lui montrer mille fois comment disposer les couverts sur une table, ou bien lui rappeler quels aliments ranger dans le tiroir du réfrigérateur, il était incapable de s'en souvenir. Comme de savoir dans quel sens tourner une vis pour la serrer ou la desserrer. Comprendre le fonctionnement des objets les plus simples lui coûtait des efforts. Mais avec les gens, c'était une tout autre affaire. Il captait leurs signaux sans trop de mal. Il lui suffisait d'un geste pour cerner la personnalité de quelqu'un, de quelques mots pour capter le message qu'on cherchait à lui transmettre.

En ce moment, il comprenait parfaitement où Mary Sullivan voulait en venir et même se sentait l'esprit beaucoup trop vif pour son propre bien.

Il préféra mentir.

« Je ne saisis pas… Je veux dire, comment pourrais-je… »

Elle hocha la tête.

« Je ne parlais pas seulement de vous, Lenny, précisa-t-elle. Mais de la société pour laquelle vous travaillez… UpLink International. Elle pourrait aider.

— Madame Sullivan… Mary… nous sommes une entreprise de télécoms, expliqua-t-il. Nous développons des réseaux de communications. Seulement de communications.

— Et d'autres choses, quand même. Pour l'armée, non ?

— Ma foi, oui, bien sûr. Nous avons des contrats avec la défense. Je suppose qu'il est de notoriété publique que Roger Gordian a fondé notre entreprise là-dessus. Mais cela ne nous donne pas la moindre influence auprès des…

— J'essaie de suivre l'actualité, de me tenir au courant, reprit-elle. Personne dans cette ville ne pourra jamais oublier ce qui s'est passé ici il y a quelques années, la terrible épreuve que nous avons traversée. Tous ces milliers de gens tués par ces cinglés sans aucun prétexte. Et je me souviens d'un reportage télévisé, on aurait cru voir un épisode de *48 heures*... »

En fait, c'était *60 minutes*, s'avisa Lenny sans chercher à la corriger.

« Dans cette émission, ils parlaient de l'équipe d'agents qu'UpLink avait réunie pour assurer la sécurité de son personnel où que ce soit dans le monde, insista-t-elle. Ils expliquaient qu'elle était censée être la meilleure. Et ce qui m'avait frappé, je m'en souviens encore, c'est quand on avait interrogé le commissaire de police sur l'aide apportée au gouvernement par M. Gordian pour trouver les terroristes qui nous ont attaqués. »

Lenny n'avait pas besoin qu'on lui rafraîchisse la mémoire, lui-même ayant joué un rôle, relativement mineur — du style : « Ne me dites rien et je ne vous poserai pas de questions » lors de l'enquête d'UpLink et de la traque ultérieure des conspirateurs dans quatre pays différents. Le patron avait désiré que la chose restât sous le manteau pour tout un tas de raisons, tout comme les fédéraux, du reste, et le commissaire chargé de l'enquête s'était efforcé, dans la mesure du possible, de leur faire cette fleur. Et puis voilà que, six mois peut-être après cette tragédie, un ancien collaborateur du commissariat central avait accordé un entretien vidéo — visage flouté et voix maquillée électroniquement pour qu'on ne le reconnaisse pas — dans lequel il dévoilait la plus grande partie d'un fichier confidentiel sur la participation d'UpLink. Ce qui avait mis le commissaire sur la sellette. Plutôt que d'offrir un démenti boiteux, l'homme avait admis, en gros, la « dette de reconnaissance » que les New-Yorkais en particulier et la nation en général devaient à Roger Gordian et à son entreprise pour leurs actes patriotiques. Même si ses réponses ne l'avaient pas complètement disculpé, elles avaient dévié le plus gros des tirs de la presse, en attendant qu'elle file sur la piste d'un nouveau scoop.

Lenny demeura songeur quelques instants. Il savait qu'il allait prendre exemple sur le flic et se sentait un rien péteux.

« Mary, commença-t-il. Quand notre ville a été frappée, toutes sortes de bonnes volontés se sont manifestées pour nous aider. Je sais que mon patron y a pris sa part mais je ne saurais vous dire dans quelle mesure. La situation à l'époque était si exceptionnelle… »

Un éclair traversa les yeux de la femme, le vert de ses iris étincela soudain.

« Je ne cherche pas à faire de comparaison. Pas au sens où vous pourriez l'imaginer, précisa-t-elle. Pat n'est qu'un homme comme les autres. Sa disparition n'est un drame que pour sa famille. Mais êtes-vous en train de me dire que c'est on ne peut plus normal ? Ou en tout cas pas assez exceptionnel pour que… »

Lenny hocha la tête.

« Vous vivez un calvaire, j'en suis parfaitement conscient. Mais moi, je suis un transitaire. Mon travail, c'est le suivi des cargaisons, les formulaires douaniers, les règlements d'importation… je ne vois vraiment pas ce que je peux faire pour…

— Tout ce que vous pourrez », le coupa Mary

Sullivan. La voix avait retrouvé de l'assurance, et même une certaine fermeté. « Ce n'est pas facile pour moi de venir ici vous demander une faveur, vous que je ne connaissais même pas. Et je ne l'aurais pas fait si j'avais eu quelqu'un d'autre à qui m'adresser. » Elle marqua un temps. « J'ai lu un jour, ou j'ai entendu dire, que les disparus sont toujours présumés coupables... qu'aux premiers temps de leur disparition, la police envisage d'emblée une fugue volontaire et attend toujours bien trop longtemps avant d'entamer des recherches. Il suffit de les regarder, de les entendre, pour deviner ce qu'ils pensent. Pourquoi mobiliser des effectifs pour une femme acariâtre, ou pour un mari qui pète les plombs quand il trouve que l'addition devient trop salée ? »

Ou qui décide qu'il irait bien s'offrir une petite semaine de bamboche au Mustang Ranch, songea Lenny.

Il hésita, se remit à jouer avec son trombone. Il éprouvait une immense compassion pour la femme assise en face de lui. Il aimait bien son mari, le type était sympa, et il espérait sincèrement qu'elle le retrouverait entier. Mais ce n'était pas de son ressort. Elle lui demandait de s'impliquer dans ce qui n'était pas ses affaires. Qui plus est, elle lui demandait de mettre sur le coup la division sécurité d'UpLink. Jamais ils n'iraient intervenir dans une enquête sur une disparition sans aucun rapport avec leur mission pour le compte des intérêts de l'entreprise... comme on ne manquerait pas de le lui rappeler si jamais il leur soumettait l'affaire. Et connaissant la personne responsable qu'il devrait approcher, la rebuffade confinerait au ridicule. Il n'avait aucun atome crochu avec elle. Ou quasiment. Et moins encore qu'auparavant, au siège de San Jose, après tous les bouleversements survenus ces derniers mois. On attendait bien trop de lui et il allait devoir s'en ouvrir à Mary Sullivan avec le plus de tact possible.

Il baissa les yeux vers le trombone toujours entre ses doigts. Les releva vers la femme.

Et avant d'avoir pu dire quoi que ce soit, il entendit deux voix dans sa tête — la sienne et une autre, une transmission audio étonnamment claire, jaillie à un quart de siècle de distance :

« Tu veux t'en sortir, prends l'ornithologie.

— Je m'y inscris avec Dizzy, si vous me filez l'anthropologie. »

Durant une seconde, Lenny fut ébranlé par ces mots surgis d'un passé lointain, retour à cette rencontre de hasard qui avait stoppé le cours de la chute à laquelle semblait promise son existence. Sur le coup, il ne s'en était pas rendu compte, mais il était bel et bien au bord du gouffre. Un abîme obscur dans lequel il aurait sombré inéluctablement si un homme ne lui avait pas tendu un filin.

Et merde, songea-t-il. Au diable ce foutu souvenir. Pourquoi fallait-il qu'il lui revienne à présent ?

Lenny demeura silencieux et immobile quelques instants encore, comme s'il avait besoin de reprendre son souffle. Puis il laissa choir le trombone dans sa coupelle, avec les autres.

« Je ne vous promets rien, Mary. Mais je vais voir si je peux vous obtenir quelques réponses. »

« Laisse tomber », dit Noriko Cousins sans lever les yeux de son écran d'ordinateur.

Lenny ne dit rien. C'était précisément la réponse qu'il avait attendue.

« Pas question », ajouta Noriko.

Lenny garda le silence. Elle semblait vouloir assortir son refus d'arguties il estima préférable d'attendre avant de répliquer quoi que ce soit.

« Je ne vais pas m'embringuer dans une histoire qui n'a strictement aucun rapport avec les intérêts de notre entreprise, crut bon d'ajouter Noriko. Si cette femme qui est passée te voir a besoin d'un limier pour filer son époux volage, elle peut toujours se chercher un privé dans les Pages Jaunes. »

Lenny resta à contempler le bureau de sa consœur, les mains dans les poches de son pardessus de tweed, sans trop savoir si le frisson qu'il ressentait venait de la brusquerie de son accueil, de la fraîcheur régnant dans la pièce ou de sa longue marche jusqu'à Hudson Street depuis son bureau en centre-ville. En janvier, Hudson était un chenal venteux et glacial. Ce bâtiment, ancienne conserverie de viande datant du XIXe siècle reconvertie en immeuble de bureaux, restait envahi par les courants d'air humides et glacés qui se faufilaient entre les briques rouges de la façade malgré les multiples chantiers de rénovation intérieure. Et Noriko avait la manie de régler le thermostat au plus bas pour de mystérieuses raisons connues d'elle seule. Aussi était-ce peut-être cet environnement particulier qui lui donnait envie de se sortir d'une gangue de givre. Mais Lenny n'avait pourtant pas trouvé les lieux si inhospitaliers quand Tony Barnhart dirigeait la boutique, au siège local de l'Épée — dénomination officielle du service de renseignement, sécurité et gestion de crise d'UpLink, et allusion transparente à la légende d'Alexandre le Grand qui, dit-on, aurait tranché le fameux nœud gordien d'un coup sec de sa lame. Roger Gordian, incarnation du nœud gordien, l'homme des solutions décisives et pragmatiques, *et zou !*

Lenny prit une profonde inspiration. Il appréciait Barnhart infiniment plus que Noriko Cousins, qui lui avait succédé au poste de chef de section après que les conséquences des blessures subies lors d'une fusillade avec une bande de truands russes l'eurent contraint à une retraite anticipée. Mais à la vérité, Lenny ne s'était jamais senti tout à fait à l'aise avec les agents de l'Épée. Surtout à cause de leur attitude collective. Il pouvait admettre une certaine distance, compte tenu de la nature périlleuse de leur travail consistant à préserver la vie des employés d'UpLink dans toutes les zones chaudes de la planète, sans compter sans doute celles d'un nombre indéterminé d'autres personnes qui ignoraient jusqu'à l'existence même d'UpLink. Compte tenu du fait également qu'ils étaient recrutés au sein d'unités de police, de renseignement ou de services action civils ou militaires, et donc conditionnés au secret par des années d'entraînement et d'expérience. Tout cela, Lenny l'admettait sans problème, *yo comprendo todo y más señoritas y señores.* Noriko toutefois demeurait un cas à part. À son humble avis, elle avait porté l'impénétrabilité distante et muette à des sommets insoupçonnés.

« Écoute, je n'ai jamais dit que l'idée qu'on soit impliqués dans cette histoire me plaisait, observa-t-il.

— Tant mieux, à la bonne heure.

— Pour tout dire, j'aurais horreur qu'on fourre notre nez dans une affaire qui n'a aucun rapport avec UpLink. »

Gardant ses yeux noisette d'Eurasienne toujours obstinément fixés sur l'écran, Noriko lui indiqua négligemment la porte.

« Eh bien, c'est magnifique si nous sommes d'accord...

— Sauf que dans ce cas précis, il se trouve qu'il y en a un », poursuivit Lenny.

Elle daigna finalement lever les yeux vers lui. Grande, mince, athlétique, de longs cheveux bruns savamment ébouriffés encadrant des traits fins, elle portait un chandail noir moulant, une mini-jupe de cuir noir, un collant noir et des cuissardes de cuir... noir pour un total look ravageur, devait bien admettre Lenny. Néanmoins, sa charmante silhouette ne compensait pas — et de loin — son culot éhonté.

« J'espère que tu ne vas pas me dire que c'est parce que nous achetons des composants à ce Patrick Mulligan...

— Sullivan, rectifia Lenny.

— Exact, excuse-moi. Mais si c'est bien là ta raison, tu pourrais tout aussi valablement rendre UpLink responsable de tous ces braves gens qui nous vendent des ampoules électriques, nous fournissent en produits d'entretien pour toilettes ou garnissent nos distributeurs automatiques de paquets de chips et de barres chocolatées. »

Lenny secoua la tête.

« Pat est un représentant du groupe Kiran. Et nous sommes sans doute son plus gros compte, vu que nous leur versons pas loin de cinq millions de dollars par an pour…

— Des rubis synthétiques, je sais…

— Des saphirs développés en laboratoire, précisa Lenny. Rubis et saphirs sont le même minéral, le corindon. La différence tient à la forme de cristallisation. Et aux propriétés. Raison pour laquelle nous utilisons l'un et pas l'autre pour nos équipements laser. »

Noriko le regarda.

« J'admets encore une fois mon erreur. Mais je ne vois toujours pas pour quelle raison logique nous devrions nous intéresser à ce Mull… euh… Sullivan. »

Lui non plus. Mais c'était sa promesse à l'épouse de Sullivan de faire avancer les choses, pas la logique, qui l'avait conduit ici lors de sa pause déjeuner.

« Je suis occupée, Lenny, crut bon de préciser Noriko. Où veux-tu en venir ? En bref, s'il te plaît. »

Lenny haussa les épaules.

« Juste te dire que nous parlons de quelqu'un qui a des liens avec notre cœur de métier, pas du livreur de barres Mars, improvisa-t-il. Et ce n'est pas mon boulot de remplir les cases vides.

— Et en quoi faudrait-il en déduire que ce serait le mien ? »

Lenny haussa encore une fois les épaules, à court de réponse convaincante. Tenter de surmonter les obstacles qu'elle soulevait, c'était comme de danser pour passer entre les gouttes.

Noriko le fixait toujours, avec un dédain manifeste.

« Il y a six mois, le groupe Kiran s'est fait absorber par Armbright Industries, une multinationale qui se trouve être notre principale rivale dans une douzaine de secteurs de développement technique, reprit-elle. Armbright a son propre service de sécurité pour veiller sur ses employés.

— Qui n'arrive pas à la cheville de l'Épée, il s'en faut de beaucoup.

— Ce n'est pas mon problème, coupa Noriko. Ils n'ont qu'à y consacrer une part plus substantielle de leur budget. Après tout, ils nous ont singé dans tous les autres domaines. »

Lenny se sentait dépassé. Il détestait discuter avec cette bonne femme. Il en avait horreur.

« T'es vraiment mal tombé, c'est la panique, cet après-midi, précisa Noriko. Est-ce que tu veux encore me soumettre quelque chose avant qu'on en termine ? »

Cette fois, Lenny imagina qu'il aurait peut-être une réponse mais la question mourut au bord de ses lèvres. Qu'était-il censé lui dire ? Qu'il avait accroché au vécu de Mary Sullivan sans même avoir eu besoin de l'interroger dessus, ses yeux tristes mais décidés ayant réveillé en lui des souvenirs enterrés depuis des années ?

« Non, rien d'autre, dit-il enfin.

— Très bien », lâcha Noriko avec une indifférence cinglante. « Bonne journée, Lenny.

— Ouaip. »

Noriko Cousins reporta son attention sur son écran d'ordinateur, les deux mains déjà plaquées sur le clavier avant même qu'il ait quitté son bureau.

À peine avait-il refermé la porte derrière lui que Lenny l'entendit cesser de pianoter.

Elle s'était carrée contre le dossier de sa chaise, bras croisés, les lèvres pincées, songeuse.

Cette question du sort de Sullivan intriguait bel et

bien Noriko, ne serait-ce que parce qu'elle coïncidait avec un certain nombre d'autres bizarreries concernant le groupe Kiran et ses exportations récentes qu'avait révélées la surveillance de routine effectuée par les services de l'Épée... au nombre desquelles ces expéditions de saphirs de culture qu'elle avait prétendu ne pas connaître. Mais son esprit était toujours prompt à classer toute information qu'elle recueillait dans une case bien rangée, avant de trier le tout, telle une maniaque piquant une crise en découvrant un vêtement mal rangé. À ses yeux, la réalité était bien trop désorganisée pour qu'elle fût victime de cette tendance.

Non, elle s'était imposée de ne se laisser guider que par les faits et il lui faudrait en découvrir bien d'autres au cours de son enquête sur Kiran pour être amenée à en tirer ne fût-ce qu'une simple déduction, sans parler d'une conclusion.

Noué par une frustration qui lui donnait des élancements dans le dos et les épaules, Lenny décida de prolonger sa pause déjeuner pour se rendre à pied, à quelques rues de là, au marché de Chinatown afin de s'y procurer auprès de Yan son médicament pour les nerfs.

Situé sur Canal Street, le marché de Snow Mountain, la « Montagne enneigée », était un grand magasin extrême-oriental de plusieurs étages, qui semblait avoir toujours été là dans le quartier et dont les rayons, comptoirs et portants regorgeaient d'articles en tout genre — babioles, kimonos, mobilier, literie, rideaux de perles, cages à oiseaux, parasols, lanternes chinoises y côtoyaient d'imposants masques de cérémonie, des dragons en papier, de minuscules bouddhas de jade ou des vases en cristal gravés de lotus, mais aussi encens et brûle-parfums, baguettes et porte-baguettes, et tout un bric-à-brac de paniers en bambou pour cuisson à la vapeur, d'autocuiseurs à riz électriques, de thé vert vendu en vrac, de savonnettes enveloppées par paquets de douze, d'instruments folkloriques et de guitares électriques, d'harmonicas, de tambourins et crécelles, de coupe-ongles et d'épilateurs pour nez et oreilles, de loupes, de lecteurs de CD et d'assistants personnels, de détecteurs de radars et d'appareils photos, de pellicules et de piles sans marque… des piles en quantités industrielles… Bref, quel que soit l'article, on avait de grandes chances de l'y trouver quelque part en rayon.

Aujourd'hui, Lenny avait retrouvé Yan dans son antre habituel, au bout d'une allée encombrée de plantes médicinales, coincé entre le stand musique et le rayon vidéo. Septuagénaire chauve chaussé de lunettes, Yan avait toujours porté une longue blouse blanche déboutonnée révélant son léger embonpoint. Lenny lui rendait visite à l'occasion depuis cinq ou six ans déjà, mais il n'aurait toujours pas su dire si Yan était son nom de famille ou son prénom. De même, il n'aurait su dire si la blouse blanche indiquait qu'il était médecin ou pharmacien, même si, au sein du système de santé asiatique, la distinction passablement floue entre ces deux professions ne lui posait pas de problème insurmontable. Cela n'avait pas été si différent en Amérique au temps jadis, quand les gérants de drugstores entretenaient une étroite relation avec leur clientèle. À l'époque, ils recommandaient les traitements, prescrivaient remèdes et toniques, et réalisaient des préparations magistrales avec mortier et pilon. Ce qui avait à la longue irrité les trusts pharmaceutiques avides de profits, soulevé les protestations de l'Association des médecins américains et était devenu pain bénit pour les mâchoires avides des avocats spécialisés dans les litiges. Pour sa part, Lenny jugeait que les pressions suscitées par ces groupes d'intérêts contre les pharmaciens occidentaux traditionnels les avaient réduits au statut peu enviable de simples distributeurs automatiques de comprimés. Le pharmacien d'aujourd'hui ne faisait pas la distinction entre un client et un autre. Il transvasait des médicaments de marque de grandes fioles dans de plus petites fioles, mettait ces petites fioles dans un sac, agrafait celui-ci et faisait sonner le tiroir-caisse. *Tching*, client suivant.

Quand il s'agissait de soigner petits bobos et tensions émotionnelles, Lenny préférait encore courir le risque de venir s'approvisionner à Snow Mountain. Alors, peu lui importait en définitive que son praticien de prédilection fût un M. Yan, Docteur Yan, Citoyen Yan ou simplement Yan tout court. Lenny n'aurait même pas juré qu'il était diplômé. Il n'aurait, pour rien au monde, su identifier les ingrédients qui entraient dans les mélanges que Yan concoctait derrière son comptoir. Mais ils semblaient plutôt efficaces. Et jusqu'à plus ample informé, ils n'avaient jamais été contaminés par le virus du SRAS. Et au moins, Yan n'oubliait pas ses traits entre deux visites.

« Alors », lui lança Yan. Il avait quitté son tabouret dès qu'il avait vu arriver Lenny et s'était mis à concocter sa préparation habituelle, mesurant au trébuchet quelque ingrédient séché et ratatiné — raclures d'écorce ? Tranches de racines séchées ? — versé dans une assiette en carton depuis un pot d'apothicaire. « Comment vous sentir ? »

Lenny réfléchit. Yan exigeait de ses patients des réponses honnêtes.

« Je fais de mon mieux. » De la tête, il indiqua l'assiette en carton. « Je me disais que j'aurais peut-être besoin d'un mélange un peu plus fort, ce coup-ci. »

Yan le considéra par-dessus la monture de ses lunettes.

« Non, fit-il.

— Allons, Yan. J'ai pas mal de problèmes sérieux en tête. Ça me rend encore plus nerveux… »

Hochement de tête véhément.

« Vous me dites toujours même chose, protesta Yan. Ceci bien assez fort. Mettez demi-cuillerée dans tasse d'eau bouillante. Trois minutes. Quand eau prendre couleur urine, vous boire.

— Et si je laissais infuser un peu plus… ?

— Trois minutes. Couleur urine. Boire. »

Lenny se mordilla l'intérieur de la joue. Décidément, personne aujourd'hui n'allait donc lui accorder la moindre faveur.

« Il y a urine claire et urine foncée », observa-t-il avec une méfiance pour le moins enfantine.

« Hmmm ? » fit Yan en puisant des ingrédients dans un autre grand pot de verre, avant de mélanger.

« Je veux juste dire que vous ne m'avez jamais dit vraiment quel degré d'infusion devait avoir le mélange. » Lenny se faisait déjà l'effet d'un âne. « Quel genre de couleur d'urine viser…

— Couleur d'urine saine. » Yan ne semblait pas le moins du monde ennuyé ou distrait. Il prit un nouveau pot sur l'étagère, y puisa une poudre brune indéfinissable qu'il versa à son tour dans l'assiette en carton, avant d'y ajouter une substance collante extraite d'un tiroir sous le comptoir, touilla l'ensemble de la préparation du bout des doigts, puis versa le tout dans un sachet à fermeture à glissière. « Que ça pour vous relaxer. Vous pas oublier. »

Lenny plissa le front quand Yan lui passa le sachet en plastique par-dessus le comptoir.

« Et c'est censé signifier quoi ?

— Vous avoir problème. Vous avoir intérêt à le résoudre », conclut Yan.

Son téléphone sonna.

« Allô ?

— Bon Dieu, il était temps que tu répondes.

— J'étais pas là. Ça me rend zinzin de rester à la maison. Entre les quatre murs. D'attendre. Fallait que je fasse quelque chose.

— As-tu consulté ton répondeur ? J'ai bien dû te laisser une demi-douzaine de messages depuis ce matin.

— Je rentre à l'instant, Tony. Je ne me suis même pas encore déshabillée...

— T'as dit que t'as fait quelque chose. Quoi au juste ? Qu'est-ce que t'es sortie faire en définitive ?

— Écoute, j'aimerais bien que tu me laisses un peu d'air. Peut-être en essayant un peu de comprendre ce que je traverse en ce moment.

— Bon, bon, d'accord. Je n'avais pas l'intention de te harceler.

— C'est ça, oui.

— Non, c'est vrai. Franchement. Mais tu dois comprendre aussi que Pat est un peu comme mon propre frère…

— C'est bien pour ça que tu devrais comprendre mes sentiments. Toi le premier, Tony. Je n'y suis pour rien dans cette affaire. Je l'aime. J'ai une fille qui n'arrête pas de me demander où il est parti. Essaie un peu de te mettre à ma place.

— J'essaie.

— Ouais, bien sûr.

— Si, si, crois-moi. Mais quand tu dis que t'es sortie faire quelque chose, et qu'ensuite tu ne daignes même pas m'expliquer…

— Bon Dieu, Tony. Merde. Avec toi, tout devient un cercle vicieux. Genre : "Je suis désolé, va te faire foutre, je ne suis pas désolé", et tout cela d'une traite, sans reprendre ton souffle. Tu me raconteras n'importe quoi, pourvu que tu obtiennes ce que tu désires.

— J'essaie juste d'essayer de savoir si oui ou non, tu es allée voir la police.

— Non, je n'y suis pas allée. Ça te suffit, comme réponse ? Histoire que je puisse, enfin, ôter mon pardessus…

— Il faut que t'ailles leur parler.

— Et merde. C'est reparti…

— Écoute-moi juste.

— Je l'ai fait. Cent fois. Et pour la centième fois, je te répète que je ne peux pas.

— Alors, c'est quoi, ton plan ? Continuer à chercher sur Internet des renseignements sur les véhicules envoyés en fourrière ? Déjà que t'es morte de trouille à l'idée de composer un numéro au téléphone pour avoir une vraie personne au bout du fil. Je veux dire, à ce stade, ça relève de la compulsion. L'Internet, toujours l'Internet. Ça ne mène à rien. Personne n'est venu réclamer cette foutue bagnole au bout d'une semaine, toute une putain de semaine, et toi, il faut que t'ailles parler à quelqu'un…

— Mais je l'ai fait.

— Hein ?

— C'est là que je suis allée, OK? Voir quelqu'un susceptible de m'aider.

— Je… pourquoi ne pas me l'avoir dit tout de suite ?

— Je l'aurais fait… si tu m'avais laissé le temps d'en placer une. Le temps d'ouvrir la penderie pour ranger mon pardessus.

— Si tu étais capable de répondre simplement à une question simple, je n'aurais pas besoin de…

— Va te faire foutre, Tony.

— Quoi ?

— Tu m'as parfaitement entendue. Je crois que tes arguments, tu devrais te les enfiler bien profond dans le…

— Bon, écoute, arrêtons de nous engueuler comme deux ados. On est embarqués dans le même bateau. On a intérêt à ne pas l'oublier.

— Pourquoi ? Pour que je puisse continuer d'écouter à loisir tes insultes et tes accusations ?

— Et si tu pensais un peu à Pat ? Qu'on puisse le retrouver. Tu dis que tu n'es pas allée voir les flics. Très bien, parfait. Alors dis-moi qui…

— Non. Je ne vais pas t'obéir au doigt et à l'œil. Tu peux penser ce que tu veux de moi, je ne suis pas ta marionnette. J'en ai ma claque. J'ai décidé de gérer ça comme ça me chante. Et pour l'heure, ça veut dire que je vais raccrocher.

— Attends, tu peux pas…

— Oh ? Garde le combiné à l'oreille encore une seconde et tu vas voir.

— Attends…

— Comme ça me chante, Tony. Salut. »

Il y eut un déclic au bout du fil.

Une petite demi-heure après avoir quitté le magasin Snow Mountain, Lenny Reisenberg se retrouva installé au comptoir de l'épicier-traiteur de la Seconde Avenue, à l'angle de la 10e Rue Est, attendant son sandwich au corned-beef et son gruau de sarrasin.

Personne n'aurait pu être plus surpris que lui. Son plan initial avait été de faire un saut au siège de l'Épée pour y donner un coup de sonde et tenir sa promesse auprès de Mary Sullivan, puis d'acheter un casse-croûte sur le chemin du retour, casse-croûte qu'il aurait mangé vite fait, une fois au bureau. Un burger-frites, voire un thon-salade au resto rapide du coin… bref, un vague étouffe-chrétien, histoire de tenir jusqu'au dîner. De toute évidence, les choses ne s'étaient pas passées comme prévu. Si son détour par Chinatown avait été plus ou moins inopiné, Lenny savait par contre tout à fait ce qu'il était allé y faire. Simple relation de cause à effet. Son entrevue expédiée avec Noriko Cousins l'avait lesté d'un paquet de tensions qu'il avait décidé d'évacuer en allant s'acheter un truc. Pas plus compliqué. Ses pérégrinations ultérieures, en revanche, étaient plus difficilement explicables. Ces déambulations pédestres l'avaient conduit vers l'autre rive, du côté d'East Village, au lieu de rejoindre son bureau en centre-ville, un long trajet dans la mauvaise direction. Qui plus est, elles l'avaient mené dans un restaurant qu'il ne fréquentait que lorsqu'il était enclin à céder à son goût pour la cuisine juive traditionnelle et s'en délecter, au lieu de refaire simplement le plein à midi, comme on le fait avec sa voiture dans une station-service. Il lui semblait s'être quelque peu laissé aller. Malgré les piles de paperasse qui l'attendaient au bureau, il s'était absenté durant près de deux heures, s'écartant toujours plus du trajet de retour. Et bien qu'il n'eût pas ressenti la moindre sensation de faim au sortir du magasin Snow Mountain, ou plus tard en arpentant le Bowery dans le froid, voire au moment même où sa serveuse lui avait tendu un menu deux ou trois minutes plus tard, il s'était tout soudain senti pris de l'irrépressible envie d'une imposante pile de tranches de bœuf fumé, sans omettre cet accompagnement de gruau de blé noir et de farfalles...

« Excusez-moi, mais y a-t-il du fromage dans vos *knisch*[1] ? »

Lenny mit momentanément de côté ses réflexions personnelles. Ou plutôt, celles-ci s'interrompirent toutes seules. Cette voix aiguë et flûtée — sans oublier cette façon de faire traîner le « i » de *knisch* — venait d'une femme installée dans une alcôve sur sa droite, côté rue, et il ne put résister à l'envie de lui glisser un coup d'œil à la dérobée.

Il lui fallut peut-être une seconde pour que sa curiosité fût satisfaite. Jeune, blonde, les yeux bleus, c'était assurément une goy, et presque aussi certainement, une provinciale. En fait, on l'aurait bien volontiers coif-

1. Spécialité yiddish, surtout new-yorkaise, consistant en un beignet frit garni de purée au fromage, d'oignons ou de viande hachée. *(Toutes les notes sont du traducteur.)*

fée de la tiare d'une resplendissante reine de beauté d'une kermesse du Wisconsin. Le mec installé en face d'elle avait la même dégaine de blondinet bien récuré. En les voyant, Lenny avait l'impression de contempler Barbie et Ken.

Leur serveuse, une robuste Latina, lorgnait Barbie, par-dessus son calepin, avec un mélange apparent d'horreur et d'incrédulité.

« Madame, vous êtes dans un restaurant casher. »

Barbie ne parut pas saisir.

« Oh, je vois », fit-elle. Son regard vide indiquait manifestement le contraire. « Mais y a-t-il du fromage dans votre knisch ? »

La serveuse martela son calepin avec son stylo, roula des yeux. À coup sûr, elle était tombée sur une gourde.

« Pas de fromage avec la viande, lâcha-t-elle, vexée.

— Oh. » La confusion de la pauvre Barbie couinante s'était encore aggravée. Se pouvait-il que la serveuse ait mal compris sa question ? Elle considéra le menu, comme pour y chercher des éclaircissements et, n'en trouvant pas, releva les yeux : « Est-ce que cela veut dire que le *knisch* contient de la viande ? Parce que moi, ce que je voudrais, c'est une pomme de terre... »

Ravi d'être ainsi détourné à peu de frais de ses problèmes personnels, Lenny continua de prêter une oreille distraite à l'énergique brouhaha oratoire et masticatoire de ses compagnons de ripaille. Dans une ville composant un tel salmigondis ethnique, il eût fallu arpenter les rues un bon mois pour tomber sur un citadin de longue date qui ne fût pas au fait des interdits alimentaires des juifs orthodoxes concernant le mélange de viande et de laitages sous quelque forme que ce soit, l'interdiction de les préparer dans les mêmes plats, les servir avec les mêmes ustensiles ou les déguster avec les mêmes couverts. Mais pouvait-on réellement reprocher à Barbie son ignorance ? Lenny se dit qu'elle devait être l'archétype d'une sorte de nouveau snobisme new-yorkais et en conçut pour elle une certaine gêne. D'un autre côté, il fallait être aveugle pour ne pas voir la mention « casher » sur l'enseigne surmontant l'entrée. Comment oublier à ce point les traditions culturelles de ses voisins ? Peut-être était-ce après tout Barbie qui était coupable de snobisme et la serveuse qui méritait sa sympathie. Et toutes ces histoires rien que pour un amuse-gueule : qu'en serait-il quand Barbie se serait décidée à choisir son plat principal ? D'autant que, question pourboire, le couple avait manifestement écrit « rapiat » sur le front.

Lenny en conclut donc qu'il était toujours important de considérer les deux côtés avant de sauter à une conclusion.

Mais voilà que les portes battantes donnant sur les cuisines s'ouvraient à la volée, sous un coup d'épaule décidé de la serveuse. Il identifia d'emblée sa commande sur les assiettes qu'elle transportait et attendit avec impatience qu'elle les dépose devant lui — adieu Barbie et compagnie, bonjour mon repas. Cet appétit aussi soudain que tyrannique était vraiment dingue, estima Lennie. Mais il y avait là sans doute autre chose que la simple envie de se remplir la panse. Un vide d'un autre ordre, un vide en lui qu'il avait inconsciemment cherché, quelque part, à combler. Il n'avait pas trop envie de se livrer à une psychanalyse de bazar mais n'était-ce pas finalement le rôle de la nourriture que de servir de réconfort ? Toi, tu nous fais une crise de déprime, et il s'avisa qu'il ne manquait pas de bonnes raisons pour cela. Les traits douloureux de Mary Sullivan, ses efforts pour ne pas défaillir au beau milieu de son bureau, ce matin même. L'indifférence à toute épreuve de Noriko Cousins. Et, cerise sur le gâteau, la remarque sans détour de Yan au grand magasin : *Vous avoir problème. Vous avoir intérêt à le résoudre.* Pris individuellement ou en bloc, tous ces éléments avaient pesé sur lui d'un plus grand poids qu'il n'aurait bien voulu l'admettre.

Lenny souleva la tranche supérieure de pain de mie fermant son sandwich, tendit la main vers le pot à moutarde, en prit une cuillerée qu'il tartina, puis mordit une bouchée. Fameux. D'un coup de fourchette, il enfourna deux lamelles de kacha. Délicieux. Il continua de manger et sentit s'éclaircir les sombres nuages qui s'étaient accumulés au-dessus de sa tête. La serveuse de Barbie et Ken passa devant lui en trombe, direction les cuisines, tout en marmonnant : « Knisch, knisch, je vous jure ! Tss, ferait mieux de retourner à l'école ! » Il mastiqua, déglutit, et se demanda d'où lui était venue cette idée. De fait, Barbie avait certes l'âge d'être encore étudiante. Peut-être que la serveuse estimait qu'une initiation aux lois de la casherout aurait dû entrer obligatoirement dans tout cursus universitaire. Toujours est-il que la communication ne s'était pas améliorée du côté de l'alcôve côté rue.

Lenny décida que sa réserve de sympathie était assez vaste pour englober tout son entourage et, mentalement, il leur souhaita à tous bonne chance. Puis il mangea, savourant la moindre petite bouchée de nourriture. Rien n'était jamais aussi négatif qu'on pouvait l'imaginer de prime abord. Tenez, son problème, par exemple. Quelques bouchées de sandwich plus tôt, il lui avait paru désespéré. Insurmontable. Quelques bouchées plus tard, il avait le net sentiment d'avoir abouti à une solution.

« Gord, dit-il à l'adresse du large postérieur de la serveuse qui s'éloignait de lui. Je vais appeler Gordian. »

Debout devant la fenêtre de son bureau, Hassul regarda le Durango pénétrer sur le parking, quatre étages plus bas. Le glissement de ses phares sur la chaussée, jaune pâle sur le fond noir, était un petit plaisir visuel qui n'échappa pas à son don d'observation, comme tant d'autres plaisirs du même ordre.

Seul le blindage de ses baies vitrées le lui permettait.

À cette heure tardive, ses employés réguliers étaient partis, attirés par le réconfort du logis familial, laissant le coûteux bâtiment désert à l'exception de la poignée de véhicules utilisés par Hassul et sa garde rapprochée. Le 4x4 monta directement rejoindre l'emplacement où ils étaient garés en bataille, devant l'entrée de l'immeuble, et se glissa à la première place libre au bout de la rangée. Puis ses feux s'éteignirent, une portière s'ouvrit et le chauffeur émergea sous l'éclat blanc bleuté des lampadaires à vapeur de mercure installés de l'autre côté du parking. Disposés en une seule file, ils éclairaient le sol d'une hauteur de près de trente mètres, à l'instar des mâts d'éclairage d'un stade. Leur hauteur et leur éloignement atténuaient toute menace d'émissions ultraviolettes pour Hassul, d'autant qu'il n'y était pas directement exposé.

En bas, sur le parking, le chauffeur s'appuya contre la calandre de son 4x4 pour finir une cigarette à demi fumée. Hassul nota que le bout s'illuminait d'orange à chacune de ses profondes inspirations, tandis que d'étincelantes flammèches de tabac pas entièrement consumé s'envolaient au vent lorsqu'il tapotait sur le bout des cendres.

Au bout d'une minute, le chauffeur jeta d'une pichenette le mégot sur le bitume, l'écrasa sous sa semelle, puis, ayant jeté un rapide coup d'œil alentour, se dirigea vers l'entrée de l'immeuble. Grand et dégingandé, il se déplaçait avec une démarche souple, presque bondissante, tandis que son ombre s'allongeait démesurément devant lui.

Hassul ne quitta pas tout de suite la fenêtre. Au lieu de cela, il tendit la main pour effleurer la vitre lisse, le bout de ses doigts rejoignant leur reflet atténué. L'obscurité avait englouti le paysage quelques mètres à peine au-delà du rectangle pavé illuminé par les lampes à arc. La cime des arbres alentour, couverte de stalactites de glace, le terrain enneigé à leurs pieds, la route d'accès qui montait en sinuant vers le bâtiment… il ne pouvait rien voir de tout cela sous le ciel sans étoiles, et il en éprouvait un sentiment de l'ordre de la séparation, de l'aliénation qui marquait en général ses périodes diurnes. Contraste saisissant avec la griserie qu'il avait connue quelques heures plus tôt, mais en homme qui se piquait de savoir collectionner les moments rares, prompt à les capturer et à les conserver comme autant de papillons exotiques, Hassul se rendait compte que les bas qui l'avaient entravé le plus représentaient souvent le prix à payer pour ses hauts mémorables.

Hassul avait laissé ses doigts plaqués sur la vitre, tandis qu'il se remémorait sa promenade sous le ciel lourd du crépuscule. Il avait quitté l'immeuble de bureaux, ganté et encagoulé, un masque protecteur lui cachant le bas du visage, les yeux bien à l'abri derrière des lunettes de soleil munies de caches latéraux. Et le cœur battant d'impatience. Comme il le faisait en de trop rares occasions — guère plus de deux ou trois fois l'an —, Hassul avait décidé, à sa manière tout approximative, de connaître le monde comme tout un chacun.

Pendant un moment, il avait fait une pause sur un monticule près de la lisière des arbres pour regarder vers l'ouest en direction du soleil mourant. À l'extrémité de son champ visuel, les nuages au-dessus des croupes montagneuses avaient les tavelures d'ecchymoses anciennes. Hassul avait vu la buée de son souffle court se condenser dans l'air hivernal au travers de la grille d'aération du masque protecteur, marque d'une excitation croissante à mesure qu'approchait l'ultime et précieux moment, prêt à être saisi.

Cela n'avait rien de pressant, ce désir de sentir le froid sur sa peau. À vrai dire, ses tout premiers souvenirs étaient constitués des douloureuses leçons de son impulsivité. Son extrême prévoyance, la préparation rigoureuse qui lui valait des éloges dans la communauté de la recherche scientifique n'étaient pas à ses yeux motifs à se glorifier mais tout simplement des nécessités absolues.

Debout, dehors, au crépuscule, Hassul avait alors déplié le dosimètre rangé dans sa poche de pardessus pour le tendre devant lui afin de vérifier que le niveau d'UV restait dans une gamme relativement tolérable, avant de régler le décompte à trente secondes. Sans pour autant lâcher la bride à toute prudence, il avait pris soin de se tartiner le visage d'écran total IP 100 assorti à la teinte de sa peau, et de s'enduire les lèvres d'une épaisse couche de crème protectrice.

Ses médecins auraient malgré tout exprimé leur réprobation, et à juste titre. Leur boulot était de veiller à sa santé. Mais Hassul leur avait déjà offert l'équivalent de quarante-huit années de validation, avec certes un petit coup de pouce du hasard, car sans doute serait-il mort en bas âge, eût-il souffert de la variante classique de cette maladie génétique… même si là n'était pas vraiment la question. Au bout du compte, rien n'échappait à la décrépitude — la chair moins que tout — et il tenait la longévité humaine pour l'illusion qu'elle était. Le corps était périssable ; seul son esprit était éternel. Cinq années, cinquante, un siècle… la différence était quantité négligeable à l'échelle du temps. Hassul avait fait le calcul et il était prêt à accepter l'idée que chaque explosion puisse avoir des conséquences à long terme. L'important pour lui était de rester fidèle au plan pour lequel il avait été créé, et cela, il l'avait fait, n'épargnant ni sa fortune ni ses capacités. Ayant suivi la volonté de Dieu par discipline personnelle, Hassul était sur le point d'atteindre l'apogée de sa fonction ici-bas.

Aujourd'hui, au crépuscule, il s'était autorisé trente secondes de relâchement.

Pas plus, pas moins.

D'un geste vif, Hassul avait rabattu le masque sous son menton. Tête rejetée en arrière, bras écartés, debout sur son monticule, il avait laissé les derniers feux du soleil venir se plaquer sur son visage nu. Le grondement du sang affluant à ses oreilles avait été si intense, si assourdissant qu'il en avait momentanément perdu conscience, emporté comme une âme sur le fleuve de l'éternité.

Puis était venu le pépiement de l'alarme de son dosimètre, traversant la vague.

Hassul s'écarta de la baie vitrée, regarda son reflet se retirer dans les ténèbres de la nuit tel un esprit désincarné, les yeux écarquillés, la main encore tendue comme pour s'assurer de la rigidité de la vitre. Il se détourna et regarda derrière son bureau, son œil interceptant au passage l'ombre d'un mouvement fugitif à l'orée d'une grotte artificielle au sein de l'immense aquarium intégré à la paroi sur sa droite. À l'angle opposé de la pièce, un malabar en costume noir était installé devant la console d'un circuit de télésurveillance, regardant fixement le moniteur à écran plat.

Hassul nota son front plissé.

« Zahir. Un problème ?

— Puis-je parler librement ?

— Je t'en prie. »

D'un mouvement de tête, Zahir indiqua l'écran.

« Ce *kafir* qui vient vous rendre visite », expliqua-t-il. Son recours au terme islamique pour qualifier les incroyants était plein de dédain. « Je crains que cette intrusion soit une erreur. »

Hassul s'approcha de la console pour étudier l'image affichée plein écran. Elle montrait trois hommes dans le vestibule du rez-de-chaussée. Deux étaient des membres de l'encadrement, Aasim en train de balayer la carrure imposante du visiteur à l'aide d'un détecteur de métaux, Qamal, légèrement en retrait, sur ses gardes.

« Il s'est montré capable et digne de sa réputation, objecta Hassul.

— Plus que l'un des nôtres ?

— Tu sais ce qui nous attend », dit Hassul. Avant d'insérer cette semi-vérité bien pratique : « Aucune contribution ne sera plus importante que la tienne dans les jours à venir. »

Zahir resta raide et silencieux, les yeux toujours rivés sur l'écran.

En bas, dans le vestibule, Aasim avait fini de scanner le visiteur et, le guidant par une porte intérieure, l'accompagnait dans le hall principal. Zahir appuya sur une touche de présélection sur le multiplexeur numérique et aussitôt l'écran à cristaux liquides passa à l'affichage d'une vue panoramique de la batterie d'ascenseurs au moment où les deux hommes pénétraient dans une cabine libre.

Hassul quitta des yeux le moniteur et nota le scepticisme à peine voilé sur le visage de Zahir. « Je songe aux dentistes de rue à Islamabad, Peshawar et Karachi, dit-il. Je me souviens que leurs cabinets se résument à des linges sales et des caisses en bois à même le trottoir. Quant à leurs instruments, ce sont de vulgaires pinces, limes et tournevis. Ils n'ont aucune formation, travaillent avec des mains crasseuses, et en guise d'anesthésie, ils enfoncent des aiguilles d'un côté de la bouche de leur patient pour le distraire de la douleur de l'extraction ou du limage d'une dent cariée de l'autre côté. » Il marqua un temps, continua de considérer son vis-à-vis. « Leurs compétences sont approximatives, leur technique rudimentaire et sanglante, et pourtant indispensable à ceux qui en ont besoin. »

Le visage de Zahir demeura crispé.

« Sommes-nous donc assimilables à ces pauvres gens réduits à de telles extrémités ? »

Hassul le regarda. Encore une fois, le demi-mensonge : « Nous sommes embarqués dans une mission plus élevée, bien au-dessus des tâches sordides qui devront impliquer les infidèles. »

Zahir se tut, passa son moniteur en mode d'incrustation d'image. La zone située juste derrière la porte d'entrée de la suite de bureaux apparut dans la fenêtre principale. Sur la droite de l'écran, des images plus petites suivaient Asim et le visiteur dans la cabine jusqu'au quatrième étage, puis en train d'en sortir avant enfin de parcourir les méandres du corridor jusqu'à la suite.

Hassul les regarda s'inscrire sur l'écran principal, tandis qu'Aasim avançait la main vers le boîtier du portier électronique.

Il n'attendit même pas la sonnerie.

« Fais entrer M. Earl dans la zone de réception, dit-il. Je le recevrai ensuite, en privé. »

En quittant sa console, Zahir essaya, une fois, sans grande conviction, de masquer son mécontentement. Puis après un signe de tête respectueux mais crispé, il se résolut à exécuter les instructions.

Hassul se tenait debout derrière son bureau quand John Earl pénétra dans la pièce. Zahir ne s'attarda qu'une seconde sur le seuil avant de battre en retraite pour les laisser seuls.

Earl attendit quelques instants juste devant la porte close. Cheveux blonds, yeux bleus, menton pointu, nez long et busqué aux narines dilatées qui lui donnait des airs de rapace, il était en blouson de cuir noir et jean, et arborait un cache-nez gris.

Hassul l'accueillit d'un léger signe de tête.

« Vous êtes arrivé à l'heure pile.

— Toujours.

— Et c'est toujours un plaisir. »

Earl s'avança, marqua un temps, tourna la tête pour regarder l'aquarium mural. Rien ne bougeait au sein des vallons rocheux et des falaises de son habitat.

« Notre amie Papattes va toujours bien ?

— Oui.

— Un de ces quatre, il faudra bien qu'elle sorte me faire un petit coucou, observa Earl. Je viens depuis assez longtemps pour qu'elle ne me considère plus comme un étranger. »

Hassul le regarda. « La pieuvre à anneaux bleus est une créature dangereuse mais discrète. Sa perception de qui est ou n'est pas un étranger peut être assez différente de la vôtre. »

Earl grommela, sans cesser de lorgner l'aquarium. « Je pense tout simplement que Papattes n'apprécie pas trop le surnom dont je l'ai affublée », observa-t-il.

Le sourire d'Hassul lui laissa une imperceptible sensation de picotement au coin de la lèvre inférieure. Il l'effleura du bout de la langue, y sentit une écaille de crème protectrice séchée. Trente secondes. Son épiderme avait-il pu souffrir de ces malheureuses trente secondes ?

Il invita Earl à s'asseoir devant le bureau puis s'installa à son tour dans son propre fauteuil, sans pour autant trahir son désarroi.

Earl le regarda depuis l'autre côté du bureau tout

en déroulant son cache-nez. Une infime portion de tatouage apparut au côté droit du cou — juste un trait de rouge, le reste étant dissimulé par son col.

« Très bien, dit-il après quelques instants. Qu'avez-vous ?

— Deux projets pour l'instant, répondit Hassul. Plus précisément, un unique projet mais avec deux éléments distincts et cruciaux. »

Earl s'était figé.

« Dites-moi tout.

— Un de mes revendeurs s'est évaporé il y a une semaine, avec le coûteux inventaire en sa possession. Il se peut qu'il ait abusé de ma confiance et l'ait volé, ou qu'il ait eu un souci lors d'une transaction prévue de longue date. Dans l'un et l'autre cas, il y a eu un gros problème.

— Son nom ?

— Patrick Sullivan.

— Et l'interlocuteur à qui il devait présenter les articles ?

— Un acheteur dont j'ignore le nom. » Hassul haussa les épaules. « J'ai pour règle de garder mes distances avec la chaîne du marché à ce niveau. »

Earl acquiesça.

« Si votre homme a filé, vous voulez que je m'occupe de lui.

— Oui.

— S'il a été enlevé, vous voulez que je localise l'auteur des faits.

— Oui. Je désire également déterminer si l'agresseur a agi seul ou sur ordre… et récupérer mon inventaire, si possible. »

Earl acquiesça une seconde fois.

« Quelle est l'autre partie du boulot ? »

Hassul attendit une seconde avant de répondre, les mains posées à plat sur le bureau.

« La femme de Patrick Sullivan, dit-il enfin. Quel que soit le motif de sa disparition, j'ai appris qu'il a partagé avec elle des informations extrêmement sensibles sur mes affaires.

— Et ?

— Je ne peux hélas courir le risque de voir ces informations transmises à des tiers. »

Earl le considéra avec l'ombre d'un sourire.

« J'imagine que vous connaissez son nom.

— Oui.

— D'accord, laissez-moi tous les éléments. » Earl marqua un temps. « Ceci pour la partie *pour l'instant...* »

Hassul leva une main, accompagnée de son sourire crispé.

« Le *plus tard...* sera pour plus tard », conclut-il.

Silence. Les deux hommes se dévisagèrent.

« Zahir vous donnera les détails, précisa ensuite Hassul. Vous pouvez bien entendu escompter une rétribution conséquente.

— Nul n'en douterait. »

Earl se leva, reboutonna son blouson, rabattit les manches sur ses bras.

« Bon, je ferais mieux d'y aller. »

Hassul se leva pour le raccompagner mais Earl s'était déjà dirigé vers la porte alors qu'il contournait encore son bureau, ne s'interrompant qu'un instant pour lancer un dernier coup d'œil vers l'aquarium.

Son occupant demeura obstinément tapi dans son trou rocheux.

« À plus, quand tu voudras », lança Earl à la paroi vitrée de l'aquarium.

Puis il se retourna vers la porte, l'ouvrit et sortit.

Depuis quelque temps Lathrop avait noté la baisse d'intérêt de Mam'zelle Frakes pour sa pelote de laine, mais ce n'était que récemment que cette modification de comportement avait commencé à s'insinuer dans ses pensées.

Encore un des nombreux signes que la chatte prenait de l'âge, des signes indubitables sauf à vouloir rester délibérément aveugle… et Lathrop n'était pas homme à retapisser les murs moisis de la réalité comme si de jolis paysages en tons pastel pouvaient empêcher la décrépitude de se poursuivre en dessous, les réduisant en tas de poussière et de décombres. La maison n'avait pas été édifiée pour durer et Lathrop pouvait sentir son infection pourrir chaque minute de son existence, pénétrant la charpente comme un incurable cancer des os. Il supposait que son objectif primordial était de toujours garder une étape d'avance sur le reste de l'édifice à mesure qu'il se délitait morceau par morceau, de se faufiler jusqu'à ce que s'effondre la dernière portion de toit. Il n'aurait trop su dire pourquoi il devait s'en préoccuper mais il y avait un certain attrait à rester debout jusqu'à la triste fin pour mieux pouvoir contempler à loisir le naufrage.

Lahtrop contemplait Mam'zelle Frakes, assis dans le canapé convertible de son studio situé à l'angle de Lexington et de la 63e Rue Est, un appartement en copropriété qu'il sous-louait pour deux mille dollars par mois, pas vraiment une broutille pour une pièce unique donnant sur l'imposante façade aveugle du supermarché Gristedes ouvert vingt-quatre heures sur vingt-quatre, de l'autre côté de la rue. La chatte était roulée en boule sur le tapis près du radiateur pour se réchauffer, la tête cachée sous les pattes, l'œil vert mi-clos scintillant sous une patte fourrée, seul indice manifeste qu'elle ne dormait pas vraiment. Abandonnée à côté d'elle, son jouet préféré de naguère, une pelote de laine marron que Lathrop avait trimbalée le long des quinze cents kilomètres qu'il avait parcourus avec elle ces six dernières années, sur la route, toujours sur la route, franchissant des frontières dont il avait oublié jusqu'au nombre, se glissant entre les plus obscures fentes, failles et fissures qui trahissaient la lente désintégration de la maison que Dieu avait bâtie.

La chatte Maine Coon appartenait à un chimiste d'Albuquerque fabricant de méthadone, quand Lathrop avait fait sa connaissance. À demi affamée, battue, méchante, elle était quasiment revenue à l'état sauvage, vivant de détritus et des quelques rongeurs qu'elle pouvait capturer sur place et dans le poulailler qui servait de labo à son propriétaire en titre. C'était à l'époque où Lathrop travaillait encore pour les Stups, où il pourchassait les trafiquants de drogue, l'époque où il se raccrochait encore à l'idée qu'il était possible de maintenir la maison debout, ou à tout le moins d'en ralentir la dégradation par la gestion et le contrôle, rebouchant les trous avec du mortier, extrayant les champignons qui avaient envahi les poutres. Son insigne d'inspecteur bien planqué dans les fondations — pas vraiment un endroit pour le garder propre —, il s'était échiné à traquer un mouchard de la mafia de la côte Est qui avait profité de son exil sur la côte Ouest, dans le cadre de la procédure de protection des témoins pour y réorganiser un réseau de distribution de méthadone, rendant bien vite accros la moitié des ados de son nouveau quartier. L'affaire lui avait valu de se retrouver dans une prison de haute sécurité mais avant que Lathrop ne fasse appel aux forces d'intervention pour fondre sur le laboratoire, il s'était empressé de rendre une visite officieuse au mec au coffret de petit chimiste, et lui avait rendu la monnaie de sa pièce pour tous les outrages qu'il avait fait subir au chat. Lathrop s'était efforcé de concilier sa responsabilité environnementale et ses efforts pour garder le secret sur sa visite, et il se disait que les morceaux du chimiste qu'il avait dispersés dans le désert devaient être aujourd'hui réduits à l'état de crottes desséchées dans des aires de vautour et des antres de coyote abandonnés.

Ce n'était pas la première fois que Lathrop avait exercé lui-même la justice avant de rompre définitivement les liens avec le service. Ce ne serait pas non plus la dernière. Mais c'était bien la seule fois où il avait récupéré un animal de compagnie en récompense de sa peine.

Tout bien considéré, ce n'était pas un mauvais deal.

Lathrop se rappelait sans peine le temps où Mam'zelle Frakes adorait s'en prendre à la pelote. Elle s'y attaquait alors sans répit, commençant par la surveiller, puis la faisant rouler entre ses pattes antérieures avant de se mettre à jongler avec, pour finalement la déchiqueter à coups de dents et de griffes jusqu'à la débobiner complètement, comme dans l'espoir de trouver au milieu quelque sanglant butin, un foie ou un cœur fumant propre à satisfaire ses instincts aiguisés de tueur.

À une époque, il ne se passait pas dix minutes avant que Lathrop ne doive rembobiner le long écheveau de laine tout emmêlé après l'avoir déposé au sol près de la chatte.

La boule de laine était restée enroulée depuis des jours maintenant, intacte, ignorée.

Mam'zelle Frakes se faisait vieille. Ses muscles étaient raides aux articulations, et elle traînait un peu l'arrière-train quand elle marchait. Elle dormait presque toute la journée, et il fallait l'aider à atteindre les perchoirs élevés que naguère encore elle pouvait gagner d'un bond souple. Elle n'avait toutefois pas perdu toute l'agressivité qui lui avait permis de subsister au temps où elle avait dû se défendre seule, et Lathrop estimait qu'elle avait encore les capacités de se débrouiller, et qu'elle les garderait sans doute quelque temps encore… mais le problème resurgirait fatalement le jour où ses sens s'émousseraient et où ses réflexes auraient ralenti juste assez pour laisser à un ennemi la fraction de seconde nécessaire pour lui sauter à la gorge.

Lathrop s'avança sur le canapé, et adressa un regard complice à cet œil vert jade qui l'étudiait de l'autre bout de la pièce.

« On fait une drôle d'équipe, toi et moi, dit-il avant de se tapoter la cuisse pour l'inviter à venir. Compagnons de voyage, partenaires de crime. »

Mam'zelle Frakes écarta la patte de sa frimousse, s'étira, s'assit, bâilla. Puis elle s'approcha de sa démarche traînante pour venir se frotter contre ses jambes.

Lathrop lui caressa le dos, l'entendit et la sentit ronronner, massa doucement les muscles raidis de ses hanches.

Soudain, un sifflement strident. La chatte se dégagea brusquement de ses doigts et lui griffa le dos de la main avant de s'écarter, le lacérant du poignet aux phalanges.

Puis elle se retourna vers le canapé avant de le fixer de nouveau calmement.

Les griffures le brûlaient déjà, mais Lathrop la regarda et sourit presque. Elle avait su transmettre son message à la perfection.

« Gentille fille, tu m'as montré où ça faisait mal. Je tâcherai de faire plus attention la prochaine fois. »

Mam'zelle Frakes l'observa, son petit moteur s'était remis à ronronner. Au bout d'un moment, elle se dirigea vers la kitchenette d'un pas fier et s'assit devant son écuelle vide.

Lathrop la suivit dans le coin-cuisine, ouvrit le robinet de l'évier et mit sa main ensanglantée sous le filet d'eau froide, avant de l'éponger avec une serviette en papier. La boule de fourrure l'avait esquinté pour de bon.

Il laissa la serviette imbibée de sang plaquée sur sa main durant une bonne minute avant de la jeter. Puis il tendit le bras vers un placard au-dessus de l'évier pour y récupérer une boîte de pâtée pour chats, tira sur l'anneau pour ouvrit le couvercle qu'il mit à son tour à la poubelle. Il lui vint soudain à l'esprit que Mam'zelle Frakes avait posé son petit derrière sur un butin potentiel de plusieurs millions de dollars. *Le cul du chat.* En effet, dans un coffre intégré sous l'une des dalles du parquet de la cuisine — boulonné aux poutres et muni d'une porte en acier composite qu'on ne pouvait ouvrir qu'en activant un verrou invisible algorithmique grâce à une télécommande mince comme une carte de crédit — se trouvaient les écrins des gemmes, des mini-disques de données, et des tirages papier des plans récupérés dans la mallette de Sullivan. Il était sûr de pouvoir fourguer rapidement les pierres une fois qu'Avram, le diamantaire, serait revenu de son déplacement à la bourse d'Anvers. Les disques, en revanche… Ce qui l'embêtait à leur sujet, c'était que Sullivan avait dit vrai quand il avait souligné qu'ils valaient infiniment plus avec les clés que sans.

Lathrop se pencha vers l'écuelle du chat pour y verser quelques cuillerées de pâtée.

Sullivan avait été relativement prudent mais il n'avait pas été aussi malin ou circonspect qu'il l'aurait cru. Il avait en outre une tendance à frimer — sa suffisance était comme un mince ballon d'insécurité hypergonflé, prêt à exploser à la moindre piqûre d'épingle. Ces faiblesses lui avaient valu cette nuit à l'île de Wards et peut-être y avait-il moyen de les exploiter. Libellule était le coup du siècle et Sullivan l'avait su. Il s'était bien sûr cru malin de garder les clés pour lui… à le voir, c'était gros comme une maison. S'il avait eu l'occasion de s'en ouvrir à quelqu'un — à ses yeux, une petite vantardise sans risque —, Lathrop aurait parié qu'il l'avait fait.

Lathrop s'accroupit, reposa l'écuelle. Il s'imagina l'Irlandais avec ses cheveux réimplantés, son anorak griffé et son luxueux coupé Jaguar à intérieur cuir. Autant de preuves manifestes de sa vanité, de son désir d'impressionner.

Qui aurait-il voulu le plus impressionner avec cette histoire… et qu'il jugerait surtout assez fiable pour lui confier ce qu'il estimait être une garantie essentielle, une assurance-vie susceptible de le tirer d'une embrouille au cas où l'une de ses transactions vespérales tournerait mal ?

Lathrop caressa la nuque de Mam'zelle Frakes, et se dit que la réponse lui semblait bien trop facile.

« *Confidences sur l'oreiller*, Mam'zelle Frakes. Si Sullivan a murmuré des secrets à l'oreille de quelqu'un, ce ne peut être qu'à sa douce. »

La chatte pencha la tête pour renifler la nourriture dans l'écuelle et, l'ayant trouvée à son goût, attaqua la pâtée avec délectation.

3

Californie du Nord / Pakistan / Belgique

« Qu'est-ce que tu penses de ce caillou ? demanda Roger Gordian.

— Attends une seconde, je ne suis pas sûr de bien voir ce que tu veux dire. »

Ashley lâcha les brancards de la brouette, se frotta les mains pour chasser la terre de ses gros gants de cuir, et monta vers lui. Ils se trouvaient au creux d'un vallon d'une dizaine de mètres de dénivelée au bord duquel ils avaient laissé sa Land Rover, sur une route en lacets qui traversait en zigzag les monts Santa Cruz selon une direction approximativement est-ouest.

« Regarde donc par là. » Gordian indiqua un cône de grès près du pied de la pente. « Ce caillou.

— Le rouge, avec ces espèces de strates rougeâtres ?

— Non, non. » Gordian agita la main. « L'aplati, avec ces taches brunes, juste à sa droite. »

Debout à côté de lui, sa femme regarda, inspecta, soupesa.

« Il serait parfait, dit-elle en aquiesçant.

— C'est ce que je me disais, confia Gordian. Je vais me mettre à creuser.

— Oh non, sûrement pas. »

Son expression passa du plaisir à la perplexité.

« Mais tu viens de me dire…

— Je sais ce que je t'ai dit. Mais rien que d'ici, je vois bien qu'il est beaucoup trop enfoui dessous. »

Gordian récupéra la pelle à long manche qu'il avait posée contre un affleurement usé par les intempéries.

« C'est bien pour ça que j'ai pensé à amener ma copine.

— Ta copine est-elle capable de creuser toute seule ?

— Ash…

— Parce que moi, je ne te laisserai pas te démolir le dos à déloger une roche qui doit faire dans les vingt kilos. »

Ils continuèrent à se dévisager un moment sous la chaleur de midi. Tous deux portaient des vieux jeans, des chaussures de marche, des gants épais et des blousons de toile pour empêcher les pierres qu'ils étaient venus ramasser d'abîmer leurs chemises. Gordian était coiffé d'une casquette de cheminot rayée bleu et blanc, censée lui protéger le crâne, ses quelques mèches grisonnantes ne lui offrant désormais plus grande protection contre les coups de soleil. Les épaisses boucles blondes d'Ashley, par contre, formaient une sorte de chignon torsadé d'une complexité toute féminine sous un bandana lilas très mode.

« On ne peut pas construire un mur de soutènement rien qu'avec du sable et du gravillon », objecta Gordian.

Froncement de sourcils de son épouse.

« Excuse-moi, monsieur Je-sais-tout, mais es-tu en train de suggérer que c'est ce que j'ai chargé dans la brouette ? »

Gordian jugea préférable de dominer son irritation.
« Non.
— Du *gravillon*, ça ?
— Ce sont de superbes cailloux de bonne taille, chou. C'est vrai. Sincèrement.
— J'espère bien… surtout pour toi…
— Mais je pense quand même qu'il nous faudrait quelques blocs un peu plus gros, crut-il bon d'ajouter en introduisant un doigt sous la casquette pour se gratter la tête. Surtout pour les pierres de bout. »
Soupir d'Ashley.
« Je ne veux pas que tu te surmènes, Roger, avertit-elle. Tout bien compté, ça fait quand même pas mal d'années que tu n'as plus vingt ans. »
Ni trente, quarante ou cinquante…, songea Gordian avec une moue.
« On aurait pu acheter des pierres taillées dans une carrière et nous les faire livrer à trois mètres de ma roseraie sur une palette, poursuivit-elle. Si je m'étais doutée que t'allais être aussi têtu, j'aurais aussi bien fait de recourir à un maçon professionnel. »
Gordian la lorgna.
« Je crois savoir monter un mur de pierre. Je te rappelle que mon père était fournisseur en matériaux de construction.
— Je n'ai pas oublié.
— Je te rappelle également ton aversion clairement affichée pour les murs de soutènement en kit qui ressemblent à de gros tas de pommes frites. »
Nouveau froncement de sourcils d'Ashley.
« De pétales de maïs frits, rectifia-t-elle. Ils ont tendance à être plus uniformes.
— Bon. Admettons. »

Ils se dévisagèrent en silence.

« Ash, écoute, reprit Gordian. J'ai démissionné du poste de patron d'UpLink pour qu'on puisse enfin partager la vie commune qui nous a toujours manqué. Pour que je puisse consacrer plus de temps à faire des trucs avec toi — et pour toi — après des dizaines d'années de responsabilités ininterrompues à la tête d'une entreprise de plusieurs milliers d'employés répartis sur les cinq continents. Mais la phrase clé, c'est *faire des trucs.* Je ne suis pas encore totalement gâteux. Et franchement, j'ai bien pris soin de m'accroupir pour te montrer que j'étais conscient de mes limites. »

Ashley baissa les yeux vers le terrain défoncé et racla le sol du bout de sa botte dans un mouvement d'une puérilité charmante. Gordian réussit à retenir un sourire.

« D'accord, je cède, dit-elle après qu'une bonne minute de raclage eut laissé un joli sillage dans la terre. À la condition expresse qu'on puisse revoir les termes de l'accord à l'instant où je te vois t'accroupir pour ramasser un *rocher* !

— Ça me paraît une solution équit... »

Le pépiement étrangement lointain de son téléphone mobile interrompit Gordian.

Il le chercha à tâtons à sa ceinture, ne put le localiser, baissa les yeux. Le téléphone avait disparu.

Il se remit à sonner.

Gordian se mit aussitôt à scruter les alentours. Ne l'apercevant toujours pas, il leva les yeux vers la pente où il avait ramassé des cailloux, pris d'un début de panique, certain que l'appareil avait dû tomber quelque part au milieu de ce chaos rocailleux.

« Par ici, Roger ! »

Il se tourna vers Ashley et fut surpris de découvrir le téléphone au creux de sa main.

« Où donc... ?

— Je l'avais ramassé par terre quand tu l'as fait tomber, il y a une demi-heure. »

Tchip-tchip !

« Tu devrais répondre avant que ton correspondant s'imagine que tu t'es endormi dans ton rocking-chair », ajouta-t-elle avec un sourire en coin.

Gordian répondit par une grimace, saisit le téléphone, l'ouvrit d'une pichenette.

« Allô ?

— Patron ? Super ! J'allais vous laisser un message. »

Gordian ouvrit la bouche, la referma. Les deux ou trois secondes qu'il lui fallut pour situer la voix à l'autre bout du fil n'étaient pas dues à son caractère étranger. Non, c'était plutôt l'étrangeté du contexte dans lequel il l'entendait. Il supposa que cela devait faire des années qu'il n'avait pas discuté avec Lenny Reisenberg en dehors d'un bureau, que ce soit en tête à tête ou par téléphone.

« Lenny ?

— Ouais, patron. » Une pause. « Je tombe à un mauvais moment ?

— Non, non, du tout.

— Vous êtes sûr ? Ça ne devrait prendre qu'une ou deux minutes mais je ne veux pas vous déranger si vous faites quelque chose...

— Non, c'est vrai, maintenant, c'est très bien. Dis donc, ça fait un bail, Len. Comment vas-tu ?

— Très bien, répondit Lenny. Et vous ?

— Je travaille sérieux ma semi-retraite. »

Rire de Lenny. « Vous étiez toujours tellement

occupé à diriger la manœuvre, au siège, que ça doit pas être évident pour vous d'avoir du temps devant vous.

— Je m'y attendais, avoua Gordian. Mais j'ai découvert que le plus dur n'est pas de trouver à s'occuper.

— Oh ? »

Gordian s'adossa à l'épaulement près de sa pelle et jeta un coup d'œil à Ashley. Elle était en train de réorganiser le tas de pierres dont elle avait déjà rempli la brouette.

« C'est toujours une affaire de négociations et de compromis, expliqua-t-il. Sauf qu'ils sont d'une nature un rien différente à présent.

— Faut me promettre de me tuyauter là-dessus un de ces quatre. »

Un de ces quatre, se répéta mentalement Gordian. « Que puis-je pour toi, Len ? »

Bref silence dans l'écouteur. Puis un soupir.

« Me rendre un service, j'espère, répondit-il enfin. Je me sens déjà tout con rien qu'à vous demander… j'imagine que c'est assez incongru…

— Personnel ou professionnel ?

— Je ne suis même pas sûr que la démarcation soit nette, avoua Lenny. Ou s'il y en a une, c'est un tantinet flou dans ma tête.

— Alors, j'imagine que tu ferais mieux de mettre tout à plat avant que ce flou gagne la mienne. »

Nouveau gros soupir de Lenny avant qu'il n'entame son explication.

Gordian écouta attentivement. D'abord, ce représentant de Kiran, un certain Patrick Sullivan. Les inspecteurs de Long Island qui s'étaient présentés au bureau de Lenny pour enquêter sur sa disparition, suivis de la propre épouse de Sullivan venue solliciter son aide. Ses réticences initiales, bientôt surmontées quand ce plaidoyer avait fait vibrer une corde en lui. Puis son serment de faire son possible — avant que Noriko Cousins ne le flingue au siège de l'Épée —, l'avis plein de sagacité d'un herboriste chinois dénommé Yan et enfin, la révélation dans un resto casher, déclenchée non sans une certaine ambiguïté par une bouchée — enfin, peut-être deux ou trois — de sandwich au bœuf fumé.

Cinq minutes plus tard, Lenny était presque au bout de son épreuve pour expliquer ce qui pesait sur lui.

«J'ai sillonné la moitié de Manhattan, hier, à me dire que je n'avais aucun droit de demander à l'Épée de s'immiscer dans les affaires d'un gars qui n'appartenait pas à nos effectifs, conclut-il, apparemment hors d'haleine. Que je devais laisser tomber. Merde, je ne connais même pas assez Sullivan pour ne pas écorcher le nom de sa fille. Je la croyais en CP ou en CE1 jusqu'à ce que sa mère me signale qu'elle était en fac. Mais enfin... Patron, vous vous rappelez cette vieille émission de télé, *C'est votre vie*? Eh bien, depuis que Mary Sullivan est entrée dans mon bureau, j'ai l'impression de me retrouver investi par l'esprit du présentateur... comment s'appelait-il déjà ?

— Ralph Edwards.

— C'est ça, oui, et qu'il est en train de réveiller mon passé devant moi. Et je dois bien admettre que l'unique souvenir qui ne cesse désormais de surgir de derrière le rideau... eh bien, vous vous rappelez le jour de notre rencontre ? Enfin, plutôt le soir... c'était ici même à New York. Sur Times Square...

— Comment aurais-je pu l'oublier, Len ? dit

Gordian. Tu étais, comment dire, l'homme de la situation. Et un bon vendeur, qui plus est.

— J'étais un mec largué mais frimeur, avec un boulot de merde dans une boutique de disques et une connaissance minimale du jazz, tempéra Lenny. "Tu veux t'en sortir, prends l'ornithologie", vous vous souvenez ? »

Un souvenir nostalgique effleura les lèvres de Gordian.

« "Je réussirai avec Dizzy, si vous me filez l'anthropologie." Je me souviens, Len…

— On peut jamais savoir quand on trouvera chaussure à son pied. »

Gordian réfléchit à la remarque, sourit.

« Sinon, la route de la vie paraîtrait parfaitement balisée.

— Ouais, dit Lenny. J'imagine. »

Gordian attendit en silence.

« Patron, je ne voudrais pas paraître nunuche, reprit Lenny au bout d'un moment. Mais la raison que j'ai évoquée… je sais que vous faites confiance aux gens de l'Épée pour savoir où aller et ne pas aller fourrer leur nez. Je sais que Noriko Cousins a de solides raisons de passer la main sur ce coup-là, et je n'ai pas du tout envie de la court-circuiter. Mais il y a vingt ans, vous m'avez fait changer de voie, sans que je sache au juste pour quelle raison — et sûrement aucune que je méritais. Vous avez parié sur moi. Et la leçon que j'en ai tirée depuis est qu'il est des moments où il faut juste tendre la main, gratuitement. Quand un truc chez une personne remue quelque chose en vous, et que vous savez, intérieurement, que c'est cela qu'il faut faire et que si vous ne le faites pas, vous vous défilez. »

Gordian demeura silencieux quelques instants encore. Cela faisait maintenant six mois qu'il avait confié la responsabilité quotidienne de la direction d'UpLink à Megan Breen, ce qui voulait dire qu'il n'était pas prêt à fouiner sur les activités du groupe Kiran ou de sa maison mère, Armbright Industries. On pouvait s'en formaliser, mais une des fonctions constantes et nécessaires de l'Épée était de collationner aux fins d'évaluation un maximum d'informations sur la concurrence, à savoir les autres firmes technologiques… en clair, espionner les rivaux d'UpLink sur ce marché. Gordian était certain de ne pas avoir besoin de rappeler ce fait à Lenny et d'ailleurs, il se serait bien gardé de le faire au téléphone. Ce qu'on appelait la veille concurrentielle constituait une part vitale — et admise — du métier que pratiquaient toutes les grandes entreprises, contre lesquelles elles se protégeaient et dont elles prétendaient hypocritement ne rien savoir. Les questions éthiques et juridiques que soulevaient ces pratiques étaient d'abord apparues quand le recours à l'espionnage pour acquérir une avance stratégique rejoignait le vol de brevet ou le sabotage industriel, des frontières que Gordian avait toujours veillé à ne jamais franchir.

Et voilà que Lenny voulait que Noriko Cousins — et maintenant, Gordian en personne — demande à l'Épée d'enquêter sur les circonstances entourant la disparition d'un employé de Kiran. Ou de fouiner dans une affaire de mari disparu, selon l'angle qu'on désirait choisir. Dans l'un et l'autre cas, la première question qu'une telle requête avait soulevée dans l'esprit de Gordian était de savoir si elle violait ou non l'un des critères fondamentaux encadrant la pratique de la veille concurrentielle. Et quand bien même ce n'était pas une enquête banale, il en conclut qu'elle entrait plus ou moins dans le cadre de sa définition d'un tel programme. Restait à décider si la demande de Lenny méritait l'attribution de moyens par l'entreprise… soit parce qu'il estimait que cela recouvrait les intérêts d'UpLink, soit parce qu'il était prêt à y céder par amitié.

Gordian demeura songeur, tandis qu'il regardait Ash continuer à remuer les pierres qu'elle avait entassées dans la brouette. Il se demanda vaguement ce qu'elle trouvait à redire à l'empilement initial, avant de se rendre compte tout aussitôt qu'elle les remuait tout simplement pour lui laisser le temps de discuter au téléphone. Il se rendit compte presque au même instant à quel point il avait envie de la rejoindre. Puis il s'avisa qu'il avait non moins envie de prendre une décision pertinente concernant UpLink.

Il se concentra de nouveau sur la requête de Lenny, en particulier l'argument qu'il lui avait donné. Que lui avait-il dit au juste ?

Que c'était la chose à faire. Tout simplement. En résumé, il n'a pas cherché à me convaincre qu'il y avait le moindre bénéfice pour UpLink, ou à me fournir telle ou telle autre raison.

Gordian réfléchit encore — laissant gentiment mariner son correspondant et sentant la chaleur du soleil peser sur son visage. Enfin, avec un hochement de tête, il quitta son appui contre la roche.

« Si tu veux bien, je te recontacte dans un jour ou deux, Len, dit-il enfin. Je vais passer deux-trois coups de fil, histoire de commencer d'ici là à mettre les choses en route. »

Pete Nimec ouvrit son armoire à pharmacie, regarda dedans, fronça les sourcils, la referma, étudia dans la glace de la porte ses joues mal rasées, soupira, sc pencha pour ouvrir le placard sous le lavabo, tendit le bras et se mit à y fourrager pendant une minute, fronça de nouveau les sourcils, le referma, se redressa pour examiner sa barbe de deux jours, re-soupira, et enfin, rouvrit la pharmacie pour sa quatrième et à coup sûr vaine inspection de ses multiples rayonnages de tailles diverses.

Nimec avait horreur de devoir s'agiter, tout particulièrement un lundi matin. Surtout quand cette agitation semblait ne mener nulle part.

On frappa à la porte de la salle de bains à l'instant même où ses lèvres esquissaient une moue crispée.

Il serra la ceinture de son peignoir.

« Entrez. »

Un instant après, il vit Christopher Caulfield l'observer depuis le seuil. À un mois de son douzième anniversaire, ses un mètre vingt et quelque entièrement peignés, récurés et habillés, il était prêt à partir à l'école.

Nimec nota l'expression ravie du môme, puis il avisa le téléphone mobile dans sa main tendue.

« Hé ! fit-il, son dernier froncement de sourcils interrompu en plein vol. Où es-tu allé ramasser ça ? »

Chris était toujours aussi radieux.

« Tu sais, l'espèce de vieux coffre en bois de maman, ou je ne sais quoi, avec les tiroirs ?

— Celui près de l'entrée ?

— Nân, l'autre, rectifia Chris. Sur c't' espèce de table, à l'entrée du salon.

— Aaah, fit Nimec. J'te revaudrai ça, cap'taine.

— Genre, de quoi passer une demi-heure sur le dojo un peu plus tard ?

— Genre, de quoi finir tes devoirs dès ton retour de l'école, pour qu'on puisse y passer plutôt une heure. » Nimec lui serra l'épaule. « Linda s'en sort avec mes chemises propres ?

— Elle a trouvé une chemise blanche qui pue juste à peine dans l'autre salle de bains.

— Ça ne fera pas l'affaire.

— C'est bien ce que je me suis évertué à lui dire. » Puis Chris le détailla. « Toujours pas trouvé de lame de rasoir, hein ? »

Nimec gratta l'amorce de barbe sous son menton, avec une gêne grandissante.

« Non, admit-il. J'ai pourtant dû regarder partout. »

Chris s'approcha de la poubelle. « Là, aussi ?

— Partout, je t'ai dit.

— Moche.

— Je sais.

— On va être en retard, Pete.

— Non. Pas si on se dépêche. » Se dépêcher, terme honni.

Nimec tendit la main vers la tablette sur laquelle il avait posé sa montre avant d'entrer sous la douche… enfin, pour être précis : sur laquelle il avait posé le micro-ordinateur portable à liaison radio WristLink qui faisait tout et le reste, sauf les fonctions de base qui lui auraient permis de se raser, de s'habiller et d'être dehors à temps pour conduire les mômes à leurs écoles respectives avant de gagner son bureau de la filiale d'UpLink à San Jose, où il présidait au devenir de l'entreprise au titre de responsable de la sécurité internationale, job dans lequel il rencontrait heureusement plus de succès qu'avec ses récentes et peu concluantes tentatives dans le domaine de la mono-parentalité. Tout ça, pendant qu'Annie — épouse de Nimec depuis quatre mois, et mère fort expérimentée des pauvres enfants abandonnés à ses mains malhabiles — était partie à Houston transformer des hommes et femmes en astronautes.

« Ce bidule dit qu'il est huit heures moins le quart, observa Nimec, en lorgnant l'écran du WristLink pendant qu'il le bouclait à son poignet. Ça nous laisse un quart d'heure pour décoller d'ici. »

Chris vérifia sur sa propre montre.

« Pete, la mienne indique qu'il est presque moins cinq...

— Et la mienne est synchronisée sur les signaux radio de l'émetteur de l'Institut national de technologie et de normalisation, ce qui en fait l'heure officielle, objecta Nimec. Tu crois pouvoir te mesurer à ça ? »

Chris le regarda.

« Oh, bien sûr. Comme je peux me mesurer à toi au karaté.

— Un jour, peut-être. D'ici là, il faut que j'appelle ta mère. »

Il prit le mobile des mains de Chris, l'ouvrit d'une pichenette, le coinça contre sa joue.

« *Ah... Nne... Iiie...* », articula-t-il avec une élocution lente et laborieuse propre à le faire passer pour un bègue — avant de se faire l'effet d'un idiot, vu qu'un tel effort était inutile avec les toutes dernières interfaces de composition vocale. Les vieilles habitudes sont tenaces.

Une sonnerie à son oreille, puis le nom d'Annie apparut sur son écran… comme, l'imaginait-il, le sien sur celui de sa correspondante.

« Salut, Pete. »

Nimec sourit. Entendre sa voix lui remonta le moral. En même temps que ça lui donnait l'impression d'être redevenu un ado éperdument amoureux. Elle était partie depuis… quoi ? Quatre jours, c'est ça ? Mais pour être honnête avec lui-même, il devait admettre que c'était ainsi depuis la fin de leur lune de miel. Trois ou quatre jours par semaine, toutes les semaines. Ces séparations forcées pour des raisons professionnelles n'étaient certes pas l'idéal pour des jeunes mariés.

« Annie, t'es au boulot ?

— J'aimerais bien. Non… coincée dans les embouteillages.

— T'es où, là ?

— Quelque chose comme moins d'un kilomètre du centre », répondit-elle, usant de l'abréviation en cours à la NASA pour désigner l'immense complexe de recherche, d'opérations, d'entraînement et de bureaux administratifs qui constituait le centre spatial Lyndon B. Johnson, entre Houston et Galveston. « Entretien de routine. Ils ont fermé deux voies sur l'autoroute.

— Pas de pot.

— Ça n'aurait pas pu plus mal tomber. Tu parles d'une tuile, Pete. Le lancement d'Orion III est prévu pour dans un mois… »

Cinq semaines et deux jours, songea-t-il. *T'auras alors terminé de bosser sans arrêt à l'extérieur et on sera de nouveau en orbite, tous les deux.*

« ... et on a l'équipage de la navette en phase ultime d'entraînement intensif. Simulations de mission entière, avec ce matin une répétition de rendez-vous et d'arrimage. Et qu'est-ce qui se passe ? Un petit malin du service des autoroutes du Texas décide que c'est maintenant qu'il faut refaire la chaussée.

— On aurait pu imaginer qu'ils aient la bonne idée de se coordonner avec le LBJ, observa Nimec.

— À coup sûr... et dire que j'ai quitté l'appartement quarante minutes plus tôt pour éviter ces embouteillages, j'y crois pas. » Soupir d'Annie. « Enfin, bon, assez râlé. Tout se passe bien, à la maison ?

— Ouais. Enfin, à peu près. À part un petit problème. Ou deux. Mais si t'es au volant...

— Disons plutôt que je lorgne le cul d'un camion-citerne, rectifia-t-elle. Au fait, c'est quoi, des "graisses animales non comestibles" ?

— Aucune idée. Pourquoi ?

— Parce que le terme n'a rien de très engageant, répondit Annie. Et parce que c'est ce que dit la pancarte collée sur la citerne, avec l'avertissement de ne pas la suivre de trop près.

— Franchement, Annie, ça peut attendre que tu ne sois plus sur la route...

— Allons, j'ai un kit mains libres. Qu'est-ce que t'arrives pas encore à trouver, ce matin ?

— Comment as-tu deviné que... ?

— Pete, tu as le même problème tous les matins, observa Annie. Alors, je suis tout ouïe. »

Nimec se racla la gorge.

« Des lames de rasoir neuves. Je les cherche partout.

— T'as essayé ton placard dans la salle de bains ? »

Nimec se tourna vers la porte juste derrière lui, en arquant les sourcils, consterné.

« Ben, non…

— Il devrait y en avoir un paquet sur l'étagère du milieu. »

Il alla jeter un œil, découvrit effectivement plusieurs paquets de lames neuves, bien en vue tout à côté d'un stock conséquent de shampooing et de mousse à raser.

« Tu les vois ? s'enquit Annie.

— Ouais, merci. » Nimec saisit un paquet et déchira l'enveloppe de cellophane. « J'aurais pourtant juré qu'elles étaient sous le lavabo…

— Autrefois, Pete. Dessous, dessus, à côté. Mais ça fait des mois que je les range dans ton placard.

— Tant que ça ?

— Depuis que je suis venue mettre un peu d'ordre dans ton existence. »

Nimec réfléchit un moment.

« J'imagine qu'on a déjà eu cette discussion…

— Hon-hon, fit Annie. Quoi d'autre ?

— Mes chemises ?

— Pas dans ton tiroir ?

— Pas une seule.

— Alors Chloe n'a pas dû ranger la lessive de vendredi.

— Ah, l'avantage d'avoir une bonne.

— Écoute, Pete. On ne l'a qu'à mi-temps.

— N'empêche, avant, je savais où…

— La buanderie, coupa Annie. Le panier en osier, par terre, à côté des machines.

— T'es sûre ?

— Cent pour cent. C'est toujours là qu'elle met le linge après l'avoir sorti du sèche-linge.

— Quitte pas, je vérifie... »

Nimec écarta le téléphone de sa bouche, et envoya Chris en éclaireur à l'autre bout de la maison. Deux minutes plus tard, il était de retour au seuil de la salle de bains, sa petite sœur sur les talons. Chacun d'eux tenait devant lui une chemise blanche bien pliée, tenue à bout de bras comme un carton de pizza.

« Pete... ?

— Ça y est, c'est tout bon, Annie.

— Ravie de l'entendre, parce que ici, ça commence à bouger.

— Et on ferait bien de faire pareil de notre côté. Je te rappelle chez toi, ce soir ?

— Dans ce cas, n'hésite pas à attendre la fin de soirée. Je suis partie pour une longue journée au bâtiment 5. »

Nimec se gratta tranquillement sous le lobe de l'oreille.

« Je t'aime, Pete. Gros bisous aux petits.

— Je te rappelle. »

Nimec referma le téléphone, le glissa dans sa poche de peignoir et ordonna aux enfants de sortir de la salle de bains, le temps qu'il se rase.

Dans sa hâte, il se fit deux ou trois méchantes estafilades.

Le trio d'antiques camions-bennes à charbon, tractant leurs remorques découvertes, avait franchi en trombe la frontière pakistanaise de nuit sous une lune gibbeuse, parcourant près de cent cinquante kilomètres vers le nord-est de la gare de marchandises d'Islamabad jusqu'à Chikar, village minuscule et difficile d'accès — lequel accès se résumait à quelques rubans d'asphalte mal éclairés qui plongeaient et sinuaient entre des pics déchiquetés et couverts de neige.

Parvenu au sommet d'une côte à flanc de colline, le chauffeur du véhicule de tête se demanda, intrigué, ce que dévoilait le faisceau de ses phares, droit devant.

Il lorgna son passager qui somnolait, puis se pencha pour lui secouer l'épaule. « Khalid, réveille-toi. »

Khalid sursauta, la tête ballant encore sur sa poitrine.

« C'est quoi, le problème ? » dit-il d'une voix pâteuse.

Le chauffeur lui lança un regard excédé.

« Regarde toi-même. »

Khalid se redressa d'un bond. Cinquante ou soixante mètres devant lui, sur sa droite, il avisa une guirlande de feux clignotants au bord de la route, à l'endroit où des congères s'entassaient contre la pente. Ce balisage menait à une barrière amovible en bois et jetait des reflets rouge vif sur la neige fraîche qui recouvrait sur une épaisseur de plusieurs centimètres l'asphalte et les aspérités rocheuses en surplomb. Deux soldats coiffés de casques de combat, vêtus d'une capote beige et chaussés de bottes étaient postés devant le barrage, fusil d'assaut en bandoulière. Garées en épi juste derrière, trois jeeps, moteur au ralenti, phares allumés ; un panache s'échappait de leur pot d'échappement. À l'intérieur des véhicules, on devinait d'autres soldats, dont l'ombre se découpait au clair de lune.

« *Maader chud* », jura Khalid. Ses yeux s'écarquillèrent. « Tu crois qu'ils appartiennent à l'infanterie régulière ?

— Regarde bien. Ces flingues devraient t'apporter une réponse. »

Khalid lorgna les soldats derrière le pare-brise avant de lâcher un nouveau juron. Les mitraillettes étaient des H & K G3, modèles dont étaient dotées les patrouilles frontalières.

« Des gardes frontières.

— On dirait bien, oui. »

Ils continuèrent de rouler en silence.

« Ce pourrait être un simple contrôle de routine. La douane volante, observa Khalid, modérément convaincu. Quoi qu'il en soit, Youssef, on a les documents qu'il faut. »

Le chauffeur écarta mentalement ce bien peu convaincant réconfort. Chikar était située à vingt-cinq kilomètres de la zone réglementée qui englobait les confins occidentaux des districts kashmiri de Muzafarabad et de Poonch, avec leurs avant-postes militaires et leurs camps de réfugiés sévèrement gardés. Qui plus est, il était au double de distance de la ligne de contrôle. Dans le calme relatif qui avait régné de part et d'autre de la frontière ces six derniers mois, la bande de Youssef avait effectué nombre d'incursions dans ce secteur sans jamais rencontrer de gardes à cette distance des postes avancés.

Le convoi de camions de charbon s'approcha en grondant de la barrière, imprimant dans la neige fraîche de larges traces de pneus. Youssef vit les deux gardes s'avancer jusqu'au milieu de la route en brandissant des bâtons phosphorescents au-dessus de leur tête pour intimer à la procession l'ordre de s'arrêter.

Youssef appuya sur la pédale et le camion ralentit dans un chuintement de freins hydrauliques.

Khalid se trémoussa sur le siège du passager. Lui aussi était de plus en plus certain de l'arrivée imminente des ennuis. Et n'était-ce pas prévisible en ces temps où la confiance se bradait pour une poignée de dollars ? Le président de son pays n'était rien d'autre qu'un *Bharway*, un souteneur, dont l'armée régulière n'était qu'un ramassis de putes abâtardies — un jour à genoux devant les Américains, un autre le cul levé pour se le faire botter par les Indiens. Pour Khalid et ses complices, le comble de la honte avait été atteint quand la direction de l'ISI — le renseignement pakistanais — avait commencé à tourner casaque contre quelques billets verts. Dieu soit loué, il en restait encore quelques-uns pour refuser de s'abaisser de la sorte.

« Assure-toi que les autres sont prêts, ordonna Youssef, en indiquant d'un signe de tête le reste du convoi derrière eux. N'utilise que le code par bips. »

Khalid le regarda.

« Tu crois que ces types peuvent casser notre cryptage ? »

Youssef acquiesça, les mains crispées sur le volant.

« Qui sait ce qui les a menés ici, observa-t-il. S'ils doivent intercepter quelque chose, autant que ce soit du bruit dépourvu de sens. »

Khalid bougonna. Encore une fois, cette lassitude sur les traits de Youssef. Et encore une fois, il en comprit les racines. Ce n'était pas uniquement l'armée qui devait les inquiéter — leurs comparses hindous de l'autre côté de la ligne de contrôle étaient particulièrement doués en matière d'interception radio.

Il sortit de sa vareuse le téléphone mobile, le commuta sur les canaux d'interphonie et se servit du clavier numérique pour transmettre une série de bips. Quelques instants plus tard, il entendit dans son écouteur une autre séquence en réponse à son message et glissa de nouveau l'appareil dans sa poche.

Youssef immobilisa le camion alors qu'un des soldats s'approchait de la portière, jetait un coup d'œil sur le logo peint à l'extérieur de celle-ci avant de lui faire signe de baisser la vitre. De la main droite, il la descendit à moitié, tout en notant que son collègue contournait la calandre pour se diriger côté passager.

« C'est une nuit affreuse pour être dehors, mon frère, commença Youssef en penchant la tête à l'extérieur. Y a-t-il eu un problème dans le secteur ? »

Le garde-frontière ignora sa question ; sous la barbe, le visage demeurait indéchiffrable. Les yeux balayèrent l'intérieur de la cabine, s'attardèrent une seconde sur Khalid avant de revenir à Youssef.

« Je vois que vous travaillez pour Daud Fuel & Energy, dans la capitale.

— Oui.

— Et votre destination ?

— La centrale de Chikar », répondit Khalid.

Les yeux du garde restaient rivés sur lui.

« Je voudrais examiner vos papiers, s'il vous plaît. »

Khalid les avait sous la main, sur une tablette. Il se pencha pour passer le tout par la vitre.

« Ce n'est pas un peu tard pour une livraison ? » observa le garde, en feuilletant permis et manifestes.

Youssef avait jusqu'ici gardé la main gauche posée

sur le volant. À présent, il la leva dans un geste las et résigné avant de la laisser discrètement retomber sur le siège près du levier de vitesses au plancher.

« L'hiver, nos livraisons par chemin de fer depuis Dera Ghazi arrivent quand elles peuvent... et que peut-on faire d'autre qu'attendre pour les charger ? répondit-il. Aujourd'hui, c'est une tempête dans la vallée qui les a retenues — nous aussi, du reste — et nous a fait prendre trois heures de retard sur l'horaire. »

Silence. Le vent soufflait sur les arêtes et les sommets enneigés de la vaste chaîne de montagnes en soulevant des tourbillons de poudreuse. Ils dérivaient sous la lune et venaient saupoudrer de cristaux scintillants le pare-brise et la capuche de Youssef.

Il regarda dans son rétro et vit le second garde-frontière poursuivre sa tournée le long du côté gauche du camion, en direction de l'arrière. Il s'était attendu à ce que les gardes n'en restent pas là, quand bien même ses réponses aux questions posées eussent été aisément vérifiables. La destination des marchandises, son explication du retard... tout cela était vrai, jusqu'à un certain point. Daud était une entreprise de fourniture de pétrole et charbon parfaitement légitime, et neuf fois sur dix, ses camions à destination de territoires longeant les frontières orientale et occidentale du pays ne transportaient que la cargaison déclarée.

Youssef doutait que ce fût par hasard que ce contrôle soit survenu lors du voyage aller. Quelqu'un avait dû être informé. Mais sans doute le tuyau était-il resté vague et n'avait donc pas été trop convaincant. Sinon, il y aurait eu un peu plus qu'une présence militaire symbolique sur la route.

« Sauf votre respect, pouvons-nous avoir l'autorisation de poursuivre notre chemin ? demanda-t-il. Les chauffeurs sont fatigués et nous avons encore une longue route à faire. »

Le garde le regarda.

« Je vous laisserai partir dès que possible, répondit-il. Mais mes hommes vont devoir auparavant inspecter l'arrière de vos véhicules. »

Youssef fit mine d'être surpris, tout en glissant la main gauche dans l'espace entre les deux sièges.

« Pour quelle raison ? » s'enquit-il et il sentit son cœur battre plus fort. Dans un instant, il le savait, le soldat allait communiquer par radio avec les jeeps. « Chacun de ces bahuts transporte jusqu'à quarante-cinq tonnes de charbon. On y sera encore demain à cette heure avant que vous ayez fini.

— Détendez-vous, je n'ai pas dit qu'on allait devoir tout pelleter sur la route. » Le garde s'apprêtait à lui rendre ses papiers par la vitre ouverte. « Vous avez votre boulot, on a le nôtre. »

Et c'était bien là le problème, songea Youssef.

Alors que le bras de l'homme était encore dans la cabine, tendant les papiers, de la main droite, Youssef le saisit au poignet pour l'attirer à lui et lui faire perdre l'équilibre. Dans le même mouvement, son autre main, armée d'un couteau, avait jailli de l'espace entre les sièges, près du levier de vitesses, pour passer de l'autre côté et plonger la lame dans la gorge du garde, sous l'angle du maxillaire, et pénétrer dans la tranchée. D'un geste sec, il fit alors pivoter la lame dentelée dans la blessure avant de la rabattre sur la droite pour trancher une large boutonnière horizontale qui sectionna les deux carotides.

Les yeux du garde se révulsèrent et il émit un crachouillis presque inaudible. Tandis que, jailli de la blessure déchiquetée, son sang chaud pulsait, tout fumant dans l'air froid de la nuit, sur la main et le bras de Youssef, il s'effondra vers l'avant mais Youssef le retint par le poignet pour maintenir son corps plaqué au flanc du camion quelques instants encore.

« Khalid, vite ! » lâcha-t-il d'une voix rauque.

Khalid avait déjà ouvert la portière côté passager. Et, sortant rapidement de sa poche de manteau son pistolet mitrailleur tactique Steyr à silencieux, il se pencha et pivota au niveau de la taille pour diriger son tir vers le second garde qui lui tournait le dos, debout à côté de la remorque.

Avec le grondement sourd et persistant du vent entre les parois montagneuses, le soldat n'avait encore rien entendu d'inhabituel. Il n'avait pas non plus remarqué quelque chose d'anormal jusqu'à ce que Youssef lâche son compagnon mourant qui s'effondra au sol, le couteau planté dans la gorge, puis, tenant le volant d'une main, engage la première avec des doigts englués de sang et écrase la pédale d'accélérateur.

Ce n'est qu'au moment où le camion s'élança vers le barrage que le second garde se retourna pour voir de quoi il retournait, et fut aussitôt cueilli par la volée de balles, jaillies, invisibles et silencieuses, de l'arme à coque de polymère de Khalid. L'homme s'écroula sur place, comme une poupée dégonflée, ses jambes se dérobant sous lui.

La porte du passager toujours ouverte, Khalid rentra la tête à l'intérieur de la cabine et regarda devant lui.

Crispé, il enfonça les doigts de sa main libre dans le flanc de son siège, tout en agrippant, de l'autre, la poignée de son arme. La benne à charbon progressait lentement, la barrière grossissait derrière le pare-brise. Khalid vit des soldats se déverser de leurs jeeps, en pagaille, s'attendant à être éperonnés, et s'égailler vers les deux bas-côtés tout en tirant au jugé sur le camion.

Baissant la tête pour éviter les projectiles qui criblaient le pare-brise, Khalid riposta en tirant une salve par la portière grande ouverte et vit s'effondrer l'un des soldats en fuite. Derrière lui, les deux autres camions du convoi étaient demeurés parfaitement immobiles, mais leurs portières s'étaient également ouvertes à présent. Les hommes qui bondissaient des cabines sur la route étaient dotés d'armes plus lourdes que son PM compact ; c'étaient des Kalachnikov AK-100 équipées de viseurs de nuit et munies de lance-grenades GP-30 sous le canon.

Saupoudré d'éclats de pare-brise, aveuglé par le sang ruisselant d'estafilades aux joues et au front, Khalid fit cracher son Steyr jusqu'à ce que le chargeur soit vide, puis il la jeta sur le siège et, cherchant à tâtons entre ses jambes, souleva la trappe camouflée dans le plancher de la cabine pour sortir de sa cache une AK-100. Un instant après, sa propre Kalachnikov crépitait dans sa main.

Un claquement assourdi derrière lui, suivi d'un sifflement au-dessus de sa tête, lui fit comprendre qu'un de ses complices à l'arrière venait d'expédier une grenade de 40 mm par-dessus le barrage. Il décompta mentalement et entendit un autre projectile le dépasser par le côté, suivant une trajectoire tendue : cette grenade avait été tirée par le même tube mais la direction et l'angle de tir avaient changé pour dérouter l'ennemi. La première illumina la nuit au-dessus du côté gauche de la route où plusieurs gardes s'étaient réfugiés en hâte. Déclenchée par une amorce réglée sur un délai de quatorze secondes, son explosion cribla la zone d'une pluie d'éclats de métal. La seconde explosa à peine trois secondes plus tard et déchiqueta tout ce qui se trouvait plus près du sol sur la droite. À travers la détonation, Khalid entendit des cris perçants, ponctués du cliquetis aigu des éclats criblant la carrosserie des jeeps garées derrière le barrage.

Et puis ledit barrage cessa d'exister quand Youssef défonça la barrière transversale en bois, pulvérisant celle-ci. Une partie de ses éclats cribla la calandre tandis que les montants décapités dressaient à la verticale leurs moignons déchiquetés.

Khalid s'arc-bouta dans son siège pour éviter d'être projeté en avant quand Youssef s'arrêta pile, une fraction de seconde avant qu'ils ne percutent une des jeeps abandonnées.

Ils restèrent un moment immobiles, interdits, regardant à travers le pare-brise à moitié détruit. Un garde-frontière blessé gisait dans la neige près de la portière de Youssef, étreignant sa poitrine, gémissant de douleur. Il y avait encore un peu de lumière, des tirs sporadiques en provenance des bas-côtés, et Khalid pouvait apercevoir les hommes qui s'étaient déversés des camions à l'arrière se précipiter vers eux au pas de course, en se déployant de gauche à droite dans l'obscurité. Il ne fallut pas longtemps pour que le feu adverse se taise.

« On perd du temps, commenta Youssef. Récupère tous les papiers dans le camion et demande à l'un des autres de nous aider à transférer le chargement et quelques-uns des jerrycanes d'essence dans l'une des jeeps. »

Khalid essuya d'un revers de manche son visage ensanglanté.

« Crois-tu que d'autres pourraient guetter nos camions un peu plus loin sur la route de Chikar ?

— Laisse tomber Chikar, on peut pas prendre ce risque, répondit Youssef. Cette fois, on met le cap au nord. Je connais plusieurs cols qui ne voient presque jamais passer de patrouilles et qui nous feront déboucher sur les routes transversales de la vallée de Neelam.

— Neelam ? » répéta Khalid. Il écarquilla les yeux. « Ça fait un détour de près de mille kilomètres ! Même si le temps se maintient, il nous faudra deux jours pour traverser ces montagnes…

— Alors, on ferait mieux de démarrer tout de suite, pour couvrir le plus de chemin possible à la faveur de la nuit, rétorqua Youssef. Il faut qu'on laisse les hommes nettoyer la place et nous, on poursuit en hors-piste le plus loin possible dès ce soir pour être en sécurité. »

Khalid hésita à protester quelques instants avant de se raviser. Youssef n'était pas du genre à voir contester ses choix.

Il acquiesça donc et descendit pour suivre les instructions, les talons de ses bottes s'enfonçant dans l'épaisse couche de neige dès qu'il fut descendu de la cabine.

Puis le claquement d'un seul coup de feu venu du côté du conducteur le fit se raidir, le souffle court. Il jeta vivement un coup d'œil par-dessus le capot et vit Youssef, debout au-dessus du corps étendu du garde, le toisant, le canon de son Steyr plaqué contre sa tête.

« *Gandu* », lâcha Youssef, employant le terme urdu pour « connard ».

Il cracha sur le cadavre, se redressa, se retourna pour croiser brièvement le regard de Khalid.

« J'ai fait à ce traître une faveur qu'il ne méritait pas », observa-t-il en rengainant son arme.

Le menton calé sur ses doigts en pont, Lembock attendait derrière son bureau quand Delano Malisse arriva pour leur rendez-vous matinal.

« Delano, *hoe gaat hat met jou ?* » s'enquit-il en flamand, le saluant comme d'habitude sans quitter son siège.

Malisse ne s'en formalisa pas. Ce n'était pas par manque de courtoisie : les rhumatismes et la bronchite chronique l'empêchaient tout simplement de se lever.

Malisse s'assit en face de lui et déboutonna son pardessus. Comme d'habitude, Lembock avait monté le chauffage à fond, on étouffait dans la pièce et l'on entendait le radiateur à vapeur claquer et siffler. Était-ce si bon pour ses poumons malades ? « *Goed, bedankt,* répondit-il. Vous avez l'air de vous être bien remis de cette dernière crise. »

En homme courtois et discret, Lembock sourit avec ce scepticisme tranquille de qui apprécie les paroles polies mais aurait sans doute préféré éluder la question. Il contempla Malisse, le menton toujours posé sur la pointe des doigts. Des doigts longs, effilés, presque en fuseau, la peau mince et tendue sur des articulations noueuses — ils évoquaient pour Malisse ces arcs nervurés qui soutenaient les plafonds des églises gothiques et des palais du cœur pluricentenaire de la cité, et qui semblaient presque trop délicats pour la masse pesant sur eux. Et pourtant, ils avaient défié les siècles, ce qui ne laissait jamais de l'émerveiller.

Le bureau de Rance Lembock était situé à près de quinze cents mètres à l'ouest du quartier historique, au huitième étage du Diamantclub van Antwerpen, la plus ancienne et la plus active des quatre bourses aux diamants d'Anvers, installée dans un bâtiment assez quelconque et même franchement banal de la Pelikaanstraat, une petite rue qui partait de la gare centrale pour se diriger vers le sud. Deux étages au-dessus, au dernier niveau, se trouvait le siège du secrétariat de la Fédération internationale des bourses aux diamants, qui, comme le suggérait son nom, édictait et contrôlait la bonne application des règles, règlements, lois et arrêtés observés par toutes les places sérieuses d'Europe et d'ailleurs, car son influence s'étendait à tous les continents, d'est en ouest, de Tokyo à New York.

En tant que président du Diamantclub, Lembock avait toujours semblé supporter les vastes responsabilités de sa fonction avec une sorte de fidélité besogneuse, tel un époux attentif qui soulage sa femme d'un lourd sac de courses pour le porter lui-même, sans pour autant rien trouver de méritoire à s'acquitter d'une tâche que sa force physique le rend mieux à même d'assumer. Mais quelles que pussent être les qualités de dirigeant que laissaient entrevoir le calme et la solidité de Lembock, Malisse savait bien que c'était avant tout le labeur et l'expérience qui les avaient affûtées à un niveau que ne parvenait même pas à écorner sa santé fragile de ces dernières années.

Largement septuagénaire, le visage couvert de rides profondes sous un front haut surmonté d'un épais nuage de cheveux blancs, Lembock était vêtu d'une chemise blanche à col amidonné et d'un pantalon retenu par des bretelles bleues fixées par des pinces dorées. Ni cravate ni veste. Les manches, relevées jusqu'au coude avec un soin tout particulier, révélaient en partie le tatouage à l'encre bleue à demi effacée inscrit au creux de son avant-bras droit, matricule à cinq chiffres qu'on lui avait attribué à son arrivée à Auschwitz à bord d'un wagon à bestiaux rempli de juifs, en 1942. D'après ce que Malisse avait cru comprendre à travers divers récits, un médecin du camp l'ayant jugé physiquement apte au travail d'esclave plutôt qu'à l'extermination, Lembock avait été adressé à la section politique pour vérifier s'il ne figurait pas sur une liste d'agitateurs potentiels ou de communistes, puis il avait été présenté à un fonctionnaire SS au bureau du travail, lequel lui avait tatoué son matricule en utilisant une perforatrice à cartes spécialement modifiée à cet effet par IBM Hollerith. La coopération transatlantique, comme on dit…

Malisse, assis, observa un silence respectueux. L'âge et la stature autorisaient Lembock à décider quand entamer la conversation. En outre, et surtout, il était important de veiller au respect des protocoles de base. Lembock était le client, lui n'était que l'enquêteur engagé pour une provision d'un montant non négligeable. Et de toute manière, Malisse n'avait aucune difficulté à attendre en silence. Il pouvait discerner les chiffres 421 sur la peau de Lembock, les deux derniers restant cachés par sa manche. Homme précis et scrupuleux, Lembock retroussait toujours ses manches à la même distance de huit centimètres au-dessus des poignets, de sorte que Malisse n'avait encore jamais vu les deux derniers chiffres du matricule d'esclave. Malgré sa curiosité compulsive, il avait toujours redoublé d'efforts pour rester discret sur ce sujet.

Une seule fois, à sa connaissance, Lembock avait eu conscience de son intérêt... ou s'il y avait eu d'autres occasions, ce n'était que cette fois-là qu'il était livré à un commentaire, s'exprimant avant même que Malisse ait eu le temps de s'en vouloir pour cette gaffe chez lui inhabituelle.

« J'avais dix-sept ans quand ils m'ont offert ça, avait dit Lembock en caressant du doigt son tatouage. Un garçon que je connaissais, nommé Yitzhak... On venait de Marasesti, une bourgade de Roumanie... il était juste après moi dans la file. Sa famille était plus pieuse que la mienne et ce qui le chagrinait était de se faire tatouer la peau, pratique interdite par notre religion, sous peine de se voir refuser l'inhumation dans un cimetière juif. Je me souviens d'avoir pensé qu'on aurait déjà bien de la chance que cela fût jamais un problème pour nous, car c'eût été la preuve que nous aurions survécu aux camps. Mais pour rassurer Yitzhak, je lui dis que, le jour venu, Dieu tiendrait sûrement compte des circonstances et ferait pour lui un *oysnem*... une exception. » Lembock avait marqué un temps. « Plus tard, nous fûmes envoyés tous les deux au camp de Mittelbau-Dora, à Nordhausen, et affectés à l'extraction du granit des tunnels de Peenemünde, là où les nazis mettaient au point leurs V2. Yitzhak faiblissait — je crois qu'il avait un début de typhus —, alors ils l'ont tué d'une balle en pleine tête, comme une bête malade. Je me souviens qu'ils ont jeté son corps à l'arrière d'un camion, avec une pile d'autres cadavres et qu'ils ont ramené le tout aux fours crématoires. » Lembock s'était tu de nouveau, brièvement, les yeux fixés sur Malisse. Puis il avait poussé un gros soupir. « Yitzhak n'eut pas à s'inquiéter d'avoir droit ou pas à une sépulture juive », avait-il conclu d'une voix sourde et, après une dernière pause, il avait changé de sujet.

Cela remontait à trois ou quatre ans, se remémora Malisse. Peu après qu'il eut quitté ses fonctions dans le service public. Il enquêtait sur une affaire, la vente d'une broche en diamant vert de Dresde, attribuée à tort à l'inestimable collection, remontant au XVIIe siècle, du roi de Pologne Frédéric-Auguste II. Ses efforts pour retrouver la trace du faussaire en étaient encore à un stade préliminaire — il n'avait que des débuts de piste. Sans rien d'autre à offrir à Lembock que la promesse de tout faire pour réussir, il s'était lassé de son propre discours et avait laissé traîner son regard sur le tatouage quelques secondes de trop.

Malisse s'efforçait depuis d'éviter de rééditer ses erreurs et il pensait avec une certaine confiance y être parvenu jusqu'ici.

Toujours assis, il attendait à présent dans la touffeur du bureau. Même s'il savait que Lembock n'aurait vu aucune objection à ce qu'il allumât une cigarette malgré ses poumons abîmés, Malisse redoutait que la combinaison d'air chaud stagnant et de fumée de tabac fût étouffante pour lui. Alors, il passa le temps en laissant son regard parcourir la pièce au hasard — on ne pouvait jamais dire si une surprise intéressante n'allait pas surgir d'un décor familier, tel un oiseau au plumage bariolé d'une espèce inconnue surgissant d'un vieil arbre au fond d'une cour.

Rien de tel ne se produisit toutefois cette fois-ci. Malisse avait cependant toujours plaisir à contempler le décor simple et de bon goût. Il y avait des fauteuils en cuir, un grand bureau de chêne blond. Des certificats professionnels étaient encadrés aux murs, au milieu de photos de la défunte épouse de Lembock, de ses enfants et petits-enfants. D'autres photos aussi — Lembock en compagnie de professionnels haut placés et d'hommes politiques.

Dehors, par la fenêtre sur la gauche, une journée de lumière froide avait suivi une nuit de chutes de neige continues. Des glaçons fondus gouttaient sur l'extérieur des vitres, chassés par l'air surchauffé de l'intérieur. Tandis que le radiateur émettait un sifflement suraigu, Malisse épongea son front moite avec un mouchoir. Lui aussi avait commencé à se liquéfier.

Au bout d'un moment, Lembock se redressa sur son siège, ses doigts se séparèrent pour se poser sur le bureau.

« Si je vous ai demandé de venir, c'est parce qu'il y a du nouveau, commença-t-il. Un problème potentiel. »

La déclaration ne surprit guère Malisse. Nonobstant un respect mutuel, leur relation n'avait rien de mondain.

« Un faux ? Un vol ?

— Ce pourrait être l'un ou l'autre... ou, si vous préférez, ni l'un ni l'autre. »

Malissa le regarda.

« Vous me faites dresser l'oreille, remarqua-t-il. D'ici que les chiens me prennent pour un lièvre.

— Mieux vaudrait la position inverse, hein ?

— Dans un jeu comme le mien, mieux vaut ne pas être vu du tout. »

Lembock le considéra un moment, avant de lui adresser un petit sourire tranquille.

« Je vais vous dire ce que je sais », reprit-il et, d'un signe de la tête, il indiqua le plafond. « Il y a des mots que je n'ai pas encore partagés avec ceux de là-haut. »

Malisse réfléchit un instant, puis haussa les épaules.

« Mon acrophobie m'empêche de me rapprocher davantage du toit de cet immeuble. Cette anxiété limite de même mes contacts avec le secrétariat et renforce mon choix de procéder à mes tractations professionnelles ici même, à votre niveau.

— Dois-je en déduire que nous sommes d'accord ?

— Absolument.

— Alors, j'en viens droit au fait. » Lembock inspira, avec ce souffle toujours aussi rauque. « Il y a un peu plus d'un an, un joaillier de Tel-Aviv a fait l'acquisition d'un lot de trente-huit saphirs bleus de Ceylan, à taille ronde, auprès d'un courtier new-yorkais, membre de notre club. Ils étaient petits — quatre millimètres de diamètre environ — mais tous d'excellente qualité, et chacun pesait environ un tiers de carat.

— Et leur certification du GIA[1] ?

— La pureté a été évaluée VS2… “très petites inclusions difficilement visibles à la loupe”, bref quasiment sans défaut visible à l'œil nu. La couleur est un bleu violet profond, 6,5 sur l'échelle de saturation.

— Traitements ?

— Le traitement thermique habituel, effectué à proximité des mines du Sri Lanka.

1. Gemological Institute of America : Institut américain de gemmologie. L'un des laboratoires internationaux de certification agréés depuis 1970.

— Ce sont des code E, donc ?

— Effectivement.

— Très joli, quoique sans rien de remarquable, commenta Malisse. Savez-vous quel prix de gros ils ont fait ?

— Deux mille cinq cents dollars américains. »

Malisse bougonna. Là aussi, rien que de très normal.

« Vous avez parlé du Sri Lanka, reprit-il. J'en déduis donc que ces saphirs proviennent des mines de Ratnapuran ? »

Lembock haussa les épaules.

« Leur origine n'a pas été divulguée. Bien sûr, un courtier n'est jamais obligé de révéler une telle information.

— C'est compréhensible, admit Malisse. Et c'est une pratique courante, n'est-ce pas ?

— Tout intermédiaire redoute toujours d'être court-circuité : dès qu'ils ne sont plus indispensables, c'est la garantie de leur sécurité personnelle qui est en jeu, précisa Lembock avec un hochement de tête. Sur le terrain, on se moque parfois d'eux d'une manière quelque peu méprisante. On les traite de *schnorrers*. De mendiants, de profiteurs.

— Parce que leur commission s'ajoute au prix de vente.

— Et que les laisser en dehors du circuit suffirait, selon une théorie simpliste, à réduire celui-ci, ajouta Lembock. La plupart des acheteurs aimeraient mieux traiter directement avec les producteurs. Il y a une telle compétition sur le marché de nos jours, tant de pression à la baisse, que cette tendance est de plus en plus forte également du côté des fournisseurs… même si la majorité des courtiers préfèrent encore, malgré tout, recourir à des intermédiaires. »

Malisse réfléchit quelques secondes, tout en continuant de s'éponger avec son mouchoir. Il y avait, il le savait, plusieurs raisons à cette préférence, toutes légitimes. Les clauses d'anonymat stipulées par les collectionneurs lors des ventes d'antiquités ou de successions, l'absence pure et simple de force de vente, marketing et distribution, chez les producteurs de gemmes… pour n'en citer que deux.

« Cette transaction, reprit-il. Qu'avait-elle d'inhabituel ?

— Rien, répondit Lembock. En dehors du fait que le courtier était connu avant tout pour faire le commerce de diamants.

— Des articles de classe équivalente ?

— Tout à fait. Corrects mais loin d'être ce qui se fait de mieux. »

Malisse le regarda.

« Alors, il ne s'agit pas seulement de la décision de diversification d'un courtier mineur, ou j'y perds mon latin.

— Je ne suis pas sûr que vous soyez du genre à le perdre, Delano, observa Lembock avant de marquer un temps. Mais laissez-moi faire un saut en arrière d'environ six mois, jusqu'à juin dernier. Sachant qu'il devait faire un voyage à New York, notre courtier contacte le même acheteur pour lui demander s'il est intéressé par un autre lot de petites pierres de tailles identiques à celles du lot précédent… mais en y ajoutant cette fois plusieurs saphirs de qualité supérieure. Toujours de Ceylan, toujours VS2, toujours bleu-violet indice de saturation 6,5. Mais en revanche, il s'agit de pierres ovales de six à huit carats. Et sans aucun traitement... avec leur code N, garanti par un certificat détaillé du laboratoire *plus* une deuxième évaluation par un gemmologue indépendant agréé.

— Prix d'adjudication ?

— Deux mille cinq cents dollars par carat. La plus grosse pièce atteignant près de trente mille dollars.

— Pas mal, pour un courtier.

— Oui, confirma Lembock. Et si je vous disais qu'il se trouvait également à la bourse de Miami ce même mois, pour livrer à un client régulier un lot classique de diamants tout-venant... et qu'il a montré à ce grossiste, là aussi, en prime, une paire assortie de saphirs bleu et rose, de taille ovale ? Qualité supérieure, provenance Ceylan, six carats pièce, estimés aux alentours de deux mille dollars le carat... »

Malisse arqua un sourcil. « Si vous me disiez ça, je commencerais à trouver de moins en moins probable que notre courtier soit tombé par hasard sur un contact occasionnel mais qu'il s'est bel et trouvé une nouvelle source d'approvisionnement régulier. J'inclinerais même à me demander si ses démarches — au pluriel — ne l'ont pas fait accéder à une nouvelle division. »

Lembock acquiesça avant de poursuivre.

« Le grossiste de Floride a décliné l'offre. Des contraintes financières l'ont empêché de faire un investissement spéculatif — sans la garantie de revente à un joaillier ou un détaillant — mais il s'est montré impressionné et a demandé s'il pouvait garder le contact au cas où il aurait à l'avenir un débouché pour ces saphirs, ou des saphirs de ce calibre. Il s'est même proposé d'en avertir les autres intervenants sur le marché.

— Une offre qui, j'imagine, fut acceptée.

— Avec grand plaisir, renchérit Lembock. Et sept mois plus tard, au début de ce mois, donc, en déplacement en Allemagne, il a effectivement mentionné l'existence du courtier à un ami proche, un collègue grossiste qui s'était acquis la confiance d'un client designer ayant une demande régulière d'articles bien particuliers.

— Quelle générosité désintéressée à l'égard d'un concurrent. »

L'esquisse d'un nouveau sourire apparut sur les traits de Lembock, plissant ses pattes-d'oie.

« Nos relations commerciales confinent toujours à l'inceste, observa-t-il. Tout le monde connaît quelqu'un qui connaît quelqu'un qui se trouve connaître la première personne et a une bonne chance d'être marié à l'un de ses parents… et tout cela produit des valeurs sûres.

— Une main pour laver l'autre, en quelque sorte. »

Nouvel acquiescement de Lembock.

« Il se trouve qu'en l'occurrence, la main de cet ami avait déjà été lavée.

— Il connaissait donc le courtier ?

— Par une relation commune, l'acheteur de Tel-Aviv que j'ai déjà évoqué. Qui plus est, notre courtier venait de lui vendre une gemme remarquable… en comparaison de laquelle les pierres ovales assorties n'étaient que de minables cailloux.

— Et encore une fois, un saphir.

— Un saphir Padparadscha, précisa Lembock.

Taillé en coussin. Presque neuf carats. Une symétrie parfaite, une couleur d'une saturation intense. »

Les sourcils de Malisse qui étaient restés arqués dessinaient à présent deux accents circonflexes.

« Une valeur de... combien... cinquante, soixante mille dollars ?

— La pierre s'est vendue plus de soixante-quinze mille, courtier et acheteur se rencontrant ici même à Anvers, quelques jours à peine après avoir conclu leur marché. »

Malisse arrondit les lèvres.

« Comment l'avez-vous appris ? »

Lembock le regarda.

« Le marchand de Miami put constater qu'un courtier de seconde zone, qu'il connaissait depuis des années, pouvait tomber, comme ça, sur plusieurs pierres de valeur certaine, observa-t-il avec encore une fois son petit sourire sec. Même un courtier pourvu d'un pedigree de *schnorrer* bien établi de longue date, qui avait hérité l'essentiel de ses contacts de son père et de son grand-père, eux-mêmes ayant en leur temps dirigé une société de courtage. Mais ce que le marchand fut surpris d'apprendre, c'est que l'homme avait vendu un Padparadscha d'une rareté extrême, surprise accentuée encore par sa découverte de la connexion avec Tel-Aviv. Et de marmonner son incrédulité à un collègue, qui en parla à son beau-frère qui se trouvait être le fiancé de ma petite-nièce... »

Lembock laissa sa phrase en suspens, sur un haussement de ses épaules malingres.

Dans ce métier, tout le monde connaît quelqu'un qui connaît quelqu'un d'autre.

Le silence se prolongea. Malisse resta plongé dans un abîme de réflexion, cherchant à rassembler les fils que Lembock avait étalés devant lui comme autant d'appâts pour son esprit curieux. Le radiateur continuait de claquer avec insolence, rappel que l'appareil faisait de son mieux pour le transformer en éponge trempée de sueur.

« La question que je vous ai soumise d'emblée était de savoir si vous flairiez une falsification ou un vol, dit-il enfin. Mais il semblerait impossible que ces pierres puissent être contrefaites. À moins que leurs rapports de certification n'aient été également falsifiés ou ne soient à tout le moins suspects.

— Or, ils sont authentiques.

— Vous en êtes convaincu ?

— Absolument.

— Alors, cela restreint les probabilités, observa Malisse. L'unique hypothèse plausible est que votre courtier s'est trouvé une entrée, soit dans un filon d'une richesse exceptionnelle, soit au marché noir. Créer un saphir authentique mais modifié artificiellement, qui puisse échapper aux analyses de laboratoire est un défi d'une difficulté immense. Et plus encore de produire un faux intégral capable d'échapper à toute détection. Je ne crois pas qu'une seule tentative ait réussi à ce jour, et j'estime que les chances de la reproduire avec une multitude de saphirs de tailles et de types différents seraient infinitésimales. »

Lembock leva une main osseuse pour l'interrompre.

« Comme nous le pensions au sujet de l'altération de la couleur des diamants jusqu'à ce que General Electric nous donne tort, il y a dix ans », remarqua-t-il.

Malisse ne répondit pas. Ayant saisi l'argument de Lembock, que pouvait-il y ajouter ? Des régiments de scientifiques employés par De Beers avaient mis cinq ans avant de trouver une technologie de détection avancée qui soit au niveau de cette nouvelle méthode HPHT — haute pression et haute température. L'identification impliquait la cryogénie — refroidir le diamant à une température la plus proche possible du zéro absolu, puis, à l'aide de spectroscopes fort coûteux, traquer les décalages de spectre lumineux sous laser au cadmium et à l'argon, trahissant des lacunes dans la structure du cristal qui contenaient un unique atome d'azote… Malisse avait étudié la procédure pendant un bon bout de temps sans parvenir à la saisir totalement.

Il resta quelques secondes encore à réfléchir.

« Si le client demande à l'enquêteur s'il a l'intention de garder l'esprit ouvert, alors la réponse de ce dernier est affirmative… à supposer qu'on lui confie l'affaire.

— Le désire-t-il ?

— Absolument. »

Lembock le regarda.

« Le courtier s'appelle Avram Hoffman.

— Est-il toujours à Anvers ?

— Il a repris l'avion pour New York.

— Et mes réservations de vol et d'hôtel ?

— Ont été prises pour après-demain », conclut Lembock.

Tom Ricci se sentait la tête à la fois pleine et vide, comme si l'on avait emballé son cerveau dans une fine couche de mousse. Sans pouvoir dire s'il appréciait la sensation, elle lui procurait un certain soulagement. Et Ricci avait appris qu'il pouvait apprécier une chose dont il avait besoin, et même en être tout à fait content, sans pour autant avoir à l'aimer vraiment.

Debout sous un réverbère allumé — une rareté dans cette rue du côté nord de San Jose —, il étudiait la rangée de voitures garées le long du trottoir, en tâchant de se rappeler où il avait laissé la Jetta. À droite, en bas de la rue sur la droite. Après la boîte aux lettres.

Ricci se dirigea vers la petite Volkswagen et fouilla dans ses poches de pantalon à la recherche de ses clés. Pas encore de bruits de pas derrière lui, impec. Il pensait sincèrement être capable d'éviter une confrontation indésirable et faire ainsi de la nuit une réussite complète. Et pourquoi d'abord examiner de trop près comment il se sentait ? Pourquoi insister ? Trop souvent, bien trop souvent, les pensées de Ricci venaient se déverser en trombe par-dessus le barrage qu'il avait édifié pour les contenir et il sentait alors une pression s'étendre sur son front, une pulsation contre ses tempes, et de terribles élancements près des orbites — la douleur sous le front irradiant vers le haut et l'extérieur pour accroître la pression sur les côtés de sa tête avant de se déployer en sillons multiples à l'arrière du crâne et jusqu'à la nuque. Avant longtemps, il avait l'impression que toute sa tête était bouclée dans une cage d'acier depuis le niveau du cou, une cage aux barreaux resserrés et chauffés au rouge, et Ricci ne savait alors s'il devait maudire ses pensées envahissantes pour l'avoir coiffé de ce détestable casque de torture, ou retourner sa colère contre lui-même pour ne pas avoir su d'abord surveiller ses propres écluses.

Mais pour le moment, ça allait, son cerveau était sagement niché dans son doux cocon de mousse. Disons donc qu'il en était content. Qu'il était soulagé que ses pensées ne l'aient pas ébranlé ce soir une fois encore par leur déferlement sauvage, et qu'elles aient eu la sagesse de le laisser à peu près tranquille. Mais qu'il creuse un peu trop et les eaux empoisonnées jailliraient de nouveau à flots de leur réservoir. Ricci se dirigeait vers sa Volkswagen, le porte-clé déjà sorti de la poche, le doigt sur le bouton de la télécommande de verrouillage centralisé. C'est à cet instant seulement qu'il entendit le claquement de semelles sur le trottoir derrière lui et se rendit compte qu'il avait cru un peu trop tôt s'en tirer sans problème.

Ils l'avaient repéré. Il y avait des porches obscurs de chaque côté de la rue, entrées de magasins, allées de service, une succession de réverbères éteints ne jetant que de l'ombre à leur pied… et le rade qu'il venait de quitter avait sans doute une issue latérale ou au fond par laquelle ils avaient pu se faufiler alors que lui-même ressortait par la porte principale. Ils avaient eu l'air de clients réguliers, bovins, las, pathétiques. Ils devaient connaître les raccourcis et les planques, et devaient y voir l'occasion d'épicer leur morne routine avec un peu d'action. Pas comme lui, bien sûr.

Ricci pressa légèrement le pas, appuya sur le bouton de la télécommande. Sa Jetta pépia et fit clignoter phares et feux arrière pour signaler la libération des serrures et de l'alarme. Il aurait eu des tas de raisons de ne pas filer au moment où il avait remarqué qu'il se tramait quelque chose. S'il ne lui arrivait rien maintenant, il devait y avoir une raison aussi. Disons qu'il était pressé de retrouver sa voiture pour se fondre dans la nuit dans un crissement de pneus accompagné d'un nuage de gaz d'échappement.

Ricci tendit la main vers la portière de la VW, rata la poignée, étreignit le vide. Putain, il faisait tellement noir, ici, facile de rater sa cible. Il l'attrapa au second coup, se retourna vers le haut de la rue en direction des bruits de pas. Ils arrivaient vers lui, encore une douzaine de mètres, deux culturistes au front bas et aux maxillaires carrés des accros aux stéroïdes. Tous deux devaient également se shooter à l'Équipoise ou autre anabolisant conçu pour les chevaux de trait ou les bœufs de boucherie. Le plus grand, bronzage cabine UV et moustache, son pote plus trapu, chemisette ouverte exhibant ses biceps gonflés et velus. Bronzette était sur le trottoir, côté voitures garées, Poils-aux-bras, directement sur la chaussée. De subtils tacticiens, ces mecs.

Un low-rider Ford passa en trombe, de jeunes Latinos portant bandana, la tête passée par les vitres ouvertes et martelant les flancs au rythme de la pulsation sourde du hip-hop que jouait la stéréo. Ricci ouvrit la portière. Les deux durs qui l'avaient suivi n'étaient pas armés — en tout cas, pas lourdement — ou il aurait repéré leur quincaillerie sous les chemises serrées et les futals moulant leur corps viril. Mais un couteau est aisé à planquer. Idem pour un coup-de-poing américain. Ricci savait qu'il aurait dû les surveiller d'un peu plus près, dès qu'il s'était rendu compte qu'ils risquaient d'être un problème, là-bas dans le rade ; il n'arrivait toujours pas à comprendre pourquoi il ne l'avait pas fait. Tant pis.

Il jeta un nouveau coup d'œil par-dessus son épaule et sentit comme une sorte de décalage au moment de tourner la tête. Une tête lourde et pleine, comme enveloppée de mousse.

Les mecs n'étaient plus qu'à quelques voitures de distance et ils avaient hâté le pas. Plus question de se tirer avec la Jetta. Il aurait fallu pour ça qu'il puisse se glisser derrière le volant avant qu'ils ne le rattrapent.

Pas une chance.

Ricci garda la main sur la poignée alors qu'ils approchaient. Bronzette se glissant de l'autre côté de la portière pour venir se placer devant lui. Poils-aux-bras contournant la boîte aux lettres sur le trottoir pour se poster, lui, au niveau de l'aile avant.

« OK, dit Ricci, les yeux sur Bronzette. J'imagine le moment venu de clarifier la situation. »

Bronzette hocha la tête.

« C'est moi qui décide, mec. Ma nana n'est pas une poule de luxe, P'tit bleu. »

Ricci le regarda. « P'tit bleu ». Voilà que chacun se retrouvait donc avec un sobriquet pour ses petits camarades, même s'il imaginait que celui-ci avait dû être trouvé par la chérie du mec. Blonde, mince, elle s'était glissée près de Ricci alors qu'il attendait sur son tabouret qu'on lui resserve un verre, l'avait gratifié d'un battement de cils expert, d'un mouvement de cheveux et d'un sourire aguicheur. Puis elle s'était brièvement rapprochée, avait posé son bras le long du sien et remarqué combien sa chemise bleu marine était assortie à la couleur de son corsage... sauf que le terme qu'elle avait utilisé pour cet article était « haut ». *Sympa, non, comme nos deux hauts sont assortis, non ?* Et d'onduler au rythme du juke-box, se rapprochant encore, sa main caressant celle de Ricci contre le rebord du bar. Un numéro de rentre-dedans vaguement sexy, comme une imitation d'un mauvais téléfilm.

On était à Northside, toutefois. Pas vraiment le coin pour les aventures romantiques.

La blonde était plutôt pas mal dans le genre provocant, et ça faisait déjà un bail que l'envie de céder à ses charmes le titillait. Mais Ricci s'était souvenu de l'avoir vue collée avec Bronzette dans une alcôve à l'autre bout du rade, et il en avait déduit qu'elle était du genre à aimer monter les mecs les uns contre les autres. Il s'était contenté de lui adresser un vague sourire, accompagné d'une réponse neutre — ouais, bien sûr, chouette — avant de replonger le nez dans son verre en s'imaginant que l'affaire était classée.

Sauf que non. Peu après, elle s'était décarcassée pour lui lancer des œillades depuis son alcôve. Et pas qu'une fois. Et si Ricci avait pu le remarquer depuis l'autre bout de la salle, alors Bronzette ne pouvait que l'avoir remarqué lui aussi, lui qui était assis juste à côté d'elle, la main collée à son nichon.

Ricci se dit que des deux, c'était encore elle qui devait être la plus douée à ce petit jeu.

« Tu vas pas faire cette erreur », était-il en train de dire. Sa langue avait un problème, lui donnant une élocution chuintante. « Vaut mieux pas venir me chercher. »

La réaction de Bronzette fut de se rapprocher un peu plus. Derrière Ricci, sur la chaussée, Poils-aux-bras avait fait de même pour lui couper la retraite et le coincer entre le flanc de la carrosserie et la portière à demi ouverte. C'était quoi, déjà, la suite convenue de ce scénar usé jusqu'à la corde ?

Au moment où Bronzette fonçait sur la portière, dans l'intention de la projeter sur lui, les deux mains tendues, puis de le bloquer ainsi avec son corps, Ricci saisit la poignée intérieure, le devançant de peu, et repoussa le battant de toutes ses forces. Bronzette recula en titubant, les mains plaquées au ventre, le souffle coupé. Ricci essaya de s'extraire de l'espace confiné, entre carrosserie et portière, où il était coincé, désireux de pousser son avantage au plus vite et de contrer Bronzette avant que ce dernier ait pu se reprendre. Mais il sentit alors un coup au visage, sous la pommette, vit un éclair éblouissant, et comprit — à travers la foudre et les éclairs — qu'il s'était fait avoir comme un con, par-derrière. Poils-aux-bras, l'enculé. Il lui avait mis un bon pain.

Un goût salé de sang emplit la bouche de Ricci. Négligence. Pourquoi n'avait-il pas prévu le coup ? Putain de bordel de merde.

Poils-aux-bras s'avança pour porter un second coup, mais cette fois, Ricci l'avait vu venir. Il baissa la tête, se retourna pour faire front et lui saisit les poignets à deux mains. Puis il abaissa brutalement celles-ci avant de les relever avec un mouvement de rotation tout aussi violent, en même temps qu'il se glissait derrière lui, en le maintenant toujours d'une main tandis qu'il glissait l'autre au bas de son coude pour lui rabattre le bras contre le dos. Poils-aux-bras émit un grognement de douleur mais garda le poing serré. Maintenant sa clé au bras et le gardant comme un bouclier entre Bronzette et lui, Ricci ramena alors son poignet en arrière, le plus possible, et quand enfin le poing s'ouvrit, il propulsa son adversaire contre la boîte aux lettres et lui fracassa par deux fois le crâne sur le couvercle métallique. Poils-aux-bras resta quelques instants groggy, affalé dessus ; alors, du plat de la main, Ricci lui assena un dernier coup sur la nuque, lui écrasant le visage contre la boîte. L'arête du nez se tordit et s'ouvrit, le sang jaillit des narines et l'homme laissa échapper un nouveau grognement de douleur avant de s'effondrer sur la chaussée, immobile.

Voyant son ami gisant au sol, Bronzette revint à la charge, tête basse, poings serrés, en position de garde, comme un boxeur. Ricci savait qu'il avait la place de pivoter pour lui balancer son pied ou son genou, passer sous ses bras relevés pour viser l'abdomen, ou bien lui rabattre un coup sur la nuque, mais il sentait que ses jambes flageolaient, qu'il perdait l'équilibre, sans rien à quoi se raccrocher, et il se rendit compte alors qu'il n'avait plus qu'à espérer que Bronzette ait les mêmes problèmes que lui pour des raisons équivalentes. Après tout, l'un et l'autre avaient passé les dernières heures à faire la même chose dans le même rade sordide.

Ricci attendit le choc sans bouger, puis, au tout dernier moment, il esquiva l'attaque de Bronzette et, de la main droite, agrippa sa chemise derrière le col, et de la gauche, un peu plus bas, entre les épaules, déchirant l'étoffe, tandis qu'il projetait la hanche contre la taille de son adversaire, exploitant son propre élan pour le déséquilibrer. Lorsque Bronzette s'étala sur la chaussée, Ricci lui enfonça le pied dans les reins, puis s'accroupit, le retourna et, assis à califourchon, entreprit de lui décocher une succession de directs du droit, du gauche, avant de lui expédier un ultime direct, droit dans la bouche.

La tête de Bronzette bascula en arrière sur le bitume, les yeux révulsés, la lèvre supérieure fendue, ensanglantée.

Ricci le saisit de nouveau au collet et, des deux mains, lui décolla les épaules du sol.

« Regarde-moi bien », dit-il en le secouant comme un prunier.

Bronzette grogna entre ses lèvres maculées de mousse rose, les paupières toujours tombantes.

Ricci le secoua derechef.

« Je t'ai dit de me regarder. »

Bronzette réussit à ouvrir un peu plus les yeux, puis à accommoder, l'air hagard.

« Je pourrais te réduire en pièces sur-le-champ, poursuivit Ricci. Faire de toi ce que je veux. »

Bronzette le regarda sans piper mot.

Ricci l'attira un peu plus vers lui. L'arrachant au bitume jusqu'à ce que leurs deux visages se touchent presque.

« Tu m'as vu, t'as intérêt à plus jamais me revoir, dit-il. Plus jamais. »

La bouche de Bronzette s'agita, émit un son inintelligible, salive et sang dégouttant sur son menton. Puis il renonça à chercher à formuler le moindre mot et se contenta d'acquiescer.

Ricci toisa son visage ravagé quelques instants encore, le regard inflexible. Enfin, il lâcha le devant de sa chemise pour le laisser retomber à terre, se leva, monta en voiture, tourna la clé de contact.

Respire, se dit Ricci, les doigts accrochés au volant, arrimés à lui. *Il faut juste que tu respires.* Il se sentait mou, nauséeux, pris de vertige. Il avait l'intérieur de la joue déchiré à l'endroit où Poils-aux-bras l'avait frappé. Il sonda la zone du bout de la langue et sentit une molaire supérieure bouger à son contact.

Il attendit, inspirant à grandes goulées. Ça n'améliora pas la situation. C'était peut-être son taux d'adrénaline qui redescendait, il n'en savait rien. Mais ça ne lui était encore jamais arrivé. En tout cas, pas à ce point. Les mains qui tremblent. La faiblesse. La tête dans le brouillard.

Ricci tendit la main vers le levier de vitesses. Il s'en foutait que quelqu'un le trouve dans cet état et appelle les flics. S'en foutait de la réaction à UpLink, en particulier de Rollie Thibodeau et Megan Breen, la Reine de glace. Comme il se foutait que les deux gros malabars recollent leurs morceaux et s'en prennent à nouveau à lui. Mais il sentait bien que, s'il restait là dans la bagnole sans se remuer le cul, il risquait de sombrer définitivement dans les vapes jusqu'à ce qu'il n'y ait plus personne. Qu'il risquait de commencer à s'effondrer sur lui-même, se ratatiner, sans espoir de retour.

Il fallait qu'il se bouge, maintenant, sinon il était foutu.

Les mains tremblant toujours, Ricci recula, mit en prise, et sans un regard dans le rétro, s'engagea sur la chaussée, pied au plancher.

4

San Jose / New York / Sud du New Jersey

Megan Breen enchaîna une rapide séquence de coups. Direct du gauche, revers du droit, crochet du gauche.

« Alors, je me débrouille comment, Pete ? » lança-t-elle avant de reprendre son souffle.

Nimec s'était placé derrière l'un des sacs d'entraînement de soixante-dix kilos installés dans son gymnase, pour le maintenir à deux mains.

« Décidément, cette affaire avec New York t'a marquée », observa-t-il.

Megan se remit à frapper.

« ... Pige pas, fit-elle.

— Le slogan de l'ancien maire, précisa Nimec. “Alors, comment je me débrouille ?” Il était devenu fameux pour ça.

— Je croyais que son titre de gloire avait été de danser sur scène avec les Rockettes[1]. »

Nimec grogna, décontenancé. N'était-ce pas une tradition immémoriale de la Grosse Pomme, au même titre que les *Hasty Puddings,* ces étudiants de Harvard

1. Les fameuses « girls » du Radio City Music Hall de New York.

montant des sketches, grimés en travestis[1] ? Qui sait... Mais les politiciens médiatiques le saoulaient et les traditions des universités BCBG dépassaient son entendement. Tout ce qu'il pouvait dire, c'est que des mecs qui se pavanaient en collant et strass auraient sérieusement détonné dans le club de billard du sud de Philadelphie où il avait fait ses premières armes, arborant sa queue tel un Fast Eddie Felson, le héros incarné par Paul Newman dans *L'Arnaque*... moins la belle gueule de l'idole d'Hollywood.

Il regarda Megan poursuivre ses exercices, en accélérant le tempo. Crochet du gauche, revers du droit, uppercut. Direct, croisé, direct. Elle restait bien carrée sur ses pieds pour attaquer le sac, feintant, se baissant, n'éprouvant pas le besoin de pratiquer son jeu de jambes pour ce qui n'était somme toute qu'un exercice d'endurance et de puissance.

Il était six heures trente en ce lundi matin et le soleil devait encore se lever derrière les fenêtres de la salle d'entraînement et de loisirs installée par Nimec au dernier niveau de son duplex, salle où Megan était arrivée précisément une demi-heure plus tôt pour la première de ses deux séances hebdomadaires. Outre le gymnase entièrement équipé avec son ring d'entraînement réglementaire, on comptait, grâce aux aménagements modulaires qui occupaient tout l'étage, un dojo d'arts martiaux, un stand de tir informatisé dernier cri et, certainement pas le moins important pour

---

1. Nommé d'après une association d'élèves de cette université, cette manifestation plus que centenaire voit des étudiants monter et jouer des adaptations ou des pastiches du répertoire, puis des pièces originales mais toujours sur un mode burlesque.

Nimec, la reproduction de la salle de billard sordide de son enfance, précise jusqu'aux lustres miteux et aux brûlures de cigarettes sur le tapis.

Ravi par le choc sourd des poings de Megan que lui transmettait le sac, Nimec regarda dans la glace du mur sur leur droite pour jauger la position de son élève.

« Il faut toujours que tu gardes les coudes un peu plus près du corps, prêts à riposter plus vite, observa-t-il. Mais il y a déjà plus de tonus dans tes coups. Tu t'engages mieux.

— J'essaie d'être la meilleure Megan possible, rétorqua-t-elle avec un bref coup d'œil.

— Là non plus, aucun sous-entendu ?

— Nân, aucun. » Revers, crochet, revers. « Mais tu te demandais ce que j'avais en tête ce matin, eh bien, voilà. »

Nimec serra le sac contre lui.

« Oh, fit-il. Vouloir être la meilleure c'est très bien. »

Les lèvres serrées, les muscles du cou bandés, Megan expédia un crochet du droit explosif qui ébranla légèrement Nimec. Puis elle marqua une pause pour lui adresser un regard appuyé, tout en épongeant d'un revers de bras son front en sueur.

« Arrête de jouer les idiots, Pete, tu sais très bien ce que je veux dire, reprit-elle, le souffle court. On a déjà pas mal avancé, non ?

— Par rapport à nos plans.

— À nos promesses, tu veux dire. »

Nimec la regarda, acquiesça.

« Jusqu'ici, pas de problème. »

Elle lui sourit. Il lui rendit son sourire. Suivit un silence détendu, chacun en phase avec les pensées de l'autre, partageant un unique souvenir, en vieux amis dont l'indéfectible lien de confiance s'est forgé à force d'épreuves douloureuses et de dangers surmontés ensemble, et qui donneraient leur vie pour l'autre sans l'ombre d'une hésitation.

C'était en Antarctique, un monde retiré, bien plus loin de celui où ils étaient aujourd'hui qu'on ne pouvait le mesurer en simples termes de temps, de distance ou d'environnement. Un monde d'une étrangeté au-delà de toute expression. Ils venaient de quitter Cold Corners, la base de recherche polaire d'UpLink que Megan avait commandée, quelques jours après que Nimec et son équipe de secours improvisée eurent libéré deux de ses membres, Alan Scarborough et Shevaun Bradley, retenus en otages dans un dédale souterrain d'une mine d'uranium et d'un dépôt de déchets nucléaires clandestins[1]. À la suite d'une éruption solaire, les cieux leur avaient offert une spectaculaire aurore australe, éclaboussant d'une débauche de couleurs le crépuscule polaire.

C'était, pour reprendre les termes de Megan, le bouquet final de cette tempête solaire. Et bien qu'il restât encore quarante-huit heures avant que Nimec ne regagne la civilisation à bord d'un avion-cargo Hercules C-130, laissant Megan pour la durée de son hivernage, c'était pourtant là qu'ils s'étaient véritablement fait leurs adieux, conscients chacun que le temps restant serait accaparé par des considérations opérationnelles. Après quelques plaisanteries préliminaires, après la contemplation de l'aurore — les draperies lumineuses de rouge et d'orange, les tourbillons de marguerites

1. Cf. *Power Games 5, Guerre froide*, Albin Michel, 2005.

pourpres, les sillons incurvés dévalant l'atmosphère en flots cascadant verts et bleu canard.

Puis quelques moments à peine après l'avoir informé qu'elle avait appelé la base aérienne en Nouvelle-Zélande pour confirmer qu'on venait le chercher, Megan avait demandé : « Alors, ce sera quoi, la première priorité de Pete Nimec, une fois de retour au bercail ?

— Reprendre contact, avait-il répondu. Puis une petite virée au volant de sa Corvette.

— Ce contact… ne serait-ce pas avec une certaine astronaute, à Houston ? »

La femme en question était Annie Caulfield. Déjà échaudé par l'échec d'un mariage, redoutant de tisser de nouveaux liens affectifs, Nimec l'avait stupidement laissée échapper après les premières semaines d'une relation naissante, et sans doute n'aurait-il jamais eu de seconde chance sans l'intervention de Megan… un exemple de rabibochage affreusement romantique qu'elle avait toujours juré avoir été sinon fortuit, du moins gonflé hors de proportion.

Engoncé dans sa tenue de protection contre le froid polaire, Nimec avait acquiescé d'un lent signe de tête avant de se demander, sur le ton de la plaisanterie, pourquoi elle n'avait pas d'autres questions du même genre au sujet de sa voiture. Elle s'était alors contentée, avec un haussement d'épaules, de lui dire que ses centres d'intérêt étaient limités, ou quelque chose de ce genre, comme si l'idée de contacter Annie était survenue comme ça, incidemment.

« D'accord, avait-il dit, soufflant la buée par le nez et la bouche. À mon tour. Qu'y a-t-il au programme, maintenant, pour Megan Breen ?

— Un hiver antarctique très froid et très sombre. Après quoi, elle espère bien confier les rênes de Cold Corners à son second, et reprendre la bagarre avec certain gourou du noble art de sa connaissance, gourou qui se trouve être son meilleur ami à San Jose. »

Nimec avait continué de fixer le merveilleux spectacle céleste.

« Encore six mois à tirer pour toi.

— Oui.

— Ça fait pas mal de temps, non ?

— Assez de temps pour devenir la meilleure Megan possible.

— On dirait la pub d'un bureau de recrutement.

— Une formule efficace est une formule efficace, alors pourquoi se sentir obligé d'être original ? »

Nimec avait souri sous son passe-montagne avant de lui passer un bras autour des épaules. Megan lui avait passé le bras autour de la taille. Et ainsi enlacés, ils avaient levé les yeux vers le ciel tandis que les lueurs magiques s'élevaient comme un défi dans la pénombre tombante.

C'était un an et demi plus tôt.

Depuis, Nimec et Annie étaient devenus mari et femme, et Megan avait succédé à Roger Gordian au poste de directeur exécutif d'UpLink International, à la demande expresse de Gordian en personne, ces transitions se déroulant sinon en un clin d'œil, du moins plus vite que ne l'auraient imaginé les protagonistes… si tant est qu'ils eussent été seulement capables de les imaginer.

Soudain, Nimec se rendit compte qu'il tenait toujours le lourd sac de sable. Il le lâcha enfin, s'en écarta pour regarder Megan.

« Les choses ont pas mal changé, observa-t-il.

— Oui. Mais c'est surtout nous qui avons changé.

— Tu te plais, à ton nouveau poste ? »

Megan prit un air songeur.

« Je ne suis pas Gord. Je ne peux même pas essayer. Mais je suis fière d'avoir sa confiance. Chaque jour est un nouveau défi et s'il n'y avait pas eu l'Antarctique, je ne suis pas sûre que j'aurais été prête. Mais mon séjour là-bas m'a enseigné la patience. Je crois que ça m'a aidée à apprendre à diriger. » Un sourire. « Ces hivernants étaient de sacrés numéros. Surtout ceux qui avaient un long séjour au compteur. Mais tu sais ce que je veux dire, Pete. »

Il eut un petit sourire, lui aussi.

« Ouais. Parfaitement. »

Megan hésita.

« Se porter volontaire pour aller vivre un an et plus dans un congélateur, ce n'est déjà pas donné à monsieur ou madame Tout-le-monde. Mais rempiler pour un second tour, voire revenir en accomplir plusieurs... il faut quand même être d'une tout autre trempe. J'ai honte de l'avouer mais mon impression première en débarquant à Cold Corners était qu'on m'avait expédiée là-bas pour m'occuper d'une colonie de deux cents désaxés, deux cents parias. Mais cette impression n'a pas duré. Impossible. Il y avait tant de cœur. Tant de bonté en eux. Je les ai trouvés épatants. Sincères, courageux, imaginatifs, désintéressés.

— Mais quand même désaxés.

— Et fiers de l'être, renchérit-elle. Là aussi, ce fut une leçon pour moi... apprendre à accepter les gens pour ce qu'ils sont et admettre leurs différences, plutôt que de les juger à l'aune de mes propres attentes.

Et franchement, je ne peux pas dire que ce fut la leçon la plus difficile, Pete.

— Laquelle, alors ?

— Je pourrais t'en citer deux ou trois. Mais en tout premier vient le fait que je me prenais moi-même comme étalon de ces attentes, sans examiner mes propres défauts… dont certains, je m'en suis rendu compte, étaient sérieux. »

Nimec réfléchit quelques instants, puis il haussa les épaules.

« Marrant. Je t'ai toujours imaginée parfaite. »

Sourire de Megan.

« Relax, Pete. Je suis peut-être devenue ton patron en titre, mais tu restes toujours en fait mon chevalier blanc.

— C'est cela, oui.

— Si, c'est vrai », dit-elle en le fixant droit dans les yeux.

Ils restèrent silencieux quelques secondes encore.

« Et si tu me racontais quelque chose, à présent ? » lança Megan.

Nimec haussa les épaules.

« J'imagine que ça nous mettrait à égalité. Et ça te ferait reprendre le sac.

— C'est toi qui as mis sur le tapis cette histoire de New York, lui fit-elle observer. J'aimerais avoir ton opinion là-dessus. »

Nouveau haussement d'épaules.

« Repose-moi la question dans deux heures après notre vidéo-conférence avec Noriko Cousins, j'aurai sans doute une opinion plus claire. On se trouve avec quelqu'un qui pourrait être un mari en goguette, un gars dans la merde, voire un cadavre à découvrir. Gord veut qu'on y jette un œil pour rendre service à son ami Lenny Reisenberg, parfait. Je connais un peu Lenny, c'est un type réglo. Si on peut lui filer un coup de main sur cette affaire, lui passer un ou deux tuyaux, je n'y verrai aucun inconvénient.

— Mais ce n'est pas le cas.

— Noriko a l'œil sur ce qui pourrait bien constituer des violations des règlements d'exportation chez Armbright. Elle estime qu'en procédant ainsi, elle ne franchit pas la ligne jaune et elle redoute qu'on lui mette des bâtons dans les roues. Ce qui pourrait tout à fait arriver si on se fait prendre à mettre le nez là où il ne faut pas.

— L'affaire du mari disparu, tu veux dire. »

Nimec acquiesça.

« Ces mémos qu'elle a envoyés par mails, tout le week-end… t'as eu l'occasion de jeter un œil sur ceux que je t'ai transmis ?

— Pas suffisamment pour donner un avis éclairé, répondit Megan. Mais sans doute assez pour comprendre ce qui pourrait gêner Noriko. Ses rapports suggèrent qu'Ambright développe de manière agressive son programme de laser haute énergie.

— Ils ont au moins deux ans d'avance sur notre propre planning, convint Nimec. Bien au-delà de ce qu'ils ont déjà obtenu en Allemagne chez Rheinmetall Armes & Munitions ou de ce que nos militaires ont pu tester chez nous à White Sands. Mais pour moi, il n'y a pas que sur le front des affaires qu'il faut brandir le chiffon rouge. Leurs recherches sur les lasers sont passées en surmultipliée lorsqu'ils ont racheté le groupe Kiran. Et le principal responsable de Kiran… ce Hassul Benazir…

— … avait eu quelques fréquentations discutables dans sa jeunesse. Je sais, dit Megan. Sauf que, n'est-ce pas le lot de beaucoup, Pete ? Ces écarts semblent avoir commencé puis fini avec ses premières années d'étudiant. Il n'en a jamais fait mystère et, du reste, il est titulaire d'un visa d'affaires longue durée, qu'on ne lui aurait jamais accordé sans une enquête approfondie. Sur cette question, UpLink est mal placée pour donner des leçons aux services du fisc. Et il y a au moins deux organismes gouvernementaux qui surveillent les exportations.

— Ce qui veut dire ?

— Ce que je t'ai dit d'emblée… que je voulais savoir en gros de quel côté tu penches avant que Noriko me passe un savon lors de la conférence. » Megan écarta les bras. « C'est une question sensible. Il est indubitable que les activités de Kiran exigent une attention soutenue du simple point de vue de la veille concurrentielle, et la position de Noriko est que courir après le mari fugueur pourrait entraver son travail ou, dans le pire des cas, tout foutre en l'air. Je sais qu'elle s'y opposera, qu'elle essaiera de nous inciter à reculer, voire n'hésitera pas à recourir à des tactiques dilatoires si l'occasion se présente. »

Nimec acquiesça.

« Ce serait bien son genre, convint-il. Qu'elle pense qu'on empiète sur ses plates-bandes et elle fera tout pour nous mettre des bâtons dans les roues.

— Ce qui m'amène au bout du compte à savoir comment à la fois contenter Gord et répondre aux préoccupations de Noriko. Trouver un angle qui satisfasse chacun sans nécessairement réjouir tout le monde… »

Le bip du chrono du WristLink de Nimec l'interrompit. Il leva l'index, regarda l'afficheur.

Six heures moins le quart.

« Dans dix minutes, faut que je secoue les mômes pour aller à l'école, annonça-t-il. Tu veux rester après ta séance d'entraînement et petit-déjeuner avec nous ? Tu peux laisser ta voiture au garage et m'accompagner quand je les conduirai. Ensuite, on pourra reprendre la conversation sur le chemin du bureau. »

Megan opina.

« Bonne idée. Mais s'il te plaît, promets-moi que Chris ne va pas encore une fois me demander ma main. Parce qu'il est toujours délicat de refuser une proposition avec élégance quand on a des bouts d'œufs brouillés coincés entre les dents.

— T'inquiète, au menu j'ai prévu des crêpes au babeurre. » Nimec avisa le témoin allumé au-dessus de la cage d'ascenseur et, d'un signe de tête, lui indiqua la porte. « En tout cas, tu auras d'ici une seconde l'occasion de vérifier s'il t'aime toujours... on dirait que le petit rat est sorti du lit et monte à notre rencontre. »

Ces derniers temps, Avram avait pris conscience des miroirs dans le hall. Une prise de conscience des plus dérangeantes, sans qu'il puisse se l'expliquer pour autant. Certes, ils le cernaient. Ils recouvraient les murs à sa gauche et sa droite dès qu'il franchissait les portes de l'immeuble. Il y en avait aussi au-dessus de la guérite du vigile près des ascenseurs, aux angles du plafond, convexes, argentés, inclinés vers le bas, tels d'insondables yeux métalliques. Ils étaient parfaitement nettoyés et lustrés, sans jamais la moindre trace de tache, de poussière ou d'empreinte de doigts. Les matins sans nuages comme aujourd'hui, ils interceptaient le soleil qui se déversait de la rue et se renvoyaient son éclat en donnant au couloir une luminosité, une légèreté, une illusion d'espace propre à donner aux murs l'impression d'être moins oppressants et contraignants qu'en réalité.

Mais d'abord et avant tout, se rendit compte Avram, les miroirs avaient été installés pour des raisons de sécurité. Ils facilitaient la vigilance constante de Jeffreys, le vigile du rez-de-chaussée, et permettaient à ceux qui se dirigeaient vers les ascenseurs de surveiller ce qui se passait alentour, et de les avertir de toute activité suspecte dans leur dos. Les étages supérieurs étaient toutefois dotés, eux, de tout un tas de mécanismes de surveillance — apparents ou non — et Avram n'avait pas souvenance de la moindre atteinte sérieuse à la sécurité du bâtiment dans sa pourtant longue histoire.

Alors qu'il franchissait l'entrée donnant sur la rue pour la troisième fois seulement depuis son retour en ville, Avram se surprit une fois encore à lorgner le mur couvert de glaces, presque comme si c'était un récent ajout au couloir. C'était bizarre, vraiment bizarre et difficile à comprendre. Dans cet antre de la constance obstinée, le moindre changement était vu comme une concession et, pourtant, à chaque pas, Avram se sentait un peu plus envahi par cette familiarité propre (aurait-il pu croire) à en émousser au contraire la perception. Or, ces derniers mois, c'était précisément l'inverse. Avram s'était creusé la tête à la recherche d'une explication, il s'était polarisé sur les possibilités évidentes et les avait écartées. Il n'avait aucune culpabilité vis-à-vis de ses choix. Pas une once. Non, aucune. Et pas une seule seconde. Certes, il n'était qu'un homme et ne pouvait nier ses appréhensions récentes suite aux risques qu'il avait pris dernièrement... mais dans son métier, c'était indissociable, et Avram s'estimait plus doué que la moyenne pour les gérer.

Ce bâtiment — cette institution, même — était pour lui associé d'abord et avant tout à des impressions de confort et de stabilité. Lié par mille souvenirs à ses années de formation, il était devenu partie intégrante de son existence, et ce, depuis que son père et ses oncles l'y avaient régulièrement conduit lors de visites dans son enfance. Aujourd'hui, tant d'années plus tard, il avait encore l'habitude de s'y rendre quatre, voire cinq matins par semaine. Même réduite, l'influence du club demeurait sensible dans le monde entier. Ce qui se déroulait dans ses murs donnait une impression de permanence inébranlable.

Alors pourquoi le simple fait d'effleurer du regard l'un ou l'autre de ces miroirs avait-il un tel effet sur lui ? C'était incompréhensible. Et pourtant, il lui suffisait de temps en temps d'apercevoir son reflet pour s'immobiliser et s'étonner de l'expression sur ses traits — cet air envahi par une sorte de surprise intriguée, désorientée. À d'autres moments, il pouvait même ressentir un brusque changement de perspective, comme s'il avait échangé sa place avec son image dans la glace. En quelques fractions de seconde, voilà qu'il était devenu Avram le Reflet. Détaché, bidimensionnel, sans substance, tout au plus capable de se raccrocher à une vague et indéfinissable reconnaissance de la forme physique qu'il venait de quitter, et partageant l'intense confusion si manifeste sur ses traits. Cette personne, sans être tout à fait étrangère à la scène, semblait à tout le moins d'une identité douteuse, propre à attirer l'attention de Jeffreys et à susciter des regards incertains, pour ne pas dire méprisants, des autres personnes attendant avec lui à la porte de l'ascenseur. D'où venait-il ? Qui avait-il l'intention de voir ? Était-il digne de confiance ? Fiable ? Et d'abord et surtout, était-il des leurs ?

Alors, Avram détacha ses yeux du miroir, soudain conscient d'avoir été de nouveau attiré par sa surface étincelante. D'avoir perdu quelques secondes, de s'être arrêté en plein hall, au beau milieu de la procession qui se dirigeait vers l'ascenseur. Voilà que ça recommençait et cette sensation déroutante suscita chez lui un début d'angoisse. Les pressions qu'il subissait pèseraient-elles inconsciemment sur lui plus qu'il ne l'avait soupçonné ? C'était possible. Il n'avait qu'à songer à ce qui se passait pour lui, à son revers de fortune. Tout avait bel et bien pris de la vitesse, acquis un élan propre. Et de nouveaux risques étaient apparus, si mesurés fussent-ils.

Avram inspira à fond entre ses dents. Quelle que pût être la cause de ces crises, il les surmonterait. Mentalement et physiquement. Tout bien considéré, il prenait plutôt soin de sa santé, et à quarante-sept ans, il pouvait espérer profiter agréablement de pas mal de dizaines d'années d'existence encore. Les crises d'angoisse devaient être le pire de ses problèmes, et il retrouverait son état normal d'ici une minute. Pour redevenir pleinement l'Avram de chair et de sang. Qui vaquerait à ses occupations habituelles.

Une seconde inspiration, une troisième, et Avram se dirigea vers le bout du hall. Il adressa un signe de tête à Jeffreys, qui lui souhaita le bonjour en retour, s'approcha de l'ascenseur. Puis, brutalement, il tourna les talons en direction de la guérite de sécurité. Il avait failli oublier d'informer le vigile du visiteur qui devait passer le voir, et pourtant, il lui arrivait rarement d'oublier des rendez-vous.

Avram supposa qu'il n'était donc pas encore tout à fait redevenu lui-même. Pas encore. L'étourderie n'était pas son principal défaut.

« Que puis-je faire pour vous aujourd'hui, monsieur Hoffman ? » s'enquit avec cordialité Jeffreys, assis sur son tabouret.

Café-au-lait, la soixantaine, Jeffreys connaissait nommément tous les habitués qui attendaient l'ascenseur et tous les autres au moins de vue ; il faut dire qu'il occupait ce poste depuis plus de trente ans, meuble parmi les meubles. Avram était encore ado quand on le lui avait présenté — à l'époque, Jeffreys était plus jeune que lui-même aujourd'hui.

« J'attends la venue d'un visiteur important, d'ici une cinquantaine de minutes. Dix heures et quart, dix heures et demie, dit-il. M. Katari maîtrise mal notre langue et il faudra peut-être le guider pour monter jusqu'au club. C'est un Éthiopien… enfin, un juif éthiopien… »

Jeffreys le gratifia d'un petit clin d'œil, un sourire en coin, avant de pincer entre deux doigts de la main droite la peau couleur noix de pécan de son poignet gauche.

« Un petit bout d'ici, un petit bout de là-bas, hein ? »

Il fallut une seconde à Avram pour saisir l'allusion.

Sa brève absence — pour ne pas dire sa fugue, s'il fallait donner un nom à sa fascination ébahie devant le miroir — l'avait laissé un peu tête en l'air.

« Euh, oui, c'est ça, dit-il enfin, avant de retourner le sourire. C'est exactement ça. »

Jeffreys glissa la main dans la poche de poitrine de sa chemise d'uniforme grise pour en sortir un stylobille.

« Ce gars… comment vous épelez son nom… K-A-T-A-R-I ? »

Avram confirma.

« Je vais laisser des instructions, qu'on veille à l'envoyer sur vous au cas où je devrais m'absenter une minute », précisa Jeffreys en griffonnant quelques mots sur le registre.

Avram le remercia et, entendant l'ascenseur arriver, se hâta de rejoindre la petite douzaine de personnes qui s'entassaient déjà dans la cabine. Là encore, il échangea avec elles des saluts cordiaux. Puis il appuya sur le bouton du neuvième et la cabine s'ébranla avec une secousse, faisant couiner câbles et poulies qui avaient dû connaître des jours meilleurs mais continuaient néanmoins à s'acquitter de la tâche pour laquelle on les avait conçus, comme si l'âge, l'usure et la rouille n'étaient absolument pas un problème.

Les yeux encore fixés sur le chiffre des étages affiché au-dessus de la porte de l'ascenseur, Jeffreys tendit la main pour saisir le téléphone posé sur le podium en bois qui tenait lieu de comptoir d'accueil dans l'espace confiné du hall. Envolé, le sourire dont il avait gratifié Avram Hoffman, mais comme un ruban de sparadrap arraché de ses lèvres, il laissait sur ses traces une douleur lancinante.

Il espéra que son expression ne trahissait pas la douleur réelle qu'il ressentait en lui.

Jeffreys connaissait Avram depuis qu'il était à l'école. Il se souvenait de son défunt père, Jacob, vantant ses notes à l'école talmudique, depuis sa scolarité dans cette grande université en ville, Columbia. Il se rappelait à quel point Jacob semblait constamment fier de lui, venant lui présenter les piles de photos faites lors de son séjour en Israël dans le cadre d'un échange annuel entre étudiants. Tous les gens de cet immeuble et les membres du club en particulier… il fallait bien admettre que l'orgueil était leur fer de lance. Ce qu'ils plaçaient au-dessus de tout. Pour Jeffreys, certains étaient presque de la famille. Certes, chacun avait son caractère : d'un côté les milliardaires roublards et vantards, de l'autre les éternels laissés-pour-compte toujours à quémander des faveurs, accrochés aux basques de leurs amis et parents plus chanceux. Si vous aviez vent de leurs histoires, ça pouvait être marrant. Il y avait des compétitions, des rivalités qui se prolongeaient sur des années. Un gars disant d'un autre que s'il fait le bien, c'est par pure fourberie, le second traitant le premier d'imbécile aveuglé par la jalousie, mais tous deux se réconciliant pour casser du sucre sur le dos d'un troisième. Il est ceci, il est cela, et avez-vous entendu ce qu'il a fait à Untel ? C'était parfois le pied de les entendre, une fois lancés. Mais il y avait également des histoires sérieuses, celles qui avaient amené Jeffreys à sincèrement respecter ces gens. Celles de leurs réussites, de leurs efforts pour bâtir quelque chose en partant de rien. Comment ils étaient arrivés dans ce pays, simples réfugiés, après avoir été chassés de partout. De Russie, il y a presque un siècle. De presque toute l'Europe entre les deux guerres mondiales. Des générations entières débarquées en Amérique avec juste leurs habits sur le dos, expulsés de leurs terres, abandonnant leur foyer, après que tous leurs biens eurent été brûlés, détruits ou volés. Sans parler de tous ceux, et ils étaient nombreux, qui avaient perdu des êtres chers dans les chambres à gaz et les fours crématoires de ces camps d'extermination nazis.

Jeffrey respectait ces gens pour leur itinéraire personnel. Respectait leur façon de faire le ménage chez eux, leur façon de tenir leur boutique sans avoir besoin de faire appel à la police, aux avocats et aux juges pour régler leurs affaires. Si l'on voulait que cela dure, alors les mots honneur et confiance devaient signifier quelque chose ici. Que ces valeurs commencent à se déliter, et la fin était proche, estimait Jeffreys. On pourrait alors aussi bien démolir cet immeuble, et combler le trou béant et poussiéreux en édifiant une de ces tours modernes de cent étages où il y aurait enfin de la place pour offrir au vigile un poste de taille décente, près de l'entrée, au lieu de cet étroit perchoir sur une estrade près de l'ascenseur. Parce que l'endroit aurait perdu son cœur et son âme, et ne serait plus que le triste reflet de ce qu'il avait été jadis. Un chapitre d'une de ces histoires qui commencent par *Il était une fois…*

Jeffreys aimait bien Avram, il connaissait toute sa famille, sa femme, ses enfants. Il ne leur voulait aucun mal. Lui sourire quand il était en face et le poignarder dans le dos. Mais son boulot ne se résumait pas à rester vissé sur ce tabouret en bois qui l'avait, à la longue, gratifié de ce mal de dos et de ces hémorroïdes. Et s'il devait renier ses autres responsabilités, autant qu'il demande directement sa retraite. Car si jusqu'ici, aucun de ses employeurs n'était venu directement lui dire ce que tramait Avram, ou du moins ce qu'ils imaginaient qu'il pût tramer, il était manifeste qu'ils le soupçonnaient de tremper dans un truc pas clair.

Jeffrey poussa un soupir et passa son coup de fil, coinçant le combiné dans le creux de l'épaule.

L'espion belge répondit dès la première sonnerie. Jeffreys l'informa comme prévu et raccrocha. Le tout avait pris moins de trente secondes peut-être, mais il se sentait minable, et ce sentiment n'était pas près de le quitter.

Ouais, un truc pas clair, se répéta-t-il. Pas clair du tout. Et il redoutait que ce ne soit qu'un début… avec assez de boules puantes pour empuantir la planète entière avant que toute cette affaire ne soit réglée.

Avram ne fut pas surpris de découvrir qu'il était le seul à descendre au neuvième. Dans le temps, l'ascenseur se serait vidé à cet étage. Mais tout changeait, qu'on le veuille ou non. Nul homme, nulle institution n'était éternel.

Après être passé devant le cagibi du vigile avec un signe de la main aux deux hommes en uniforme derrière leur vitre pare-balles, Avram prit à gauche, glissa sa carte d'identification dans le lecteur du tourniquet et pénétra dans l'antichambre déserte avant d'introduire la carte dans un second lecteur pour déverrouiller une porte qu'encadraient en surplomb deux caméras de vidéo-surveillance.

Une fois passé la porte, il s'engagea dans le hall principal, vaste espace pourvu de larges baies vitrées donnant au nord et au sud et dans laquelle s'alignaient, d'un mur à l'autre, des rangées de tables comme dans une cafétéria. Même si les haut-parleurs étaient silencieux et si tous les téléphones disposés de chaque côté de l'allée centrale étaient libres, on voyait une poignée d'individus épars, occupés à faire glisser de l'un à l'autre, sur les tables nues, de petits paquets transparents. D'autres personnes se dirigeaient vers le bout de l'allée, qui se divisait de part et d'autre d'un second cagibi fermé. La plupart portaient la barbe fournie des juifs orthodoxes, le long manteau et le grand chapeau noir. Trois ou quatre étaient en complet-veston classique, comme Avram ; ceux-là arboraient un bouc de longueur modérée et taillé avec recherche, leur seul signe extérieur d'orthodoxie religieuse étant la petite kippa épinglée dans les cheveux.

Avram s'engagea dans l'allée centrale à leur suite. Dieu garde ces hommes d'être un jour en situation de le juger. Ils seraient atterrés, l'accuseraient de *falsche Frumkeit* — d'entorse à l'orthodoxie —, et dénonceraient sa conduite. Et ses oncles si imbus d'eux-mêmes partageraient leur condamnation, les yeux exorbités d'indignation, la bouche suintant de mépris. Mais que savaient-ils vraiment, tous ? Ils étaient trop confiants, trop ancrés dans le passé. Les petits opérateurs en particulier. Il n'était que de voir leurs pertes, les coups qu'ils avaient pris sur le marché. Ils avaient refusé d'en mesurer les tendances, de s'adapter au changement ; non, à la place, ils ne faisaient que se plaindre. Les porte-voix avaient été sabotés par le cartel, accusés de dire n'importe quoi. On bloquait les réseaux, coupait les approvisionnements, faisait taire les intermédiaires.

Avram avait maintes fois entendu ces lamentations amères, il les avait entendus attribuer la difficulté de leur situation à des éléments qui leur échappaient, pointant le doigt ici et là, voire se désignant les uns les autres, alors que leur vaisseau sombrait en faisant eau de toutes parts — et leur penchant au fatalisme s'était largement transmis à la génération d'Avram. C'était pareil à Anvers. À Tel-Aviv. On ne pouvait rien pour eux. Tant qu'ils s'obstineraient à ne pas vouloir dévier d'un code démodé.

Aux yeux d'Avram, c'était là leur plus grosse erreur... cet attachement à des définitions éthiques et morales qui n'étaient plus opérationnelles, et sans doute ne l'avaient jamais été. La morale dans les affaires, c'était une vaste plaisanterie. Un mensonge de convenance, concocté par les puissants pour faire taire les petits. Les affaires, c'était le règne de l'opportunisme, de l'amoralité. Où était la valeur quand il s'agissait de se battre pour survivre ? Depuis quand l'échec vous valait-il le respect ? Avram était-il censé croire que toutes ces épaves misérables qu'on félicitait pour leur succès détenaient cachée dans leur cœur quelque insondable pépite de bonté ? Céder à l'attrait de traditions obsolètes, avaler des couleuvres, c'était le meilleur moyen de perdre. Et il n'y avait pas de péché plus ignoble dans le monde des affaires. Bon sang ! Qu'il cherche à exploiter une nouvelle source de profit ne tuerait personne.

Avram franchit le second rempart de verre, restant délibérément quelques pas derrière le petit groupe d'hommes qui s'étaient engagés dans l'allée partant sur la droite. Pour lui, cette séparation d'avec le reste de l'étage était la preuve manifeste de la ligne de clivage entre probité morale et nécessité matérielle. Pourtant, il était sûr que pas un seul d'entre eux — pas un seul — ne partageait son interprétation de ce symbolisme. Avram pouvait à peine imaginer le scandale qui ébranlerait ces murs si jamais quelqu'un apprenait ses faits et gestes. Il serait rejeté, renvoyé, blackboulé, la disgrâce ternirait la réputation de sa famille... raison pour laquelle il devait s'assurer qu'aucun jamais n'en ait connaissance.

Au vestiaire, Avram accrocha son pardessus à la patère et prit, sur l'étagère au-dessus, la pochette en feutrine qui contenait son châle de prières et un jeu de phylactères. Puis il ressortit et se dirigea vers la petite synagogue trapue aménagée un peu plus loin dans le passage.

Comme c'était devenu habituel désormais, Avram compta tout juste le minimum de dix participants exigés par la loi hébraïque pour entamer un service religieux. À neuf heures cinquante du matin, il était encore trop tôt pour les jeunes vendeurs, dont une majorité du reste ne venait même plus régulièrement à la Bourse. Et dans le même temps, leurs aînés qui continuaient à faire leurs petites affaires dans le hall à l'extérieur n'étaient pour leur part guère pressés de venir avant midi — tandis que les plus religieux d'entre eux pouvaient effectuer leurs prières matinales quotidiennes dans une *schul*[1] plus proche de leur domicile.

---

1. Yiddish pour synagogue. Du haut allemand *Schuol*, école.

Avram se fit la réflexion qu'étant lui-même courtier, il était à cheval entre les deux catégories.

Ayant passé le châle de prières autour de ses épaules, il fixa à l'aide de lanières de cuir noir les deux phylactères ou *tefilin* — qui vient de *tefila*, « prière » en hébreu —, ces boîtiers cubiques confectionnés avec le cuir de bêtes casher qui contenaient des rouleaux de parchemins bénis où étaient inscrits des versets de la Torah. Ayant arrimé le premier sous son bras gauche et plaqué le second sur le front, il entreprit de réciter de mémoire les bénédictions appropriées.

Dès le moment où il avait entrepris d'enrouler les lanières selon le rite prescrit, Avram avait déjà fait un effort pour chasser de son esprit les pensées matérielles qui l'encombraient encore à l'entrée du sanctuaire. Rappel de son dévouement entier à Dieu, de son lien, corps et âme, à Sa volonté, la pose des phylactères exigeait qu'on remplisse les commandements qui y étaient associés. Mais était-ce une pensée matérialiste que de considérer que les tablettes de pierre sur lesquelles Moïse avait gravé la Loi de l'Alliance avaient été en réalité taillées dans du saphir extrait du sommet du mont Sinaï ? Et que, d'après Rashi, le plus éminent des commentateurs bibliques, Dieu avait remis à Moïse les *P'solet*, des éclats de cette gravure, comme un talisman précieux destiné à lui apporter une fortune durable à lui et à ses héritiers ? Ainsi, le plus sacré des objets donnés à l'homme s'était-il accompagné de considérations bassement matérielles.

Mais Avram n'était pas un théologien. Penché en prières devant l'Arche, il ne savait s'il devait chasser ces idées de ses pensées ou bien les méditer. Et pourtant, il ne pouvait nier leur présence, en même temps que son désir de réconcilier sa constante crainte du Ciel avec sa non moins constante soif de biens matériels.

Quant au reste des objectifs qu'il avait osé s'assigner, Avram était bien décidé à trouver le moyen d'obtenir tout ce qu'il voulait, et de vivre tranquille du mieux possible ensuite.

Malisse aurait préféré commencer avec le plan B et poursuivre à partir de là. Et pas qu'aujourd'hui : pour toutes les missions qu'il avait déjà acceptées. Urgents ou non, il voyait ses plans de première intention tout au plus comme un prélude à la mise en scène, l'ébauche grossière d'un projet en cours — et à juste titre. Neuf fois sur dix, le plan A s'avérait soit défaillant, soit un échec complet. Après quatre années d'enquêtes comme détective privé, sans oublier les douze années précédentes au sein des services secrets belges, le constat était là : quelle que soit l'intensité de vos efforts, si sûr que vous soyez de la perfection de ce plan, il y avait toujours des aléas, des chausse-trappes sous vos pieds, des erreurs tapies au coin du bois et qui n'apparaissaient qu'au moment où l'on butait dessus. Malisse en était tellement convaincu qu'il avait enseigné cette leçon sans relâche aux jeunes agents inexpérimentés confiés à sa tutelle au sein de la Sûreté de l'État. Avec, régulièrement, cette question de recrues encore novices : si le plan A est une aberration, s'il est destiné à échouer, pourquoi ne pas le sauter carrément, s'élancer directement du bon pied et déclencher une opération avec un plan de rechange parfaitement au point ? Raisonnement auquel il répondait en soulignant sa faille : les choses doivent logiquement commencer par le commencement. L'élimination du plan A ne ferait que déplacer le plan B dans l'ordre des priorités, le condamnant ipso facto à devenir un plan A, le plan C devenant alors le nouveau plan B, et ainsi de suite.

Si, pour élaborer ses enquêtes, Malisse adoptait une approche darwinienne, lorsqu'il enseignait à ses élèves comment procéder, sa méthode était socratique. Aurait-il mieux valu que le poumon apparaisse avant les branchies ? avait-il parfois demandé pour susciter le débat chez ces jeunes gens. Sans aucun doute, le poumon était l'organe respiratoire le plus efficace. Mais comment aurait procédé le premier amphibien s'il n'avait pas été précédé par les poissons dans l'échelle de l'évolution ? Qu'aurait pu faire la pauvre créature, sinon se noyer dans les ténèbres saumâtres de quelque mer originelle ? Que soit survenu ce seul aléa séquentiel, ce chaînon manquant à proprement parler, et la genèse de la vie sur terre aurait connu un arrêt brutal. La grenouille, le serpent, le rongeur et les mammifères supérieurs... aucun de ces êtres ne serait apparu. L'humanité serait restée à l'état de rêve même pas rêvé. Eh bien, il en allait de même avec l'établissement de la preuve dans une enquête : il convenait de procéder dans l'ordre si l'on ne voulait pas rester en panne au bord de la route.

La petite minorité de débutants dégourdis et motivés qui avaient pris à cœur sa leçon restaient tout au long de leur carrière des agents formidables et scandaleusement sous-payés ; l'immense majorité de médiocres bougons avait obtenu des promotions à de confortables emplois de bureau au sein de la hiérarchie bureaucratique de la Sûreté.

À chaque homme selon son mérite, supposa Malisse.

Il se trouvait à présent dans le café Starbucks à l'angle de la 47e Rue Ouest et de la Sixième Avenue, assis devant un Macchiato au caramel accompagné d'un éclair au chocolat et observant la rue derrière la vitrine avec son zèle habituel, si médiocre que fût le site. Le breuvage lui avait agréablement réchauffé les boyaux tout en contribuant sans nul doute à ronger un peu plus un duodénum déjà bien érodé, aggravant encore son ulcère — bénin, malgré la douleur, lui avaient assuré les médecins — avec sa concentration élevée en sirop de sucre et en caféine. Mais il était neuf heures trente et quand son insatiable bec sucré se manifestait, c'était en général au saut du lit, tout comme son envie de tabac. Cette dernière demeurait inassouvie puisque les fumeurs, en Amérique en général et dans cette ville en particulier, n'étaient pas seulement stigmatisés mais lourdement taxés et pénalisés, un harcèlement légal qui ne leur laissait plus que la rue et, sans doute, leurs propres toilettes pour griller une cigarette. Les bars aussi étaient interdits… quel intérêt de commander un cocktail, se demanda-t-il, si l'on ne pouvait pas tirer sur une Gitane ou une Dunhill entre deux gorgées ? Malisse n'arrivait pas à comprendre — n'était-il pas en cet instant même dans la fameuse terre de la liberté ? Il avait même dû prendre à l'hôtel une chambre non-fumeur, toutes les autres étant déjà occupées. Dieu merci, il pouvait se consoler avec le café et cet éclair, son automédication pour absorber en partie ses aigreurs d'estomac.

Il continua de boire et de tremper son éclair dans le café, en regardant les acheteurs et vendeurs matinaux se diriger vers leurs boutiques de détaillant, leurs stands dans la rue ou les bureaux regroupés sous le terme d'« Allée de la Joaillerie ». Les juifs orthodoxes de sexe mâle dominaient, sans toutefois exclure totalement les femmes ou tout autre groupe. Parmi eux, on trouvait en effet des juifs laïcs, des Asiatiques, des Africains, des Australiens… Malisse savait qu'il y avait des courtiers de tous les pays, toutes les ethnies et toutes les religions qui passaient entre les réverbères balisant les entrées nord et sud du pâté de maisons donnant sur la Sixième Rue. Le sieur Katari dont on lui avait parlé était-il du nombre ? Plus important, ce Katari allait-il ou non confirmer sa méthodologie ? Le temps et la patience lui fourniraient la réponse.

Concernant son principal centre d'intérêt, Malisse aurait préféré trouver un meilleur poste d'observation pour surveiller l'arrivée ce matin d'Avram Hoffman au DDC, le club des courtiers en diamant, lors de la troisième de ses séances de surveillance. Quand il avait suivi Hoffman d'Anvers à New York — une opération qui avait exigé des préparatifs précipités, un voyage inconfortable à bord d'un F50 à hélices et une correspondance presque ratée à Heathrow — quel meilleur moyen d'échapper aux affres du décalage horaire ? —, il s'était posté près de l'entrée du DDC, à l'angle de la Cinquième Avenue, restant dans la rue à faire mine de regarder les vitrines, flâner autour des kiosques à journaux, bref, se fondre parmi la foule. Malgré le froid, il avait réussi sans trop de mal à garder l'immeuble en point de mire, tout en fumant de temps en temps une petite cigarette… non sans se remémorer la chaleur étouffante du bureau de Rance Lembock chaque fois que sa carcasse protestait contre la température glaciale ambiante. Mais c'était le Manhattan d'après la tragédie, où l'anonymat avait révélé un désagrément paradoxal : dans une ville pleine d'étrangers, les visages inconnus avaient désormais quelque chose de suspect. Les passants se méfiaient de ceux qui naguère encore auraient échappé à leur attention, fondus dans la multitude urbaine. On pouvait désormais voir des équipes de policiers en gilets pare-balles, armés de mitraillettes et accompagnés de bergers allemands renifleurs d'explosifs garder les entrées des grands magasins et des immeubles de bureaux. Si jamais Malisse était perçu comme rôdant autour du pâté de maisons, c'était lui, l'honnête enquêteur, qui risquait de se retrouver la cible de la curiosité ou des soupçons. Et Lembock avait bien insisté sur le fait que les autorités — et le ministère, en premier — devaient à tout prix rester en dehors du coup. Redoutant un scandale qui pourrait entacher la réputation des bourses en un temps où une partie du négoce les avait déjà renvoyées aux poubelles des institutions internationales archaïques, il voulait être sûr des faits avant de les étaler sur la place publique.

C'est pourquoi Malisse avait aujourd'hui émigré de la rue à son actuel poste bien à l'abri dans la salle de café. Mais si ce dernier lui offrait le confort de la chaleur, d'un siège capitonné, d'une boisson chaude et de pâtisseries, il entravait dans le même temps ses capacités de travail, l'obligeant à se fier à son informateur au sein de la sécurité du bâtiment pour le tenir au fait des allées et venues d'Avram et, autre détail non négligeable, il l'empêchait également de s'en griller une.

Malisse ne pouvait toutefois pas se plaindre de Jeffreys. L'homme présentait tous les signes d'un indic fiable, et il n'avait pas traîné pour lui annoncer l'apparition d'Avram au club. Jusqu'ici, tout s'était donc déroulé sans hiatus et conformément au plan prévu.

À savoir, le plan A.

Raison pour laquelle Delano Malisse évitait de déborder d'optimisme. Si Avram Hoffman était impliqué dans un trafic de pierres précieuses acquises de manière illicite — voire de faux manifestes —, Malisse était certain de pouvoir le prouver et de remonter jusqu'à leur source.

Simplement, son petit doigt lui disait que ça ne serait peut-être pas aussi facile qu'épeler A, B, C ou, pour le compte, D.

Nimec regardait Megan s'attaquer au punching-ball quand il avisa du coin de l'œil le jeune Chris. Une minute plus tôt, ce dernier buvait des yeux chaque geste de Meg. Et là, voilà soudain qu'il partait se balader vers le râtelier où étaient empilés les plateaux de poids, à côté du banc d'entraînement de Nimec.

Nimec le vit saisir à deux mains un des gros plateaux de quinze kilos pour le faire pivoter et réprima une grimace en s'imaginant le poids coulissant sur l'axe pour venir lui écrabouiller le pied.

« Chris, lança-t-il, joue pas avec ça ! »

Le garçon ne répondit pas et continua de faire tourner la plaque de fonte sur son pivot métallique.

Se demandant si le crépitement des poings sur le punching-ball n'avait pas couvert sa voix, il répéta son avertissement un peu plus fort.

Chris ne réagit pas. Du moins, en apparence. Ignorant Nimec, il continuait de faire tourner le plateau, puis grimpa sur le banc d'exercice et, s'y étendant sur le dos, se glissa sous le râtelier pour saisir la barre posée sur les montants latéraux.

« *Hé, Chris ! Sors de là, veux-tu ?* »

Cette fois, Nimec lui avait crié dessus, tout en se précipitant vers le banc. Il ne s'agissait plus d'imaginer ce qu'il adviendrait si un seul plateau tombait sur le gros orteil du môme : il venait de pousser cent kilos avec cette barre — le double du poids de Chris — et ne voulait pas imaginer les conséquences si jamais celle-ci s'écrasait sur sa poitrine.

Derrière lui, Megan avait interrompu son exercice et s'était tournée pour voir ce qui se passait. Elle vit Chris se relever, faire lentement pivoter ses jambes sur le banc et sauter par terre d'un bond, comme s'il venait à l'instant de s'apercevoir de la présence de Nimec.

« Chris, est-ce que tu m'as entendu, oui ou non ? » Nimec s'était planté, bougon, devant lui. « Tu connais les règles. »

Il les connaissait parfaitement. En fait, se dit Nimec, il avait toujours fait montre d'une surprenante maturité au gymnase après qu'on lui eut indiqué ce qu'il fallait faire et ne pas faire, se tenant à distance des équipements quand il était sans surveillance et profitant d'une certaine latitude quand il regardait Nimec s'entraîner. Tout ça ne lui ressemblait pas du tout.

Nimec attendait patiemment une réponse mais il n'eut droit qu'à un regard absent et un haussement d'épaules silencieux.

Il contempla Chris, partagé entre colère et confusion, sans trop savoir comment réagir. Et l'attitude butée du gamin n'était pas destinée qu'à lui. Après n'avoir eu d'yeux que pour Megan, voilà qu'il lui battait froid.

« C'est OK si je redescends ? » demanda Chris. Le ton était neutre, sans une once de défi ou d'entêtement.

« Je crois que ça vaudrait mieux », répondit Nimec.

Chris passa devant lui pour regagner l'ascenseur, effleura de l'index le panneau de contrôle biométrique à côté de la porte, et pénétra dans la cabine comme un somnambule.

Nimec retourna auprès de Megan alors que la cabine descendait, en se massant le menton d'un air perplexe.

« Tu sais à quoi ça rime ? »

Megan chercha une réponse susceptible de ressembler à un conseil avisé.

« Pas la moindre idée, petit papa, répondit-elle, en désespoir de cause. Mais tu pourrais peut-être envisager de changer le code de l'ascenseur jusqu'à ce que le môme ait passé l'âge de la puberté. »

« J'te laisse le trône, Collins », annonça Jeffreys qui se leva de son tabouret pour céder la place au jeune collègue qui assurait la relève.

Il était neuf heures trente-cinq à la montre de Jeffreys, montre qu'il réglait sur la pendule officielle installée dans la grande salle de l'étage, au moins une fois par semaine, histoire de rester dans la course. La période entre neuf et dix était en effet celle où l'activité était la plus faible dans le bâtiment. La première vague de négociants était passée, ces hommes étant pour l'essentiel des reliques — ils avaient en gros son âge —, programmés depuis toujours pour arriver tôt, venus chercher d'autres barbes grises pour négocier en personne, ou peut-être consulter dans leur bureau le répondeur téléphonique, un appareil qu'ils tenaient toujours comme le tout dernier cri en matière de gadgets high-tech. La seconde vague n'arriverait pas avant onze heures, onze heures et demie, quand les plus jeunes négociants quittaient leur bureau à domicile après s'être acquittés des tâches qui assuraient leur gagne-pain sur Internet.

Une période calme, songea Jeffreys, et le bon moment pour se dégourdir les jambes quelques minutes, descendre boire un café au stand à beignets du coin, discuter un peu de la politique au Moyen-Orient avec Moussaf, le vendeur, et griller une clope sur le trottoir. On ne pouvait quasiment plus fumer nulle part, aujourd'hui, sans se prendre une amende, voire risquer de se faire arrêter et d'écoper d'un mois de prison. Résultat, on avait l'air d'être un sale môme qui s'éclipse de chez lui pour se rouler un joint, merci monsieur le maire, en espérant pour vous que vos amis haut placés apprécient les coûteux cigares qu'ils fumaient dans leurs clubs de golf privés à Aruba, Acapulco, Hawaï ou autres planques où ils avaient l'habitude de filer en jet privé tous les week-ends. Ce mec dirigeait cette ville comme un puritain mais il menait une vie personnelle de cheikh arabe. D'après les journaux, Son Éminence avait même des « salons du péché » où ses hôtes pouvaient discrètement s'éclipser durant les soirées qu'il organisait dans son hôtel particulier de Park Avenue avant de s'emparer de la mairie.

Jeffreys descendit de son estrade, en se félicitant mentalement une fois encore d'avoir voté plutôt pour l'autre clown lors de la dernière élection.

« Tu veux que je te ramène quelque chose ?

— Ouais, répondit son successeur. Un Hale Berry.

— Fromage fondu ou beurre ?

— Beurre, répondit Collins. Avec une nana comme ça, faut pas lésiner.

— Si je peux te la trouver pour moins d'un dollar, elle est à toi. »

Jeffreys rajusta son pantalon en remontant la ceinture, enfila son blouson et le tâta, à la recherche de ses cigarettes. Même s'il avait du mal à l'admettre, il culpabilisait quand même un petit peu de fumer, non pas parce que l'actuel occupant de la mairie avait fait tout ce qui était possible sous le soleil, la lune et les étoiles pour qu'il en soit ainsi, mais parce que sa femme lui avait demandé de renoncer à cette habitude, en guise de résolution pour le nouvel an. Il avait bien essayé de s'y tenir, par amour pour Rosie, et s'en était plutôt bien tiré le mois précédent. Peut-être même qu'il aurait encore mieux fait s'il n'avait pas eu ces nouvelles obligations en tête, ce travail de commère pour cet enquêteur belge… ce qui lui fit à penser à un truc.

« Ah, au fait, devrait y avoir un certain Katari qui se pointe d'une minute à l'autre, dit-il en indiquant la note griffonnée en marge du registre. Un Africain d'Israël, qui parle pas anglais.

— Hein ?

— T'occupe, coupa Jeffreys. Dès qu'il arrive, tu sonnes Avram Hoffman dans la salle principale et tu lui montres le chemin. »

Collins acquiesça et prit place sur le tabouret derrière le podium du poste de garde.

Quelques instants plus tard, Jeffreys l'abandonnait et quittait l'immeuble.

Ses prières matinales achevées, Avram était revenu dans la salle principale, châle de prières et phylactères ayant retrouvé leur pochette au vestiaire. L'activité semblait reprendre autour des tables, quoique encore de manière sporadique.

Avram contempla la rangée d'horloges accrochées au mur derrière la cabine vitrée près du passage d'où il venait d'émerger. Elles affichaient l'heure dans chacune des principales bourses de la planète et lui rappelèrent de regarder les messages sur son téléphone mobile qu'il avait coupé avant d'entrer dans la chapelle, trois quarts d'heure auparavant. Il y avait un message de Katari, message de courtoisie énoncé dans un galimatias d'anglais et d'hébreu pour lui dire qu'il venait de quitter son hôtel sur Madison Avenue. Des mails de contacts professionnels à Anvers, Tokyo et Bombay. Ainsi qu'un certain nombre d'appels reçus ces dix dernières minutes et dont le numéro avait été mémorisé par son afficheur d'appels. Avram avait une petite idée de leur origine et il reporta la consultation de sa messagerie pour attendre que ce correspondant inconnu se manifeste à nouveau.

Il n'eut qu'à attendre quelques minutes. Dès la première sonnerie, il appuya sur la touche réception.

« Oui ?

— Heureux de vous entendre. »

Avram reconnut d'emblée la voix de Lathrop.

« J'étais à mes prières matinales, répondit-il. Vous comprenez.

— Bien sûr. Une pause pour se nettoyer l'âme.

— L'améliorer, rectifia Avram. Il y a des rabbins,

des sages des études talmudiques, qui émettent l'opinion que l'homme est supérieur aux anges. Au sens que Dieu les a créés aussi parfaits qu'ils pouvaient l'être, des êtres de pure spiritualité, alors que nous qui possédons une double nature, matérielle et spirituelle, avons la capacité de transcender ce que nous sommes. De nous améliorer.

— Des joyaux dans leur gangue.

— Quelque chose comme ça, oui. » Avram haussa les épaules. « Je cherche toujours le progrès, sur tous les fronts.

— Alors, vous serez ravi de pouvoir jeter un œil sur ce qui se fait de mieux. »

Avram sentit son pouls s'accélérer.

« Que m'avez-vous trouvé ?

— J'ai dit juste jeter un œil. »

Avram s'écarta pour laisser passer plusieurs autres personnes qui revenaient comme lui de la synagogue.

« J'ai un rendez-vous important ce matin, observa-t-il.

— Annulez-le.

— Impossible, c'est trop tard pour le reporter. L'acheteur est déjà en route, et je ne peux pas le joindre…

— Laissez-le tomber. Ou faites-le patienter. La fenêtre d'opportunité est étroite et, à terme, vous aurez des clients qui feront la queue pour venir vous manger dans la main. »

Silence. Avram sentait le frisson de l'avidité et de l'excitation lui courir sous la peau.

Il trouva un siège libre à l'écart des autres personnes dans la salle, et contempla les toits de la ville derrière la grande baie vitrée.

« Comment et quand désirez-vous que nous nous rencontrions ?

— Vous connaissez le programme, Avram. Allez-y et laissez votre téléphone allumé. Je vous mettrai au parfum en cours de route. »

« Où est la star de ciné que j'ai commandée comme petit déjeuner ? demanda Collins en voyant Jeffreys s'approcher de l'estrade.

— Trop chère, sans compter qu'elle rentrait pas, dit Jeffreys en tapotant le petit sac blanc qu'il avait ramené de la carriole du vendeur. J't'ai pris un bagel, à la place.

— Au beurre ?

— Comme tu me l'avais demandé, mon gars. »

Collins tendit la main vers le sac, faussement fâché. « Bon, j'imagine que j'vais devoir m'en contenter. »

Jeffreys dézippa son blouson, comme pour se débarrasser du froid du dehors qui semblait s'y être accroché.

« Rien de nouveau à signaler ?

— Non. » Collins quitta le tabouret. « En fait, si, ton gars s'est pointé. Ce Katari.

— T'as veillé à le faire monter, hein ?

— Ouais. Il y est, en ce moment, mais il est pas trop ravi, je vais te dire. » Et Collins de hausser les épaules. « S'est pointé pile après que le courtier qu'il était censé rencontrer est sorti de l'immeuble. »

Jeffreys le dévisagea.

« Sorti ?

— Pas plus d'une minute ou deux après toi, confirma Collins en tapotant un bout de papier posé près du registre. D'vait avoir un rendez-vous important… m'a juste laissé ça au passage avant de s'éclipser vite fait. »

Le front plissé, Jeffreys saisit le billet et lut le message d'Avram Hoffman.

Et merde, songea-t-il.

Malisse s'était attendu à voir le plan A foirer, mais sans imaginer toutefois que le ratage commencerait si tôt, dès la phase préparatoire.

Arrêté à l'angle de la 47e et de la Cinquième Avenue pour reprendre son souffle, il scrutait l'avenue, se sentant à la fois idiot et contrarié. Son regard parcourut le trottoir, le carrefour, les taxis et les bus qui passaient. D'après Jeffreys, près de cinq minutes s'étaient écoulées depuis qu'Avram Hoffman avait quitté l'immeuble du DDC, derrière lui, et tenter de deviner quelle direction il avait prise dans ce flot de véhicules et de passants semblait stupide et parfaitement vain. Le remplaçant de Jeffreys n'était même pas sûr qu'il ait tourné vers la Cinquième et du reste, pourquoi aurait-il dû s'en soucier ? Il ignorait tout de la surveillance en cours.

Le front plissé, Malisse tourna les talons pour s'engager dans la bouche de métro, trois rues plus haut. C'était un choix instinctif. Hoffman aurait pu laisser derrière lui un sillage de miettes de pain et les pigeons crasseux qui infestaient ces rues les auraient boulottées depuis. Mais il avait quitté le club précipitamment, à l'improviste, mû par une hâte manifeste. Si c'était le signe qu'il devait se rendre rapidement quelque part, il était assez logique d'envisager qu'il ait pris le mode de transport le plus rapide, et dans cette ville, ce ne pouvait être que le métro… à supposer qu'il n'ait pas eu juste à parcourir une brève distance. Et pourquoi supposer cela plutôt qu'autre chose ? C'était au pif.

Ses rides soucieuses se creusèrent. Idiot. Tout avait foiré. L'aurait mieux valu qu'il reste au chaud au bistrot, avec ses bonnes odeurs de café chaud et de pain grillé…

L'idée surgit alors qu'il remarquait un homme en pardessus anthracite coiffé d'un feutre mou gris clair qui se frayait un chemin dans la foule, un demi-pâté de maisons plus haut. L'individu lui tournait le dos et s'éloignait d'un pas vif. Malisse le contempla quelques instants. Sa taille correspondait à celle d'Hoffman. La démarche aussi. Et les vêtements ressemblaient à ceux qu'il lui avait vus porter ces deux derniers jours. Le couvre-chef toutefois était beige à chevrons. Le pardessus, en tweed marron. Mais hier, c'était hier. Rien n'interdisait de changer de couleurs — d'autant que celles-ci étaient également coordonnées.

Malisse s'empressa de lui emboîter le pas. Peut-être s'illusionnait-il en espérant avoir repéré d'emblée sa proie. Mais mieux valait courir après un espoir que de rester sans bouger. Au pire, ça lui ferait circuler le sang et oublier la morsure du froid.

Malisse se faufila entre des attroupements de piétons, évita un coursier à vélo, faillit se faire renverser par un crétin en Segway roulant plus vite sur les trottoirs que les voitures sur l'avenue — parfait exemple d'une menace à la vie humaine autrement plus grave que celle du tabac.

Il avait presque réussi à rattraper son bonhomme, immobilisé au feu, à l'angle de la 58e Rue. Dès qu'il passa au vert et que l'homme s'engagea sur la chaussée, Malisse accéléra pour le dépasser par la droite afin d'examiner son visage, profitant de la bousculade pour se rapprocher de lui.

Un simple coup d'œil sur sa gauche le doucha : l'homme n'était pas Hoffman. Imberbe, bien plus vieux, sans lunettes, il ne lui ressemblait pas le moins du monde. Bon, il y avait eu la démarche pressée, la façon de s'habiller. Malisse était déçu, certes, mais il ne se reprochait pas son pari.

Il ralentit pour s'arrêter tandis que l'homme disparaissait absorbé par le mouvement incessant de la foule. Des épaules lui cognaient les bras, des coudes lui rentraient dans les côtes. Immédiatement sur sa gauche, près de l'entrée d'une banque, un type brun en tenue de brousse glissait des pièces dans une de ces innombrables bornes Internet UpLink qu'il avait vues dernièrement surgir presque à tous les coins de rue de toutes les villes d'Europe, y compris celles de sa Bruxelles natale. Malisse le contempla une seconde et se dit que c'était la seule personne visible alentour, à part lui, qui ne se laissait pas entraîner par le troupeau. Malisse se demanda, avec une pointe d'humour, s'il ne devrait pas lui taper sur l'épaule et lui suggérer de fonder un club.

Puis l'homme quitta des yeux l'écran de la borne pour regarder dans sa direction, comme s'il avait perçu l'attention de Malisse. Son visage était inexpressif quand leurs yeux se croisèrent fugitivement. Malisse se sentit un peu gêné — entre curiosité déplacée et vague complicité…

Malisse fit demi-tour pour regagner le centre sans perdre une seconde, abandonnant l'inconnu à ses affaires. Au bout de quelques pas, il essaya de se remonter le moral en pensant à des choses positives. Bientôt, il avait retrouvé son optimisme, et décida de tirer un bénéfice du fait d'avoir quitté pour rien la chaleur douillette du café.

Ici, en pleine rue, au moins pouvait-il se fùmer une bonne clope.

Malisse piocha dans son pardessus son paquet de Gitanes, tout en se préparant à l'avance aux excuses que Jeffreys donnerait à sa surprenante incompétence.

Immobile devant la borne d'accès à Internet, Lathrop attendit que le gars qui avait jeté un bref regard dans sa direction sur le trottoir fût reparti vers le centre. L'homme avait ce regard décalé, distrait, de celui qui a pris la mauvaise direction et ne sait plus trop où il se trouve — sans doute pas de quoi s'inquiéter. Pourtant Lathrop, méfiant, le suivit de l'œil quelques instants encore, avant de reporter son attention sur l'écran.

Il glissa le reste de ses pièces dans la fente de la borne, puis effleura le pavé tactile pour accéder à son compte virtuel chez Hotmail, et là, il composa un bref message à l'attention d'Avram qui, selon ses instructions, était monté dans le bus quelques minutes auparavant.

Le message était celui-ci : *Descendez à l'arrêt de la 42ᵉ Rue, entrez dans la gare de Grand Central par l'accès Vanderbilt, et là, attendez sur la galerie ouest.*

Après l'avoir envoyé à l'adresse mail du mobile d'Avram, Lathrop quitta l'écran de la borne Internet, fourra les mains dans ses poches et se dirigea d'un pas vif vers le sud et la gare.

« Les soleils en trou d'épingle », dit Lathrop, s'adressant à Avram sur son mobile. Il avait décidé à présent de le contacter en vocal plutôt que par écrit pour des raisons qu'Avram ne cherchait pas à deviner. « Vous les voyez ?

— Je les vois », répondit Avram, qui était le premier surpris. Il n'avait jamais vécu ailleurs qu'à New York — et n'aurait même pas pu compter le nombre de fois où il avait traversé la gare de Grand Central — et voilà qu'il s'y retrouvait, pour la énième fois. Et pourtant, jamais encore il n'avait relevé ces brillantes taches de soleil qui s'alignaient en direction est-ouest sur le dallage de marbre du hall principal. Depuis son perchoir sur la galerie ouest, il leva les yeux vers la verrière, cherchant à en localiser la source, en vain, et se demanda si elles n'étaient pas projetées par les interstices des grilles décorées courant sous la fresque du plafond qui représentait les constellations du Zodiaque.

« Avram…

— Oui ?

— Vous admirerez le paysage plus tard, coupa Lathrop. Je veux que vous descendiez dans le hall et vous dirigiez vers la partie est de la gare. Longez ces fameux soleils jusqu'à ce que je vous rappelle. »

Clic.

Avram marqua un temps avant d'emprunter l'escalier. Ses yeux se portèrent sur la gauche, vers les comptoirs arrondis et les alcôves de bois sombre du restaurant-grill Michael Jordan qui formait une sorte de saillie en L du côté nord de la galerie, puis ils glissèrent vers le restaurant Cipriani Dolci qui occupait la petite galerie côté sud. Avram n'y repéra nulle part Lathrop. Il reporta son attention vers le côté opposé, celui du Metrazur, où, se souvenait-il, pendant des décennies l'affiche géante Kodak Colorama avait pris la suie avant la rénovation de la gare, mais l'établissement était trop loin pour pouvoir décider si Lathrop se trouvait assis parmi les hommes d'affaires bien mis qui se retrouvaient là pour discuter autour d'un café et de pâtisseries. Avram se demandait comment il aurait pu voir à l'œil nu à cette distance. Aurait-il dû prévoir de jouer les touristes en prenant des jumelles ? Ou se munir d'un appareil photo équipé d'un zoom ? Ou ne serait-il pas plus simple de se trouver un autre point de vue pour balayer les alentours ? La seule certitude qu'avait Avram était que Lathrop devait se trouver quelque part au milieu de ces milliers et milliers de gens qui arpentaient l'immense gare terminus. Quelque part à proximité, en train de l'observer, de le surveiller. Peut-être était-il tout en bas, mêlé aux queues de voyageurs devant les guichets, groupés sous les tableaux d'affichage, ou réunis autour du kiosque vitré des renseignements. Mais non, Avram n'arrivait pas à le voir. Il faut dire que Lathrop l'avait suivi pas à pas depuis qu'il avait quitté la Bourse aux diamants de la 47e Rue, sans qu'il ait jamais réussi à l'apercevoir. Pas plus qu'il ne l'avait vu durant le trajet. Pas plus que les fois précédentes, lors d'un de leurs multiples pas de deux dans les rues de la cité.

Avram essaya de ne pas y attacher trop d'importance, mais après tout, il n'était qu'un homme. Et assez bizarrement, l'idée d'être observé par Lathrop le mettait moins mal à l'aise que sa certitude du plaisir que devait tirer ce dernier à le faire. De son assurance satisfaite. C'est que restait sans égale sa capacité à voir sans être vu, à se glisser tel un fantôme parmi les masses. Et il était tout aussi bon chorégraphe des gestes des tiers. Un vrai maître de ballet, avec toute son afféterie. Bien qu'Avram ait dû accepter de suivre la procédure et qu'il ne pût en discuter la sagesse, compte tenu des enjeux, il se serait volontiers passé de toutes ses étapes compliquées, surtout par ce glacial matin d'hiver — de rue en rue, de poste en poste. Bon, d'accord, cette petite danse était prévisible. Mais Avram se demandait parfois si Lathrop n'en faisait pas un peu trop, à lui faire ainsi décrire ces itinéraires sinueux sans autre raison que son amusement personnel.

Avram s'efforça d'évacuer ces pensées et s'écarta de la balustrade. Puis il descendit et suivit la voie balisée par les soleils minuscules qui menait aux escalators courant entre le hall des tours MetLife et le hall de la gare.

Son téléphone se manifesta une nouvelle fois. Il s'arrêta pour répondre.

« OK, lui dit à l'oreille Lathrop. La rampe d'accès au métro express de l'East Side, droit devant, direction Lexington. Vous connaissez. »

Avram resta immobile, tandis que des vagues de voyageurs des deux sexes se divisaient pour le contourner, venues de toutes les directions avant de s'écouler vers les multiples escalators et portes d'accès.

« Je le connais, confirma-t-il en lorgnant le passage.

— Attendez deux minutes après que j'ai raccroché.

Vous n'aurez qu'à mesurer le temps à la grosse horloge de bronze, au-dessus du guichet des renseignements, poursuivit Lathrop. Ensuite, gagnez la rampe… ni trop vite ni trop lentement. Quand vous aurez atteint l'escalier…

— Vous me recontacterez », le coupa Avram.

À huit heures moins cinq, heure de San Jose, Pete Nimec descendit en trombe de son bureau au dernier étage du siège d'UpLink sur Rosita Avenue pour pénétrer dans une salle de conférences protégée, nichée dans les entrailles de l'immeuble, où il retrouva Megan Breen et Roland Thibodeau, l'un de ses deux responsables des opérations extérieures, déjà assis autour de la grande table.

« Où est Ricci ? » s'enquit-il, notant avec agacement l'absence du pendant de Thibodeau.

D'un signe de tête, Megan indiqua qu'elle n'en savait rien.

« Pas vu », lâcha Thibodeau. Vêtu de son uniforme bleu nuit de l'Épée — qu'il préférait au complet-veston —, il caressait de la main sa moustache de phoque et les poils hérissés d'un reste de barbe, récemment taillée… en corrélation manifeste quoique inexplicable avec la récente diminution de son embonpoint, certes encore considérable.

Nimec indiqua l'écran plasma géant accroché au mur.

« Nous n'allons pas tarder à avoir une liaison vidéo avec New York, expliqua-t-il. Il était au courant depuis vendredi après-midi. Je lui en ai parlé avant qu'on parte.

— Moi aussi, confirma Thibodeau avec son accent cajun guttural légèrement traînant. Ça a pas eu d'effet, apparemment. »

Nimec fronça les sourcils.

« L'un ou l'autre a-t-il essayé de le contacter sur son portable ?

— Pas qu'une fois, répondit Megan.

— Suis tombé sur sa boîte vocale, sans plus », précisa Thibodeau.

Les rides de Nimec se creusèrent. Manifestement, ce n'était pas son jour.

« On a besoin de lui pour cette réunion, insista-t-il. Elle est trop importante pour qu'il la rate.

— J'pourrais te donner quantité d'exemples où Ricci n'était pas là quand on avait besoin de lui, ces temps derniers, sauf que tu les connais déjà. » Thibodeau baissa les yeux vers la table, sans cesser de se caresser la moustache. « Y en a qui disparaissent avant leur heure », dit-il presque à voix basse.

Toujours immobile sur le seuil, Nimec le regarda, perplexe.

« Qu'est-ce que tu racontes, Rollie ? »

Thibodeau redressa la tête, se tourna lentement et pesamment vers Nimec.

« J'te dis de pas attendre. »

Avram descendit l'escalier du métro, valida sa carte Metrocard, et se dirigea vers la rose des vents située au centre du sol de la mezzanine, correspondance pour les multiples lignes qui rayonnaient ou se croisaient à cette station, la seconde de Manhattan par sa fréquentation, dépassée seulement par celle vers laquelle il se dirigeait. Même à cette heure-ci, après la pointe du matin, les voyageurs se bousculaient autour de lui, les tourniquets cliquetaient à ses oreilles, on entendait le grondement des trains à l'arrivée ou en partance monter des quais au niveau inférieur.

S'adossant à la colonne centrale, il se tourna vers le nord, le seul point cardinal marqué sur la rose des vents.

Son téléphone mobile émit deux bips — le signal d'un nouveau texto. Avram l'afficha et l'ouvrit : EMPRUNTEZ LE PASSAGE SOUTERRAIN SUR VOTRE DROITE.

De retour au café, le téléphone mobile collé à l'oreille, Malisse se devait de demander comment cela avait pu arriver.

« Aidez-moi à comprendre, je vous prie, dit-il d'une voix calme, teintée d'une pointe d'accent flamand. Pourquoi fallait-il que vous abandonniez votre poste alors que vous saviez que notre homme était dans l'immeuble et qu'il pouvait donc le quitter à tout moment ?

— Qui dit que je l'ai abandonné ? protesta Jeffreys. Est-ce que je vous ai dit que je l'ai quitté ?

— Je crois bien, oui.

— Tss-tss, vous, sûrement pas. Parce que ça voudrait dire que le poste était vacant quand je l'ai quitté, et je peux vous assurer que ce n'était pas le cas. Ça n'est jamais arrivé depuis le temps que je suis ici. Et ça n'arrivera jamais. »

Malisse soupira en humant la vapeur qui s'échappait de sa tasse — un mélange italien classique mais corsé.

« J'essaie juste de déterminer l'origine du problème…

— Parfait, dit Jeffreys, mais restez-en à ce que je vous ai dit sans déformer mes propos. Cette histoire d'espions est déjà assez louche sans que je doive en plus me laisser insulter.

— Loin de moi l'idée de vous blesser.

— Parfait », répéta Jeffreys. Avant un soupir audible. « Le problème, c'est que je me suis juste absenté dix minutes, convaincu que notre bonhomme resterait un certain temps dans la grande salle.

— À attendre son rendez-vous.

— Hon-hon. Même qu'il avait parlé de rendez-vous important.

— Mais en fait, il ne l'a pas attendu.

— Non, en effet. Et comme mon remplaçant ne savait rien de mes activités et que ni vous ni mes patrons ne veulent que ça s'ébruite, je ne pouvais décemment pas lui demander d'interroger notre homme pour savoir où il allait. Comme ça n'entrait pas dans nos missions de sécurité, ça nous aurait rendus louches, lui et moi.

— Mais notre homme a toutefois laissé un mot.

— Pour son client, c'est vrai.

— Katari.

— Exact, confirma Jeffreys. Deux-trois phrases. Juste pour s'excuser d'avoir filé de cette façon, en arguant d'une urgence quelconque qui ne prendrait pas longtemps, et en lui demandant de patienter au club jusqu'à son retour.

— Lequel est… bref, ce Katari patiente toujours à l'heure où je vous parle.

— Encore exact », confirma Jeffreys.

Malisse demeura silencieux tandis qu'un groupe de consommateurs quittait l'alcôve voisine et passait devant lui pour sortir. Qu'avait-il à répondre ? Mal ficelé, le plan A était finalement à mettre au placard, quoique un peu plus tôt que prévu. Déjà parfaitement formulé dans sa tête, le plan B serait beaucoup plus adapté et surtout efficace. Coûteux, aussi, hélas... mais Lembock n'avait mis aucune restriction à son budget et ses années passées à la Sûreté lui avaient fait nouer des contacts avec des experts, jusqu'ici même à New York.

« J'aimerais vous poser une autre question, reprit-il. Sans rien vous reprocher, ni vouloir vous vexer, mais plutôt par rapport à l'avenir. Que nous puissions mieux ajuster nos méthodes de travail.

— Dites.

— Cette pause matinale vous est-elle habituelle ?

— Aussi habituelle que le mal au cul de cette vieille carcasse de soixante-cinq berges, répondit Jeffreys. Aussi habituelle que mon envie de griller une cigarette, vu que désormais, la loi m'interdit de la fumer ailleurs que dans la rue. »

Malisse eut un petit sourire triste en se disant qu'il aurait dû s'en douter dès le début.

Les oreilles emplies du cliquetis métallique et des couinements d'un train entrant en gare, Avram déboucha du passage souterrain sur le large quai de la station de la navette sur la 42ᵉ Rue, où la ligne S joignait Times Square à la gare de Grand Central sur un tronçon à quatre voies. Les deux trains à quai étaient actuellement sur les voies 1 et 3. Bien que le train de la voie 1 fût déjà presque bondé, ses portes étaient demeurées ouvertes pour permettre à quelques voyageurs supplémentaires de venir s'y entasser. Une pancarte illuminée au-dessus du quai indiquait que c'était la prochaine rame au départ.

Avram présuma que la rame qu'il avait entendue s'arrêter à grand bruit était celle garée sur sa droite, sur la voie 3. Elle était vide, les portes closes. Le machiniste les ouvrirait une fois seulement que l'autre commencerait à s'ébranler, et il les fermerait peu après avoir reçu le signal du retour de celle-ci, au départ de Times Square, ce qui permettait d'avoir un service en boucle continu et, selon les normes de la MTA, l'autorité du transport métropolitain de New York, d'une ponctualité impressionnante.

Avram déboucha sur le quai largement assez tôt pour attraper le train encore garé sur la voie une mais il le laissa partir sans lui. Lathrop lui avait demandé de monter dans la troisième voiture de la seconde rame à quitter la station.

Aussi Avram obtempéra-t-il, continuant à danser en mesure avec son guide.

Étant parmi les premiers à franchir les portes coulissantes, il constata que la rame était quasiment vide. C'était déjà assez rare, tous ces sièges libres, et fort tentant, mais il était trop nerveux pour s'asseoir. Il choisit de rester debout et se tint à l'une des poignées tandis que la voiture se remplissait de voyageurs. Que ce dernier choix eût été le sien, et pas encore une instruction de Lathrop, ne l'en rendait que plus désirable.

Le train resta plusieurs minutes encore à l'arrêt, portes grandes ouvertes. Tandis qu'il attendait son démarrage, Avram se prit à écouter un jeune type efflanqué, cheveux longs, qui était monté et jouait d'une guitare acoustique couverte d'autocollants et de graffitis. Une sébile devant lui, il s'était lancé dans un instrumental vaguement mexicain qui taquinait la mémoire d'Avram, incapable de donner un titre à cet air qu'il associait pourtant à des nuits d'été d'un temps lointain sous d'autres cieux. Il avait dix-onze ans, un transistor planqué sous son oreiller — combien de nuits avait-il passées à écouter le top 40 du rock, en violation du strict interdit paternel, seul avec le plaisir secret qui ne survient que quand la jeunesse flirte avec l'interdit.

WABC, sur les petites ondes. Le cousin Brucie vous passe vos titres favoris.

Avram faillit ne pas remarquer la fermeture des portes, tant il était captivé par le musicien qui était à présent en train d'interpréter impeccablement le grand classique « Sing, Sing, Sing », marquant le rythme à l'aide d'espèces de cymbales accrochées à ses chevilles, tout en jouant le solo de batterie sur ses flancs, les barrettes du manche et le corps de son instrument. Alors que le train sortait de la station, le guitariste conclut son deuxième morceau et, changeant de nouveau radicalement de style, il attaqua les premiers accords d'un titre country au rythme enlevé. Sa voix claire et forte couvrait la cacophonie de la rame, et il dévida sa chanson qui parlait de prendre le train, pour s'éclipser vite fait de la ville sans même dix sous en poche pour une tasse de café.

Impressionné, Avram était convaincu que le môme avait minuté son numéro pour que le troisième morceau, avec son rythme marqué, coïncide avec le départ de la rame — bien vu, car les arpèges mélodieux des autres titres auraient été noyés sous le vacarme des bogies sur les rails.

Il l'écouta avec plaisir jusqu'au bout de son court trajet, absolument fasciné par son talent et sa maîtrise. Lathrop, leur rendez-vous secret, et toutes ses manœuvres d'approche s'effacèrent de son esprit. Quel talent, se dit-il. Quel talent merveilleux et pourtant méconnu.

Un couinement de freins et la rame s'immobilisa en bringuebalant à la station Times Square.

Avant de descendre Avram attendit que la cohue des voyageurs se soit éclaircie, et s'avança vers le guitariste pour glisser un billet de dix dollars, proprement plié, dans la boîte à ses pieds.

« Waouh, fit le môme. Merci, mon prince. »

Avram se redressa, hésita.

« Cette première chanson, demanda-t-il. Celle que vous jouiez pendant que les gens montaient, à Grand Central... comment s'intitule-t-elle, déjà ?

— "Walk, Don't Run[1]", répondit le môme avec un sourire. Chantée par les Ventures, le groupe des années soixante. J'trouvais que ça collait pas mal avec le contexte, tu vois ? »

Avram le regarda en silence. Un sourire fugace éclaira ses lèvres avant de s'évanouir presque aussitôt.

Puis il se retourna, descendit sur le quai et sortit de sa poche de pardessus le portable qui sonnait déjà.

Au contact de ses pairs et de ses supérieurs à la branche de San Jose d'UpLink, Noriko Cousins avait

1. Popularisée en français par Claude François sous le titre « Marche tout droit ».

trouvé qu'une logique à rebours tendait à prévaloir dans toutes leurs discussions, tout du moins selon son point de vue... à savoir que les trucs qui auraient dû, à ses yeux, être les plus durs à communiquer passaient souvent comme une lettre à la poste, alors qu'elle avait un mal de chien à faire passer ce qui pour elle était facile. Dur-facile, facile-dur, elle n'aurait trop su dire à quoi ça tenait mais pour elle, cela devait avoir plus ou moins un rapport avec l'opposition côte Est-côte Ouest. Les gens qui vivaient et bossaient de ce côté-ci, au bord de ce Pacifique si cool, si flou, si fou, semblaient avoir les synapses raccordés différemment des siens.

Toujours est-il que Noriko avait décidé de commencer cette vidéo-conférence matinale par le dur-facile avant de s'attaquer progressivement au facile-dur, ce qui allait à l'inverse de sa politique consistant à toujours se débarrasser d'abord de la tâche la plus lourde de la journée. *Ouais, ma poule, ça roule,* se dit-elle, encore une fois la logique s'enroulait sur elle-même comme le serpent de la fable qui se mord la queue. Mais elle se dit que s'il fallait commencer par quelque chose, autant s'y coller à fond. Et puis, elle n'avait pas encore décidé comment présenter son argument facile-dur à ses respectés collègues de SanJo — en gros, les persuader de ne pas venir piétiner ses plates-bandes avec leurs gros croquenots — et elle voulait gagner un peu de temps dans l'espoir qu'une ou deux idées créatives lui tomberaient joyeusement dessus d'ici là.

« Le problème avec les lois sur l'exportation de notre pays est à deux volets, voire même trois », était-elle en train de dire, plus ou moins en face de la webcam fixée au-dessus de son moniteur à cristaux liquides. À quatre mille cinq cents kilomètres de leur salle de conférences à San Jose, leurs visages affichés avec une netteté parfaite, Pete Nimec, Rollie Thibodeau et Megan Breen, la Reine de glace, attendaient. « Primo, les dispositions réglementaires changent au gré des flctuations économiques et politiques, ce qui les rend incompréhensibles pour tout le monde, sauf pour les juristes spécialisés, poursuivit Noriko. Secundo, nous avons des sociétés exportatrices qui demandent à leurs avocats d'affaires de chercher à la loupe la moindre faille pour s'y engouffrer. Ensuite, il y a les entreprises qui ont mis du temps à installer un système centralisé de gestion de leurs exportations, d'où une tripotée de salariés à tous les échelons de la hiérarchie — des cadres supérieurs aux représentants en passant par tous les membres de la force de vente — qui veulent bien se conformer aux règles mais se retrouvent totalement perdus dans cet écheveau. Et enfin, il y a les mêmes individus, aux mêmes postes, qui eux, savent parfaitement exploiter cette confusion à leur profit personnel.

— Pas facile de naviguer dans de telles eaux, remarqua Rollie Thibodeau.

— Pas facile du tout, confirma Noriko en tendant la main vers le pot de café posé à côté d'elle. Quelqu'un en veut ? » dit-elle en brandissant la cafetière sous le nez de la caméra. « Il est excellent, et bien chaud. »

Sourires.

« Volontiers, répondit Nimec. Avec de la crème et une pincée de sucre.

— Beurk. Interdit ici.

— Dans ce cas, je décline. »

Noriko porta la tasse à sa bouche. *Ceci, jeunes gens, est ce que nous qualifions d'occasion rêvée pour introduire une dose modérée de légèreté dans une discussion sérieuse, pratique acceptable sur la plupart des forums et fortement recommandée pour décoincer un peu les participants.*

« Les articles à double emploi forment une catégorie qui peut carrément vous rendre zinzin, poursuivit-elle après avoir bu une lampée. Le gouvernement doit en effet évaluer si un produit vendu pour un usage commercial anodin ne pourrait pas, dans certaines circonstances, être utilisé d'une manière propre à mettre en danger la sécurité nationale. S'il y a le moindre doute, la question est alors de savoir quoi va où — ou si l'on veut, qui est habilité à recevoir de nous tel ou tel produit, et qui doit-on empêcher de mettre la main dessus.

« Mais un pays tiers, doté d'entreprises capables de produire le même article, ou quelque chose de similaire, pourrait être en désaccord avec notre décision, ou bien être mû par des intérêts politiques ou économiques en conflit avec les nôtres, et refuser de se soumettre à un éventuel embargo international sur ce produit. On peut donc prévoir une série de séances de lobbying, de négociations et de compromis avant de parvenir à un accord. Et de pouvoir faire pression pour l'appliquer. En partie du moins. Avec la diffusion généralisée des technologies existantes et l'arrivée de nouvelles, tous les moyens de contrôle ont des limites... comme nous en avons fait la dure expérience. »

Elle lut immédiatement sur les visages affichés que chacun avait compris à quoi elle faisait allusion.

« Ce labo au Canada, Earthglow, dit Megan, formulant tout haut leurs souvenirs communs. Ses chercheurs importaient les mêmes équipements que l'on pourrait trouver dans une usine d'aliments en poudre pour bébé, mais eux, c'était pour créer un médium lyophilisé destiné à la dispersion de leurs bombes génétiques. Et pour stabiliser leur agent, ils utilisaient ensuite la même technique de micro-encapsulation que l'industrie de la parfumerie pour ses échantillons. »

Noriko acquiesça et but une gorgée de café.

« La mise en œuvre des politiques d'exportation n'est pas fixée en un lieu donné. C'est du reste impossible, reprit-elle. Pour tout un tas de raisons, elle varie au gré des changements de climat politique. Les relations diplomatiques entre puissances se modifient, pour le meilleur ou pour le pire. Des traités signés sont dénoncés. On suspend des restrictions, en geste de bonne volonté, on en renforce d'autres, en signe d'avertissement ou par mesure de rétorsion. On accorde des licences pour des produits expédiés à nos plus proches alliés. Et parfois, un tel produit devient si aisément accessible en dehors de nos frontières que tout embargo devient parfaitement vain et entrave au contraire la compétitivité de nos propres firmes tant qu'il n'aura pas été modifié… tout dépend. Même quand on adopte la position diamétralement opposée, à savoir l'embargo total d'un pays parce qu'on l'a mis au ban, celui-ci peut encore trouver des voies légales, ou limite légales, voire carrément illégales pour contourner cette interdiction. » Noriko marqua un temps, pour porter à nouveau la tasse à ses lèvres. « Franchement, vous devriez y goûter. C'est mon mélange personnel.

— Une autre fois, peut-être, merci, intervint Megan. J'ai déjà eu ma dose pour la matinée. »

Noriko haussa les épaules, dégusta.

« Pour en revenir au sujet, je veux vous donner un exemple concret de double utilisation d'un équipement... et on évoquera ensuite sa distribution. Ma petite Mini Cooper si chou avec sa peinture rouge cerise — entre nous, je l'ai surnommée Sue Marie — est dotée d'un régulateur de vitesse adaptatif qui ralentit automatiquement la voiture si je franchis un dos-d'âne ou me retrouve en face d'un camion en travers de la route. Pour cela, il utilise des capteurs qui ne sont pas si différents de ceux que vous trouverez dans la tête chercheuse d'un missile de croisière. En fait, les semi-conducteurs chargés de réguler le courant dans le système sont des diodes Gunn, également employées dans les interrupteurs à thyratrons, eux-mêmes couramment utilisés pour toute une gamme d'applications civiles et militaires à base de laser. » Elle but une grande lampée de café, tendit le doigt en l'air comme pour dire « une petite minute », avant de reposer sa tasse. « Rien que deux exemples : vous trouverez ces bidules aussi bien dans les équipements chirurgicaux que dans les lasers multicanaux — accordables, donc — employés pour les réseaux de communications à fibres optiques. Mais vous les trouverez aussi dans les unités d'amorçage d'engins nucléaires... et potentiellement dans toutes les armes létales à faisceau d'énergie intense. UpLink produit des diodes Gunn à débit élevé et s'en sert pour fabriquer des oscillateurs. Armbright produit ses propres versions et, à mon grand regret, je dois bien admettre que celles-ci sont non seulement compétitives vis-à-vis des nôtres, mais qu'elles leur sont nettement supérieures...

— L'aspect distribution, coupa Megan. Restons-en là, si tu le veux bien. »

Noriko estimait que la Reine Breen avait réagi un poil sèchement à sa dernière observation, et doutait que ce fût une simple réaction de défense devant un banc d'essai comparatif qui tournait manifestement à l'avantage de la concurrence. Il était évident que tout le monde ici savait de quoi il retournait. En dehors d'un échange d'informations, leur clash transcontinental allait fatalement conduire à l'exposé de revendications territoriales. Et si Noriko préférait faire le moins d'éclats possible, elle n'était pas non plus prête à se laisser enfumer par qui que ce soit.

Breen voulait des données ? Eh bien, elle allait en avoir. À la pelle.

« Les oscillateurs à diodes Gunn sont des équipements sous contrôle qui exigent une licence d'exportation, répondit-elle, dans un feu roulant. Au gré des performances d'un oscillateur donné — ses capacités de transmission, sa tolérance à la chaleur, pour n'en citer que deux — il pourra bénéficier d'une dispense de licence, selon les conditions stipulées dans le paragraphe 7-4-0 du code de l'administration des exportations. Ces exceptions autorisent la vente et l'expédition à des agences gouvernementales, des firmes privées et des distributeurs localisés dans certains groupes de pays dont la liste est établie par le Bureau de l'industrie et de la sécurité. De mémoire, je sais que certains de nos propres oscillateurs se retrouvent au Canada, au Mexique, en Angleterre, en France, en Allemagne, en Suède et au Japon — des démocraties qui coopèrent avec nous en matière de politique commerciale. Mais quand bien même ces politiques sont guidées par des principes communs, elles sont loin d'être homogènes dans leurs modalités d'application. L'Angleterre pourra par exemple accorder des dispenses de licence qui diffèrent des nôtres. Le Mexique peut avoir des critères de sélection différents…

— Là, ce sont de simples conjectures, n'est-ce pas ? la coupa Megan. Ôte-moi d'un doute… »

Un doute, mon cul, oui, songea Noriko.

« En effet, concéda-t-elle. Mais pour ce qui est des exemples pratiques uniquement. Je ne prétends pas tout connaître de la législation américaine sur les exportations, alors, pour ce qui est de celle de pays étrangers… Et il y en a quelque chose comme cent cinquante inscrits au Groupe B du BIS, qui les place sur la liste des dispenses pour équipements à double usage. Néanmoins, ce que je peux vous dire avec certitude, c'est que des pays comme le Yémen, la Malaisie, le Liban, la Birmanie, le Pakistan… notre gouvernement a beau ne pas spécialement les apprécier pour leur conception de la démocratie, sont tous des alliés stratégiques, ce qui les habilite *ipso facto.* Et ce ne sont là que quelques exemples. Même si je sais que les pays que j'ai cités sont sujets à toutes sortes de contrôles et de restrictions, d'autres figurant sur cette même liste n'ont en revanche pas de soucis à se faire et même si je sais aussi qu'UpLink se montre plus sélectif que la loi ne l'y oblige en matière de procédures d'exportation, il n'en reste pas moins vrai qu'il leur sera toujours possible de mettre la main sur des articles contingentés via une faille dans la politique d'exception, mettons, de la Grande-Bretagne — je reste toujours dans le domaine de l'hypothèse. Dès lors, détenir ce genre d'articles devient parfaitement légal. Alors, je vous demande, que devient un oscillateur à hautes performances — fabriqué par nous ou par un concurrent, peu importe —, une fois qu'il est parvenu à Beyrouth, Rangoon ou Islamabad ? Au terme des accords que j'ai évoqués, il n'est pas censé être réexporté dans un pays comme la Corée du Nord ou la Libye, mais pister les réexportations s'avère une tâche incroyablement compliquée. Entre les sociétés-écrans, les transitaires marron... quand on parle de détournements illicites, ça commence déjà avec un simple inspecteur des douanes qui s'est fait graisser la patte au port d'expédition ou lors d'une escale. Et je me suis cantonnée aux biens matériels. Ceux qu'on emballe dans des caisses et qu'on peut peser à la bascule. Les données technologiques, c'est encore plus coton, puisque dans ce cas, il s'agit pour l'essentiel de transferts électroniques...

— Là, une question, Nori, intervint Nimec, la main levée. Ces fameux oscillateurs que commercialise Armbright... t'es en train de nous dire qu'ils ont atterri là où ils n'auraient pas dû ?

— Non. Certainement pas, s'empressa-t-elle de répondre. Mais il y a des signes qui méritent une attention soutenue. Des pointes régulières dans le chiffre de ventes à l'export d'oscillateurs et d'autres appareillages à double usage, y compris de grosses livraisons de tubes pour cavités optiques en saphir dopé au titane, du même type que ceux que nous avons achetés pour notre société. Ces livraisons pourraient être — j'insiste bien, *pourraient* être — liées à la production de lasers à usage militaire. » Noriko marqua là une pause, en se retenant de débiter l'intégralité de sa liste de matériaux suspects. Elle ne voulait pas, en cet instant, susciter un intérêt déplacé en révélant que dans le nombre pourraient se trouver des éléments comme le deutérium ou le fluor. Sinon, c'était la porte ouverte à une attaque en règle. « Pour une partie de ces cargaisons… à supposer, toujours pour la clarté de notre discussion, que les déclarations en douane de l'expéditeur soient sincères et que nous ayons une idée précise de leur contenu… eh bien, pour une partie de ces cargaisons… si je m'amusais à reporter graphiquement leur trajet depuis leur point d'origine jusqu'à l'utilisateur, vous verriez un véritable écheveau recouvrir toute la carte. Et vous vous retrouveriez plongés dans le même abîme de perplexité que moi depuis que j'ai donné mes premiers coups de sonde. »

Thibodeau se gratta la joue, l'air songeur.

« Supposons un instant qu'Armbright fasse des trucs pas très nets, dit-il. Tu crois que ça relève du “la main droite ne sait pas ce que fait la gauche” ou que l'opération est délibérément téléguidée d'en haut ? »

Noriko haussa les épaules.

« Les pics que j'ai mentionnés semblent avoir fait leur apparition en gros au moment où le groupe Kiran a fusionné avec Armbright, mais il pourrait s'agir d'une coïncidence. Je me méfie des pistes trop évidentes. Ce serait une erreur de notre part que de limiter d'emblée à un laps de temps précis notre collecte d'informations… d'autant qu'il nous en faudra encore pas mal d'autres avant de pouvoir en tirer des conclusions valables. Dans cette affaire, nous devons redoubler de prud…

— N'empêche que tu flaires bel et bien un truc pas clair du côté de Kiran, en ce moment même », la coupa Megan.

Noriko croisa son regard, de l'autre bout du continent. Hésita une seconde. Et puis acquiesça d'un lent signe de tête, sachant pertinemment que c'était le moment ou jamais.

« Je crois qu'on ferait mieux de parler d'Hassul Benazir », lâcha-t-elle.

Grimper une volée de marches au-dessus du quai du métro, pour déboucher devant la fresque de Roy Lichtenstein, au mur de la salle de correspondance de la station Times Square-42e Rue, description d'un Manhattan futuriste tel qu'on aurait pu l'imaginer en une ère d'innocence.

La serviette à la main, Avram s'était immobilisé sous la fresque et contemplait un mime en maquillage intégral argenté et costume de robot en train de faire son numéro pour quelques pièces — une immobilité prolongée qui n'était rompue qu'épisodiquement par de rares gestes mécaniques. Désabusé, Avram estima qu'il n'aurait pas sorti un centime de son porte-monnaie pour un truc aussi éculé.

Du coup, il se remémora le môme du métro. Son talent, sa virtuosité, le choix astucieux de son répertoire. Surtout ce vieux rock qui avait eu le don de susciter en lui une intense nostalgie. Il ne savait pas pourquoi, enfin, pas tout à fait. D'habitude, il traînait son passé sans mièvrerie excessive, mais le sentiment s'était accompagné d'images des jours florissants du club. Tous ces lapidaires dont il s'était souvenu un peu plus tôt. Penchés sur leurs polissoirs, entourés des outils de leur métier.

Une ère différente, oui.

Quand il avait glissé son billet dans la boîte de conserve du guitariste, Avram avait noté une adresse Internet inscrite sur la table de la guitare, au milieu des autres graffitis. Laquelle, déjà ? *Fuzzgrenade.com* ? *Softgel.net* ? Non, non. Mais quelque chose dans le genre. Un petit gars qui en voulait. Il devait se produire dans des soirées. Des clubs.

Avram regrettait de n'avoir pas prêté une plus grande attention à cette publicité tapageuse. Un jour prochain, il avait l'intention d'organiser une grande fête. Pour célébrer ses noces d'argent, peut-être. Le diplôme du fiston, le mariage de sa fille. Il louerait une grande salle, offrirait, qui sait, une croisière à ses hôtes. Pourquoi dans ce cas se cantonner aux spectacles traditionnels ? Aux orchestres de bal ? Alors qu'il serait tellement plus sympathique d'offrir un tremplin à ce môme, en même temps qu'un cachet décent. Histoire de l'entendre interpréter tout son répertoire. Un de ces jours, oui. Lors d'une soirée de gala. Quand il pourrait arrêter de cacher ses vrais moyens, montrer enfin qu'il était quelqu'un. Ce serait un peu son *coming-out*, en quelque sorte…

Son portable sonna. Avram poussa un gros soupir. Cette danse à deux lui tapait sur les nerfs ; il avait hâte que cela finisse.

« Oui », d'une voix lasse.

À l'autre bout du fil, Lathrop remarqua le ton.

« Patience, Avram. Vous y êtes presque. »

Les yeux vrillés dans ceux du mime robot, Avram se garda de tout commentaire.

Tout en écoutant l'ensemble des révélations de Noriko Cousins sur les parcours assez curieux effectués par les expéditions d'Armbright — sans pour autant déjà les qualifier d'anomalies —, Megan se disait que la jeune femme avait à coup sûr bien travaillé, même si tout ce qu'elle leur avait présenté jusqu'ici (sans consulter une seule fois ses notes) n'allait guère plus loin que les détails déjà contenus dans les documents qu'elle avait transmis à SanJo avant le week-end. Megan se disait aussi que Noriko avait sans nul doute mis le doigt sur des points qui pourraient bien avoir un gros impact sur UpLink, voire sur le pays tout entier, si jamais ses inquiétudes — il était encore trop tôt pour parler de soupçons — au sujet d'Armbright et de ses infractions aux lois sur le commerce international se concrétisaient. Mais si convaincant que parût le compte rendu de Noriko, Megan en était venue à juger qu'il n'avait pas vraiment de rapport direct avec le nœud — encore non évoqué — du problème qu'ils étaient censés discuter lors de leur entretien virtuel de ce matin, à savoir comment exaucer le vœu clairement manifesté du patron de voir la division new-yorkaise de l'Épée mobiliser une petite partie de ses moyens logistiques sur l'affaire du mari disparu. En fait, ces dernières minutes, Megan avait acquis l'absolue conviction que l'objectif de Noriko n'était pas d'ajouter le moindre élément concret à ses informations précédentes sur Armbright, Kiran et Hassul Benazir, mais plutôt de les présenter délibérément sous un jour particulier, en noyant sous un flot de paroles ce qui se ramenait à un message sans équivoque : *dehors, pas touche, lâchez-moi les baskets.* Et même si elle avait laissé patiemment Noriko débiter sa tirade, Megan savait que ce qui se profilait au bout du compte, c'était la première mise à l'épreuve sérieuse de son autorité sur la division sécurité d'UpLink depuis qu'on l'avait élue à la tête de l'entreprise.

Conformément donc à ce *modus operandi* qui se faisait jour, la présentation d'Hassul Benazir que faisait en ce moment Noriko — et qui révélait encore une fois sa parfaite maîtrise du sujet — était un récapitulatif un rien enjolivé du dossier déjà transmis par courrier électronique. Diplômé de l'université d'ingénierie et de technologie de Lahore, titulaire d'une licence en génie électrique et d'une autre en génie chimique, minéral et métallurgique, l'homme était né une quarantaine d'années auparavant dans le quartier huppé d'Hayat Abad, à Peshawar, de parents appartenant à l'élite dirigeante pakistanaise…

« C'est une société qui s'enorgueillit de ne pas avoir un système de castes, à l'instar de leurs voisins indiens détestés, mais qui a une division en classes si étanches que cela revient au même, était en train d'expliquer Noriko. Son père est un des membres fondateurs du second plus grand conglomérat industriel du pays. Sa mère est une universitaire formée en Angleterre, fille du responsable de la première entreprise de courtage à la Bourse de Karachi.

— Un privilégié, commenta Nimec.

— Oui, confirma Megan. Je ne suis pas sûre toutefois qu'il faille l'envier pour autant. »

Noriko hocha la tête pour signifier qu'elle avait saisi l'allusion.

« D'après ce qu'on sait, alors qu'il avait vingt-deux ou vingt-trois ans, on a diagnostiqué chez Hassul une xérodermie pigmentaire, maladie génétique rare dont on ne connaît qu'un millier de cas attestés dans le monde, reprit-elle. Les médecins précisent que même si l'on y ajoutait tous les cas non déclarés, les chiffres montreraient une incidence de un sur plusieurs centaines de milliers, mais que les risques qu'un individu porteur du gène mutant déclenche la maladie équivalent à celui d'être frappé par la foudre. Et quand on sait l'épreuve que cela représente de vivre avec la XP et les risques de mourir de ses complications, j'avoue que je préférerais encore le feu du ciel... »

En entendant Noriko décrire en détail la maladie, aucune des trois personnes présentes à la vidéoconférence n'aurait discuté son point de vue.

Caractérisée par une photosensibilité aiguë due à l'incapacité des cellules de l'épiderme à réparer les dégâts à l'ADN provoqués par une exposition même minimale aux rayons ultraviolets, la XP se traduit de fait par une allergie à la lumière. Diagnostiquée en général entre les trois et cinq premières années de la vie, la XP, dans sa forme classique dite de type A, connaît un taux de mortalité infantile proprement astronomique, dû au développement de mélanomes et d'autres affections sévères liées à cette déficience. Mais Hassul Benazir n'avait manifesté aucun de ces symptômes révélateurs de manière notable — ampoules, lésions et tumeurs cancéreuses de la peau, faiblesse musculaire, déficiences oculaires ou auditives et vieillissement prématuré — jusqu'à l'âge adulte. Et ce fut en un sens bon signe pour Benazir — un indice favorable que des examens médicaux devaient confirmer par la suite : la forme dont il souffrait était une variante rare connue sous le nom de type V. Au prix d'un suivi médical constant, d'une stricte hygiène de vie et d'un contrôle draconien de son environnement, il avait de bien meilleures chances de survie à long terme grâce à un taux de réparation des cellules épidermiques bien plus favorable dans cette variante de la maladie.

« Putain, faut qu'il en ait, ce mec, commenta Thibodeau. Vu déjà son parcours. Dire que tant de gens riches et en bonne santé sont même pas fichus d'en profiter.

— Je sais. Mais sur quoi se focalise sa détermination ? Qu'est-ce qui le guide ? Voilà, je suppose, quelles devraient être mes questions essentielles », reprit Noriko. Elle remplit sa tasse au broc apparemment inépuisable posé sur son bureau. « Je veux revenir une minute à ses années d'étudiant. Hassul n'est pas la seule personnalité marquante associée à l'UET de Lahore. Une autre est un professeur d'études islamiques qui dirigeait des groupes de discussion politique auxquels Hassul assistait mais surtout qu'il aidait à organiser au point qu'on peut parler dans son cas d'une véritable dévotion. C'est de notoriété publique. Nous connaissons par ailleurs le nom d'Hafis Mohammed Sayid par sa carrière post-universitaire de fondateur de "l'Armée des Purs". »

Ou *Lahskar-i-Tayyiba* qu'en effet ils connaissaient tous. Groupe fondamentaliste militant avec des milliers de combattants fedayin et un vaste réseau de soutien, le LiT s'était suffisamment illustré pour avoir été placé par le ministère de la Défense sur la liste des organisations terroristes internationales. Toujours basée au Pakistan mais aussi dans la zone d'occupation pakistanaise du Cachemire ainsi que dans l'ouest de l'Afghanistan, l'organisation recevait un large soutien financier de l'ensemble de l'islamisme extrémiste.

Noriko évoqua leur principal but avoué qui était de chasser l'Inde par tous les moyens possibles de la partie du Cachemire qu'elle revendiquait, et leurs liens grandissants avec les mouvements extrémistes pan-islamiques appelant plus généralement au djihad mondial. Elle leur expliqua comment ses fedayin lourdement armés étaient entraînés aux tactiques insurrectionnelles en même temps qu'ils bénéficiaient de l'aide et de la complicité de groupes de sympathisants infiltrés au sein même du gouvernement pakistanais — tout particulièrement dans les tout-puissants services de renseignements de l'ISI, qui avaient déjà par le passé contribué à la genèse des talibans. Elle leur rappela les innombrables actes de violence aveugle de cette organisation, contre des cibles tant civiles que militaires, rien qu'au cours de ses dix années et quelque d'existence… avec enlèvements, assassinats, bombes humaines à la clé, sans oublier une audacieuse action commando contre le Parlement indien qui avait fait plus de cent victimes ou le massacre de villages entiers avec hommes, femmes et enfants…

« Noriko, l'interrompit Megan. Es-tu en train de suggérer qu'on aurait la preuve de liens entre Hassul Benazir et le LiT ? En dehors de son intérêt pour l'enseignement de Sayid quand il était étudiant ?

— C'était plus qu'un simple intérêt…

— C'était il y a vingt-cinq ans. Avant que Sayid ne forme le LiT, objecta Megan. Je ne suis pas sûre même qu'on puisse envisager que ses groupes de discussion aient pu avoir un quelconque rapport avec l'extrémisme islamiste… tel qu'il pouvait exister dans le Pakistan du milieu des années quatre-vingt…

— Les troubles au Cachemire remontent à près de soixante ans, au temps des Britanniques et de la partition de la région avec la ligne Radcliffe, ce qui a déclenché les tout premiers appels au djihad parmi les musulmans, qui devaient déboucher sur deux années de guerre indo-pakistanaise, crut bon de remarquer Noriko. Et le fait est que l'idée sous-jacente à la création du Pakistan avait bien été d'instaurer un État islamique à même d'apaiser cette guerre civile latente entre hindous et musulmans qui, elle, remonte au début du siècle dernier. Des idéologies comme celle de Sayid ne surgissent pas ainsi du jour au lendemain. On n'a pas besoin de pointer la date exacte où nationalisme et ferveur religieuse sont devenus liés dans son esprit...

— Peut-être pas... mais ce n'est pas de lui que nous parlons, mais d'Hassul Benazir », rétorqua Megan. Elle marqua un temps. « Écoute, à mon tour d'évoquer un souvenir personnel. Lors de ma première année de fac, ma compagne de dortoir m'avait convaincue de me joindre à une manifestation du Jour de la Terre... son objectif était de sauver les zones sauvages de l'Oregon et pour ce faire, le plan était de nous rendre en car sur place, un plein bus de filles, de nous diriger vers un site de bûcherons et là, de nous mettre à poil... »

Étonnement de Nimec qui la regarda.

« À poil, tu dis ?

— Oui, toutes nues, confirma Megan. Histoire d'être les symboles vivants des méthodes de l'industrie du bois qui dénudait nos forêts...

— Je vois, fit Nimec. Et vous l'avez fait ?

— On l'a fait. Toutes. Devant une assemblée d'une cinquantaine de bûcherons bouche bée, qui gonfla rapidement en une foule de peut-être cent cinquante bonshommes.

— J'imagine que ça a dû faire cesser l'abattage, remarqua Thibodeau.

— Jusqu'à ce que les flics viennent nous faire rhabiller avant de nous évacuer du site *manu militari*. Après quoi, je suis certaine que l'abattage des arbres a dû reprendre avec une vigueur accrue. »

Thibodeau sourit en imaginant la scène — avec Megan surtout — en se disant que, pour le coup, jamais il n'avait eu droit à d'aussi agréables distractions dans aucun de ses boulots.

Sur l'écran mural, Noriko était restée de marbre.

« Si je divulgue ce fait d'armes, ce n'est en aucun cas par goût pour l'auto-flagellation », précisa Megan en croisant son regard par-dessus les milliers de kilomètres. « Si je devais prendre en compte tout ce qu'ont fait les gens quand ils étaient jeunes et en faire l'étalon de leur conduite une fois devenus adultes, qui réussirait l'épreuve ? Hassul Benazir dispose d'un visa de résident permanent qui a encore été renouvelé tout dernièrement… et cela, nonobstant les procédures de surveillance accrue imposées ces dernières années. Il réside dans notre pays depuis plus de dix ans, emploie dans son entreprise des centaines de citoyens américains…

— Je n'ai jamais prétendu qu'Hassul était un méchant, objecta Noriko. Je ne vous ai jamais dit que j'étais convaincue que sa société avait commis un crime quelconque, ou que, si tel avait été le cas, on pourrait l'en tenir pour responsable. Ce que j'ai dit, c'est que j'avais remarqué un certain nombre de points qui ont attisé ma curiosité, puis relevé d'autres qui soulèvent des questions — en rapport ou non — et que j'aimerais bien savoir comment tout cela s'articule. Ou ne s'articule pas. Mon service est en train de bosser là-dessus. Mais toute cette histoire de mari disparu… pour ma part, je flairerais plutôt une affaire de drogue. Si je trouve quoi que ce soit, je vous préviendrai. Sinon, vous le saurez aussi. Pourquoi laisser ça nous distraire ou pis, déclencher de fausses alarmes ? »

Megan entrecroisa ses doigts sur la table.

« Des cadres supérieurs. Des membres de la force de vente. Des salariés à tous les échelons de la hiérarchie. Je reprends tes propres termes, Noriko. Pour décrire le type de personnes susceptibles de mettre en difficulté une entreprise, ou d'être mis eux-mêmes en difficulté. Or Patrick Sullivan est représentant dans un des services essentiels d'Armbright. »

Noriko la regarda sans répondre, l'air buté.

Megan lui retourna son regard, les mains toujours croisées.

« Je fais de Sullivan la priorité numéro un de ton enquête », déclara-t-elle. Avant de surprendre tout le monde — et elle la première — en ajoutant : « On va t'envoyer une équipe pour te refiler un coup de main. »

Et c'est ainsi que des agents de l'Épée se retrouvèrent impliqués pour de bon, même si jamais Megan n'aurait pu imaginer alors les conséquences de sa décision.

Avram émergea de sous les néons clinquants et les infographies courant sur la marquise de l'entrée de métro, à l'angle de la 42e Rue et de la Septième Avenue, et se dirigea vers le nord et la 43e, longeant d'autres affiches électroniques clignotantes avant de tourner à gauche dans la Huitième Avenue. Clinton, comme on appelait ce quartier aujourd'hui. Scintillant, bruissant d'activité, et envahi de touristes. Les studios de MTV, la « Zone » d'ESPN, tous ces lieux mythiques se retrouvaient dans ce périmètre de deux pâtés de maisons. Il avait l'impression de débarquer dans un gigantesque parc à thèmes. L'image caricaturale de la rénovation urbaine vue par des publicitaires. Mais où leur serpillière géante avait-elle donc chassé la réalité avec son mélange de beauté et de laideur ?

Quand Avram était gamin, on appelait encore ce coin la Cuisine de l'Enfer, et on lui avait fermement enjoint de se tenir à l'écart de ces *shkotzim* — un terme yiddish pour qualifier les Gentils mais avec une connotation nettement péjorative — qui hantaient le secteur. Et en dehors des préjugés étroits de sa famille, il est de fait que le quartier d'alors n'était guère recommandable, avec ses salons de massage, ses péripatéticiennes et ses boutiques porno, ou ses bandes d'Irlandais et de Portoricains qui traînaient au pied de taudis aujourd'hui démolis.

Un jour de printemps, alors qu'il avait dix-sept ans, Avram et quelques amis avaient séché les cours et, après avoir bu deux packs de six bières à Central Park, s'étaient mis dans la tête d'aller dans un peep-show. Il avait oublié qui avait lancé l'idée. Un des autres garçons de la bande s'était vanté de l'avoir déjà fait avec un copain ou un cousin plus âgé, et il leur avait décrit en détail son expérience. Peut-être que l'idée leur était venue collectivement à l'écoute de ses exploits. Toujours est-il que ce récit avait exercé sur eux un attrait irrésistible et qu'ils avaient aussitôt sauté dans le métro pour gagner le centre, tout avides et tremblants. « Imaginez la réaction du rabbin Zeimann », le principal de leur yeshiva, s'était exclamé l'un d'eux. « Faut espérer qu'on tombera pas sur lui », avait ricané un autre, déclenchant une cascade de rires nerveux.

La boutique était située à l'angle de Broadway et de la Septième, et Avram avait remarqué d'emblée des magazines porno sur des présentoirs juste après l'entrée. Un type bedonnant lui avait vendu quatre jetons pour un dollar. Puis, au fond, il y avait des cabines fermées par un rideau, où il suffisait d'insérer un jeton pour voir une séquence d'une minute de film porno diffusée sur un écran minuscule. L'air sentait le Crésyl et quelque chose d'âcre que le désinfectant n'arrivait pas à masquer. Avram s'était séparé de ses amis, chacun pénétrant dans une cabine. Un peu plus loin dans le fond, il y avait d'autres cabines, celles-ci munies de portes à la place des rideaux. Deux jetons faisaient se lever un rideau métallique permettant d'apercevoir une femme nue exposée sur une scène semi-circulaire en rotation. La musique pulsait, assourdissante. La femme passait de fenêtre en fenêtre. Le rideau ne restait pas longtemps levé, vous obligeant à introduire deux nouveaux jetons. Si un rideau demeurait levé plus longtemps que les autres, la femme s'attardait devant un peu plus.

Avram avait utilisé tous ses jetons puis il était retourné précipitamment à la caisse en acheter d'autres, dépensant le reste des dix ou douze dollars qu'il avait sur lui. La femme était noire, avec de gros seins en poire. Elle avait souri, s'était humecté les lèvres, caressé, un numéro vulgaire d'une durée de deux minutes, renouvelable après un nouveau passage à la caisse du gros bonhomme et l'insertion de nouveaux jetons. Son excitation sexuelle l'emportait sur son mélange d'embarras et de dégoût provoqué par l'odeur des lieux, Avram n'avait pas même imaginé qu'il était bien improbable qu'elle pût discerner son visage derrière la glace sans tain. À un moment, il avait noté son regard vitreux et s'était empressé de détourner les yeux pour se concentrer sur sa chair, son corps. Le jugeant superbe, quoi qu'il en soit, superbe.

C'est là, dans cette cabine sombre, à l'odeur rance, qu'Avram avait vu pour la première fois une femme nue. Et il ne devait jamais l'oublier. Comment aurait-il pu ? C'était une de ces expériences contradictoires dont un homme se souvient. La beauté de son corps, son désir factice restaient inséparables dans son esprit, liés justement malgré la contradiction. Certes, tout cela remontait à bien des années. Au temps de son adolescence. Mais il aurait été incapable d'affirmer que tout ce qu'il avait pu apprendre depuis l'ait convaincu qu'ils s'excluaient véritablement l'un l'autre.

Avram sortit brutalement de sa rêverie pour découvrir qu'il était parvenu devant l'hôtel Charleston, à l'autre bout de la rue par rapport à l'Autorité portuaire. L'un des rares hôtels meublés subsistant encore dans le quartier, c'était un grand et vieil immeuble doté de chambres grandes comme des placards destinées à piéger les voyageurs à budget serré… et les couples pressés dont le seul critère était leur disponibilité immédiate et la présence d'un lit, supposa Avram. La grande serpillière avait encore du boulot.

Il entra, traversa le hall jusqu'à la réception, posa sa serviette et attira l'attention d'un homme à la paupière tombante assoupi derrière le comptoir.

« Je suis M. Cartwright, annonça-t-il, donnant le nom que Lathrop lui avait demandé d'utiliser. Vous avez une réservation pour moi. »

Le regardant à peine, l'employé fit rouler son siège jusque devant l'ordinateur et leva les mains pour atteindre le clavier. Une tâche qui paraissait surhumaine.

« Voilà, dit-il après avoir pianoté sur quelques touches puis examiné ce qui était apparu à l'écran. Entièrement réglée d'avance en liquide hier soir, je vois ?

— C'est exact.

— Alors, c'est bon. » L'employé se sépara de sa chaise pour donner à Avram la carte tenant lieu de clé. « Chambre sept cent neuf. Au septième[1], bien sûr.

— Bien sûr.

— Quand vous quittez l'ascenseur, tournez à droite, votre porte est la dernière au bout du couloir.

— Merci. » Avram prit la carte et récupéra la mallette qu'il avait posée par terre sur la moquette. « Je devrais avoir une visite d'une minute à l'autre. »

L'employé acquiesça mollement sans daigner tourner les yeux vers Avram.

« D'accord, moi je m'en fous. Du moment qu'il ou elle est majeur. »

---

1. ... Septième niveau, pas étage, nous sommes en Amérique, bien sûr.

Quelques minutes après être entré dans la chambre d'hôtel, Avram entendit taper à la porte. Il ouvrit le judas, avisa Lathrop à l'extérieur, lui ouvrit.

La chambre était carrée, avec un grand lit, un meuble commode-table de nuit et une unique chaise à dossier droit calée contre le mur. Lathrop passa devant Avram, l'effleurant d'un pan de son grand manteau de cuir pour se diriger droit vers la fenêtre au-dessus de la commode.

« Vous m'avez trouvé une piaule de choix, nota Avram dans son dos. Pour nous, rien que le haut de gamme, n'est-ce pas ?

— Le personnel est discret.

— Tant qu'il s'agit d'adultes consentants. »

Lathrop ne dit rien. Il se pencha au-dessus de la commode pour écarter les rideaux, ouvrit le store vénitien et jeta un coup d'œil entre les lamelles, balayant rapidement du regard les alentours. Après quelques secondes, il laissa retomber les rideaux, en laissant le store tel quel.

« Vous verrez très bien d'ici, commenta-t-il en se retournant vers Avram. Il y a un grand soleil. »

Avram acquiesça.

« Exposition au nord, remarqua-t-il. Vous avez pensé à tout. »

Lathrop approcha la chaise de la table de nuit, s'assit face au lit et sortit de son long manteau un écrin à bijoux aplati de couleur noire.

« Allez, venez donc jeter un œil, lança-t-il. On n'a pas toute la journée. »

Avram s'installa au bord du lit en face de lui, en espérant que son plaisir anticipé n'était pas trop manifeste.

« Alors, fit-il. J'ose imaginer que ce que vous avez à me montrer doit être particulièrement remarquable… pour mériter ce tête-à-tête improvisé et l'usure de mes semelles pour venir jusqu'à ce coin perdu.

— Estimez-vous heureux que je sois consciencieux », nota Lathrop.

Avram le regarda. « Vous pensez honnêtement que je pourrais être surveillé ?

— Je dis que s'il y a quelqu'un à vos basques que je n'ai pas repéré, vous pourriez vous retrouver en train d'user vos semelles dans la cour d'une prison fédérale plutôt que dans la rue. »

Avram s'abstint de répondre. Il y avait des éventualités qu'il valait mieux ne pas envisager.

Il reporta son attention sur l'écrin à bijoux quand Lathrop l'ouvrit, pour se concentrer sur son contenu.

Lathrop constata l'expression d'avidité qui avait gagné ses traits.

« Nous y voilà, constata-t-il. Je me doutais qu'ils vous taperaient dans l'œil. »

Avram en était presque bouche bée. Sur la mousse noire du plateau intérieur de l'écrin étaient disposées trois rangées de fioles transparentes fermées par un couvercle. Cinq par rangée. Chacune était logée dans son petit compartiment douillet et contenait une pierre au doux éclat violet-bleu. Taillées en radiant, en brillant, en ovale. Mais si les pierres variaient par la taille, la coupe et le poli, la pureté de la couleur demeurait constante.

Il eut du mal à en détacher les yeux.

« Ces gemmes, dit-il en dévisageant Lathrop. On dirait qu'elles viennent du Cachemire. »

Lathorp acquiesça.

« Ce sont des pierres du Cachemire, confirma-t-il. Classe exceptionnelle.

— Selon quels critères ? »

Lathrop haussa les épaules.

« “Si ça ressemble à un canard et que ça couine comme un canard…” C’est vous le connaisseur, Avram. Vous devriez être capable de discerner le vrai du faux. »

Avram soutint son regard quelques instants avant de le reporter sur les pierres, fasciné par leur éclat bleu et froid. Son rêve de feindre la nonchalance avait été risible mais il décida d’adopter un semblant de retenue.

« Connaissez-vous le saphir du Cachemire ? commença-t-il. Son histoire ?

— Je sais juste ce que j’ai besoin de savoir.

— Alors vous devez être conscient que les vrais pierres du Cachemire… pas celles qui viennent de Birmanie et sont affublées de ce nom parce qu’elles ont une couleur similaire… que les véritables saphirs du Cachemire sont les plus rares du monde. Les plus recherchés. » Avram en avait la gorge serrée. « La majorité des pierres taillées et polies viennent de successions ou de collectionneurs. Pas une seule pierre brute n’est apparue sur le marché officiel depuis un quart de siècle. Leur source est — était, devrais-je dire — une vallée himalayenne située à plus de quatre mille mètres d’altitude. Au-dessus de la mer de nuages. À l’écart d’un village pakistanais du nom de Sumjan[1], dans la région de Padar, près de la frontière indienne. »

---

1. Les mines de la région de Zaskar, situées à cinq mille mètres d’altitude, côté indien, sont, semble-t-il, désormais épuisées.

Silence de Lathrop.

« Les Britanniques tenaient avec méticulosité leurs journaux et leurs chroniques, poursuivit Avram. J'en ai lu une du temps où les Indes leur appartenaient encore. Elle raconte comment, dans les années 1880, deux hommes du village, des chasseurs, découvrirent un véritable tapis de saphirs bruts jonchant le sol sous leurs pas. Pour ainsi dire à la surface, là où un glissement de terrain avait dégagé la veine. Les chasseurs n'avaient pas la moindre idée de leur valeur. Mais ils se dirent que les pierres pourraient intéresser les marchands locaux qui négociaient avec les colons, aussi les ramassèrent-ils pour les échanger au marché contre du blé. »

Lathrop haussa de nouveau les épaules.

« Vous avez une raison de croire que tout ceci m'intéresse ?

— J'ai déjà eu la chance d'en effleurer un très beau, expliqua Avram. Les saphirs du Cachemire… ceux en provenance de la source traditionnelle… apparaissent rarement, hormis sur des bijoux anciens. La plupart datent de la Belle Époque. Les mines creusées près du filon originel furent épuisées en moins de quarante ans. Et de moins en moins de pierres sont apparues depuis les années vingt. Il n'y a pas eu de prospection depuis. La difficulté du terrain, son éloignement l'expliquent en partie. Mais surtout, le conflit frontalier dans ces montagnes. La violence sans fin. L'Inde, le Pakistan… les deux pays revendiquent la zone, que l'Inde occupe militairement. Les tribus locales alliées aux Pakistanais les combattent depuis leurs camps rebelles planqués en haut des cols. » Avram marqua un temps d'arrêt. « À de très rares intervalles, on voit une pierre brute surgir sur le marché noir. C'est du moins ce que j'ai entendu. Le bruit court que les séparatistes cachemiri les recherchent au fin fond des mines abandonnées pour financer leurs campagnes de guérilla — leurs actions terroristes, diraient certains — grâce aux profits de ces ventes illégales. »

Lathrop se pencha pour le fixer droit dans les yeux.

« Avram, vous avez l'air terrorisé. »

Avram hocha la tête, indigné.

« J'éprouve un certain nombre de craintes parfaitement motivées, et je pensais que vous sauriez faire la différence, protesta-t-il avant de pousser un grand soupir. Prenez-le comme vous voudrez, mais je connais le risque qu'il y a à tenter de faire passer ces pierres pour des gemmes naturelles. »

Lathrop le dévisagea.

« Vous n'avez pas besoin de me croire sur parole. Les choses ne devraient pas être différentes des autres fois. »

Avram s'emplit de nouveau les poumons, expira lentement. Pius il désigna l'une des petites fioles cylindriques dans l'écrin ouvert, le doigt en suspens juste au-dessus du bouchon.

« Cet ovale, là… il est poli mais non facetté. Une taille qu'on appelle "cabochon en pain de sucre", un style très apprécié il y a quatre-vingts ans. À vue de nez, il doit faire dix ou douze carats. Imaginez le scepticisme d'un client si je devais le négocier sans certificat d'authenticité. Sans une origine attestée. À présent, multipliez ce scepticisme par le nombre de saphirs que vous avez apportés. Même si les inclusions minérales et cristallines… les zones de couleur… correspondent à ce qu'on connaît des pierres trouvées dans l'Himalaya, mes acheteurs seraient plus que curieux de savoir comment j'ai réussi à en obtenir déjà une ou deux — ne parlons pas d'une quinzaine. Et à moins que vos conditions aient changé, j'imagine que vous voulez me voir prendre tout le lot ou rien. »

Lathrop se rapprocha, le gratifia d'un sourire fugace.

« Servez-vous de votre jugeote, Avram, parce que je sais que vous n'en manquez pas. Nous avons deux points de vue différents. Moi, je fais dans l'action rapide. Vous, vous avez besoin d'envisager le long terme. Ne comparez pas les termes de notre accord avec ceux que vous adoptez avec vos propres clients. »

Avram le fixa. Sans détacher son regard.

« Que cherchez-vous à me dire ?

— Ma source est tarie. Après cette ultime vente éclair, c'est terminé. Fini. Vous n'aurez plus à venir me reprocher de vous user les semelles. Mais votre métier est dans cette ville. Vous vous rendez tous les matins dans ce grand club. Pour présenter, marchander. Vendez deux de ces saphirs, faites un coquet bénéfice, et mettez le reste au coffre. D'ici cinq, dix, vingt ans peut-être, le jour où vous serez prêt à prendre votre retraite, ils formeront à ce moment un beau magot. Pour vous, vos enfants, leurs enfants. Assurez la fortune de votre famille…

— Maintenant et à jamais, pour toutes les générations à venir, termina sèchement Avram. À présent, c'est votre tour de donner dans le biblique, mon ami. »

Lathrop eut un sourire épanoui. Qui, cette fois, prit du temps à se dissiper.

Avram se rendit compte que le bout de son doigt flottait toujours quelques centimètres au-dessus du bouchon de la fiole contenant le gros cabochon.

« Je peux ? »

Lathrop acquiesça.

Avram abaissa la main vers l'écrin, souleva délicatement la fiole, en ôta le couvercle, saisit à deux doigts le saphir et quitta sa chaise. Devant la fenêtre, il posa la pierre au creux de sa paume ouverte et resta en admiration devant la régularité et la profondeur de sa couleur, s'imaginant tenir contre sa chair une perle de brume bleu givré, dure comme la glace, et pourtant quelque part à deux doigts de s'évaporer dans les airs, de s'échapper en tourbillon d'un instant à l'autre. Finalement, il sortit de sa poche sa loupe pour examiner le saphir à la lumière du jour, la lentille à grossissement dix placée à trois centimètres de son œil.

Ce qu'il vit le laissa pantois. Non, plus que ça. Saisi d'une crainte respectueuse. Les autres livraisons de Lathrop avaient consisté en merveilles élaborées en laboratoire, impossibles à distinguer de pierres naturelles authentiques. Mais celle-ci semblait jouer dans une catégorie à part. Reproduire avec précision en laboratoire les propriétés visuelles et gemmologiques d'un saphir cachemiri exigerait une technologie — en fait, une combinaison de technologies de synthèse — si avancée qu'elle défiait son imagination.

Lathrop l'observa tranquillement durant plusieurs secondes après qu'il fut retourné près de la commode.

« Alors, Avram. Satisfait de votre examen ? »

Avram s'assit, la gorge sèche.

Le saphir revenu dans sa paume scintillait doucement.

« De prime abord… c'est un sacré spécimen, commença-t-il, en s'humectant les lèvres du bout de la langue. Incroyablement convaincant. Il faudra que je l'examine avec soin pour être sûr, que j'étudie à fond ses caractéristiques…

— Aucun problème, coupa Lathrop. Vous avez tout l'équipement chez vous. Toute une panoplie d'instruments de précision, non ? »

Avram opina.

« Allez-y, prenez cette pierre. Ou n'importe quelle autre, poursuivit Lathrop. Au hasard. J'ai deux ou trois choses à faire ces prochains jours, cela devrait vous laisser le temps de procéder à vos tests. Que vous puissiez l'examiner à fond avant de vous décider. »

Avram le regarda.

« Un cabochon authentifié de cette taille pourrait valoir trois quarts de million de dollars, observa-t-il. Ce que vous proposez, nous le couchons par écrit sur une convention à la Bourse. Pour garder une trace écrite de l'échange…

— Et vous ne vous demandez pas pourquoi je ne redoute pas chez vous un penchant mauvais, qui vous ferait disparaître avec cette petite merveille… ? »

Encore un lent hochement de tête d'Avram.

Lathrop soutint son regard. Longuement.

« Avram, vous êtes un père de famille.

— La tentation de la fortune a déjà poussé des pères de famille à prendre la tangente. Tout plaquer pour choisir une façon de vivre dans le luxe et la liberté. »

Lathrop acquiesça. Puis il étendit le bras, posa sa main sur les doigts écartés d'Avram, et les referma sur la pierre nichée dans sa paume.

« Entre nous, si jamais vous sentiez monter la tentation, souvenez-vous que je sais où dorment votre femme et vos enfants. »

Froid, songea-t-elle. Il fait si froid. Et si sombre dehors.

L'impression la saisit à l'instant où elle sortait de son immeuble, comme une claque en plein visage, cette méchante pénombre hivernale. Il n'était même pas cinq heures et demie, et on se serait cru au beau milieu de la nuit — exactement le genre de sensation qui la poussait à se sentir encore plus déprimée et nauséeuse. Mais elle devait garder un semblant de normalité pour sa fille. La pauvre gamine devait pouvoir continuer à fréquenter d'autres enfants de son âge. Être un minimum distraite du train-train quotidien de l'école, des devoirs, échapper à la morne atmosphère régnant dans leur appartement jusqu'à l'heure du coucher. À attendre son père, à regarder sa mère attendre. Toutes les deux espéraient simplement avoir de ses nouvelles, attendaient que Pat les appelle comme il le faisait si souvent, tard dans la journée... ou mieux, tellement mieux, s'imaginant qu'il leur ferait la surprise de sonner à la porte.

Une casquette enfoncée jusqu'au front, une écharpe de laine autour du cou, l'anorak zippé jusqu'au menton et le col remonté, elle sortit de l'avant-cour de l'immeuble pour s'engager dans la rue, pas mécontente de n'avoir que quelques dizaines de pas à faire jusqu'à la garderie où elle avait laissé sa fille un peu plus d'une heure plus tôt. À cinq cents dollars l'an, on pouvait presque considérer comme une affaire l'abonnement chez GoKids. Comparé au prix d'une garderie classique, c'était réellement pas cher, mais à qui le faire croire ? Il y avait beau temps que l'argent n'était plus un souci pour elle. Quand bien même l'abonnement annuel eût été quatre fois supérieur, Pat aurait payé sans sourciller.

À sa manière, c'était un bon père de famille. Et à leur manière un peu tordue à tous les deux, ils faisaient en sorte de jouer leur rôle de parents.

Elle hâta le pas, penchant la tête pour se protéger les yeux du vent. Rien à voir avec ces études surveillées qu'elle fréquentait quand elle était jeune, s'avisa-t-elle, surtout dans le quartier ouvrier où elle avait grandi. Hors de sa chambre, nulle part où jouer avec ses copines au creux de l'hiver, ou alors toujours chez l'une ou l'autre… et au bout d'un moment, elles se retrouvaient tout aussi enfermées, et s'ennuyaient à jouer toujours avec les mêmes jouets qui leur avaient semblé comme une source de plaisir infini quand ils étaient enveloppés dans leur papier-cadeau sous les boules et les guirlandes du sapin de Noël. Les enfants ne perdaient pas leur envie ou leur besoin d'activité physique quand venait l'automne et que les feuilles commençaient à tomber, mais à New York ou dans sa banlieue proche, ils n'avaient guère d'occasions de se dépenser dehors avant le retour du printemps. De se dégourdir les jambes. D'accord, sa fille avait le patinage et la luge s'il y avait assez de neige, mais il fallait d'abord l'habiller et la harnacher, puis la conduire au parc ou à la patinoire, qui étaient situés à perpète dans le quartier. Le temps du trajet et des préparatifs en faisait une activité strictement réservée aux fins de semaine, quand ils pouvaient y consacrer la journée. Or, dans les circonstances actuelles et avec sa disposition d'esprit… le simple fait de se ressaisir et se mettre en train semblait une tâche insurmontable.

GoKids, c'était une bénédiction. Une bénédiction absolue. Avec toutes sortes de toboggans, un bac à sable, des espaliers, des agrès et des tunnels servant de cachettes — en gros un terrain de jeux coiffé d'un toit, mais qui avait fait toute la différence dans l'univers de sa fille, en lui apportant une petite lumière qu'elle pouvait guetter jour après jour, en lui offrant compagnie et attention dans une vie qui en avait été dépourvue jusqu'ici… et que sa mère se sentait dans l'incapacité de lui donner.

Même en faisant de son mieux pour assumer la situation, consciente de ne pouvoir échapper à ses responsabilités quoi qu'il advienne, elle n'avait plus eu la force de sourire à sa petite fille ces derniers jours. Comment l'aurait-elle pu alors qu'elle était constamment à deux doigts de s'arracher les cheveux ou de s'abrutir de médicaments pour faire taire la petite voix terrifiée et — Dieu l'en garde — furieuse qui lui serinait dans sa tête que, ce coup-ci, Pat était allé trop loin, que ses grandes idées avaient fini par lui jouer un mauvais tour, à force de prendre des risques qui pouvaient, l'avait-elle mis en garde, déboucher sur de sérieux ennuis… des ennuis susceptibles de les engloutir corps et biens.

Mais elle se refusait à y penser déjà. À quoi bon ? Mieux valait pour l'heure s'efforcer de tenir le coup.

Elle marchait contre le vent, la tête basse, en espérant ne pas percuter quelqu'un tandis qu'elle fonçait à l'aveuglette vers l'intersection. Par chance, il n'y avait pas grand monde dans le quartier à cette heure-ci. D'ici une trentaine de minutes, il serait six heures et la rue se remplirait de banlieusards regagnant leur domicile, mais c'était encore la période de calme, où la plupart des employés voyageaient entassés dans les transports en commun bondés.

Elle les aurait presque enviés, si ridicule que cela puisse paraître. Leur train-train quotidien, leurs sempiternelles récriminations… en ce moment, elle aurait volontiers troqué leur sort contre le sien.

Il faisait si froid ici, si sombre et si froid.

L'espace de jeux de sa fille était cinq pâtés de maisons plus bas vers le centre, et il faudrait d'abord qu'elle traverse la rue avant de l'emprunter en direction du sud, jusqu'à la prochaine avenue. Mais les voitures garées le long du trottoir étaient tellement serrées, pare-chocs contre pare-chocs, qu'il était impossible de trouver une brèche — encore une pénurie de plus dans cette ville : celle des places de stationnement. Elle décida qu'il vaudrait mieux qu'elle attende l'intersection pour traverser plutôt que risquer d'accrocher son manteau ou son pantalon en se faufilant entre les carrosseries.

En dehors des voitures en stationnement, son quartier était rarement encombré. Résidentiel, bordé d'arbres, il était bien plus calme que la moyenne, et l'on pouvait presque y oublier combien la ville alentour était animée. Elle supposa que le petit parc qui faisait l'angle de l'autre côté de son pâté de maisons contribuait également à réduire le trafic piétonnier. De fait, elle n'avait pas trop envie de le longer. Il y avait souvent de fortes rafales près de la clôture, sans doute parce que le vent s'engouffrait et tournoyait dans ce petit espace dégagé avec juste quelques bancs où les personnes âgées aimaient à s'installer pour nourrir les pigeons, et des terrains de sport que les basketteurs et les joueurs de tennis venaient squatter l'été.

Elle n'avait pas du tout envie de traverser la rue à cet endroit mais ne pouvait pas l'éviter et, de fait, elle se faisait l'effet d'une salope égoïste et gâtée à laisser ainsi un désagrément aussi futile venir parasiter ses pensées. En ce moment, elle avait quand même d'autres soucis sur les épaules et elle aurait tout donné pour en être débarrassée. Avoir une garderie pour sa fille si près de leur domicile... elle savait qu'elle aurait dû plutôt en remercier le Ciel, un point c'est tout.

Toujours voûtée pour se protéger du vent, elle ne vit pas le type qui venait de descendre de la voiture garée sur sa gauche jusqu'au moment où il l'interpella par son nom et encore, elle manqua de peu percuter la portière qui venait de s'ouvrir côté trottoir. Surprise, ne reconnaissant pas la voix, elle s'immobilisa soudain et leva les yeux.

Son visage — enfin, ce qu'elle put en distinguer dans le noir — ne lui était pas familier.

« Ravi de faire votre connaissance », dit l'homme, tout sourires, en répétant son nom alors qu'il contournait la portière pour se porter au-devant d'elle.

Elle ne reconnaissait pas non plus ce visage dans la pénombre, elle était incapable de situer cet individu, n'avait pas la moindre idée de qui il était. Mais ces yeux... il y avait quelque chose dans ses yeux, cette manière de se river dans les siens, qui lui fit penser qu'elle n'avait guère envie de le connaître.

D'instinct, elle battit en retraite, troublée, angoissée, s'avisant soudain qu'il n'y avait personne d'autre dans la rue, ni du côté du parc, ni de son côté à elle.

« Je suis désolée », dit-elle, un peu dans le vide. La

panique l'avait prise, elle essayait de contourner l'obstacle de son corps près de la portière. « Je suis un peu pressée, il faut que… »

La main gantée de l'homme s'éleva, se rabattit sur la partie inférieure de son visage avant qu'elle ait pu achever sa phrase. Puis l'autre main s'était rapprochée de sa nuque, tenant quelque chose, on aurait dit un gros marqueur. Alors qu'elle essayait de crier malgré la main lui couvrant la bouche, un bruit sec jaillit de l'objet tubulaire, elle sentit une piqûre à travers son écharpe et son cri mourut en un gémissement sourd.

Prise d'un vertige soudain, vidée de ses sens, les jambes en coton, elle vacilla, se sentit poussée dans la voiture, jetée en travers de la banquette arrière. Puis elle entendit les portières claquer, loin, comme très loin derrière elle. Le temps que le chauffeur soit remonté derrière le volant pour démarrer, elle avait complètement perdu connaissance.

Sa torche Maglite à hauteur d'épaule, le faisceau tourné vers le bas dans l'obscurité totale, il contourna le tas de branches coupées et de feuilles mortes humides qui dissimulaient le corps. Tandis qu'il décrivait lentement un cercle, la surface de la tourbière gelée oscillait et crissait sous ses pas, le manteau glacé de mousse et d'herbes entremêlées était comme un tapis de caoutchouc épais qu'on aurait jeté sur une couche encore plus épaisse de verre pilé.

Le faisceau large et puissant de la torche révéla encore un soupçon de chair blanche — un bout de la joue, ou peut-être le cou — et il s'agenouilla pour prendre dans sa main gantée une poignée de feuilles mortes qu'il jeta sur l'emplacement critique. Se rappelant avoir vu des plaques de neige entre les fourrés et les arbres chétifs, il envisagea un instant d'en rajouter par-dessus pour améliorer le camouflage, puis il décida qu'il valait mieux laisser la neige intacte. Il en tomberait encore pour recouvrir le tout... à moins que les coyotes ou les lynx ne soient passés avant. C'est qu'ils grouillaient dans le secteur, affamés par la pénurie de nourriture dans la nudité de l'hiver. Sans doute se chargeraient-ils du corps bien avant qu'un être humain n'ait l'occasion de le découvrir. Il n'y avait pas grand monde qui s'écartait si loin des sentiers battus et les rares qui le faisaient — randonneurs hors piste ou amateurs de nature — ne se livreraient pas à leur penchant avant plusieurs mois. Pas tant que se prolongerait ce froid cinglant.

Il continua de tourner autour du cadavre, la boue durcie par le gel crissant sous son poids.

L'auto-injecteur n'aurait pas pu mieux fonctionner. Une infime pression, c'est tout ce qu'il avait fallu pour que l'aiguille soit éjectée et transperce l'écharpe épaisse qu'elle portait autour du cou, avant de diffuser le contenu de son ampoule.

En moins d'une minute, le Propofol lui avait fait perdre connaissance. Tout au long de sa carrière solitaire, il avait pu tester toute une gamme de sédatifs, de tranquillisants et d'anesthésiques, il aurait été capable de citer de mémoire une liste entière de références et il était convaincu que jamais il n'avait mis la main sur un produit aussi efficace. La dose qu'il avait injectée à la femme, quatre-vingts milligrammes dans une artère alimentant le cerveau, aurait terrassé un cheval en l'espace de quelques secondes. Elle était déjà à demi comateuse quand il l'avait étendue sur la banquette, lui pinçant le nez d'une main, gardant l'autre plaquée sur sa bouche pour bloquer ses voies respiratoires jusqu'à ce que son cerveau rende les armes.

Ses éliminations n'étaient pas toujours aussi propres mais il préférait quand c'était le cas. Avec les plus réussies, celles qui se déroulaient comme cette fois-ci, il se faisait l'effet d'être le marchand de sable agenouillé à leurs côtés, pour doucement les conduire vers le sommeil, les amener à y céder rien qu'en les effleurant en douceur.

Fais dodo, mon bébé, lui avait-il susurré au creux de l'oreille. *Fais dodo et je te reverrai bientôt.*

Il lui avait donné un dernier baiser — léger, sur la joue — alors qu'elle s'endormait dans un souffle.

Après avoir fait un tour complet, il s'arrêta, silencieux, au-dessus des jambes étendues du cadavre. Il apercevait les filaments de vapeur qui s'échappaient de sa bouche et de ses narines avant de se disperser dans le faisceau éblouissant de sa torche, entendant autour de lui les branchages craquer et gémir dans le vent.

Au cas peu probable où il resterait encore des traces du corps quand viendrait le dégel, celles-ci finiraient englouties dans la vase. Son acidité accélérait la décomposition, transformant les débris organiques en nourriture pour la tourbe et les sphaignes. Une jeunesse d'orphelin miséreux, ça vous donnait toute une éducation, en particulier au milieu des marais à canneberges lors des récoltes d'octobre — il était encore môme en ce temps-là, et faisait partie de la cohorte de travailleurs saisonniers exploités. La plupart des cueilleurs de baies étaient des mineurs comme lui, travaillant avec les femmes et les clandestins mexicains qui étaient remontés à des milliers de kilomètres de chez eux pour venir avec eux patauger dans les champs inondés pour un salaire de misère, récoltant les baies pour les faire tomber sur l'eau avant de les écumer à la surface avec de grands balais, des râteaux, des filets… et cela sous le regard du contremaître, le *Patrón*, comme l'appelaient les immigrés, avachi, son gros cul bien au sec sur le siège de son tracteur. À mesure que l'on progressait dans le marais, les racines des plantes s'ancraient de plus en plus profondément et l'on s'enfonçait toujours plus à chaque pas. Vous commenciez en pataugeant avec de la vase jusqu'aux chevilles, et vous finissiez trempé jusqu'à la taille, entouré de tous les débris morts remontés du fond vaseux. Tamias, écureuils, renards, volatiles noyés, cadavres et morceaux d'animaux en décomposition vous cernaient de toutes parts, couverts de sangsues et de vermines se repaissant de leurs chairs putréfiées.

Il se souvenait des marécages à canneberges. Se souvenait des cadavres. Mais cela remontait à bien longtemps, et il n'était pas venu ici ce soir pour faire la cueillette.

Il avait découvert ce coin de terrain spongieux quelque temps plus tôt, s'en était déjà servi pour une autre mission et n'avait pas eu le moindre problème à le localiser à nouveau. C'était le site idéal pour se débarrasser d'elle, tout au bout d'un chemin de terre perdu au milieu de millions d'arpents d'étendue déserte, dans ce coin stérile et sauvage du New Jersey… à des kilomètres de tout, ou de nulle part, et pourtant à un jet de pierre seulement de Manhattan. Même pas quarante minutes en voiture, et pourtant, il avait roulé lentement pour ne pas attirer l'attention des flics. Sitôt qu'il aurait achevé sa tâche, il reprendrait sa voiture de location, emprunterait l'autoroute 73 qu'il quitterait quelques sorties plus loin, direction le tunnel Lincoln, traverserait l'Hudson pour déboucher enfin face aux lumières de la ville, accueilli par Broadway et l'Empire State Building dressé dans le ciel de l'est, tel un bâton lumineux multicolore et géant. Mais ici, ici même, tout cela semblait n'avoir jamais existé.

Il suffisait de passer sur l'autre rive et de traverser les bois. Incroyable.

Debout, presque immobile, au-dessus du corps, il éteignit sa torche électrique, cédant à une impulsion qui, sans être totalement inconsciente, avait surgi du tréfonds de son esprit, au niveau le plus bas de la conscience.

Et soudain, le monde devint noir.

Il aurait pu se trouver n'importe où.

Il aurait pu se trouver nulle part.

Nulle part, USA. Parcourant une route anonyme, kilomètre après kilomètre, dans un gros vieux camion Mack encore plus rouge et plus étincelant qu'un camion de pompiers, songea-t-il avec un sourire amer, effleurant de sa main droite le côté droit de son cou. Après une seconde, il ralluma la torche, tourna les talons et s'éloigna de la preuve de sa toute dernière atrocité, traînant avec lui le rappel indélébile de tous les crimes de son passé.

5

Divers sites

Avram Hoffman passa en trombe devant Jeffreys pour gagner la batterie d'ascenseurs au fond du hall de l'immeuble du DDC. Il était déjà neuf heures vingt, bien tard pour ses prières matinales, et il ne pouvait se permettre de perdre une minute de plus. M. Katari avait quitté le club, vexé, bien avant qu'Avram fût revenu de son rendez-vous improvisé avec Lathrop et son indignation de s'être vu poser un lapin était compréhensible. Dans la compétition féroce du commerce des pierres précieuses, on ne devait pas dilapider son temps. Un rendez-vous manqué pouvait en entraîner un autre, et au bout du compte conduire à perdre une bonne occasion. L'effet domino pouvait être rapide et sérieux. Tous les éléments d'appréciation concrets et quantifiables de la valeur d'une pierre, sa taille et son poids, sa limpidité et sa couleur, comme son identification physico-chimique et sa classification, tout cela comptait moins en définitive que l'emprise ténue sur l'imaginaire d'un acheteur potentiel. Aucun homme, aucune femme n'était mort de ne pas avoir obtenu un de ces précieux colifichets. Il pouvait bien étinceler de l'éclat de mille soleils, quelle importance s'il n'éveillait pas un éclat comparable dans l'œil de celui ou celle qui le contemplait... ou si cet attrait s'éteignait avant la conclusion d'une vente ? La véritable mesure de sa valeur, on devait la trouver dans les rêves, les désirs et les passions — et ces éléments étaient la mesure fluctuante de charmes imprévisibles et capricieux. *Ce diamant que vous m'aviez promis n'est pas arrivé ? Le courtier a été retenu par un rendez-vous ? Eh bien, je prends l'avion dès ce soir, j'irai faire mes courses ailleurs.*

Avram avait dû couvrir d'excuses Katari, lui garantir exclusivités et remises spéciales, quasiment le supplier par téléphone de bien vouloir revenir aujourd'hui. Mais Katari était un gros client et Avram n'allait pas se laisser étrangler par son propre orgueil.

Il entra dans la cabine, essoufflé, épuisé, les yeux larmoyants et les joues en feu. La faute à la précipitation. À cette hâte constante d'avoir fini. Il avait passé une nuit blanche dans son labo personnel à examiner la pierre du Cachemire à l'aide de divers instruments... microscope binoculaire, polariscope, analyseur à immersion, tout un équipement de pointe qui lui avait coûté des milliers de dollars. Vers huit heures du matin, Rachel, sa plus jeune fille, avait toqué à la porte, tout un tas de livres à la main... voulait-il lui faire la lecture ? Avram l'avait renvoyée au lit sur un ton brusque qu'il regrettait encore à présent. Lui disant qu'il était trop occupé, conscient de manquer à une promesse faite plus tôt. Mais il avait alors jugé plus urgent de traquer le moindre signe d'artifice avant de confier le saphir au labo du GIA... une étape effectuée dès les premières heures de la matinée, tant il avait hâte de lancer la procédure de certification, maintenant que des heures de tests approfondis ne lui avaient absolument rien révélé qui démentît que la pierre fût bien d'origine naturelle. Bien que le labo ne fût situé qu'à une rue de l'immeuble du DDC, sur la Cinquième Avenue, il avait pris du retard, ayant dû patienter pour pouvoir demander à son correspondant habituel de traiter sa requête en priorité. S'il y avait bien un point commun entre tous les experts du monde, c'était cette manie apparente de mettre à l'épreuve la patience de ceux qui comptaient sur leurs services.

Dans la cabine qui montait vers l'étage de la Bourse, Avram se remémora le regard blessé de sa fille à la suite de son refus brutal et se promit en silence de se rattraper au plus vite. Ce soir, s'il avait le temps. Oui, il essaierait d'être plus gentil avec Rachel, ce soir.

D'ici là, il devait se ressaisir et se concentrer sur la longue journée de marchandage qui l'attendait.

Tous les matins, après avoir rejoint son bureau au Crédit immobilier Dunne, situé à deux rues à pied de la sortie du métro, Anthony DeSanto avait coutume de parcourir la presse tout en buvant un bol de cidre épicé accompagné d'un beignet aux myrtilles. Il privilégiait les deux grands tabloïds new-yorkais, le *Daily News* et le *New York Post*, pour leur couverture exhaustive des événements sportifs. Il avait déjà suffisamment d'heures de boulot pour ne pas se prendre la tête avec les histoires de guerre, de terrorisme, de crime, de politique et d'économie qui dominaient les titres de la une et Tony estimait que les développements passionnants de tous ces merveilleux sujets pouvaient bien attendre qu'il ait d'abord consulté tous les résultats sportifs.

Tony se considérait comme assez maniaque, et feuilleter les journaux — à l'envers — était la première étape obligée d'une journée habituelle à la banque, l'occasion de reprendre son souffle après la bousculade du train de banlieue, une transition réconfortante propice à se couler dans le rythme fiévreux de la journée. Pour l'heure, cependant, on était loin de la routine, de l'ordinaire, bien loin. Les deux ou trois premiers jours après la disparition de Pat, Tony avait essayé de passer ses matinées comme d'habitude, en se disant que ça l'aiderait à oublier ses craintes insidieuses. Il avait acheté ses journaux au kiosque devant la sortie du métro, acheté son cidre et son beignet au marché aux produits frais, et, une fois installé à son bureau, il avait étudié les pages des sports comme si de rien n'était… même s'il avait une conscience de plus en plus aiguë que ce n'était pas le cas. Mais il s'était dit que ça valait le coup de se concentrer sur les compétitions de la veille — d'essayer, à tout le moins — si cela pouvait, ne fût-ce que temporairement, le distraire et l'empêcher de penser à ce qui avait pu arriver à son meilleur ami de vingt-cinq ans, un gars qui s'était apparemment volatilisé.

Le problème toutefois, du moins ces deux derniers jours, était que décidément, tout ce qu'il faisait semblait au contraire devoir lui rappeler à quel point la situation était anormale. L'intérêt qu'il partageait avec Pat pour les sports avait toujours tenu une grande part dans leur amitié — on pouvait même dire qu'il y était intimement lié. Il leur arrivait fréquemment lors de leurs débats animés sur les scores, les matches et les championnats, d'y glisser un tout autre sujet, un peu comme pour se prouver qu'ils en étaient toujours capables, comme des alcooliques invétérés cherchant à se convaincre qu'ils ne sont en réalité que des buveurs occasionnels. Bien sûr, ces écarts par rapport à leur sujet de prédilection ne volaient jamais bien haut et tendaient à se partager entre les plaintes au sujet du boulot et les anecdotes sur les conquêtes féminines passées et présentes... remarques et commentaires croustillants souvent présentés en des termes qui auraient pu les faire passer pour des adolescents attardés aux oreilles d'un éventuel témoin extérieur — sans pour autant chercher délibérément à s'écarter des sujets sérieux, car il leur arrivait souvent de faire exception à cette règle. Tony se sentait plus proche de Pat qu'il ne l'avait jamais été de son propre frère, il savait qu'il pouvait partager quasiment tous ses secrets avec lui, s'ouvrir à lui quand il avait une confidence importante à faire... et il s'était toujours dit que Pat ressentait la même chose. Vingt-cinq putains d'années qu'ils étaient copains. Un *quart de siècle.* Durant cette période, ils s'étaient confiés mutuellement toutes sortes de choses, ils s'étaient entraidés, épaulés de mille et une façons, mais chaque fois, sans avoir besoin de noyer ça sous le baratin. Prenez deux petits gars de Brooklyn qui ont traîné leurs basques ensemble depuis l'adolescence, réunissez-les dans un bar pour regarder un match et descendre quelques bières, ils ne vont pas se muer tout soudain en invités larmoyants de *Confessions intimes.* Ça, songea Tony, ce n'était franchement pas ce qu'ils avaient de prime abord en tête quand ils se retrouvaient après le boulot, avec le besoin de se débarrasser du stress quotidien… mais ça ne les transformait pas pour autant en duo de débiles prompts à s'apitoyer sur leur triste sort.

N'empêche que Pat avait disparu depuis un bail maintenant. Plus d'une semaine. Trop long, et compte tenu des circonstances, bien trop louche pour que Tony pût oublier ses inquiétudes, ne fût-ce qu'une minute. Bien sûr, il était au courant des activités parallèles de Pat. Et n'aurait pas été scandalisé d'apprendre qu'il s'offrait de surcroît un petit extra de temps en temps… on ne peut pas toujours manger au même râtelier, disait-il toujours. Tony avait espéré au début qu'il avait décidé de s'en payer une bonne tranche, histoire de fêter les grosses commissions de ventes engrangées ces derniers mois en s'offrant une petite escapade d'un week-end aux Caraïbes ou ailleurs. Depuis le temps, Dieu sait qu'il était habitué à raconter des craques à son épouse.

N'empêche. Quand même. Une semaine. Plus d'une semaine. Ça faisait trop long, bien trop long pour que Tony trouve une explication valable.

Non, Tony n'aimait pas ça, mais alors pas du tout.

Il y avait disparition et disparition. Et après ce que Tony avait entendu l'autre soir — le troublant au point qu'il avait laissé ces messages sur le répondeur, avant d'avoir cette méchante explication et de se voir raccrocher au nez — après tout ça, ça n'améliorerait pas d'un iota son humeur de lire le compte rendu de l'affrontement des Islanders et des Rangers, la veille au Madison Square Garden. Tout au contraire, ça ne faisait que ramener son esprit vers ces parages sombres qu'il désirait à tout prix éviter.

Tony avait donc abandonné les pages sportives pour se mettre à feuilleter les torchons quotidiens, cette fois à partir de la une. Il n'avait pas eu l'impression de chercher un type d'info particulier, ne s'était pas consciemment rendu compte qu'il avait sauté les pages internationales, nationales, puis économiques, et fait complètement l'impasse sur les chroniques et les spectacles pour éplucher la page locale, en prêtant une attention toute particulière aux accidents et faits divers… les yeux attirés par la moindre bribe d'information, le moindre indice susceptible de l'aider à savoir ce qui avait pu arriver à Pat.

Assis derrière son bureau, son bol de cidre chaud fumant devant lui, Tony survola machinalement les gros titres du *Post* puis se surprit, une fois encore, à consulter la section REGISTRE QUOTIDIEN DE LA POLICE DE NEW YORK. Il parcourut rapidement la dernière fournée d'entrefilets lugubres et déprimants recueillis chaque nuit par les spécialistes des chiens écrasés auprès de la police, des hôpitaux et de la morgue. Classées par quartiers et résumées dans des encadrés, les annonces semblaient assez typiques : le corps d'une prostituée transsexuelle découverte ligotée et battue sur un banc du parc Bryant. L'explosion d'une chaudière dans le sud du Bronx qui avait tué un couple de retraités et envoyé à l'hosto trois pompiers intoxiqués par le gaz. Les tensions entre bandes qui avaient dégénéré en rixe à l'arme de poing et à l'arme blanche dans une boîte de nuit du centre. Des gamins de Harlem qui s'étaient fait pincer alors qu'ils braquaient un gros 4x4 Mercedes qui se trouvait être la propriété d'un chanteur de rap célèbre mais surtout être archibourré de crack, de cocaïne, d'héroïne et de marijuana, sans oublier un véritable petit arsenal d'armes à feu de contrebande pour faire bonne mesure…

Puis les yeux de Tony se posèrent sur le dernier article de la colonne avant de s'écarquiller de désarroi. Le souffle coupé, il faillit s'étrangler en avalant de travers une bouchée à demi mastiquée.

L'entrefilet était le suivant :

> La police demande de l'aide pour localiser Corinna Banks, une femme de 31 ans, 55 kg, cheveux blonds, vue pour la dernière fois lundi à 15 h 30, en train de déposer sa fille, Andrea, 4 ans, à la garderie GoKids à l'angle de la 22e Rue et de la Cinquième Avenue. Mme Banks était vêtue d'un anorak jaune à liseré noir, d'une écharpe de laine sombre, coiffée d'un béret noir et chaussée de bottes de cuir. Elle a dû regagner son appartement sis au 333, 19e Rue Est (entre la Première et la Seconde Avenue) après avoir quitté la garderie. Toute personne ayant des informations à son sujet est priée de composer le numéro spécial de la police indiqué au bas de cette page ou d'entrer en contact avec l'inspecteur Ismael Ruiz, commissariat du 10e arrondissement, au (212) 555 46 82. L'appel pourra rester anonyme.

Tony saisit la serviette en papier ouverte sur son bureau, recrachant des fragments de beignet aux myrtilles.

« Nom de Dieu, souffla-t-il, ébranlé. Oh, sacré putain de nom de Dieu. »

Il n'avait pas encore retrouvé son souffle quand il tendit la main vers le téléphone.

Coiffé d'une kippa, vêtu d'un complet noir, d'un pardessus assorti, et lesté d'une mallette rigide en cuir noir, Delano Malisse se faisait l'effet d'une caricature quand il pénétra dans l'immeuble du DDC, quelques minutes après Hoffman. Ce n'était pas de passer pour un juif pratiquant qui lui donnait, lui l'inspecteur habitué aux missions clandestines, le sentiment d'être un faussaire, mais plutôt d'être déguisé en individu d'une confession quelconque. Il avait trop côtoyé la bassesse humaine pour croire en une main téléguidant les choses d'en haut, en un être tout-puissant qui aurait créé l'espèce humaine à son image… à moins, peut-être, que Dieu ne fût un ogre qui se délectait à contempler le monde entre ses orteils poilus, et riait à gorge déployée du spectacle de ses verrues et désordres. En gros, l'espèce humaine enlaidissait les choses par son comportement dégénéré, sans pour autant dire qu'elle était dépourvue de ce que Malisse estimait digne de préserver. L'homme s'était montré capable de fabriquer des plats succulents, de bâtir des édifices remarquables, de dessiner quelques tableaux pas mal du tout, d'écrire à l'occasion un conte plutôt bien tourné et d'assembler des notes de musique d'agréable façon — quand bien même tous ces talents ou presque fussent désormais passés de mode.

Malisse avait toutefois d'autres préoccupations à cette heure.

Il s'approcha à grands pas de l'estrade sur laquelle se tenait Jeffreys, avec l'espoir que son comparse dans le scénario avait bien répété leur petite scène.

« Bonjour, commença Malisse. Je suis M. Friedman, je viens voir Norman Green.

— J'ai votre nom juste là, m'sieur. » Médiocre acteur au mieux, Jeffreys avait lorgné son registre un poil trop vite, l'air gêné, trahissant qu'il connaissait déjà son texte. Enfin, il débutait dans le métier et l'on pouvait s'attendre à ce que sa culpabilité à jouer les indics le rendît un peu guindé. « Montez directement au neuvième. Je vais le prévenir de votre arrivée pour qu'il vienne vous accueillir. »

Malisse le remercia et quitta la scène côté cour, via l'ascenseur. La transition avait été maladroite mais elle allait lui servir.

Green attendait devant la cabine quand ses portes s'ouvrirent. Sa ressemblance avec Lembock, son cousin germain, était frappante. Très vieux, maigre, des cheveux blancs comme neige, il était vêtu d'un complet gris à fines rayures, arborait une pochette blanche, et un pince-nez à monture dorée était posé sur l'arête d'un nez fortement busqué. Sa kippa de tricot noir à liséré bleu était fermement tenue en place par une robuste pince en or.

Malisse tendit la main à Green et sourit, voyant dans ses verres et sa tenue élégante et soignée un rappel du raffinement d'un monde disparu quand beaucoup d'autres n'y auraient vu qu'afféteries surannées. Il s'interrogea sur tout ce qu'on avait dû perdre, de nos jours.

« Vous avez l'air en forme, Duvi », dit Green, en flamand. Puis, bien qu'ils ne se soient encore jamais rencontrés, il prolongea son étreinte en lui serrant le bras comme s'ils étaient les meilleurs amis du monde. Là, voilà un acteur parfaitement rôdé. « Comment s'est passé votre vol ?

— Une réussite. » Malisse haussa les épaules. « J'ai survécu à l'atterrissage. »

Green étouffa un rire, lui posa le bras au-dessus des épaules pour le guider vers les tourniquets.

« Allons, venez, Duvi, je vais vous montrer où accrocher votre pardessus. » Et puis, chuchotant dans un murmure presque inaudible : « Et aussi où Hoffman a laissé le sien ainsi que sa mallette pendant qu'il prie. »

Il était midi et quart à San Jose tandis que Pete Nimec contemplait Rosita Avenue derrière la fenêtre proche du bureau de Megan. S'il avait collé la joue contre la vitre et s'était agenouillé tout en se dévissant légèrement le cou sur la droite, il aurait pu apercevoir les pentes orientales du mont Hamilton dominant l'horizon nord-est au-dessus de la ville. Mais d'ici, la vue était plutôt réduite. Il lui avait fallu un moment pour s'y faire, et pour des raisons compréhensibles. Le bureau de Megan à UpLink SanJo était un cagibi, comparé à la pièce voisine, la suite bien plus luxueuse du patron — que Gordian ne visitait plus que trois ou quatre fois par mois, grand maximum, depuis qu'il avait renoncé au poste — et d'où la masse déchiquetée de la montagne avait toujours semblé se précipiter sur vous à travers l'immense baie vitrée courant du sol au plafond.

« Comment ça s'est passé, avec Ricci ? » était en train de demander Megan, le détournant de sa contemplation des tours de bureaux dressées de l'autre côté de la rue.

« Je ne lui ai pas encore parlé, avoua Nimec. Je comptais le faire d'ici une heure. »

Regard de Megan.

« La conférence qu'il a cru bon de sauter se déroulait hier, observa-t-elle.

— Meg, il avait un motif val...

— Je veux qu'il ait pris l'avion pour New York dès demain, après-demain au plus tard.

— Je sais.

— Alors, pourquoi ne pas avoir déjà eu cette discussion ?

— WOW », dit simplement Nimec.

Perplexité visible de Megan.

Elle répéta : « *Wow* ?

— Oui, WOW, répéta Nimec. Mais en majuscules : W-O-W pour *Women Opposed to War*. "Femmes contre la guerre". »

La perplexité de Megan s'était accrue.

« Est-ce qu'on est vraiment sur la même longueur d'onde ? Parce que j'ai comme un doute, là, Pete. Je ne te suis pas. »

Nimec s'écarta de la fenêtre pour venir se rasseoir en face d'elle.

« Le WOW est un groupe basé à San Francisco, qui revendique près de cinq mille membres en tout. Elles ont un site web, bien entendu, poursuivit-il. Les organisatrices sont à fond pour la paix et depuis quelque temps, elles ont une dent contre nous.

— Par *nous*... tu veux dire UpLink ? »

Nimec confirma d'un signe de tête.

« Elles ont publié tout un tas d'articles négatifs. De leur point de vue, nous sommes des bellicistes.

— Tu plaisantes ! »

Nimec hocha la tête avant de poursuivre, haussant les épaules : « On est dans un pays libre, c'est ce qu'elles croient.

— Tout ça parce qu'on travaille sous contrat pour la défense ?

— À concevoir des opérations carnage, oui, récita-t-il. Et à cause des forces de sécurité — qu'elles qualifient d'unités paramilitaires — que nous plaçons dans nos postes à l'étranger. »

Megan le regarda.

« Tu te fous de moi, c'est ça ? »

Nimec tendit alors la main pour caresser le dessus de son moniteur.

« Tu veux te connecter sur leur page d'accueil ? Je l'ai encore fait la nuit dernière. Ce qu'elles publient vient de sources publiques : articles de journaux, commentaires d'hommes politiques, même nos communiqués de presse... les faits sont exacts, mais elles ont un art consommé du couper-coller qui fait mal... »

Megan se renfrogna, pensive.

« Le contexte, c'est l'essentiel, remarqua-t-elle. Peux-tu me donner des exemples ?

— Bien sûr. Elles critiquent la façon dont nous avons géré notre intervention contre ces groupes paramilitaires dissidents au Gabon, l'an dernier[1]. Elles disent que nous avons violé la souveraineté du Brésil la fois où nous avons traqué ces saboteurs dans le Mato Grosso[2]. Idem avec la Russie, quand des terroristes ont attaqué notre station de réception satellite[3]... »

Nimec vit Megan écarquiller les yeux.

« J'ai vécu cet épisode... et on a bien failli se faire massacrer, Pete, protesta-t-elle. Et ils s'en sont pris au

1. Cf. *Power Games 6, Sur le fil du rasoir*, Albin Michel, 2006.
2. Cf. *Power Games 3, Ronde furtive*, Albin Michel, 2001.
3. Cf. *Power Games 1, Politika*, Albin Michel, 1998.

président russe, que nos agents de l'Épée ont sauvé d'un assassinat de sang-froid.

— Pour mieux les placer sous notre coupe, lui et son gouvernement, rectifia Nimec. Tout ça dans le cadre du grand complot que nous avons ourdi pour assurer notre emprise sur des sociétés vulnérables au bord de la faillite, et ainsi assouvir nos motivations personnelles omni-capitalistes.

— *Omni-capitalistes* ?

— Ne me regarde pas. Je suis comme toi : j'essaie de saisir le sens. »

Megan hocha la tête.

« Ces filles du WOW… nous suggèrent-elles quelques idées brillantes pour nous défendre contre les agressions ? »

Nimec acquiesça.

« Leur position est que partager art, musique et poésie reste toujours la meilleure réponse à la violence.

— Toujours.

— Voui.

— Contre n'importe quel agresseur.

— Voui.

— Dans tous les cas, en toutes circonstances.

— Une histoire d'amélioration de la condition humaine, oui. » Nimec haussa les épaules. « Danser le bongo est peut-être également recommandé, faudra que je retourne sur leur site pour vérifier. »

Megan lui lança un regard avant de se remettre à secouer la tête.

« On n'est pas les seuls à en prendre pour notre grade, si ça peut te consoler, reprit Nimec. Elles ont une liste complète de malfaiteurs qui empêchent tous les autres de progresser vers la nouvelle étape dans l'évolution. Les multinationales, les partis politiques… il y a même dans le lot un auteur à succès de thrillers technologiques, j'ai oublié son nom. »

Megan resta silencieuse un moment. Elle repassa machinalement derrière son oreille une mèche de cheveux auburn.

« Bon, d'accord, fit-elle. Quel rapport toutes ces bêtises ont-elles avec Ricci ?

— La semaine dernière, deux bonnes femmes ont tenté de forcer la sécurité de notre laboratoire de recherches de Cupertino, précisa Nimec. Oh, sans recourir à une tactique bien raffinée. Elles se sont faufilées par l'entrée principale à l'heure du déjeuner, à un moment où elles savaient qu'il y avait affluence. Il suffit d'attendre que des employés sortent leur carte à puce pour se glisser derrière eux. » Il haussa les épaules. « Les capteurs de nos tourniquets les ont bien entendu repérées. La sécurité est alors venue voir de quoi il retournait. La routine, quoi… Nous avons constamment des visiteurs qui oublient de demander un laissez-passer au poste de garde. Ils font comme si c'était une brimade inutile, et puis d'abord, ils sont pressés. En général, l'individu s'avère ne poser aucun problème — il s'agit d'un représentant, ou bien d'un ami, un parent d'un des employés — et il suffit qu'on lui rappelle que ça ne se passe pas ainsi dans nos locaux.

— Et cette fois ?

— Les gardiens les ont surprises à tenter d'utiliser nos ordinateurs et les ont remises entre les mains de la police.

— Est-ce qu'on sait ce qu'elles cherchaient au juste ? » s'enquit Megan.

Nimec fit non de la tête.

« La sécurité a débarqué trop vite, une erreur qu'avec moi ils ne risquent pas d'oublier, reprit-il. Mais ce que nous avons découvert, c'est que ces femmes sont membres du fameux groupe dont je t'ai parlé. »

Megan haussa les sourcils.

« Non ?

— Oh, si. Et il y a mieux. Tu te souviens de ces gamins qui se sont fait pincer, il y a quelques mois, alors qu'ils essayaient de pirater notre réseau informatique et truffer notre site Internet de messages obscènes ?

— Les deux étudiants de l'UCLA ? Des frangins, c'est ça ? »

Nimec acquiesça.

« Ils ont passé des mois à effectuer des reconnaissances. Scanner les ports Internet, balayer le réseau, tout ce qui était en leur pouvoir pour nous sonder. Au pic de leur activité, ça se produisait une ou deux fois par heure. Nos techniciens se sont doutés qu'une attaque était imminente, ils ont attendu que notre logiciel de détection récupère leur adresse IP, et leur refile des mots de passe et des codes d'accès bidon. Quand les deux étudiants ont cherché à les utiliser pour compromettre notre réseau, on a pu les coincer. »

Megan le regardait toujours.

« Pete, es-tu en train de me dire qu'ils étaient... eux aussi, comment dirai-je, des agents du WOW ?

— Quelque chose du même genre. Sans doute est-ce moins idiot que de les traiter de *faux frères opposés à la guerre.*

— Très drôle. Bravo. »

Nimec haussa les épaules. « Quoi qu'il en soit, une des filles qui se sont fait pincer à Cupertino se trouve être la maman. »

Megan poussa un soupir audible.

« Dis-moi que Ricci est leur cher papa, et ce sera ta faute si je fais une embolie. »

Sourire de Nimec.

« Avant-hier, on a reçu un coup de fil des fédéraux concernant leur enquête... il était tard, j'avais déjà informé Ricci de notre conférence et j'étais sur le chemin de la maison. Ce que j'ai commencé à t'expliquer tout à l'heure, c'est que c'est Ricci qui a pris l'appel. Il a parlé à l'enquêteur principal, qui l'a informé d'une réunion à la première heure le lendemain entre le FBI et les substituts du procureur du ministère public. Ils nous ont proposé d'y assister au titre d'experts — une invitation de dernière minute, en quelque sorte. La législation n'a pas encore intégré la criminalité informatique et ils cherchent ce qui pourrait déjà s'appliquer dans la jurisprudence existante, pour savoir comment monter le dossier d'accusation. Ricci a pensé qu'il devait se rendre dans la capitale et ce n'est pas moi qui lui donnerais tort. »

Megan considéra le problème. « Il aurait quand même pu te prévenir, objecta-t-elle. Un coup de fil, un mail, un petit mot posé sur ton bureau. N'importe quoi, mais pas nous laisser dans le brouillard. »

Nimec acquiesça.

« D'accord, convint-il. Je lui en parlerai et lui demanderai pourquoi il ne l'a pas fait.

— Et pendant que tu y es, reprit Megan, tu pourrais également l'interroger sur les bleus qu'il a sur le visage et les phalanges depuis lundi matin. »

Tous deux échangèrent des regards durant le bref silence qui suivit.

« S'il se les chope le week-end, en dehors de ses heures de travail, je ne suis pas sûr que ça nous regarde, remarqua Nimec.

— J'aimerais pouvoir me former moi-même mon jugement, insista Megan. Je note depuis un certain temps une évolution dans le comportement de Ricci. Pardon, je rectifie : une dégradation. Quelle qu'en soit la raison, tu sais que ça ne va pas. Et ça ne nous aidera pas que t'essaies de le couvrir.

— Parce que tu crois que c'est ce que je fais ?

— Si "détourner les yeux" est une expression plus facile à avaler pour toi, je veux bien, reprit Megan. Arrêtons de nous voiler la face. Nous savons toi et moi que Tom ne tourne pas rond. Et ça fait déjà un bout de temps.

— Et donc, tu l'expédies vite fait sur la côte Est. »

Megan voulut répliquer, parut se raviser.

« Qu'est-ce qui te gêne au juste dans ma décision, Pete ? »

Nimec haussa les épaules.

« Pas de quoi en faire un drame, tempéra-t-il. C'est juste que cette décision inopinée m'a un peu surpris.

— À vrai dire, je me suis surprise moi-même… mais je ne ferai pas pour autant machine arrière. En vérité, c'est la conjonction de deux idées : j'ai pensé qu'un changement de décor pourrait lui être profitable. Que mettre entre nous une certaine distance nous donnerait à tous une meilleure perspective sur ce qui ne va pas, et peut-être des idées pour y remédier. Quand il ne s'est pas pointé pour la conférence, l'idée a pris corps dans mon esprit. Et voyant comment évoluaient les choses, en particulier avec Noriko, j'ai décidé que la meilleure solution serait d'envoyer à New York quelqu'un de notre bureau. »

Nimec bougonna.

« J'avais noté qu'elle t'avait prise à rebrousse-poil.

— Noriko voit l'affaire Sullivan comme une entrave dans son travail. Ce n'est pas un secret qu'elle vit très mal notre interférence. Et je crois qu'elle a besoin de ne pas être en contradiction avec elle-même.

— Ça ne change pas la réalité de ta réaction, objecta Nimec. Quelques heures avant la conférence, en salle de gym, tu prêchais la patience. Mais tu l'as mouchée. Et tu l'as fait devant Rollie et moi.

— Il n'y a rien de personnel là-dedans, insista Megan, avec un haussement d'épaules. J'ai la plus grande estime pour ses capacités, Pete. Mais disons qu'avec certaines personnes, il vaut mieux jouer du bâton que de la carotte. »

Nimec la regarda un moment en se triturant le lobe de l'oreille.

« Tout ça me paraît un rien belliqueux. »

Megan esquissa un sourire crispé, haussa les épaules, se pencha par-dessus son bureau et faisant mine d'aboyer, lâcha :

« *Bow-wow.* Tu l'as dit toi-même. »

D'où Nimec conclut que ça devait signifier la fin de leur entretien.

Des zones industrielles ponctuées de hautes cheminées crachant des volutes de fumée envahirent le pare-brise de la Mercury de location quand Zahir vira pour quitter l'autoroute à péage du New Jersey, à la sortie ouest de Trenton, puis, se fiant à l'itinéraire qu'il s'était calculé grâce à un service de cartographie gratuite sur Internet, il s'engagea dans une rapide succession de changements de route ponctués par des feux de signalisation, le plan détaillé l'amenant en quelques minutes au carrefour désiré.

Zahir passa devant un long alignement de boîtes de strip-tease et de fast-foods, entrecoupés d'îlots vides envahis par les mauvaises herbes dont les tiges traversaient les couches de glace et de neige sale. Il se retrouva bien vite au beau milieu des usines envahissant les quais qu'il avait remarquées depuis l'autoroute et se mit à déchiffrer les noms des entreprises inscrits au-dessus des portails. L'entrée cochée sur sa carte se trouvait un peu plus loin sur la gauche, celle d'un parking clos réservé au personnel, adjacent au corps de bâtiment principal de l'usine. Il y avait entre quinze et vingt véhicules garés à l'intérieur.

Progressant au pas — il avait noté les caméras de surveillance installées en hauteur de part et d'autre de la grille non gardée —, Zahir dépassa l'usine et vira dans une rue qui repassait derrière le parking. Les coordonnées de sa carte indiquaient qu'il avait mis le cap au nord, longeant le flanc est de l'usine. À peu près à mi-distance de la rue, une séparation matérialisée par une chaîne traversait le parking et barrait l'accès à un autre site en plein air situé au-delà. La clôture périmétrique qui s'étirait derrière arborait des pancartes métalliques portant les mentions RISQUE CHIMIQUE et ACCÈS INTERDIT.

L'attention de Zahir fut alors attirée par un grand nombre de réservoirs cylindriques. D'une quinzaine de mètres de hauteur, ils se dressaient par petits groupes de six sur des dalles en béton, leurs flancs gris mat enserrés dans un cadre de poutrelles métalliques, d'échelles et de rambardes en acier galvanisé. Il pouvait distinguer un entrelacs de tuyauteries étroites et incurvées qui sinuaient entre les dômes cerclés de rambardes de chaque groupe de réservoirs, tandis qu'un tube de plus gros diamètre courait au sol, reliant le bas de chaque plate-forme au mur arrière de l'usine.

Sahir poursuivit sa route le long du périmètre jusqu'à un carrefour.

Il n'y avait que quelques rares véhicules sur la route et Zahir s'immobilisa au feu rouge pour examiner les alentours. Il avisa une station-service abandonnée, juste derrière la cour où se dressaient les réservoirs, séparé de celle-ci par une haute rangée de thuyas. Les arbres avaient l'air ratatinés et négligés, leurs racines torses enfouies dans un épais tapis d'aiguilles. Les trois autres angles de l'intersection étaient occupés par le genre de commerce annexe qui avait dû s'installer délibérément à proximité de la station-service avant sa fermeture, leurs gérants comptant attirer la clientèle de passage. Il y avait un petit MacDo à l'extrémité opposée du carrefour. De l'autre côté aussi, mais courant le long du trottoir depuis l'angle nord-est, on relevait un poste de lavage automatisé, un marchand de pièces détachées automobiles et un bar anonyme aux vitres obscurcies et maculées de suie. Juste à droite de Zahir, le parking d'un loueur de véhicules utilitaires encombré de camions et remorques de toutes tailles occupait l'angle sud-ouest de l'intersection.

Sa situation avantageuse suscita chez lui un léger sourire de satisfaction.

Zahir obliqua dans la station-service désaffectée avant le changement de feu puis il procéda à une inspection circulaire des lieux. Il contourna l'îlot central où se dressaient naguère les pompes aujourd'hui démontées, passa devant la guérite vide de la caisse, puis, longeant la devanture, lorgna à l'intérieur de la coquille vide qui avait abrité la boutique de rafraîchissements. Ayant acquis la conviction que l'endroit était désert, il gara sa Mercury au pied de la rangée de thuyas derrière le bâtiment, descendit de voiture et sortit de sa poche de pardessus un appareil-photo numérique.

Debout près du coffre de la voiture, Zahir prit une rapide série de clichés des quatre angles de l'intersection, avec une attention toute particulière pour le parking de l'agence de location d'utilitaires. Puis, se retournant vers la clôture végétale miteuse, et après avoir prudemment jeté un regard de part et d'autre, il s'engagea pour passer sous leurs branches basses.

Tapis au milieu de la haie de thuyas, Zahir pouvait à présent voir les énormes citernes qui se dressaient une cinquantaine de mètres devant lui. Nouvelle série de clichés. De ce côté, nulle clôture métallique ne barrait l'accès à l'usine. Il aurait été prématuré d'en conclure que le site était dépourvu de tout dispositif de surveillance, estima-t-il toutefois : un ou plusieurs vigiles pouvaient fort bien venir patrouiller à certaines heures. Et presque à coup sûr, il fallait compter sur une surveillance nocturne. Des veilleurs de nuit, peut-être accompagnés de chiens. Mais s'il y avait quelqu'un de garde en ce moment, Zahir ne l'avait pas remarqué. S'il l'avait voulu, il aurait pu sans difficulté se diriger directement vers les réservoirs sans que personne pût l'en empêcher... et quand viendrait le moment d'agir, il était convaincu qu'il serait inutile de s'approcher autant.

Al-hamdu-lillahi, Dieu l'avait déjà amené suffisamment près, songea-t-il en silence.

Zahir demeura quelques instants encore sous le couvert des arbres, à observer le site et prendre encore une bonne dizaine de clichés des réservoirs afin de les étudier plus tard. Puis il remit l'appareil dans sa poche de pardessus et pressa le pas pour rejoindre sa voiture.

Hassul Benazir serait ravi des renseignements qu'il avait collectés aujourd'hui ; tout se mettait en place à la perfection.

Nimec descendit jusqu'au bureau de Rollie Thibodeau et trouva la porte entrouverte. Il toqua et entra dans la foulée, au moment où Thibodeau levait les yeux de son bureau.

« Entre donc, pourquoi s'en priver ! » lança Thibodeau.

Nimec referma la porte derrière lui.

« T'as fait le ménage, récemment ? » demanda-t-il. Thibodeau croisa son regard. Il avait dans la main une canette de coca sans sucre.

« Les murs sont propres, si c'est de ça que tu veux parler. »

Nimec s'approcha et s'assit. La pièce était dépourvue de fenêtres, selon le vœu même du Cajun. Des piles de paperasses encombraient le plan de travail. Une antique balance à contrepoids trônait dans un angle, avec sa peinture rose écaillée. Thibodeau lui avait confié un jour que c'était un souvenir venu de Louisiane.

« Il faut qu'on parle, attaqua Nimec.

— Ça m'paraît logique.

— Tout ce qu'on dira restera ici. Entre nous. »

Thibodeau acquiesça.

« Je veux que tu me parles de Ricci.

— Je pourrai utiliser des mots grossiers ? »

Nimec s'abstint de sourire. Il regarda Thibodeau siroter son Coca, puis indiquer de la tête la fontaine à eau.

« Y en a d'autres dans le compartiment frigo, si t'en veux.

— Non, merci, j'ai horreur de ça. »

Thibodeau tapota son estomac dégonflé.

« Moi aussi. Mais ça marche. »

Nimec l'observa attentivement.

« Je veux savoir ce qui s'est passé à Big Sur, commença-t-il. Quand Ricci a récupéré la fille du patron dans la cabane où elle était retenue en otage [1]. »

Silence de Thibodeau. Nimec continua de le fixer.

« J'ai rédigé mon rapport il y a quatre mois, dit-il enfin.

— Et je l'ai lu, précisa Nimec. Dès sa rédaction, et un paquet de fois depuis.

— J'ai laissé de côté aucun détail.

— Aucun, vraiment ?

— Aucun. »

Sans broncher, Nimec continuait d'étudier ses traits avec un intérêt soutenu.

---

1. Cf. *Power Games 6, Sur. le fil du rasoir, op. cit.*

« Et ce que, de ton propre chef, tu as décidé d'omettre ? insista-t-il. Rien d'important ?

— Comme ?

— Des soupçons, précisa Nimec. Des conclusions éventuelles. »

Thibodeau le dévisagea.

« J'ai couché par écrit ce que j'ai vu. Ce que je savais.

— Récapitule-moi tout ça, encore une fois.

— Tu viens pas de dire que tu l'avais épluché, ce rapport ?

— Encore une fois, Rollie. »

Thibodeau porta à ses lèvres la canette de soda, but une grande lampée, puis haussa les épaules.

« Le chalet était disposé sur deux niveaux, commença-t-il. Ricci prend la tête, il fait pénétrer notre commando d'exfiltration par la porte de derrière. On découvre quatre types au rez-de-chaussée, on leur tombe sur le râble…

— On ?

— Tout le monde, sauf Ricci, d'accord, précisa Thibodeau. À peine est-on rentrés, je le vois qui file à l'étage, suivi par sa doublure. Ricci savait que Julia était détenue dans une chambre en haut, fallait la tirer des griffes de ses ravisseurs. Il savait aussi qu'elle était seule avec le "*Chat sauvage*", un tueur capable de te descendre un homme ou une femme sans sourciller.

— Quand tu parles de sa doublure… ce devait être Derek Glenn, de notre unité de San Diego.

— Exact.

— Un gars amené par Ricci, observa Nimec. Ils sont devenus proches depuis qu'ils ont eu l'occasion de collaborer, il y a deux ans. »

Thibodeau haussa les épaules.

« Copains comme cochons. Enfin, à ce que j'ai entendu dire. »

Nimec bougonna. « Bon, d'accord, la suite. »

Thibodeau écarta les mains.

« J'ai pas vu grand-chose après le passage de Glenn. J'entends un grand craquement au premier — au bruit, c'est une porte qu'on défonce. Je peux pas quitter le rez-de-chaussée tant qu'on n'a pas investi la place, désarmé et ligoté les prisonniers, et qu'on les a tous bouclés dans la même pièce. Puis faut visiter et sécuriser toutes les autres. Ensuite, y a les chiens d'attaque à endormir. Une fois tout ça réglé, je monte avec quelques hommes et…

— Combien de temps après votre irruption ? coupa Nimec.

— Ces trucs-là, tu sais, ça se joue en un éclair.

— Combien de temps à peu près, Rollie ? » insista Nimec.

Thibodeau haussa les épaules, les mains toujours largement écartées.

« Plus de cinq minutes, moins de dix, je dirais. Le temps que j'arrive en haut, Julia était sortie de la chambre. Je vois Glenn dans le couloir, qui l'aide à se tenir debout… le tueur l'avait ligotée sur une chaise avec des cordes, on en voit encore des bouts accrochés sur elle. J'ordonne à mes hommes de la mettre à l'abri, puis je me dirige vers la chambre où Ricci l'a trouvée, mais la porte est bloquée.

— Après que Ricci l'a forcée, donc.

— Vaudrait mieux que tu voies ça avec lui, prévint Thibodeau. D'après ce que j'ai entendu par la suite, Ricci a trouvé le tueur tenant un couteau sous la gorge de Julia, il l'a mis en joue, et averti qu'au moindre geste, il était mort. Il faut se rappeler que ces deux-là se connaissaient déjà. Ricci le traquait depuis plus d'un an, après sa disparition de cette usine d'armes chimiques au Canada[1]. Pendant tout ce laps de temps, "le *Chat sauvage*" est resté planqué, sachant qu'il avait Ricci à ses trousses. Toute une histoire. Ricci s'en sert comme levier, il lui propose un marché — le tueur libère Julia, tous deux abandonnent leur arme, et s'affrontent à mains nues, entre hommes. » Il marqua une légère pause. « Le gars est un tueur à gages. Il n'a aucune raison personnelle de faire de mal à Julia, il sait qu'il est mort s'il se sert de son couteau. Alors il imagine que Ricci lui donne sa seule chance, et il la tente.

— Et Ricci coince une chaise contre la porte dès que Julia est sortie.

— D'après lui, la raison principale était de bloquer le passage au cas où le tueur le contournerait, et de nous donner un délai de quelques secondes pour évacuer la gamine. Il a pris ce qui lui tombait sous la main, et c'était la chaise. »

Nimec le regarda.

« Mais bloquer la porte avec, ça ne servait pas qu'à vous offrir un répit... C'était aussi un moyen de les laisser tous les deux régler leurs comptes en douce.

— Ça, faudra le lui demander, remarqua Thibodeau, qui récupéra son soda, but une lampée. Tout était fini avant que j'arrive à défoncer la porte. J'entre, je le trouve par terre, pissant le sang — il avait pris un coup de poignard à la jambe. Ce que je comprends de son récit, c'est qu'ils se sont battus tous les deux comme

1. Cf. *Power Games 4, Frappe biologique*, Albin Michel, 2002.

des fauves, que le “*Chat sauvage*” a réussi à récupérer le surin après que Ricci l’avait écarté du pied. Dans le feu de l’action, ils débouchent sur le balcon, trois cents mètres au-dessus du canyon, et là, le tueur fait le grand saut. »

Nimec demeura sans broncher, les yeux toujours rivés sur Thibodeau.

« Il est tombé ou on l’a poussé ? Mettons les choses au clair, Rollie. »

Thibodeau resta un moment silencieux, fixant le bureau derrière Nimec.

« Tom Ricci n’a jamais été mon meilleur copain, reprend-il. Mais tu me verras pas non plus verser une larme sur ce tueur. Quoi qu’il se soit passé ou non là-bas, que Julia ait eu la vie sauve reste pour moi l’essentiel. Tout ça, c’est fini, et on doit tous poursuivre notre route.

— À t’entendre, je n’ai pas l’impression que tu crois que Ricci ait fait ça.

— J’essaie de garder mes sentiments pour moi », rectifia Thibodeau. Il esquissa un haussement d’épaules. « Tu m’as demandé ce que je savais avec certitude, je t’ai répondu en fonction de ce que j’ai vu et entendu. »

Nimec hocha la tête.

« *Avec certains, on meurt avant son heure.* Je répète à peu près ton commentaire sur Ricci. T’es en train de me dire, là, que je t’ai mal compris ? »

Thibodeau soutint son regard.

« Peux pas dire ce qu’il avait en tête au moment d’entrer dans cette pièce, convint-il. Alors, j’en sais pas plus à présent.

— Et c’est tout », compléta Nimec.

Thibodeau acquiesça sans ajouter un mot.

Le silence entre eux deux se prolongea, plus long que le précédent. Puis Nimec se leva, l'air grave.

« Si Ricci, en entrant, avait l'intention délibérée d'exécuter un homme, qu'il a bloqué la porte pour ne pas avoir de témoin, je ne peux pas le laisser passer, reprit-il. Je dois savoir. »

Thibodeau haussa les épaules derechef. Il vida ce qui restait de la canette, l'écrasa dans son poing, la jeta dans la corbeille sous le bureau.

« Vas-y, mais je ne crois pas qu'il en sorte grand-chose de bon. »

Nimec le regarda. « Pas forcément, convint-il. Mais je vais te dire un truc, Rollie. Je ne me fais pas d'illusions, et aucun d'entre nous n'a intérêt à s'imaginer qu'on puisse jamais laisser passer ça. »

La nuque raide, totalement vidé après presque soixante-douze heures de route par un temps épouvantable, Khalid descendit, claqua la portière et contourna l'avant de la jeep pour passer devant la calandre, affrontant les rafales de neige.

Il avait été bien loin du compte dans son calcul du temps de parcours jusqu'à la vallée de Neelam, en estimant celui-ci à deux jours, une perspective qui, en son temps, avait déjà sérieusement entamé son optimisme. Rétrospectivement, Khalid l'aurait pourtant acceptée volontiers. Avec le vent violent qui avait envahi toute la région qu'ils devaient parcourir, Youssef et lui se trouvaient à encore plus de cent kilomètres de leur destination. Dans ces conditions, ils pourraient s'estimer heureux s'ils atteignaient le village d'Halmat à l'aube, et l'on n'était pas encore au milieu de la nuit.

Ils s'étaient relayés pour conduire sans interruption, Youssef ayant insisté pour qu'ils foncent sur un terrain vallonné qui, même dans le meilleur des cas, aurait déjà mis leur endurance à rude épreuve... et jusqu'à présent ils n'avaient rencontré que l'hiver sous son aspect le plus impitoyable, le plus sauvage. Quand Youssef daignait accepter une pause, c'était juste le temps d'aller pisser vite fait dans le froid et le blizzard, ou bien de rester à l'intérieur du véhicule pour engloutir précipitamment des rations récupérées chez les militaires dont ils s'étaient débarrassés un peu plus tôt sur la route de Chirak. Puis, impatient, Youssef leur ordonnait de reprendre la route.

La tempête ne s'était calmée qu'en une seule occasion ; la résolution entêtée de Youssef, jamais. Au début de leur trajet, la neige volait sur le terrain en tourbillons erratiques, formant comme des serpentins qui fatiguaient la vue, les empêchant de savoir avec certitude s'ils étaient encore sur la route. La deuxième nuit, la neige se mit à redoubler avec l'attaque frontale du vent du nord, s'entassant autour d'eux en épaisses couches, recouvrant le pare-brise plus vite que les essuie-glaces ne pouvaient la chasser. La veille au soir, leur progression était devenue encore plus pénible avec la tempête qui semblait s'être concentrée autour d'eux en une masse turbulente. Effacé, le clair de lune, disparus les ombres des pics et des corniches en même temps que tous les repères utilisés par Khalid pour s'orienter. S'ils n'avaient pas eu leur GPS, ils se seraient sans aucun doute perdus ou se seraient retrouvés en train d'errer et tourner en rond. Il y avait eu des congères à contourner, des fosses et des crevasses béantes qui semblaient s'ouvrir devant eux, comme autant de bouches béantes et édentées. Même avec un Youssef au volant, désireux de ne pas perdre une seconde, ils avaient dû malgré tout s'arrêter à deux reprises, faute d'adhérence et de visibilité. Chaque fois, Khalid était sorti de la jeep pour ôter d'épaisses croûtes de débris gelés bloqués entre les pneus et les passages de routes, puis nettoyer les phares des cataractes de neige qui s'accumulaient dessus en pellicules blanches, les rendant inutiles.

Et voilà qu'ils en étaient à leur troisième arrêt imprévu au cours des deux dernières heures, arrêt qui avait semblé plonger Youssef — déjà pas très causant de nature — dans un état particulièrement aigu de morosité et d'angoisse. Les mains plaquées au volant, il avait regardé dans un silence cassant Khalid ouvrir la portière pour descendre, puis était resté figé à sa place, le moteur tournant toujours et les essuie-glaces continuant de balayer en cadence le pare-brise.

Khalid passa derrière la jeep et, avec quelques coups de pied bien assenés, fit tomber les paquets de neige accumulés autour des garde-boue, avant d'ôter avec ses mains gantées ce qui n'avait pas pu se décoller des passages de roues. Puis il repassa devant. Un coup d'œil au travers du pare-brise lui révéla que Youssef continuait à le fixer, toujours aussi raide sur son siège, comme si, quelque part, il le tenait pour responsable de la tempête et des retards qu'elle occasionnait.

Khalid s'accroupit pour nettoyer le phare gauche. Sortir de ce temps de chien et savoir leur objectif rempli… autant de raisons valables justifiant sa hâte d'arriver à Halmat dans la vallée. Mais c'était surtout la perspective de se séparer de Youssef et de son humeur massacrante qui lui donnait un surcroît d'énergie.

En ayant terminé avec un phare, Khalid se déplaça côté passager pour nettoyer l'autre, mais il était à peine au milieu du pare-chocs quand il fut surpris par l'emballement du moteur.

Il tourna la tête vers le pare-brise, en se disant que Youssef avait accidentellement posé le pied sur l'accélérateur alors qu'il restait au point mort... avant de découvrir avec horreur que la voiture faisait une embardée. Les traits crispés de Youssef étaient parfaitement visibles derrière le pare-brise, et ses yeux plissés, rivés sur Khalid avec une intensité formidable.

Khalid était trop surpris pour avoir la moindre chance de s'écarter du chemin, trop surpris pour faire autre chose que hurler dans le vent, un cri qui se déchira quand le lourd véhicule le heurta — et bientôt, il fut même incapable de crier. Il fut projeté sur le côté, faisant une demi-pirouette avant d'atterrir rudement dans la neige, le bras et la jambe gauches pliés en formant un angle grotesque. Le sang jaillit à flots de sa bouche, se répandit sur son menton, fumant de sa chair lacérée dans le froid himalayen.

Haletant, s'étranglant, Khalid roula sur le flanc droit, sentit une flèche de douleur lui transpercer la poitrine et comprit aussitôt qu'il s'était brisé plusieurs côtes. Puis il se rendit compte, à travers le voile de la souffrance, que les phares de la jeep étaient toujours braqués sur lui, le clouant dans leur faisceau. Le phare droit était voilé d'une croûte de neige. Celui qu'il avait nettoyé, d'un éclat dur et aveuglant. Il réussit tant bien que mal à se redresser sur un coude, essaya de se traîner dans la neige hors du champ de ce faisceau.

Mais là encore, il n'eut pas le temps de bouger, ne fût-ce que d'un pouce. Les yeux agrandis, la bouche béant de terreur, il vit Youssef immobiliser le véhicule, enclencher la marche arrière, marquer un nouvel arrêt bref, pour aussitôt charger de nouveau dans sa direction.

La jeep lui roula dessus à pleine vitesse, l'aplatissant au sol, les roues traînant ensuite son corps inerte et déchiqueté durant près de deux minutes encore avant de l'abandonner enfin, petit tas de neige maculée et ensanglantée.

Youssef ne daigna même pas se retourner pour regarder. La détermination gravée sur le visage, il poursuivit sa route, plongeant, seul, dans les ténèbres et la tempête, apportant sa précieuse cargaison à ceux qui l'attendaient, aux confins les plus lointains de la nuit et de la nation.

Roger Gordian étudiait le tas de cailloux déversé devant sa brouette et en vit un qui lui semblait convenir à merveille pour compléter la rangée du mur de pierre qu'il était en train de composer ; il souleva la pierre avec un grognement dû à une légère fatigue pour la déposer au-dessus des deux dernières déjà empilées. Chouette, se dit-il. Une beauté, à vrai dire. Appuyant alors la main dessus, il la fit jouer pour mieux la caler, et nota qu'elle n'était pas parfaitement en équilibre. Il la rajusta, appuya encore une fois, sentit qu'elle branlait encore un peu, effectua un nouvel ajustement, sans plus de succès, se gratta le menton et s'agenouilla pour comprendre de quoi il retournait.

Ahh, songea-t-il en hochant la tête. *Élémentaire.*

Une fois accroupi, Gordian put alors remarquer un espace entre la toute dernière pierre ajoutée au mur et les deux pierres précédentes. Il y introduisit le doigt et découvrit que l'espace s'ouvrait jusqu'à la phalange du milieu. Ce qu'il lui fallait, c'était un truc pour boucher ce trou.

Il se releva, étudia à nouveau le tas de cailloux à la recherche d'une pierre de taille convenable, n'y trouva pas son bonheur et se mit pendant une minute à fouiller le sol herbeux aux alentours. Oui, là... un petit morceau de quartz, au milieu d'un carré de verdure ; il s'en approcha pour l'examiner de plus près.

Au-dessus de lui, à la crête du coteau qui descendait doucement en terrasses paysagées sous la véranda de leur demeure de Palo Alto, Ashley était en train d'arroser les plantes de rocaille en les balayant avec son tuyau qui traçait dans les airs un sillage d'arcs-en-ciel fugitifs quand la lumière du soleil traversait la fine bruine que crachait son embout. Un an plus tôt, ils avaient investi des milliers de dollars dans un système d'arrosage enterré automatique après qu'Ashley eut décidé que le recours au tuyau d'arrosage était ridiculement démodé. Pendant un certain temps, elle n'avait eu que louanges pour cette installation nouvelle, prêchant pour la libération de ces interminables séances de déroulage et démêlage des tuyaux, promettant sans cesse de donner le maléfique serpent de caoutchouc — sans oublier son cortège d'enrouleurs, prolongateurs et accessoires divers — à l'œuvre de bienfaisance qu'elle soutenait en ville.

Puis elle avait connu une conversion spontanée. Du moins est-ce ainsi que cela était apparu aux yeux de son époux. Peut-être avait-elle longuement et douloureusement pesé les arguments dans son for intérieur. Tout ce qu'il savait avec certitude, c'est qu'Ashley était un jour revenue en coup de vent du jardin, se plaignant que les buses d'arrosage n'atteignaient correctement aucun de ses « endroits » et avait illico entrepris de récupérer le vieux tuyau au fond de l'appentis où il se languissait depuis des mois — inutilisé mais ayant miraculeusement échappé à toute donation. Les arroseurs automatiques, lui avait-elle déclaré, étaient au mieux une aide pour les vrais amateurs de plantes et, au pire, une excuse pour les paresseux trop flemmards pour s'acquitter de leurs responsabilités de jardiniers.

Pour sa part, Gordian n'avait pas noté de différence significative d'aspect dans les plantations pré- et post-diffuseur de son épouse. Elles lui avaient toujours paru superbes et parfaitement entretenues. Mais enfin, il admettait volontiers que les critères esthétiques d'Ashley en matière de jardinage fussent plus exigeants. Tout comme il allait sans dire qu'en matière de maçonnerie — enfin, la plupart du temps — c'était lui le meilleur ouvrier.

Gordian prit la pierre, qu'il avait repérée au milieu de son petit nid herbeux pour l'inspecter au creux de sa paume. Elle faisait une dizaine de centimètres de large avec plus ou moins une forme de coin… tout juste ce qu'avait prescrit le médecin-maçon.

Il rapporta donc auprès du mur sa trouvaille, l'introduisit dans l'ouverture et la cala du bout des doigts, puis il saisit le marteau accroché à sa ceinture et l'enfonça avec précaution. Puis il testa de nouveau la stabilité de la grosse pierre précédemment posée.

Cette fois, elle resta bien calée sans bouger sur les deux autres pierres de la rangée du dessous.

Bien, se dit-il. *Impec.*

Gordian resta quelques secondes en admiration devant son mur. Il avait encore du pain sur la planche avant que l'ouvrage soit terminé. Deux semaines de boulot, voire trois. Mais il estimait avoir pris le coup de main pour caler les pierres et savoir comment fonctionnaient les choses lui apportait toujours une grande satisfaction. Les choses simples comme les choses compliquées…

Mais dis-moi… sont-elles réellement comparables ? le questionna une petite voix intérieure. *Attention, je n'ai pas dit équivalentes. Je t'ai laissé un peu de marge en évitant d'employer ce mot. Ce que je veux, c'est ton sentiment général sur la façon de mettre les choses bout à bout — si tu me passes l'expression.*

Gordian plissa le front en entendant cette petite voix lancinante. Elle ne lui parlait pas si souvent mais chaque fois que ça se produisait, c'était avec ce ton narquois et pinailleur d'un avocat procédant au contre-interrogatoire d'un témoin appelé à la barre, et recourant à la vieille tactique des plaideurs qui consistait à ne jamais poser de question dont on ne sache à l'avance la réponse. Il ne serait toutefois pas nécessaire de faire prêter serment à Gordian pour qu'il admette bien volontiers que sa manière d'aborder le problème de la construction d'un muret de jardin n'approchait pas — notez, maître, que je n'ai pas parlé d'*égaler* — le défi de transformer une boîte d'électronique en faillite achetée à vil prix à un géant de la technologie, ou de concevoir la combinaison avionique qui avait révolutionné les capacités de reconnaissance et d'acquisition de cibles de l'armée américaine et lui avait valu sa réputation et sa fortune.

Pas plus que cela n'équivalait à la satisfaction d'avoir accompli tous ces grands pas vers la création d'un réseau de télécommunications vraiment international. Mais Gordian avait donné dix ans de sa vie à l'armée de l'air, et plus du double de temps à UpLink. La prochaine partie de son existence, il comptait bien la consacrer à la femme et à la famille qui avaient tant sacrifié à son rêve d'un monde rendu meilleur grâce à la libre diffusion de l'information... et il avait bien l'intention de la partager avec eux avec une passion identique à celle qu'il avait vouée à ses tâches publiques et ses activités professionnelles. Alors qu'il avait l'impression de n'avoir embarqué dans sa soixantième année que la veille, la ligne de l'horizon passé était désormais bien plus loin en fait que dans son esprit. Pourquoi toutefois continuer à regarder dans le rétro pour se mesurer à ses propres réussites passées ? Gordian n'aurait su dire. Pourtant, il avait parfois du mal à s'empêcher d'effectuer des comparaisons. Et peut-être, maître, juste peut-être, le plus grand défi auquel tout homme était confronté, l'âge aidant, était de réussir à admettre la vanité de rivaliser avec le jeune homme que l'on avait été jadis.

Gordian n'aurait su dire pour quelle raison cet enchaînement de réflexions lui fit soudain se rappeler qu'il devait passer un coup de fil à Lenny Reisenberg, mais toujours est-il que ce fut le cas et il marqua un temps d'arrêt alors qu'il s'apprêtait à prendre une nouvelle pierre dans la pile, pour composer sur son portable le numéro de Lenny au bureau.

« Patron ! s'écria l'intéressé dès que la réceptionniste lui eut transféré l'appel. J'espérais que vous m'appelleriez. J'ignorais si je devais attendre encore un peu...

— J'ai trouvé, Len, dit Gordian. Et je te présente mes excuses de ne pas t'avoir recontacté plus tôt…

— Trop occupé à profiter des joies de la retraite ?

— Si l'on peut dire, admit Gordian. Je dois toutefois admettre qu'il y a des moments où je me sens un peu en dehors de mon élément. Un peu comme si je faisais l'école buissonnière…

— Sécher les cours, patron, rectifia Lenny. Ou sauter la classe. Si vous dites "école buissonnière" à mes mômes, ils ne sauront pas de quoi vous parlez. » Il marqua un temps. « Merde, je ne sais même plus d'où vient le terme.

— D'une époque où les écoles de campagne étaient encore au bord des champs… »

Lenny fit un *Aaah !* signifiant « Bon sang, mais c'est bien sûr ».

« J'aurais jamais deviné. Mon école était au milieu des HLM de Brooklyn et les seuls buissons du quartier étaient les jardinières du parc municipal. »

Gordian sourit.

« Lenny, j'ai du nouveau pour toi. J'ai réussi à convaincre les gens de la sécurité de s'occuper de l'affaire Sullivan. Ils sont déjà prêts, ou quasiment, à passer la vitesse supérieure. »

Lenny resta quelques instants silencieux.

« Patron, je ne sais pas comment vous dire à quel point je vous suis reconnaissant.

— Laisse tomber, Lenny.

— Si, vraiment… »

Gordian leva les yeux vers Ashley, toujours en haut de la pente, qui le vit la regarder et lui adressa un signe. Il leva la main au-dessus de sa tête pour lui répondre.

« Len, je t'en prie, il n'y a pas de quoi en faire un plat. Surtout si je considère tous les services que tu as pu me rendre depuis qu'on se connaît.

— Si vous insistez, patron. N'empêche, je ne sais toujours pas quoi dire.

— Alors, garde tes paroles pour cette femme qui nous a demandé notre aide, Mary Sullivan, reprit Gordian. Assure-toi qu'elle sache que nous allons faire de notre mieux pour découvrir ce qui est arrivé à son mari. »

Lenny garda de nouveau le silence quelques secondes avant de répondre.

« Entendu, patron, dit-il enfin. Et j'espère en croisant les doigts que cette découverte n'aura rien de macabre. »

Après avoir récapitulé les déclarations déjà faites par DeSanto, l'inspecteur principal Ismael Ruiz, commissariat du 10e arrondissement, avait décidé de reporter à plus tard la dernière petite question qui lui trottait dans la tête. Il voulait s'assurer d'avoir tout bien saisi.

Installé derrière son bureau à la permanence du poste de police, il lorgna son calepin et le tapota du bout de son crayon.

« Bien, dit-il. Si j'ai bien compris, vous avez joué les couvertures pour Patrick Sullivan alors qu'il entretenait une relation extraconjugale…

— Attendez voir, l'interrompit DeSanto qui était assis en face de l'inspecteur. Vous ne m'avez pas entendu employer ce terme. »

Ruiz le regarda, comme pour lui demander quel mot au juste.

« *Couverture*, précisa DeSanto. Je n'ai jamais mentionné que j'étais sa couverture. »

Ruiz fronça les sourcils et se dit que c'était encore parti pour une journée de chien. Trente-cinq ans, maigre, basané, généreusement crédité d'une taille d'un mètre soixante-dix-sept sur son permis de conduire, les gens qui le voyaient pour la première fois lui donnaient souvent à peine plus de vingt ans — c'était en particulier le cas des truands qu'il alpaguait, mais aussi des New-Yorkais râleurs qu'il avait juré de protéger des précédents, voire des collègues qui étaient sous ses ordres. Alors que son épouse lui soutenait qu'il aurait dû se réjouir d'avoir cette apparence juvénile, soulignant à juste titre que bien des gens seraient prêts à tout pour pouvoir rajeunir leur allure de dix ans — et le faisaient du reste quotidiennement, entre peelings, liftings et Botox —, il appréciait modérément cet état de fait car, nonobstant son grade, il avait parfois bien du mal à se faire entendre sans devoir élever la voix.

« Désolé », s'excusa-t-il. Quand bien même DeSanto prenait la mouche pour un terme somme toute banal, il ne serait ni courtois ni productif de le blesser. « Couverture, c'est une façon de parler. Pour désigner une personne servant de façade à un individu qui entretient une relation…

— Une relation homosexuelle, précisa DeSanto. Ce que nous ne sommes ni Pat ni moi. Homosexuels, je veux dire.

— J'avais compris, oui.

— Parce que, vous comprenez, j'ai déjà un vice-président, à ma banque, qui vient de m'annoncer, tout de go, qu'il épousait son ami. Ce qui, je tiens à le préciser, ne me dérange absolument pas. Vu l'époque où nous vivons, j'imagine que chacun a le droit de trouver son bonheur comme il l'entend, tant que ça ne fait de mal à personne. »

Ruiz s'abstint de tout commentaire. Il avait cru en fait qu'en argot, le terme s'appliquait plutôt aux lesbiennes qui fréquentaient ou épousaient des hommes pour masquer leurs véritables penchants sexuels. Mais il ne voulait pas se laisser entraîner sur cette pente glissante. Pas quand on se retrouvait désormais avec deux affaires de disparition qu'Anthony DeSanto venait à l'instant sans doute de lier grâce aux informations qu'il lui avait fournies spontanément.

« Histoire de vérifier, la banque où vous travaillez... c'est bien le Crédit immobilier Dunne, près d'Union Square ? reprit-il, afin de recentrer la discussion.

— Oui, à deux rues de mon domicile.

— Et vous y êtes responsable des prêts, c'est ça ?

— Gestionnaire des prêts aux entreprises », précisa DeSanto en redressant les épaules. Le visage quelconque, la silhouette enveloppée, l'homme était néanmoins très soigné de sa personne ; son épaisse chevelure brune était impeccablement coiffée, et son complet bleu marine taillé sur mesure pour dissimuler son embonpoint.

Ruiz attendit une seconde avant d'ajouter quoi que ce soit. Le langage corporel de son interlocuteur lui signifiait d'évidence qu'il aurait intérêt, la prochaine fois, à mieux gérer l'aspect professionnel de son interrogatoire. Quelle que pût être la distinction entre responsable et gestionnaire des prêts, elle semblait importante pour cette personne, apparemment très pointilleuse en matière de terminologie.

« À propos de Patrick Sullivan et Corinna Banks, reprit l'inspecteur. Votre certitude qu'ils entretenaient une relation depuis déjà un certain temps... est-elle solidement fondée ?

— Ouais », confirma DeSanto. Il haussa les épaules. « Au début, ça n'était pas sérieux. Pat aime sa femme, je peux vous l'assurer. Mais il est représentant, il voyage tout le temps d'une ville à l'autre, parfois même à l'étranger.

— Pour Armbright Industries ? »

DeSanto acquiesça.

« Vente de matériel high-tech. »

DeSanto acquiesça derechef.

« Les voyages, ça peut devenir difficile... un homme passe des semaines entières loin de chez lui, dans des endroits bizarres, fatalement, on se sent seul, expliqua-t-il. Pat est en déplacement quelque part, il entre dans un bar, y rencontre une femme, lui offre quelques verres, passe un bon moment avec elle, et c'est marre. »

Ruiz demeura silencieux, non sans se dire qu'il pourrait bien être séparé de son épouse pendant mille jours et mille nuits — non, disons plutôt mille fois dix jours et dix nuits —, ce n'est pour ça qu'il envisagerait de passer ce genre de bon temps avec une autre femme.

« Et c'est comme ça qu'il a connu Mme Banks ? demanda-t-il après quelques instants, récapitulant ses notes pour se rendre compte que DeSanto ne lui avait pas encore livré cette information. Pendant qu'il était en déplacement ?

— Non. » DeSanto hésita, lissa les pans de son veston. « À vrai dire, c'est une personne avec qui je sortais qui la lui a présentée.

— Une petite amie…

— Mon ex-petite amie, rectifia DeSanto. Il se trouve que Joyce connaissait Corinna, toutes deux travaillaient au rayon cosmétique de Bloomie's.

— Vous voulez parler de Bloomingdale's, ici, à New York.

— Tout à fait.

— 59e Rue Est ?

— Tout à fait.

— Donc, les escapades de Pat ne se limitaient pas à ses longs voyages d'affaires en solitaire ? »

DeSanto le regarda de biais.

« Je vous l'ai dit : Patty aime sa femme et ses enfants, il se mettrait en quatre pour eux. »

Ruiz ne releva pas, regrettant aussitôt son sarcasme. Quand on bossait dans la police depuis un certain temps, il fallait résister à la tentation d'adopter une attitude d'affrontement — eux et nous. Son interlocuteur n'était pas sur la sellette, après tout. DeSanto s'était présenté de son plein gré.

« Votre ex, elle a quel nom de famille ?

— Breyers.

— B-R-E-Y-E-R-S ?

— Oui, comme la marque de glaces.

— On peut la joindre quelque part, si besoin est ?

— Me demandez pas où elle est en ce moment. La rupture s'est mal passée. Autant que je sache, elle a déménagé dans le Sud, du côté d'Atlanta, il y a deux ans. »

Ruiz grommela et coucha le nom sur son calepin.

« Revenons encore une fois à Patrick et Corinna. Vous m'avez dit qu'au début, ça n'était pas sérieux.

— Exact.

— Que c'était, selon vous, une aventure sans lendemain.

— Au début, en tout cas. Même s'il a fini par s'attacher à elle.

— Avant même qu'elle ne tombe enceinte ? »

DeSanto acquiesça.

« Avant qu'il ne l'apprenne, avant qu'elle n'ait fait le test.

— Vous parlez du test de paternité ?

— Ouais. » DeSanto émit lentement un gros soupir. « Quelque part, ça montre ce que j'ai tenté de vous expliquer au sujet de Pat. Une fois qu'il a découvert qu'il était le père du bébé, il s'est mis en quatre pour prendre soin de Corinna.

— Il ne lui a jamais demandé d'avorter ? »

Vigoureux signe de dénégation.

« Elle voulait garder le bébé. En outre, Pat est catholique. Il est opposé à ce genre de pratique. »

Par contre, ça ne le dérange pas de faire une exception pour l'adultère, s'abstint de remarquer tout haut Ruiz.

Il prit une minute pour consulter ses notes et voir si d'autres points méritaient des éclaircissements ; il avait hâte de mettre un terme à l'entretien et commencer à débrouiller la situation.

« Vous avez dit que Corinna vivait dans un appartement à Yonkers, à l'époque où Pat a fait sa connaissance.

— Ouais.

— Qu'elle s'y trouvait encore quand elle a donné naissance à leur petite fille… Andrea, c'est ça ?

— Ouais, confirma DeSanto.

— Et que Corinna et sa fille y sont encore restées plusieurs années. »

DeSanto acquiesça.

« C'est un appartement HLM, Corinna pouvait en payer le loyer tant qu'elle travaillait, précisa-t-il. Elle n'avait pas l'intention de saigner à blanc Pat. Elle subvenait dans la mesure du possible à ses besoins, il l'aidait simplement à compléter l'ordinaire. De l'argent pour les soins du petit, l'assurance santé, les dépenses qu'il pouvait régler. Il gagnait bien sa vie, mais je me demande quand même parfois comment il y arrivait. Avoir deux familles à charge, ça ne devait pas être facile pour lui.

— Ça a dû nettement s'améliorer il y a un an, un an et demi », constata Ruiz en levant les yeux de son calepin.

DeSanto resta silencieux un moment.

« Si vous faites allusion à son idée d'installer Corinna et la petite en centre-ville, je dirais que c'était la meilleure solution pour tout le monde, reprit-il. Plus simple pour Patty, je sais. Travaillant à Manhattan, il peut passer les voir chez elles à Chelsea presque tous les jours. À midi, après le travail, chaque fois que l'occasion se présente. Une fois par semaine, il y reste jusque tard le soir. Ces jours-là, il dit à Mary — c'est sa femme — il lui dit qu'il regarde un match. Des fois, il reste dormir, et dans ces cas-là, il dit que la partie s'est prolongée, ou qu'il avait trop bu, ou qu'il faisait trop mauvais.

— Et vous, vous le couvrez toujours. »

Cette fois, DeSanto ne broncha pas.

« Je suis son meilleur ami. Je le couvre. »

Sans le lâcher des yeux, Ruiz observa : « Acheter l'appartement de Chelsea a dû l'alléger de deux ou trois cent mille dollars, au bas mot. Quelques mois plus tard, il loue à Corinna une Jaguar, ce qui a dû, là aussi, lui coûter une petite fortune. Et ensuite, toujours d'après vous, il lui dit qu'elle n'a plus besoin de travailler… c'est ça ? »

DeSanto acquiesça, là encore.

« Ouais. Il a fait tout ça. »

Ce qui conduit Ruiz à poser une question cruciale.

« Comment ? Pat a gagné le super-loto ? Il a trouvé un trésor enfoui à Central Park ? »

DeSanto hésita, puis, lentement, croisa son regard.

« C'est comme je vous ai raconté plus tôt. Les gros billets ont commencé d'affluer après le rachat par Armbright de cette boîte pakistanaise…

— Ce doit être le groupe Kiran.

— Ouais, confirma DeSanto. Dès sa mutation au service vente en gros à l'international, Pat a vu sa situation financière décoller carrément.

— Un bonus qui a dû tourner tout au plus aux alentours de quelques centaines de milliers de dollars annuels », objecta Ruiz.

Silence. DeSanto examina son veston, en lissa les pans une fois encore.

« Je n'ai pas la moindre idée de l'origine des extras qu'il a pu toucher, convint-il au bout d'un moment. Pat n'en a jamais parlé et je ne lui ai pas demandé.

— Vous ne vous êtes jamais posé la question ?

— Je ne la lui ai jamais posée, je viens de vous le dire.

— Votre meilleur ami…

— C'est vrai, confirma DeSanto. Quelquefois, l'amitié consiste à savoir justement de quoi ne pas parler.

— Mais vous pensez que Pat et Corinna en ont discuté », insista Ruiz.

DeSanto le contempla une bonne trentaine de secondes avant de finir par acquiescer.

« J'en suis devenu à peu près sûr après sa disparition.

— Quand elle vous a téléphoné parce qu'elle était à sa recherche.

— Elle m'appelle, sa femme m'appelle, je deviens le central d'infos, observa DeSanto avec un sourire lugubre. Ça commence à une heure trente du matin. Mary se fait du souci, elle laisse deux messages sur mon répondeur…

— C'était mercredi dernier.

— Le soir habituel où Pat voit Corinna, c'est ça.

— Et celui où vous le couvrez.

— Exact. Pat me prévient toujours quand il compte découcher au lieu de rentrer tard.

— Pour que votre version des faits colle pour Mary. »

DeSanto confirma d'un signe de tête.

« Dans l'intervalle, Pat n'est pas rentré, Mary craint qu'il ait eu un accident à cause de cette tempête, alors elle veut savoir s'il est resté coucher chez moi. Au début, je ne décroche pas, je la laisse causer sur mon répondeur. C'est que je ne sais pas quoi lui dire.

— Puisque Pat ne vous a pas prévenu qu'il comptait passer toute la nuit chez Corinna.

— Comme si on avait prévu le coup tous les deux depuis toujours. »

Ruiz acquiesça.

« Bon, d'accord. La suite.

— Inspecteur, sans vouloir vous froisser, mais il faut que je retourne à la banque…

— Juste une question et je vous libère », promit Ruiz, coupant court à l'objection d'un regard ferme.

DeSanto hocha la tête, résigné, et poussa un gros soupir.

« Aux alentours de deux heures du matin, après le troisième message de Mary, quand même, je décide d'appeler chez Corinna, qu'elle me passe Pat, pour que je l'informe que sa femme se tracasse et qu'il ferait mieux de la joindre, reprend DeSanto. Ce que j'imagine — au moment où j'appelle — c'est qu'il s'est trouvé tellement pris par l'action qu'il en a momentanément oublié sa régulière, vous savez ce que c'est. »

À vrai dire, non, Ruiz n'en savait rien. Enfin, pas directement. Sûrement pas. Jamais de la vie.

« Et alors quoi ?

— Alors le téléphone se remet à téléphoner quasiment au moment où j'allais composer le numéro. J'imagine que ça va être encore une fois Mary mais à la place, c'est Corinna, qui est, elle aussi, folle d'inquiétude.

— Elle aussi à la recherche de Pat ?

— Ouais. » La voix de DeSanto s'était mise à trembler un peu. « Elle me dit qu'il est reparti de chez elle pour rencontrer quelqu'un pour affaire...

— C'était aux alentours de dix heures du soir.

— Il a sorti la Jag du garage vers dix heures, en effet, confirma DeSanto. Lui a dit qu'il la rejoindrait d'ici une heure, une heure et demie, mais il n'est jamais revenu.

— Elle n'a pas mentionné avec qui il avait rendez-vous ?

— Non.

— Pas mentionné non plus où ils étaient censés se retrouver ?

— Non.

— Ou ce qu'il pouvait bien faire à une heure pareille ? En plein blizzard, en plus ?

— Non.

— Et vous ne l'avez pas questionnée, elle ?

— Non », admit DeSanto. Il haussa les épaules. « C'était une de ces situations dont je vous ai parlé.

— Quand vous avez le sentiment que vous n'êtes pas censé poser de questions. »

DeSanto opina.

« Les jours qui suivent, je tanne Corinna comme c'est pas possible, vous pouvez me croire, reprit-il. À lui téléphoner, à lui expliquer qu'elle doit absolument raconter aux flics tout ce qu'elle sait. Mais elle, elle me soutient que Pat ne serait pas d'accord. Que ça détruirait son foyer, révélerait au grand jour tout ce qui se passe entre eux. »

Et révélerait peut-être aussi ce qu'il traficotait pour sauter de cinq tranches d'impôts en un an malgré sa superbe situation de représentant en gros, songea Ruiz.

« Donc, tout ça se ramène à un échange entre vous.

— Sans qu'elle bouge d'un pouce, renchérit DeSanto. Corinna monte sur ses grands chevaux. Elle s'en prend à moi, me dit que je devrais m'imaginer à sa place, des trucs dans le genre. Entre-temps, elle m'a informé qu'elle est allée voir sur le site web de la police de la circulation et a découvert que la Jag avait été mise à la fourrière dans le West Side. Ce qui me confirme qu'il a dû se passer quelque chose de grave. Sinon, pourquoi diantre Pat l'aurait-il abandonnée ?

— Mais vous, de votre côté, vous étiez toujours abstenu de contacter la police ? »

Encore un long soupir de son interlocuteur.

« C'était une erreur, je l'admets. Si j'avais dû agir autrement, je vous aurais appelé directement. Mais si le mariage de Pat cassait, je n'avais pas non plus envie que la bombe qui leur était tombée dessus porte mon nom. Je lui avait fait une promesse… je veux dire, il y a des années de ça. J'avais juré de garder le secret sur sa relation avec Corinna, quoi qu'il advienne. Et ça peut paraître con, mais j'avais l'impression que c'était à elle de décider quoi dire. Et jusqu'où aller. » Il secoua la tête. « Quand j'ai fini par en avoir marre d'attendre qu'elle saute le pas, et alors que j'étais à deux doigts de prendre mon téléphone, Corinna m'a annoncé qu'elle avait contacté quelqu'un qui pourrait l'aider. »

Ruiz le regarda. C'était un de ces détails qui avaient piqué son intérêt lors de la confession initiale de son interlocuteur. « Vous confirmez que c'est bien tout ce qu'elle vous a dit.

— Ouais.

— Sans mentionner de nom.

— Aucun nom.

— Mais vous avez eu l'impression qu'il ne s'agissait pas des autorités.

— Ce n'est pas le sentiment que j'ai eu à l'entendre au téléphone, non.

— Quel genre de sentiment avez-vous eu ? »

DeSanto hocha la tête, écarta les mains, un peu désemparé.

« Difficile à expliquer. Juste que ce n'était pas la police que vous connaissez. »

Ruiz ne releva pas la réponse, ne voyant pas l'intérêt

d'insister. Mais il se demanda si la personne en question aurait pu être la même que celle avec qui Sullivan avait rendez-vous le soir de sa disparition, ou s'il y avait désormais au moins deux personnages mystérieux dans le tableau.

Il feuilleta son calepin, survolant à nouveau le reste des notes qu'il avait griffonnées, et décida qu'il en avait à peu près fini avec DeSanto.

« Votre dernière conversation téléphonique avec Corinna a eu lieu hier ? »

Acquiescement de l'intéressé.

« Si vous tenez absolument à parler de conversation, précisa-t-il. Disons que c'est plutôt comme je vous l'ai dit, elle m'a gueulé dans l'oreille avant de me raccrocher au nez.

— Et elle ne vous a plus donné de nouvelles par la suite.

— Non, confirma DeSanto. J'ai tenté de la rappeler un peu plus tard, je suis tombé sur son répondeur. J'aurais réessayé aujourd'hui… mais voilà, j'ai vu cette annonce dans le journal de ce matin.

— Le registre de la police. »

DeSanto acquiesça.

« Je vous le dis, inspecteur, j'ai failli en avaler de travers mon petit déjeuner. J'ai bien cru ne plus pouvoir retrouver mon souffle. »

Silence. Ruiz s'accorda une minute pour digérer tout ça. Un homme et une femme ayant une relation adultérine disparaissent, on pourrait supposer qu'ils se sont éclipsés main dans la main dans le riant crépuscule — sauf qu'ils ont laissé leur fille de quatre ans à la garderie. Sans compter qu'il s'est rendu lui-même à l'appartement de Corinna Banks faire un tour et que tout indiquait qu'elle n'avait pas eu l'intention de le quitter plus de quelques minutes. Des surgelés en train de dégeler dans l'évier. Des vêtements dans sa machine à laver séchante. La télé allumée et le programmateur du câble déjà réglé pour la diffusion de deux émissions dans la soirée. Alors, qu'en déduire ?

Ruiz savait qu'il devait se dépêcher de retrouver ces deux personnes — plus on attendait, plus les pistes éventuelles refroidissaient. La première étape devrait être de transmettre à son commissaire divisionnaire le témoignage de DeSanto, d'établir une liaison avec les enquêteurs du comté de Nassau qui devaient déjà sans doute s'occuper de l'affaire Sullivan… et de faire récupérer la Jaguar à la fourrière pour pouvoir l'inspecter tout de suite. Il voulait également avoir le feu vert pour mener l'enquête en grand. Convoquer une conférence de presse, diffuser des communiqués dans les journaux, et des photos de Sullivan et Banks à la télé. Il s'impliquerait personnellement pour distribuer tracts et prospectus dans toute la ville… tout ce qui serait possible pour amener le public à contribuer à l'enquête. Avec deux personnes disparues, et pas le moindre indice sur leur sort, on avait intérêt à s'assurer le maximum de sources d'informations.

Ruiz resta songeur une minute encore en se demandant s'il ne pourrait pas encore soutirer quelque indice de son interlocuteur tant qu'il l'avait sous la main. Puis il décida qu'il ferait mieux plutôt de vérifier encore une fois ses coordonnées personnelles — adresse, numéros de téléphone à domicile et au travail, et ainsi de suite — et de le laisser retourner au bureau. Ils en avaient terminé pour l'instant… mis à part cette petite question qu'il avait eu l'intention de lui poser.

« Il y a un truc qui suscite ma curiosité, monsieur DeSanto... Vous dites que vous avez renoncé à nous appeler parce que vous vous sentiez tenu de garder les secrets de votre copain... vous avez même tourné en rond avec Corinna sur ce sujet pendant une semaine entière... alors, comment se fait-il que vous m'ayez contacté directement au lieu de profiter de notre numéro vert d'information anonyme ? De cette manière, vous auriez pu nous communiquer tout ce que vous saviez, sans pour autant voir votre nom inscrit sur cette fameuse bombe que vous évoquiez. »

DeSanto resta quelques instants sans répondre. Puis il tira et lissa encore une fois les plis de son veston avant de pousser un soupir.

« Quand j'ai appris la disparition de Corinna, si tôt après celle de Pat... » Il regarda Ruiz, déglutit avec difficulté. « Étant le meilleur ami de Pat, j'ai eu la trouille d'être le prochain sur la liste. Et soit dit entre nous, inspecteur, aucune putain de promesse ne vaut qu'on meure pour elle. »

Lathrop était à son bureau dans le meublé minuscule qui lui tenait lieu d'appartement sur Lexington Avenue, une bouteille de bière posée près de son ordinateur portable et Mam'zelle Frakes perchée de l'autre côté en train de le regarder. Elle avait réussi à sauter dessus sans aide, et Lathrop en conclut qu'elle était dans un de ses bons jours. Il ne savait pas encore de quoi serait fait le sien, de jour, mais un certain nombre de complications avaient surgi dans le vaste plan général et il avait bien l'intention de décider s'il pouvait ou non minimiser leurs dégâts à l'échelon de ses plans particuliers, voire les tourner à son avantage.

Lathrop but une lampée de bière et regarda la vieille chatte, les doigts autour du col allongé de la bouteille.

«Je pensais qu'on resterait peinards un peu plus longtemps, remarqua-t-il. Si j'avais pu soutirer les clés de la Libellule à la copine de Sullivan, on serait en meilleure posture. Mais voilà, faut faire avec, Mam'zelle Frakes. C'est comme ça. Le château de cartes que je me suis échiné à bâtir pour nous deux est devenu bien branlant, tu trouves pas ? »

La chatte l'observa. Ses yeux limpides et scintillants étaient en contact avec les siens et ils s'étrécirent au son de sa voix.

« Pas question de faire mine d'ignorer ce que veut dire le problème de cette copine, observa-t-il. Ça ne nous laisse pas beaucoup de temps, ça élimine des options. »

L'animal le fixa depuis le plateau du bureau, ses paupières se haussant et redescendant. Lathrop y voyait l'équivalent d'un clignement d'yeux. Devant lui, l'ordinateur portable était éteint, l'écran ouvert mais noir.

Il saisit à nouveau la bouteille de bière par le col, l'inclina pour la porter à ses lèvres, but une grande lampée.

« Si je voulais être prudent, je réduirais ces options à deux, reprit-il. Et même si le temps presse, la prudence pourrait bien être de mise. »

La chatte le regardait toujours. Lathrop fit courir le bout d'un doigt à l'intérieur du goulot pour l'humecter d'une goutte de bière puis il brandit celui-ci sous son nez, s'approchant en douceur pour ne pas l'effrayer. Conditionnée par les sévices passés, elle tressaillit un peu et se raidit, comme pour riposter d'un coup de patte. Lathrop s'immobilisa alors, le doigt en suspens à un centimètre de son nez, jusqu'à ce qu'elle daigne se pencher pour le renifler. Alors seulement, elle relâcha sa garde et daigna lécher la bière, sa langue râpeuse comme du papier de verre contre sa peau.

Lathrop la laissa terminer sa dégustation, retira son doigt et alluma enfin l'ordinateur.

« C'est l'heure de vérité, Mam'zelle Frakes, dit-il. L'heure de vérité autour du tapis vert. Et si on veut rafler la mise, on a intérêt à ramasser un joker ou deux, et abattre notre jeu vite fait. »

Lathrop réfléchit un moment. Il savait déjà qui serait le destinataire d'un de ses mails. L'autre, en revanche… il voulait prendre encore un peu de recul.

Il se remémora une nuit intéressante dans le parc, quelques années plus tôt. Le parc Balboa, à San Diego, en fait. Il s'était retrouvé au beau milieu d'un règlement de comptes entre narco-trafiquants et pour Lucio Salazar et Enrique Quiros, le résultat final avait été mutuellement exclusif — *Buenas noches, amigos*, emballé, c'est pesé. Des agents de la sécurité d'UpLink s'étaient retrouvés également impliqués dans ce binz et, de son bref contact avec le responsable sur place, Lathrop avait cru flairer l'existence d'un riche filon de secrets dans cette petite bande bien spéciale, des secrets qu'il pourrait éventuellement exploiter à son avantage un jour prochain. Mais ce n'était là qu'une partie de ce qu'il avait décelé, et peut-être même la moins importante. Durant l'instant fugitif où ils s'étaient retrouvés face à face dans l'ombre, Lathrop avait ressenti une inexplicable parenté avec lui, une résonance comme jamais encore il n'en avait connu et qu'il n'avait plus connue depuis. Un peu comme s'il avait discerné une silhouette à la surface d'un étang aux eaux calmes et noires, une silhouette qui se conformait à tel point à ses traits qu'on aurait pu la prendre pour son propre reflet… avant de regarder par-dessus son épaule et de se rendre compte soudain que c'était la silhouette d'un autre, qui se serait tenu juste derrière lui, au bord du miroir liquide. Lathrop ne devait jamais oublier cette impression discordante, impossible. En fait, elle l'avait conduit à rechercher le nom de l'homme et à le garder précieusement rangé dans un coin de sa mémoire.

Lathrop tapa l'adresse du site commercial d'UpLink International, sauta l'animation graphique de la page d'accueil, et cliqua sur l'icône d'accès au siège principal américain, puis il parcourut plusieurs menus déroulants avant d'aboutir à la liste des contacts au sein du personnel de sécurité. Il trouva l'adresse électronique du chef de la sécurité — *peter.nimec@uplinksanjo.epee.com* — mais rien concernant la personne en question.

Ça ne devait pas être bien sorcier de la deviner — les organismes de la taille d'UpLink adoptaient presque toujours un format unifié du type *prénom.nom-at-service.nom-de-domaine.* Si par extraordinaire deux ou plusieurs employés avaient les mêmes nom et prénom, l'ajout d'une initiale ou d'un caractère supplémentaire permettait de les distinguer. Mais en l'occurrence, le nom de l'intéressé n'était pas vraiment répandu… ce n'était certainement pas John Smith… et Lathrop estimait bien peu probable qu'un autre employé du même service partageât le même patronyme. Il essaierait toutefois de rédiger un message suffisamment vague pour qu'il ne signifie strictement rien pour un destinataire qui ne serait pas le bon, tout en contenant dans le même temps un indice suffisamment explicite pour que l'intéressé sache en reconnaître d'emblée l'expéditeur. À moins bien entendu que le message lui revienne tout bêtement… auquel cas, il n'aurait plus qu'à continuer à jouer aux devinettes.

Se connectant par le truchement de son serveur anonyme, Lathrop ouvrit une fenêtre « nouveau message » qu'il adressa à *thomas.ricci@uplinksanjo.epee.com.*

Puis il tapa le corps du message et l'envoya, en expédia un autre au premier candidat qu'il avait décidé de contacter et, sa tâche accomplie, se cala contre le dossier de son siège.

Le choix était soit de jouer les jokers qu'il avait en main, soit de se faire prendre à son propre bluff.

Il était curieux de savoir comment allait tourner sa dernière partie.

Tom Ricci avait un visage aux traits burinés, taillés à coups de serpe. Le front dessinait une crête proéminente au-dessus d'orbites profondes à l'ombre desquelles étaient tapis les yeux. Les pommettes hautes et largement espacées étaient tellement saillantes qu'elles menaçaient de transpercer la peau tendue à l'extrême. Le nez était droit sauf sur l'arête, où il s'épaississait en déviant légèrement, trace d'une vieille fracture mal réparée. Le menton allongé, anguleux, se terminait en coin mal taillé, comme si la main qui l'avait sculpté, prise d'une impatience soudaine, avait brutalement mis fin au travail d'un bon coup de maillet. Ces traits défiaient toute prévisibilité ; quand ici, une fine entaille, là, un léger coup de ciseau aurait suffi à les faire qualifier d'agréables. Au lieu de quoi, on les considérait avec un certain malaise, y cherchant en vain un équilibre impossible.

Et son expression était à l'avenant. Froide, impavide, elle avait de quoi frigorifier. Pendant des années, Pete Nimec avait réussi à y déceler une forme sommaire de compassion — comme une âpre politesse — enchâssée dans ces traits et ces angles menaçants, mais tout cela avait pris fin le jour où le Tueur avait accompli son œuvre méprisable sur ces malheureuses jeunes recrues dans l'Ontario. Et une fois le Tueur éliminé, même la menace n'avait plus lieu d'être.

Si Ricci était bien physiquement présent après que Nimec l'eut convoqué le matin même dans son bureau, la question demeurait de savoir si mentalement il était bien là aussi. Nimec le voyait assis en face de lui sans rien pouvoir lire sur ses traits, sinon la distance et le vide.

Vides ils l'étaient, tandis qu'il rapportait d'une voix monocorde son entretien avec le bureau du procureur à Sacramento. Vides, encore — hormis peut-être une sorte d'acquiescement neutre — après que Nimec lui eut dit qu'il avait eu raison de ne rien lâcher sur l'affaire de piratage informatique, ajoutant qu'il n'avait aucun problème à le voir si pressé d'assister à la réunion, avant de suggérer toutefois qu'il aurait peut-être mieux valu qu'il prévienne quelqu'un avant de filer. Vides, toujours, quand Nimec était passé à l'affaire Sullivan, brossant à grands traits la situation présente et signalant son rapport indirect avec le coup de sonde chez Armbright entrepris par

Noriko Cousins, avant d'informer Ricci de sa décision de lui demander de filer sur la côte Est surveiller tout ça, en espérant qu'il contribuerait ainsi à boucler cette histoire à la satisfaction générale.

Quand Nimec l'informa qu'il avait appelé Derek Glenn à San Diego pour lui demander d'accompagner Ricci, il crut enfin déceler une réaction chez son interlocuteur.

Sans surprise, elle n'avait rien d'aimable.

« Pourquoi Glenn ? » lâcha l'intéressé. Les yeux rivés sur Nimec, fixes. « Si tu tiens absolument, à expédier un autre client, on a du personnel, ici, à SanJo. »

Nimec avait prévu l'objection. Il s'était également préparé à fournir en réponse la vérité sans voile, fût-elle partielle.

« Vous avez déjà bien fonctionné tous les deux, par le passé. Je me suis dit que tu pourrais avoir besoin d'un coup de main.

— D'un coup de main ou d'un chaperon ? »

Nimec hésita.

« À toi de voir. On a pas mal d'influence à New York. Le bureau du maire, la police, toute l'administration municipale sont prêts à nous laisser carte blanche pour opérer. S'il s'avère qu'on a besoin d'eux sur ce coup, qu'on décide de leur demander de l'aide, vous serez là tous les deux pour nous représenter. » Il eut plus de difficulté pour poursuivre. « Ces ecchymoses, là, sur ton visage et tes phalanges... il faut bien admettre que ça fait un peu désordre.

— Au sein d'UpLink, ou à l'extérieur ?

— À toi de voir. »

Ricci contempla Nimec un bon moment sans rien dire. Nimec ne détourna pas les yeux.

« M'expédier là-bas vers la Grosse Pomme, reprit enfin Ricci. C'est encore une idée suggérée par quelqu'un du conseil d'administration ?

— Je ne dirais pas ça comme ça.

— Dis-le comme tu veux. Je te demande à qui l'on doit cette brillante idée. »

Ils continuèrent à se regarder les yeux dans les yeux.

« Je ne m'y serais opposé que s'il y avait eu une raison valable, objecta Nimec. Que l'idée soit de moi ou d'un autre, ça ne fait aucune différence.

— Pour moi, si, ça en fait une. Les gens d'ici ne sont pas heureux avec moi, ils ont leurs raisons. Peut-être que je ne les aime pas. Peut-être que je m'en fous trop pour vraiment chercher à m'intéresser à eux. » Un temps, et ce même regard, très calme. « Les gens prennent des décisions à mon sujet, et ensuite il faut que je sache de quel côté ils se rangent. Si jamais je me retrouve seul. »

Nimec hésita.

« Ce n'est pas moi qui décide pour les autres, dit-il au bout d'un moment. Si je t'ai fait entrer à UpLink, c'est que j'estimais que tu pouvais être le meilleur. Rien n'a changé de ce côté. Mais on ne peut pas non plus faire comme si rien ne s'était passé ces derniers temps... et j'imagine que chacun a besoin de prendre un peu de recul pour pouvoir se resituer. » Il marqua un temps. « Si tu as une objection à émettre concernant cette mission, dis-le-moi tout de suite. »

Ricci s'assit. Le regard toujours rivé sur Nimec. Insistant. Et il n'y avait pas que le regard. Nimec sentait littéralement le front imperméable de ses pensées venir pesamment buter sur lui.

Enfin, Ricci daigna hocher la tête.

« Non, répondit-il. Pas d'objection. »

Plus aucune phrase ne fut échangée alors que Ricci se levait, tournait les talons et laissait Nimec contempler son dos tandis qu'il quittait le bureau — la porte se referma derrière lui, accompagnée du déclic discret mais audible de la gâche.

Ricci pénétra dans son bureau, ferma la porte et s'assit devant son ordinateur pour nettoyer le disque dur. Il s'était empressé de vider des boîtes « réception » puis « messages effacés » le message électronique cryptique reçu un peu plus tôt dans l'après-midi, n'oubliant pas dans la foulée de vider aussi le cache, mais cette procédure se réduisait en fait à éparpiller les données sur le disque dur au lieu de les supprimer réellement et il avait tenu à effectuer un nettoyage approfondi, sitôt revenu de son entretien avec Nimec. Même si, pour accéder à la machine, il fallait obligatoirement passer par une authentification biométrique avec détection de la main — en plus de l'identification classique par mot de passe —, Ricci n'avait pas l'intention de courir le moindre risque avec ce qui pouvait ou non s'être produit durant son absence.

Assis devant sa machine, Ricci ouvrit son programme nettoyeur de disque dur et choisit l'option haute sécurité destinée à éliminer toutes les traces de courriers électroniques effacés encore éparses sur les secteurs libres du disque dur ou les fragments de secteurs partiellement occupés. Puis, se calant au dossier, il attendit, dans un silence pensif, que le logiciel ait achevé son cycle d'effacement par passes multiples.

New York avait envoyé à Ricci un appel inattendu avant même qu'il sache qu'il devait s'y rendre.

Ce qui le surprit encore plus que l'appel proprement dit, c'était sa hâte à savoir où tout cela allait le mener.

Quittant des yeux son ordinateur pour contempler l'aquarium qui occupait un mur du bureau, Hassul Benazir regarda la minuscule pieuvre à anneaux bleus jaillir de sa grotte artificielle pour se jeter sur le petit crabe qu'il avait un peu plus tôt déposé dans la mangeoire au-dessus du bassin. Lorsqu'il était au repos, l'octopode nocturne était d'une teinte brun jaunâtre qui lui permettait de se camoufler dans son habitat rocheux. Mais là, en pleine attaque, des cercles bleus ceignaient d'un éclat fugitif les huit tentacules jaune pâle enserrant la proie, tandis que le bec transperçait la coquille du crabe pour instiller dans la chair tendre à l'intérieur une quantité de poison suffisante à tuer deux douzaines d'hommes en pleine santé.

Le crabe tressaillit, ses pattes dansèrent dans un spasme sur le gravier du fond au moment où la toxine injectée le paralysait. Mais déjà, il se faisait dévorer.

Benazir étudia l'aquarium quelques secondes encore avant de reporter son attention sur l'écran plat de son ordinateur, enfermé dans le coffrage d'un filtre anti-rayonnement pour le protéger de toute émission d'ultraviolets. Quand il travaillait sur sa machine, il limitait en général ses sessions à une heure maximum, et se tartinait d'écran total par surcroît de protection. Depuis son exposition délibérée quelques jours auparavant, il s'appliquait une lotion spéciale imprégnée de Diméricine, une enzyme extraite de levures et d'algues puis modifiée par génie génétique, qui pénétrait dans les cellules épithéliales par absorption liposomique et dont des tests préliminaires portaient à croire qu'elle contribuait à réparer les dégâts occasionnés par la lumière sur l'ADN. Quand bien même les résultats des recherches sur son efficacité médicale restaient encore peu concluants, Benazir fut soulagé de constater que ses lèvres et ses joues, bien que touchées par une pénombre traîtresse, n'étaient ni endolories ni recouvertes d'ampoules.

Pas de soulagement comparable pour ses inquiétudes, en revanche. Installé ce soir dans son bureau, il avait passé l'essentiel de ses soixante minutes de travail autorisé à fixer les deux phrases du message qui lui était parvenu par courrier électronique, sans vraiment parvenir à croire aux mots affichés à l'écran.

Le message disait :

De : Celui qui Sait
À : Hassul Benazir
Sujet : Libellule
J'en ai pris une échappée de ta main.
Reste en ligne ou elle reviendra te piquer.

Libellule, se répéta Benazir avec un regain d'incrédulité. Même si sa réaction de surprise n'était peut-être pas forcément bon signe — selon toute logique, il aurait dû s'y attendre.

Le message, le moment choisi… tout cela ne pouvait que ramener à Sullivan. Et au-delà. Mais jusqu'où ? Et jusqu'à qui ?

Les réponses demeuraient inconnues ; Benazir s'était délibérément tenu éloigné de tout lien avec

Sullivan. Mais ce qu'il savait en revanche, c'est que jamais cette menace inattendue contre lui… et beaucoup plus grave, contre ses plans… n'avait paru plus proche, plus immédiate, plus critique.

Il allait devoir agir, et au plus vite.

Nuit du Destin et du Pouvoir, Jour de Bruit et de Fureur, songea-t-il. Bientôt, oh, très bientôt, ils viendraient déferler sur ses ennemis, les prenant par surprise, les balayant de la surface de la terre en une grande vague de fureur vengeresse.

Benazir se pencha pour saisir son téléphone de bureau et contacter le plus improbable des agents de leur arrivée prochaine.

SECONDE PARTIE

L'heure de vérité autour du tapis de jeu

6

Divers sites

Extrait de l'édition en ligne du *New York Post*:

LA POLICE DE LA RÉGION ÉTABLIT
UN LIEN ENTRE DEUX AFFAIRES DE DISPARITION.
LE PUBLIC EST APPELÉ À FACILITER L'ENQUÊTE

Par Jake Spencer

EXCLUSIF

Jusqu'ici considérées comme deux affaires non élucidées, les disparitions successives, la semaine dernière, d'une femme à Manhattan et d'un père de famille, marié, résidant à Long Island, viennent d'être rapprochées par l'arrivée surprise d'un nouvel indice.

Des sources au sein des services de police de la ville de New York et du comté de Nassau ont indiqué au *Post* qu'elles avaient eu vent d'une relation entre Patrick Sullivan, 44 ans, résidant à Glen Cove, et Corinna Banks, 31 ans, mère célibataire vivant dans un appartement sis 19e Rue Est, à New York.

Représentant en équipement de haute technologie pour le groupe Kiran, une filiale du géant des télécoms Armbright Industries, M. Sullivan avait été signalé disparu par son épouse dix jours auparavant, alors qu'il n'était pas rentré au domicile conjugal après sa journée de travail au quai 14, dans le bas de Manhattan. Mme Banks, pour sa part, avait disparu dans des circonstances mystérieuses quelques jours plus tard, après avoir déposé sa fillette de 4 ans dans une garderie à quelques rues seulement de son domicile.

Les informations nouvelles établissant le lien entre Sullivan et Banks auraient été spontanément fournies par un proche des disparus dont la démarche aurait été motivée, selon lui, par une légitime inquiétude. Tout en protégeant actuellement l'identité du témoin, la police note avec satisfaction que sa déposition est crédible et qu'elle a déjà commencé à recueillir des éléments propres à corroborer l'hypothèse que les disparus auraient eu de longue date une « relation d'amour-amitié », pour reprendre le terme d'un des enquêteurs.

L'enquêteur a par ailleurs révélé que Sullivan était l'unique propriétaire de l'appartement occupé par Corinna Banks — décrite comme une séduisante jeune femme blonde d'une trentaine d'années — et sa fille depuis son achat l'année dernière. Les clients du parking de cet immeuble chic de Chelsea ont confirmé par la suite que Mme Banks conduit une berline Jaguar X, dernier modèle dont la police a découvert qu'elle était louée au nom de Sullivan.

« Tout nous porte à croire que Sullivan se trouvait dans l'appartement de Corinna Banks peu avant sa disparition et qu'il y aurait pris la Jaguar pour se rendre à un rendez-vous », a révélé au *Post* une source, avant d'ajouter : « C'est le même véhicule qui a été retrouvé garé en infraction le lendemain avant d'être conduit à la fourrière, d'où il n'a toujours pas été récupéré. »

La police indique ignorer la nature exacte du rendez-vous de Sullivan, ce qui soulève évidemment des questions sur l'endroit où il devait se tenir, l'identité de son contact et surtout sur son sort dans les heures séparant son départ de l'appartement et la découverte de la Jaguar — actuellement examinée par la police scientifique — devant l'école primaire Robert F. Wagner, sise au 220, 75e Rue Est.

« Nous continuons à recueillir des informations, traquer des indices et émettre quantité d'hypothèses », précise-t-on du côté de la police.

Les deux services de police chargés de l'affaire travaillent en étroite collaboration et pourraient tenir une conférence de presse commune dans les quarante-huit heures, dans l'espoir d'attirer l'attention du public et d'ainsi amener des témoins potentiels à se manifester. Et alors que plusieurs policiers admettent qu'on ne dispose encore d'aucune preuve concrète permettant de lier la disparition de Sullivan à celle de Mme Banks, ils restent convaincus que celle-ci se matérialisera à mesure que s'élargit le cadre de leur enquête.

« Un homme et une femme qui partagent un nid d'amour et qui se volatilisent en l'espace de quelques jours, on peut parier qu'il ne s'agit pas d'un accident », a noté un des principaux enquêteurs new-yorkais, avant d'ajouter : « À mes yeux, ce genre de coïncidence est tout bonnement impossible. »

La journée de Noriko Cousins était déjà suprêmement pénible — de ces journées qu'elle savait gouvernées par une belle saloperie de divinité diabolique et maléfique encline à déverser un tombereau de malheurs divers sur la tête des habitants du monde d'en haut, les empilant les uns sur les autres, jusqu'à vous donner envie de cocher la date d'un gros X noir et de vous péter les cordes vocales à réclamer en hâte l'arrivée d'un lendemain qui déchante moins.

Bref, une sale journée, aucun doute là-dessus. Une journée dont Noriko était convaincue qu'elle ne s'achèverait pas avant de l'avoir boulottée en partie, mastiquée longuement puis recrachée dans quelque égout particulièrement abject… perspective d'autant plus décourageante quand elle considérait qu'il n'était somme toute que neuf heures et quelques du matin et qu'elle n'était même pas au travail depuis assez longtemps pour avoir pu réchauffer l'assise de son fauteuil de bureau.

Elle se décida finalement à plaquer la main sur sa souris et à l'attaquer du bout du doigt gauche pour fermer son navigateur Internet, renvoyant avec un mépris bien senti la une du *Post Online* dans un exil cyber-spatial. L'affaire Sullivan faisait les gros titres de la presse populaire, avec l'annonce d'une conférence de presse commune de pas moins de deux services de police… le genre de truc dont elle avait autant besoin que d'une épidémie de lèpre purpurique, laquelle venait, dans son palmarès personnel, tout juste après l'arrivée annoncée dans l'après-midi de « renforts » supposés du siège de San Jose. L'un des petits protégés de Megan Breen étant le tristement célèbre Tom Ricci qui, sans être tout à fait un lépreux contagieux, n'en avait pas moins la triste réputation de passer pour un vrai boulet d'une côte à l'autre.

Noriko prit quelques instants pour se calmer et réfléchir. Peut-être y avait-il là un aspect positif, un petit quelque chose pour la consoler. L'annonce simultanée de l'existence de la petite amie de Sullivan et de la Jaguar mise en fourrière avait été comme une révélation à double détente — et alors qu'elle aurait préféré les apprendre avant leur diffusion publique, ces informations ouvraient de nouvelles pistes d'enquête indépendante pour l'Épée. Dans cette optique, elle devait bien admettre à contrecœur que les choses pouvaient aboutir sur du concret. On ne pouvait sans doute pas en dire autant des ordres et décrets émanant de Camp SanJo… mais ce qu'elle devait absolument se mettre dans la tête, c'était l'inéluctable acceptation des variables qu'elle n'était pas en mesure de maîtriser, quitte, dans la mesure du possible, à les retourner à son profit.

Noriko se cala au dossier de son siège, les bras croisés. D'accord, admit-elle, la situation aurait pu prendre un tour bien pire. Cela ne signifiait pas pour autant qu'elle devait l'apprécier ou qu'elle n'avait pas les moyens de transformer tout ça en vrai cirque, avec déguisement en costume à pois, nez rouge et chapeau pointu, et parade ridicule avec les autres clowns de la troupe avant, comble de l'humiliation, de débouler sur la piste. Et quand elle songeait au gars à qui elle devait pour l'essentiel de se retrouver dans ce pétrin, débarquant la semaine passée dans son bureau comme une fleur en évoquant pour la première fois le nom de Sullivan, il lui était difficile de résister à la tentation de lui réserver un chien de sa chienne.

Il lui avait demandé un service, avait refusé toute réponse négative de sa part, puis s'était assuré de toute manière d'avoir le dernier mot.

Il était temps de savoir comment il apprécierait qu'on lui rende la monnaie de sa pièce.

Noriko chercha son numéro dans le répertoire téléphonique de l'entreprise, décrocha son téléphone et se mit à taper l'indicatif de zone — qu'il fallait composer bien qu'il soit le même que le sien, grâce à quelque coup de génie d'un responsable de l'autorité fédérale des télécoms, deux ans plus tôt, qui avait décidé de généraliser les numéros à dix chiffres plus indicatif, comme si les New-Yorkais n'avaient rien d'autre à faire que de devoir reprogrammer tous les logiciels de composition automatique de tous les ordinateurs, modems, télécopieurs et téléphones de la ville.

À peu près au niveau du huitième chiffre, Noriko révisa son idée initiale, arrêta de pianoter et se leva plutôt pour aller chercher son manteau dans la penderie. Pourquoi se laisser brimer par les réglementations gouvernementales et la compagnie du téléphone ?

Lenny Reisenberg, qui tenait le rôle d'émissaire de la divinité diabolique, allait découvrir d'ici une demi-heure qu'il y avait plus d'une chose à craindre dans l'univers.

Ce serait un plaisir ineffable pour Noriko de voir sa tête à ce moment-là.

« Vous connaissez mon problème quand je demande un service à des gens ? dit Brian Duncan.

— Franchement, non », répondit Malisse.

Duncan le regarda. Il était assis du côté opposé de la table, dans la galerie publique entièrement vitrée aménagée au pied d'une tour de bureau édifiée à l'angle de Park Avenue et de la 55e Rue.

« Mon problème, quand on demande un service à des gens, c'est qu'on doit fatalement leur rendre la pareille un jour ou l'autre. »

Malisse choisit un biscuit au chocolat dans l'assortiment acheté à la boutique de cadeaux de son hôtel, le trempa dans le café qu'il s'était procuré à la buvette aménagée à l'autre bout de la galerie, et dégusta la friandise avec un murmure satisfait. L'endroit, estima-t-il, était plutôt agréable. Chaud, dégagé, propre, décoré de ficus et de philodendrons géants, tous parfaitement verdoyants, gras et luxuriants à la mi-janvier, quand dehors les parterres sur l'îlot de séparation au milieu de la chaussée étaient ratatinés et couverts d'une couche de glace maculée de suie. En face, de l'autre côté du dallage, une fontaine glougloutait doucement au-dessus d'un bassin peu profond dans lequel se reflétaient le pâle soleil hivernal et des nuages bas effilochés.

Ses yeux glissèrent momentanément vers une table voisine autour de laquelle officiaient deux joueurs d'échecs entourés d'une petite foule de spectateurs, entièrement composée de vieux messieurs à cheveux blancs, à la mise ordinaire mais soignée. Les membres d'un club de retraités, sans doute.

Incapable d'imaginer l'oisiveté d'une vie sans travail, Malisse réprima un frisson à l'idée que certains n'étaient peut-être guère plus âgés que lui.

Il reporta son regard sur Duncan — mais le Temps, nu comme un ver, tel un exhibitionniste disgracieux, ne cessait de le distraire. Quand leurs chemins s'étaient croisés pour la toute première fois — bien avant donc qu'il le rappelle, la veille —, l'expert en surveillance du FBI avait alors des cheveux aussi bruns et fournis qu'une fourrure de vison. Depuis, sa chevelure s'était notablement dégarnie en prenant une teinte de fer-blanc piqueté de rouille… pourtant, bizarrement, guère plus de trois ou quatre ans s'étaient écoulés entre leurs deux rencontres. Avec ses cinquante-trois ans, Malisse ne pouvait s'empêcher de se demander s'il montrait des signes de vieillissement analogues, ou si son départ de la Sûreté avait quelque peu ralenti sa propre décrépitude physique.

Mais pour l'heure, il avait d'autres sujets pour occuper ses pensées. Quelle avait été déjà la dernière remarque de Duncan ? Ah oui.

« Pour moi, les faveurs sont le pollen de la générosité, qui permet l'éclosion de fruits délicieux sur son terreau fertile », répondit Malisse, avec un temps de retard. Il but une autre gorgée de café avant de poursuivre, baissant la voix pour n'être pas entendu des passants. « Vous ai-je dit, par exemple, ce que j'ai considéré comme ma plus grande et plus précieuse récompense dans l'affaire qui nous avait réunis dans le temps ?

— Inutile de revenir là-dessus, Delano...

— Ma plus grande, ma plus précieuse récompense, celle qui m'est le plus allée droit au cœur, ce fut de savoir que vous procurer les noms de ces vendeurs de diamants de Sierra Leone aux mains maculées de sang — accompagnés d'une liste des complices chargés de blanchir l'argent de leur vente en Europe et aux États-Unis — avait contribué à vous aider à démanteler leur réseau...

— Delano...

— À subtiliser des millions de dollars des mains de tueurs d'Al-Qaïda et du Hezbollah qui les auraient sinon utilisés pour acheter des armes, des explosifs, voire des armes de destruction massive.

— Delano, assez...

— Des armes qui auraient pu occasionner des souffrances incalculables à d'innocents civils américains, britanniques et israéliens...

— Delano, j'ai promis de vous aider, alors, arrêtez ces conneries avant que je me ravise. » Duncan marqua un temps. « Vous avez amené ce dont j'ai besoin ? »

Malisse acquiesça, essuya sur une serviette en papier ses doigts maculés de chocolat et glissa la main dans l'ouverture de son pardessus pour y récupérer la carte mémoire qu'il avait extraite de son appareil-photo numérique. Il la donna à Duncan puis s'attaqua à un biscuit aux noix de macadamia, ses yeux revenant aux joueurs d'échecs.

Leur table attirait toujours autant la foule, la partie n'en étant qu'à sa phase préliminaire. Nul doute qu'ils devaient être des experts… comment sinon expliquer l'intensité de l'intérêt que manifestaient leurs spectateurs ?

Pour sa part, Malisse ignorait le jeu au-delà des mouvements essentiels des pièces et il n'avait pas cherché à en apprendre les règles et les stratégies. Il lui fallait déjà bien assez d'efforts pour calculer ses mouvements au milieu des tours et détours sinueux des difficultés de la vie réelle, en essayant de garder un ou deux coups d'avance sur les ignobles créatures qu'il avait l'intention de coffrer, en semant pour cela ses pièges sur leur route.

« Delano, je dois vous reconnaître ça. » Duncan venait de glisser la carte mémoire dans un étui recouvert d'aluminium avant d'empocher le tout. « Vous êtes culotté.

— D'avoir pris les photos ?

— De les avoir prises dans la *Schul* du DCC, précisa-t-il à voix feutrée. Je dirais même foutrement couillu. »

Malisse absorba la louange avec ce qu'il espérait être un semblant de bonne grâce, sinon d'humilité.

« J'ai fait ce que vous m'aviez demandé, remarqua-t-il. Il y a des clichés de la mallette. Du chapeau. Et pas mal du manteau. Doublures, coutures, étiquette du couturier et du pressing. Des gros plans de tous les défauts, fils arrachés ou décousus que j'ai pu remarquer dans l'étoffe. Jusqu'aux bouloches sur les manches.

— Les boutons ?

— Devant, poche, manchettes. Intérieurs et extérieurs, précisa Malisse. Vous aviez souligné l'importance de ces détails, non ? »

Duncan acquiesça.

« Il faut qu'on décide où disposer les diverses sources d'alimentation et les amplificateurs de signaux. Comment placer des micro-piles au lithium dans les boutons. J'imagine que ce pourrait être une solution pour le premier obstacle.

— Et le second ?

— J'aimerais essayer deux ou trois idées, répondit Duncan. Leur mise en œuvre dépendra de ce que révéleront les images. »

Malisse le regarda.

« Je ne peux pas me contenter d'un essai, observa-t-il. J'ai besoin de résultats. »

Duncan resta quelques instants assis sans rien dire, puis il s'avança, appuyé sur les coudes. « Que savez-vous au juste du système GPS ?

— C'est un truc qui utilise des satellites, et des signaux transmis de l'espace, c'est ça ? » répondit Malisse, le visage inexpressif.

Duncan l'étudia comme pour décider s'il plaisantait ou non.

« Bon, d'accord, écoutez-moi avec attention. Les appareils d'entrée de gamme se verrouillent sur le signal de trois satellites et fournissent un point bidimensionnel — longitude et latitude. Les coordonnées sont calculées par simple triangulation… à partir du temps mis par le signal émis par le satellite pour atteindre le récepteur multiplié par la vitesse de la lumière. Il nous suffit de placer une balise GPS sous la caisse d'une voiture pour pouvoir la suivre à la trace. » Il marqua un temps et reprit, un ton plus bas : « Si vous voulez pister un individu à l'aide d'un GPS, c'est une autre paire de manches. Surtout en ville. La triangulation 2D ne donne aucune indication d'altitude. Or les New-Yorkais vivent et travaillent dans des tours, pas dans des huttes de paille. Dès lors que le sujet emprunte un escalier ou qu'il entre dans une cabine d'ascenseur pour monter au soixante-dixième étage, on ne peut plus le localiser avec précision. »

Malisse acquiesça.

« Merci pour les conseils techniques. Je pourrais à présent attendre le *sauf si*, si je n'avais pas déjà dû me décarcasser pour photographier le pardessus de mon bonhomme. Ou bien aurais-je mal saisi les raisons de cette demande ? »

Nouveau coup d'œil circulaire de Duncan.

« Une localisation précise en trois dimensions exige qu'un récepteur GPS acquière au minimum un quatrième satellite pour interpoler l'altitude au calcul, précisa-t-il enfin. Et c'est un minimum absolu : en fait, plus votre récepteur captera de signaux, plus il aura de données pour affiner la précision de son repérage, voire remplacer un éventuel signal qui aurait été interrompu ou serait défaillant. » Il haussa les épaules. « Cela n'a plus rien de secret. N'importe qui désormais peut se procurer un boîtier d'une précision supérieure à quatre-vingt-quinze pour cent en navigation 3D pour quelques centaines de dollars à peine. Ils pèsent deux ou trois cents grammes, ont la taille d'un téléphone mobile… compacts, donc, mais encore trop lourds ou trop volumineux pour être dissimulés dans la semelle d'un McGyver.

— Qui ça ? demanda Malisse, intrigué.

— Peu importe », coupa Duncan. Il se rapprocha encore de son interlocuteur. « Le voici, votre *sauf si*, Delano… Encore une fois, pour être bien sûr que vous compreniez. Le seul moyen que j'envisage pour dissimuler une balise GPS-3D sur quelqu'un avec la technologie existante est d'intégrer le matériel à ses vêtements, de transformer l'ensemble de son costume en récepteur. C'est le même concept que les vêtements intelligents ou interactifs, quel que soit le terme en vigueur… »

Malisse sentit l'impatience lui nouer l'estomac. Ou était-ce simplement son ulcère qui se réveillait ? Il croqua dans un autre biscuit, en espérant que son nappage au miel agirait comme un baume dans l'un ou l'autre cas.

« Ça, vous me l'avez déjà dit hier… pour que je comprenne parfaitement, ajouta-t-il en déglutissant. Dites-moi plutôt à présent dans quel délai vous pouvez accomplir ce boulot. »

Duncan le regarda mais s'abstint de répondre tout de suite.

Malisse attendit. Son estomac continuait à lui jouer des tours, malgré son remède improvisé, mais il savait qu'il ne pourrait rien faire de plus pour le calmer sans une cigarette — et ça, ici, pas question. La police antitabac pouvait se planquer n'importe où, prête à vous fondre dessus au premier cliquetis de briquet, à la moindre étincelle de la pierre. Certes, Malisse aurait pu fantasmer sur l'idée de se faire pincer rien que pour pouvoir s'en griller une au fond d'une cellule — un coin peinard, à l'abri et chauffé, après tout —, mais Jeffreys l'avait informé que le bannissement municipal s'étendait également aux institutions pénales — considérées comme lieux de travail. Malheur au criminel condamné qui oserait tirer une bouffée !

Revenant à ses oignons, il regarda son vis-à-vis. Duncan le faisait mariner depuis assez longtemps.

« Le boulot, insista-t-il. D'ici combien de temps ? »

Soupir de Duncan. « En tablant sur l'hypothèse que ça marche, je dirais… »

Malisse hocha la tête.

« Comme je l'ai souvent répété à mes élèves, il ne faut pas se laisser noyer sous les précautions superfétatoires, dit-il d'un ton sec. Je vous ai demandé d'aller fouiller dans votre gros sac à malices et de vous arranger pour que ça marche, point. »

Nouveau soupir de Duncan.

« Laissez-moi encore une semaine », plaida-t-il.

Signe de dénégation.

« Pas possible. Il me faut ça plus tôt.

— Combien de temps plus tôt ?

— Demain. »

Duncan tiqua.

« C'est impossible. Je veux bien, disons, d'ici quatre ou cinq jours…

— Je peux patienter deux.

— Trois.

— Deux, insista Malisse. Deux, grand maximum. »

Duncan avait l'air toujours aussi incrédule. « Vous êtes sûr de ne pas vouloir chercher plutôt un dépanneur rapide dans l'annuaire ? »

Malisse lui lança un regard torve.

« Vous foutez pas de moi, Brian. Mon gars s'est montré très actif.

— N'empêche...

— Il y a un vieux conte d'enfants, commença Malisse. Un frère et une sœur s'engagent dans une forêt noire et profonde. Le garçon laisse une traînée de petits cailloux brillants pour baliser leur itinéraire du retour. Mais la fois suivante, il oublie ses cailloux, alors, à la place, il prend le pain rangé dans son sac à dos et en sème des miettes. Elles sont dévorées par des oiseaux affamés et la piste est désormais perdue pour ceux qui se hasarderaient à les chercher. Perdue comme les enfants qui, par hasard, sont tombés sur un trésor, des joyaux laissés par une sorcière, mais demeurent introuvables avec leur butin. »

Duncan le regarda.

« Vous avez donc l'impression d'être sur la piste d'un gros truc ? »

Malisse se contenta de hausser les épaules, sans lâcher sa boîte de friandises.

« Un jour, des diamants d'Afrique nous ont conduits à des terroristes et des trafiquants d'armes, observa-t-il. Nous ne devons jamais oublier qu'une piste de pierres brillantes peut mener n'importe où, et toujours garder à l'esprit qu'elles peuvent à tout moment se transformer en miettes susceptibles d'être happées par le premier intrus qui passe. »

« Vous voulez que je fasse quoi ? s'exclama Lenny Reisenberg, assis derrière son bureau.

— M'aider dans mon enquête sur Kiran », répéta Noriko Cousins qui se tenait debout devant lui.

Il la regarda, cherchant en vain une réponse, la bouche arrondie en un O muet de surprise.

Elle lui rendit son regard, sans broncher. Elle était en jupe, collants et bottes noires. Des gants d'apparat de GI en cuir noir dépassaient d'une poche latérale de son blouson de motard (noir également) à fermeture Éclair. Un béret léopard Carnaby était crânement posé sur ses cheveux bruns et raides, ajoutant à l'ensemble une petite touche *Swinging Sixties.*

Il n'y avait pas deux minutes qu'elle avait pénétré en trombe dans le bureau de Lenny.

« Je suis agent d'expédition, remarqua-t-il. Pas enquêteur.

— Et moi, je suis responsable de la sécurité d'une entreprise commerciale, pas bénévole pour le numéro vert d'aide aux personnes disparues, lâcha Noriko. Ce qui, hélas, ne me donne à moi ni le choix ni le luxe de me tenir en dehors d'un truc dont je ne veux rien savoir. »

Lenny sentit le rouge lui monter au visage : il se serait battu. Sacrée réponse qu'il lui avait donnée là. Des paroles décidément d'une puissante originalité qui lui avaient jailli de la bouche. Ou bien était-ce sa mémoire qui lui jouait des tours en lui faisant retrouver les paroles exactes prononcées quand Mary Sullivan s'était pointée pour lui lâcher sur les bras son petit fardeau à elle — quand ça, à peine huit, dix jours plus tôt ? Et pour quel résultat concret, en définitive ?

Il se rendit compte qu'il était resté bouche bée et serra aussitôt les lèvres. Son destin avait sans doute beau être irrémédiablement scellé, il pouvait quand même conserver un semblant de dignité.

« Allez-y, fit-il. Dites-moi donc comment je suis censé vous aider.

— Déjà, vous pouvez commencer par retrouver la trace de toutes les exportations de Kiran entre leur point de départ et leur destination. Examiner les manifestes des cargaisons, les moyens de transport utilisés, les itinéraires empruntés, les terminaux de réception… rassembler tous les éléments disponibles et en donner une évaluation globale. Tout transport exceptionnel, tout cabotage irrégulier devrait attirer l'attention. Idem pour les transbordements effectués ici ou à l'étranger, bref, tout ce qui, même de loin, vous paraîtra un détour louche. Au moindre lézard, je veux être prévenue avant tout le monde — je pense surtout à la police. »

Il y eut une pause de plusieurs secondes.

« Je vais devoir consulter des archives confidentielles avant d'entamer quoi que ce soit, crut alors bon de préciser Lenny. Personne ne va me les confier comme ça, sur ma bonne mine… »

Noriko coupa court à l'objection d'un geste sec de la main.

« C'est des conneries, tout ça, lâcha-t-elle. Je travaillais sur l'affaire quand ces cinglés ont fait sauter une partie de notre ville. Vous avez des indics. Des sources. Des amis au service des douanes. Je sais que vous y avez recours pour vous informer. »

Mais Lenny hochait la tête.

« Les circonstances sont différentes… À vous entendre, ça paraît simple comme bonjour.

— Faux, le coupa une nouvelle fois Noriko. Vous me

croyez en train de vous dire que je sais ce qu'il faut faire. La façon de procéder, je vous la laisse. Simple, difficile, entre les deux, je m'en fiche. Pourvu que ce soit tout de suite. »

Nouveau silence. Lenny soupira. Il se disait que la prochaine fois qu'il aurait à ruminer une décision importante, il aurait intérêt à éviter les pâtisseries casher. Il se disait aussi que la prochaine fois que Noriko Cousins déboulerait dans son bureau sans crier gare, il prendrait soin de dire à sa secrétaire de lui annoncer qu'il était en arrêt maladie… ce qui le conduisit illico à se demander pourquoi elle ne lui avait pas déjà remonté les bretelles au téléphone.

« *Knisch, knisch, ferait mieux de retourner à l'école*, marmonna-t-il dans sa barbe. Putain, c'est bien vrai.

— Quoi ? fit Noriko.

— Rien. » Lenny émit un soupir désabusé. « J'ai encore une question à laquelle vous pourrez peut-être répondre. Une condition de reddition. »

Elle opina.

« Vous êtes venue exprès à pied jusqu'ici pour me voir dans mes petits souliers ? »

Noriko le cloua d'un regard, avant de lui lancer un petit sourire.

« Bien sûr que non, Lenny. J'ai pris le taxi. »

Sa grande carcasse d'un mètre quatre-vingt-dix pour quatre-vingt-quinze kilos confortablement étalée dans la cabine d'un LearJet 45 spécialement aménagé, Derek Glenn étudiait la carte du dîner posée sur ses genoux, en faisant durer son troisième Dewar's Reserve Special avec des glaçons, tout en se disant qu'il était certaines circonstances rares et gratifiantes où la forte concentration de mélanine dans son épiderme héritée de ses ancêtres africains lui donnait en société un avantage manifeste sur les Blancs : celui de n'avoir aucun risque de se voir reprocher d'être un peu gris — voire carrément noir.

Ce bénéfice marginal de sa négritude n'était certainement pas, et de loin, le seul point agréable de son vol entre Santa Clara et New York. En fait, Glenn avait été trop occupé à s'émerveiller de l'abondance extravagante de luxe à bord de l'avion d'affaires d'UpLink pour songer même à y penser avant ces toutes dernières minutes. Profiter d'un échantillon des confortables fauteuils en cuir et du vaste espace pour les jambes, sans oublier le bar à alcools au contenu richement doté et servi à discrétion, le déjeuner buffet avec blancs de poulet marinés aux petits légumes verts, plateau de fruits de mer en hors-d'œuvre, sandwiches hyper-garnis, fromage d'importation et fruits rafraîchis, et maintenant ce dîner somptueux dont on venait à l'instant de lui apporter le menu, avec en plat principal le choix entre fettucine Alfredo, entrecôte grillée, veau Marengo, bœuf Strogonoff ou espadon au beurre noir... vous tâtiez, rien qu'une fois, de ces extravagances de haut vol et la prochaine fois que sur un vol commercial une hôtesse vous proposait un de ces sandwiches caoutchouteux accompagnés de mini-bretzels, vous risquiez de faire un esclandre...

Incapable de choisir entre veau et pâtes, Glenn se retourna discrètement pour lorgner Ricci qui s'était, dès le décollage, installé seul vers l'arrière de la cabine, la tête tournée vers le hublot, le regard perdu dans le vide. S'il y avait eu un seul bémol jusqu'ici dans ce vol, c'était bien sa totale incommunicabilité. Mais Glenn n'était pas stupide au point de ne pas se rendre compte que l'humeur chagrine de Ricci expliquait pourquoi on l'avait détaché de la sécurité de San Diego pour lui confier cette mission, nonobstant les railleries d'un Peter Nimec remarquant, narquois, combien leur duo était mal assorti. En l'occurrence, la raison personnelle qu'avait eue Glenn de s'envoler loin de son nid sans trop de regrets était la conscience du fait que Ricci était sur la pente descendante depuis Big Sur, voire même avant, et qu'il avait été naguère pour lui ce qu'on pouvait s'imaginer de plus proche de l'idée d'un ami.

Glenn soupira. Il devait reconnaître qu'aider Ricci lui allait bien, collait bien avec sa satanée pulsion masochiste à endosser les causes les plus désespérées. Né dans les quartiers est de San Diego où il avait grandi, Glenn y était retourné après dix ans de service au sein de l'unité opérations spéciales de la force Delta, et depuis, il n'avait cessé de jouer les bons samaritains chaque fois qu'il avait un peu de temps devant lui, s'échinant à protéger son quartier des ravages aussi bien des termites que des promoteurs immobiliers prêts à l'investir de toutes parts. N'éprouvant pas le besoin d'ajouter encore Ricci à ces divers projets de réhabilitation, il n'avait donc rien fait pour empêcher que le choix se porte sur lui.

Glen continuait de contempler, songeur, l'arrière de la cabine. Après s'être heurté à un mur, un peu plus tôt, en tentant de parler à Ricci, il avait conclu qu'il valait sans doute mieux lui ficher la paix. Il lui semblait toutefois à présent que le moment était venu de tenter une nouvelle fois d'établir la communication. Il y avait chez Ricci quantité de choses qu'il avait du mal à comprendre. Et encore plus de mal à apprécier. Mais Glenn pensait pourtant qu'il l'aimait et l'appréciait sans doute plus qu'il n'eût été de mise, voire prudent, de reconnaître. Il pensait que Ricci, nonobstant la rudesse du personnage, pourrait bien se révéler l'être le plus droit qu'il ait rencontré dans toute son existence.

Après un autre gros soupir, il quitta son siège, fit mine de prendre avec lui son whisky, puis se ravisa brusquement. Les deux ou trois fois où ils s'étaient retrouvés au bar de Nat, à San Diego, Ricci n'avait jamais rien commandé de plus fort qu'un Coca. Même si le sujet n'avait été qu'effleuré, Glenn avait cru comprendre qu'il avait toujours un problème avec la bouteille. Il ne semblait plus vraiment avoir de difficultés de ce côté, à l'époque du moins, mais ce n'était pas pareil quand un homme se sentait glisser au fond du gouffre et se raccrochait à tout ce qui pourrait ralentir sa chute.

Glenn éclusa donc le reste de son apéritif en une lampée, reposa le verre vide sur le plateau rabattu devant lui, se glissa dans l'allée avec le menu et passa devant un groupe de quatre cadres de la boîte, chefs et sous-chefs de service qui partageaient le même vol pour assister à une quelconque conférence sur l'industrie des télécoms sur la côte Est. Réunis autour d'une table circulaire avec leurs ordinateurs portables, ils ne semblèrent même pas remarquer sa présence.

Ricci non plus. Il était toujours tourné vers le hublot quand Glenn approcha, le regard perdu dans les couches de ciel turquoise qu'ils traversaient en flèche au-dessus d'un mince tapis de cirrus vaporeux.

« J'ai un super-menu, annonça Glenn qui agita le bristol pour attirer son attention. Tu veux passer devant commander le dîner ? »

Ricci détourna lentement son attention du hublot.

« Non, merci. Je veux réfléchir à deux ou trois trucs. »

Debout dans la travée, Glenn étudia son visage impassible.

« Tu n'as pas besoin de compliquer un peu plus les choses, remarqua-t-il. Enfin, les rendre un peu plus compliquées qu'elles ne sont déjà entre nous.

— C'est cela, oui, railla Ricci. C'est juste que ça réclame pas mal d'habitude, de se retrouver à voler en compagnie d'un chaperon. »

Glenn hésita un instant.

« Comme tu voudras, mec. Mais ce n'est pas moi qui t'ai mis dans ce pétrin. J'ai pas demandé ce boulot. On y est tous les deux…

— Que ça te plaise ou non, c'est ça ? » termina Ricci, en le regardant.

Glenn haussa les épaules. Le doux ronron des turbines de l'avion accompagnait la conversation à voix basse des cadres derrière eux.

« Mon seul argument est que se parler tous les deux ne pourra pas nous faire de mal. »

Nouveau silence. Ricci continuait de le fixer, de ses yeux aussi bleus et pâles que les cieux inaccessibles derrière les hublots.

« S'il y a quelque chose à partager, on parlera. »

Glenn réfléchit à la meilleure façon de répondre et ne fut pas long à conclure qu'il n'y avait à vrai dire rien à rajouter. L'hostilité tranquille mais têtue de Ricci était propre à vous saper rapidement le moral.

Il esquissa un autre haussement d'épaules mais Ricci ne le vit même pas. Ses yeux étaient déjà retournés vers le hublot et ce qui dans le vide des cieux avait pu attirer déjà leur attention.

« Profite bien de la vue », lâcha Glenn, son ton égal ne trahissant qu'en partie son découragement, tandis qu'il tournait les talons, son menu à la main, pour regagner son siège.

Le soleil était au zénith au milieu d'un ciel d'un gris maladif quand Hassul Benazir sortit d'un pas décidé du hall de l'immeuble Kiran et emprunta l'allée pavée traversant le jardin paysager pour gagner les bois à flanc de coteau. Il avait endossé sa tenue protectrice anti-UV complète — un casque intégral remplaçant les lunettes de soleil, capuche et passe-montagne utilisés au crépuscule lors de son exposition volontaire. Dessiné sur le modèle d'un casque de motocross, celui-ci, doté d'une jugulaire à fixation par Velcro et d'une visière rabattable en plexi fumée l'isolait bien plus complètement, lui procurant ainsi un niveau de protection supérieur.

Cette fois, Hassul n'aurait pas osé un seul instant l'ôter. Même la lumière exsangue d'un midi hivernal pourrait le ravager, déclenchant dans ses gènes l'incendie du cancer.

Zahir l'accompagnait, le visage fermé, visiblement mécontent de ce qu'il percevait comme un changement abrupt de leurs plans. Hassul comprenait sa réaction et ne lui en faisait pas reproche — pourquoi, sinon, lui aurait-il caché toute la vérité, sinon parce qu'il avait anticipé sa réprobation ?

Ils venaient de pénétrer dans le sous-bois, empruntant un long sentier naturel qui redescendait doucement la pente entre les arbres et, au bout d'un moment, ils débouchèrent devant une petite clairière à la végétation brûlée par le gel.

John Earl se tenait de l'autre côté, vêtu de son manteau de cuir noir, casquette vissée sur le front et grosse écharpe autour du cou. Alors qu'ils approchaient, il glissa la main dans sa poche pour y prendre un paquet de cigarettes. Il en fit sortir une d'une chiquenaude, introduisit le filtre entre ses lèvres, approcha du bout un briquet jetable et l'alluma, inhalant tout en regardant droit devant lui à travers la fumée l'espace dégagé entre eux.

Zahir se tourna vers Hassul tandis qu'ils s'immobilisaient au débouché des arbres.

« Celui-là, il est dangereux », commenta-t-il avec un signe de tête vers Earl.

Hassul acquiesça.

« Ce que nous faisons est dangereux et nous servir de lui ne pourra qu'accroître nos probabilités de succès, observa-t-il. Ta contribution n'en sera nullement éclipsée, ne crains rien. »

Zahir le lorgna, dans un silence timide.

« Ce n'est pas pour moi que je vous demande de reconsidérer votre décision », répondit-il.

Hassul tendit le bras pour poser une main gantée sur son épaule. Dans le compartiment d'aération à l'arrière du casque, un petit ventilateur à batterie ronronnait doucement pour empêcher son souffle d'embuer la visière.

« Fais-moi confiance et attends. Je n'en ai que pour un instant. »

L'air renfrogné, Zahir s'abstint de répondre.

Devant cette absence de réaction, Hassul retira sa main, puis se retourna pour marcher vers Earl, la croûte dure et gelée résistant en crissant sous les semelles en caoutchouc cranté de ses bottes.

« Vous avez trouvé votre chemin apparemment sans problème », constata-t-il en s'immobilisant devant lui.

Earl glissa la cigarette entre ses lèvres, tout en continuant de jouer machinalement avec son briquet.

« Bof, pour un vieux fils de paysan dans les bois, observa-t-il. Tant que mes pieds me lâcheront pas, ils pourront me trimbaler n'importe où. »

Hassul resta silencieux — même si son air attentif était en partie masqué par la visière teintée de son casque.

« Votre véhicule, reprit-il. Vous l'avez laissé sans vous faire remarquer ?

— Sur l'aire d'une station-service restoroute à environ quinze cents mètres à l'est d'ici, en contrebas. » La fumée de cigarette filtrait du mince sourire d'Earl. « Le Ciel remercie McDonald's... on se demande bien comment tournerait le pauvre monde sans eux. »

Hassul continua de le regarder. Une rafale de vent fit claquer l'étoffe isolante de sa tenue protectrice. Le soleil apparut dans un trou entre les nuages qui couraient dans le ciel, se reflétant sur sa visière.

« J'ai encore du travail pour vous. »

Earl haussa les épaules, tira profondément sur sa cigarette, retint la fumée un moment.

« C'est pas trop mon genre de refuser un boulot, commença-t-il en soufflant la fumée. Mais je suis loin d'avoir fini la mission précédente. La petite bonne femme, vous savez qu'elle n'a pas pu me donner ce que je voulais. L'avait pas dans sa tête. »

Hassul acquiesça.

« C'est bien pourquoi il est crucial qu'on avance d'autant plus vite, répondit-il. La situation n'est plus celle que j'avais envisagée. Mort ou vivant, Patrick Sullivan avait bien l'intention de me trahir le soir de sa disparition.

— Vous en êtes sûr ?

— Certain. Il avait en sa possession des objets m'appartenant quand il est allé voir son contact. Et dont j'ignorais qu'il pût même connaître l'existence.

— Comment a-t-il mis la main dessus ?

— On les a volés, expliqua Hassul. Je n'ai pas encore découvert comment. »

Earl considéra le visage casqué de son interlocuteur. Un léger voile de vapeur se forma à l'intérieur de la visière anti-UV qui fut presque aussitôt dissipé par le ventilateur.

« Pouvons-nous parler en toute liberté ? »

Hassul acquiesça.

« C'est la raison qui m'a fait choisir de vous rencontrer ici plutôt qu'à mon bureau. »

Earl continua de fumer sans rien dire. La clairière autour d'eux s'éclairait et s'assombrissait au gré de la fuite des ombres en patchwork des nuages chassés par le vent…

« J'imagine que le reste de vos articles disparus ne sont pas encore des saphirs.

— En effet.

— Allez-vous me dire en quoi ils consistent ?

— Ce sera nécessaire si vous acceptez la mission. »

Earl le regarda, tirant sur sa cigarette. Il parut en

cet instant seulement s'apercevoir qu'il avait toujours le Bic dans la main et s'empressa de le glisser à nouveau dans sa poche de pardessus.

« Une mission, répéta-t-il. Je croyais qu'on parlait boulot.

— C'est vous qui avez employé ce mot, pas moi, observa Hassul, croisant son regard par-delà l'écran sombre de sa visière. En comparaison, l'ensemble de ce que vous avez déjà fait pour moi revient à une succession de petits boulots. »

Earl bougonna. « De quel genre de risque parlez-vous ?

— De risques élevés.

— Et l'argent ?

— En proportion. Cent mille dollars, la moitié avant, le reste une fois la mission accomplie. Le règlement entier ne dépendra pas du succès de cette mission, mais de la façon dont vous remplirez votre rôle à vous. »

Earl le regarda. « Mon rôle à moi ?

— Oui.

— Qui d'autre doit en jouer un ?

— Vous serez aidé par Zahir. »

Plusieurs secondes s'écoulèrent. Silencieux, Earl se remémora une phrase révélée par Hassul à l'issue de leur précédent rendez-vous.

« Le temps est venu plus vite que prévu, dit-il. Mais peut-être que votre horloge ne tourne pas au même rythme que la mienne. »

Hassul avait continué de le considérer derrière le filtre sombre de sa visière.

« Je suis l'horloge dont l'aiguille marque les heures. Et à mon aiguille, le temps est venu à point nommé. »

Continuant de fumer en silence, Earl déporta son

regard vers le compère de son interlocuteur, toujours tapi près des arbres. Il y avait quand même des gens cinglés. Tellement cinglés que quelque chose en lui le pressait de fuir ce qu'Hassul s'apprêtait à lui présenter avant même d'y avoir tâté. Mais l'argent... l'argent restait la clé. En quantité suffisante, il vous ouvrait toutes les portes, vous permettait de tâter de tout et surtout de vous sortir de tout.

Earl demeura quelques instants encore immobile tandis que les ombres des nuages continuaient de filer sous le soleil. Puis, enfin, il jeta son mégot d'une chiquenaude et hocha la tête.

« D'accord, dit-il à Hassul. Dites-moi tout. »

Il était environ midi et demi quand Avram Hoffman, au club, en ayant fini avec Katari, récapitula le reste de ses rendez-vous pour la journée, consignés dans l'agenda de son Palm Pilot. Un peu plus loin de son emplacement à la longue table allongée de la cafétéria qui courait devant la grande baie vitrée, trois hommes étaient en train de marchander autour d'un lot de diamants de médiocre qualité — les frères Nadel, qui avaient récemment fermé leur boutique de détail pour se lancer dans la vente en ligne, et un courtier juif vieillissant du nom de Taubman, venu lui présenter sa marchandise.

Avram entendait leurs inévitables tractations. L'un des frères, Yussel, se plaignait du prix demandé par Taubman en soulignant des défauts manifestement dissimulés qui, soutenait-il, étaient parfaitement visibles sous sa loupe. Taubman soutenait pour sa part que ces prétendus défauts étaient totalement inexistants. Ce qui avait le don d'irriter Nagel. « Ça, c'est une fracture qui a été comblée, tu devrais le vérifier à la lumière du jour. — Peut-être que tu ferais mieux de regarder plutôt les rapports d'analyse. — Je n'ai pas besoin de consulter les rapports d'analyse. — Comment peux-tu me dire de regarder mon propre diamant si tu ne juges même pas utile de regarder les rapports de laboratoire ? — Tu veux vraiment savoir ce que je te dis, moi ? — Si tu veux bien te montrer plus raisonnable que ton frère. — Et moi, je te dis que mes *tuchis* font tous les matins de meilleurs rapports que ton fichu stagiaire thaïlandais… »

Avram décida de les ignorer avec un dédain qui confinait au mépris. Les rapports du vieux courtier, les éventuels traitements artificiels que Yussel Taubman avait ou non distingués dans la pâle lumière d'une journée couverte de janvier… tout cela lui semblait aussi éculé qu'insignifiant. Il était passé à la vitesse supérieure et ce genre de bêtises, il en avait eu plus que sa dose.

Avram sortit de sa poche son téléphone mobile. En plus de jouer sur ses neufs, les transactions qui lui étaient malgré lui parvenues à l'oreille lui avaient rappelé son intention de contacter le labo de la CIA pour les faire activer un peu.

La sonnerie retentit trois fois à son oreille avant que Craig Brenner, le gemmologue, ne décroche à l'autre bout du fil.

« Avram, dit-il. Je ne peux pas parler maintenant.

— Est-ce de la clairvoyance ou l'affichage de l'identité de l'appelant qui t'a dit que ce serait moi ?

— À toi de choisir, répondit Brenner. Écoute, franchement, je suis trop à la bourre pour bavarder.

— Ça ne prendra qu'un instant, promit Avram. Les saphirs…

— J'ai promis de les examiner tout de suite, et c'est précisément ce que je suis en train de faire. Je t'ai fait passer devant vingt autres clients qui sont en train de se demander si j'ai oui ou non examiné leurs pierres — et dans le lot, il y a Tiffany's…

— C'était la boîte de mon beau-frère, pas la famille Tiffany qui a parrainé ton fils pour entrer à l'université Brown. »

Une pause, un soupir.

« Le bâton doré, gémit Brenner. Tu vas éternellement me le brandir au-dessus de la tête ?

— Éternellement et même après, répondit Avram. Je suis super-pressé.

— Tu es pressé, je suis pressé, tout le monde est pressé. Écoute, Av… Le délai pour une analyse est en général de quinze jours minimum, or j'ai réussi à te trouver un expert pour effectuer une résonance de masse ionique en moins de deux heures. Pour ça, j'ai dû mobiliser une machine d'un quart de million de dollars, plus son temps de travail qui n'est pas donné…

— Tu n'as pas déjà examiné toi-même le saphir ?

— Mais si.

— Et alors. Tes résultats ?

— De toute évidence, rien de concluant, commenta Brenner. J'ai mesuré le poids spécifique, analysé la teinte par immersion et filtres colorimétriques, procédé à un examen au microscope binoculaire… le même genre d'examen auquel tu as déjà dû sans aucun doute procéder de ton côté. Pas trace d'altération de la couleur par chauffage ou processus chimique, les motifs de cristallisation paraissent naturels, mais il reste possible qu'un laboratoire spécialisé parvienne à nous abuser. Jusqu'à ce que la résonance de masse nous donne des informations significatives sur les concentrations en éléments traces, nous ne pourrons tirer aucune conclusion définitive. Et même dans ce cas, Avram, c'est loin d'être une science exacte. La technique est si nouvelle, la pierre si rare qu'on ne dispose tout simplement pas d'une base de données suffisante pour procéder à un test comparatif fiable à cent pour cent.

— Pour l'heure, je pourrai me contenter d'une évaluation incomplète, nota Avram. Tout voyage débute par un petit pas.

— Et ce n'est pas toujours le plus rapide qui gagne. »

La remarque tira d'Avram un sourire las. « Craig... que te disent ton œil et ton expérience ? »

Nouveau sourire de Brenner.

« Un avis préliminaire... Je veux dire, ce sera un avis vraiment très préliminaire, d'accord ?

— Entendu.

— Cette pierre m'a tout l'air de valoir une petite fortune, commenta Brenner. J'ignore comment tu as réussi à piller la tombe du maharajah, mais ou c'est un authentique cachemire, ou c'est le faux le plus superbe qu'il m'ait été jamais donné de contempler. »

Avram retomba dans le silence. Son cœur s'était mis à battre la chamade, la main qui étreignait le téléphone était soudain devenue moite.

« Maintenant que j'ai illuminé ton existence, poursuivit Brenner, est-ce que tu me donnes l'autorisation de retourner à la mienne, autrement plus terre à terre ? »

Avram ne disait toujours rien. Peu auparavant, il avait jeté un regard vers les frères Nadel qui continuaient de chicaner sur les prix du vieux Taubman. Et voilà soudain qu'ils parurent s'évanouir sous ses yeux. Remplacés par le talentueux guitariste rencontré la veille dans le métro.

Bientôt, se dit Avram, il serait libre. Aussi libre, à sa manière, que ce jeune homme.

« Merci, Craig, conclut-il enfin. J'apprécie réellement ton aide. »

Puis il mit fin à la communication pour passer dans la foulée un autre coup de téléphone, jugeant qu'il n'était sûrement pas trop tôt pour contacter le Russe.

Laissant l'abri de la hutte avec son âtre central, Youssef accompagna les autres à travers la bise glaciale, pour rallier une écurie en briques de pisé, située à quelques dizaines de mètres.

Il y pénétra derrière eux et regarda les mulets de trait se faire seller, harnacher et charger par quatre nomades Bakarwal, engagés pour le guider dans l'ultime étape du voyage depuis sa terre natale… un voyage qui avait commencé bien des jours plus tôt avec le convoi motorisé au départ d'Islamabad et qui allait bientôt le conduire de l'autre côté du dernier tronçon septentrional de la ligne de contrôle, par des pistes de haute montagne accessibles uniquement à pied ou par des animaux de trait.

Accompagnant Youssef, une demi-douzaine de fedayin du Lashkar-i-Tayiiba rencontrés près de Halmat, une bourgade située en lisière de la zone tampon militaire large de seize kilomètres qui séparait les deux parties du Cachemire administrées respectivement par l'Inde et le Pakistan. En fait, à l'exception de leur chef Farris Ahmad, tous allaient escalader avec lui ce soir le flanc escarpé de la vallée.

Youssef s'adossa au mur de l'écurie, songeur. À son arrivée au campement des fedayin — n'était-ce que la veille ? — il était tombé sur un groupe hétéroclite de militants politiques et tribaux, alliance de circonstance formée sous la bannière commune de l'indépendance du Cachemire. Il y avait des Dogras et des Gudjars sunnites. Des Pachtounes venus de la vaste province du Nord-Ouest. Dans le lot, on comptait aussi un nombre considérable d'agents de renseignements qui avaient rompu avec l'actuel pouvoir issu d'un coup d'État et qui constituaient le lien principal de Youssef avec les fedayin. Il en connaissait certains assez pour les appeler par leur prénom ; d'autres étaient des visages familiers. Mais la vie dans ces collines âpres les avait tellement transformés qu'il avait eu un certain mal à reconnaître même ceux avec qui il avait étroitement collaboré au bureau de la Direction du renseignement à Karachi.

Youssef avait été particulièrement frappé de voir combien Ahmed — naguère son supérieur immédiat, désormais un chef de bande parmi des hors-la-loi — avait pu changer en une année depuis sa désertion de la direction de l'ISI. Jouissant d'une réputation exemplaire, le personnage était un homme robuste et fringant, qui arborait une fine moustache taillée avec soin ; modèle parfait de distinction avec son uniforme impeccablement amidonné et ses chaussures impeccablement cirées. Mais l'officier dont Youssef avait conservé le souvenir était à cent lieues du guérillero endurci qui l'avait accueilli un peu plus tôt au camp d'Halmat avant de le conduire ici dans l'enclave de Bakarwal. Comme les fedayin sous son commandement, Ahmed était décharné, tanné ; les lèvres gercées par les privations, avec une barbe fournie et hirsute qui lui descendait jusqu'au milieu de la poitrine. Comme les autres combattants, il était vêtu d'un treillis élimé et chaussé de bottes éraflées aux talons usés jusqu'à la corde. Et là encore comme les autres, Ahmed traînait un gros sac à dos, plusieurs capotes molletonnées et il était armé d'un fusil d'assaut Kalachnikov porté en bandoulière. Méfiants vis-à-vis de ces nomades un peu trop opportunistes, plusieurs de ses rebelles s'étaient munis ce soir d'un complément d'armes de poing et d'armements divers, dont plusieurs lance-roquettes RPG-7.

Toujours appuyé au mur de l'écurie, Youssef continuait d'observer le manège autour des bêtes de somme. Il était en train de se dire que la trahison pouvait venir de bien des directions inattendues.

Cette idée était encore prégnante dans son esprit quand Ahmed laissa les guides à la précipitation de leurs préparatifs pour s'approcher de lui en foulant le sol couvert de paille.

« J'espère que tu seras en route d'ici moins d'une heure », annonça-t-il. D'un bref signe de tête, il indiqua deux des stalles. « Les composants du laser sont répartis sur plusieurs mulets, selon tes instructions, tu vois ? »

Youssef opina, tout en contemplant derrière lui ces bêtes splendides au torse puissant. Les Bakarwal avaient sanglé des planches de bois de chaque côté de leurs selles larges et ils étaient en train d'encorder le précieux chargement qui s'ajouterait au canon

Libellule — rangé dans des caisses et des sacs de toile — déjà fixé en place.

« Traverser la montagne n'est jamais facile, surtout l'hiver, mais la nuit peut se montrer la meilleure des amies, précisa Ahmed. Les guides connaissent assez le terrain pour le parcourir les yeux fermés, et vous devriez avoir l'aide d'une lune aux trois quarts pleine et d'un ciel étoilé. » Il considéra Youssef. « Il y a également un surplus de vivres, au cas où — on s'était attendus à ce que vous arriviez au moins à deux.

— Et c'est ce qui se serait passé si les douaniers à la sortie de Chikar ne m'avaient pas contraint à filer seul en catastrophe. » Youssef énonça son mensonge en le regardant droit dans les yeux. « Quels sont nos risques de rencontrer d'autres militaires ? »

Ahmed continua de jauger Youssef, apparemment perdu dans ses pensées. « Il existe toujours une possibilité lointaine. Ces derniers temps, toutefois, mes éclaireurs n'ont pas vu le moindre signe des forces présidentielles ou de la sécurité indienne.

— Est-ce que cela devrait changer ?

— Ils resteront aux aguets et seront en contact radio immédiat avec vous, dit Ahmed. Si tout se passe bien, vous aurez franchi la ligne de contrôle et tu pourras arriver à ton rendez-vous avec presque une matinée d'avance. Si jamais vous deviez contourner le col, les mulets sont chargés d'assez de vivres, d'eau et de munitions pour leur permettre de tenir plusieurs jours. Et nous avons tout le long du chemin des grottes où vous pourrez toujours vous réfugier plus longtemps encore si jamais la situation devait l'exiger. »

Youssef resta silencieux. *Les forces présidentielles*, songea-t-il. *Qu'en termes galants ces choses-là sont dites.*

C'était uniquement l'éventualité de leur déploiement qui le préoccupait. Car si en revanche tout se déroulait comme prévu, ils n'auraient pas besoin d'aller s'entasser dans quelque anfractuosité rocheuse et de s'y planquer comme des rats en fuite. En tout cas, une fois qu'ils auraient traversé la frontière, ce risque n'existerait plus.

Ahmed lui donna une tape sur l'épaule et, d'un signe de tête, indiqua la cabane qu'ils avaient quittée un peu plus tôt.

« Nos hôtes Bakarwal nous ont préparé du mouton séché et ils ont mis à chauffer du café épicé. Vu le coût disproportionné de leur hospitalité, tu aurais intérêt à profiter du temps qui te reste avant votre départ pour te joindre à moi afin de partager ces mets. »

Youssef le regarda, sourit, acquiesça.

« D'accord, Ahmed, répondit-il, et ils prirent la direction de la porte de l'étable en lattes de bois tendre. Ce sera pour moi un réel plaisir. »

« Si vous déménagez d'un simple studio, je recommande en général soit le camion de trois mètres, soit le fourgon comme celui garé près de la voiture de votre ami », dit l'homme installé au comptoir. D'un signe de tête vers la large baie vitrée située dans le dos d'Earl, il indiqua le parking où étaient garés tous ses véhicules à louer. « Le meilleur choix dépendra en fait de vos besoins. »

Earl le regarda. « Comment ça ?

— Le tarif de base est identique — vingt dollars la journée avec forfait de cent dix kilomètres, les kilomètres supplémentaires vous coûteront quelques cents de plus avec le camion, dit le représentant de l'agence de location. Si vous avez des meubles encombrants, il vous procurera un peu plus d'espace. Le fourgon est neuf, confortable, il est maniable et se conduit facilement. Mais la politique de notre compagnie est de ne le réserver qu'aux déplacements locaux — à savoir les trois États voisins, en excluant toute restitution dans une autre agence. Vous devrez donc me le ramener, ici, dans les quarante-huit heures. »

Earl tourna la tête pour contempler le fourgon garé près de la Mercury de Zahir. Puis il se retourna vers l'employé de l'agence, sortit de sa poche de manteau son paquet de cigarettes qu'il brandit au-dessus du comptoir.

« Ça vous dérange si je fume, le temps que je réfléchisse ? »

L'employé haussa les épaules. Quinquagénaire ventripotent aux joues mal rasées, il portait une chemise à carreaux verts et noirs sous une salopette blanche trop grande.

« Moi, ça m'dérange pas, ça fait juste tiquer les services officiels de l'autre côté de l'Hudson », nota-t-il, tandis que sa main ressortait de sous le comptoir avec un cendrier.

D'une chiquenaude, Earl fit jaillir une cigarette, l'alluma à son Bic, tira une bouffée.

« Ce fourgon devrait me convenir, conclut-il. Suffisamment spacieux et je n'ai pas l'intention de dépasser le forfait kilométrique avant de vous l'avoir ramené. »

Le loueur de camions le jaugea une bonne minute, tout en grattant son menton mal rasé.

« Le Maine, dit-il enfin. Je s'rais prêt à parier. »

Earl saisit sa cigarette entre ses lèvres et la brandit entre pouce et index.

« Mouais… » Un sourire effleura ses lèvres. « Ce doit être l'accent, c'est ça ? »

L'autre acquiesça.

« Ma sœur y a vécu jusqu'à son mariage — son mec est un ancien marin, il était en poste à cette base de Brunswick, et il s'était acheté une maison et une petite affaire de matériel agricole, un peu à l'intérieur des terres, dès qu'il eut rendu son uniforme. Et vous, vous êtes de quel coin ? »

Earl réfléchit à la question, tout en fumant. Plus facile de la poser que d'y répondre. Il y avait certes eu Aroostock, si près de la frontière canadienne que les oies qui la survolaient vous injuriaient en français quand vous leur tiriez dessus, avant de vous mettre au cul la police montée pour chasse sans permis. Il y avait eu aussi ce paquet d'années où il avait bossé dans cette usine de volailles à Belfast ; il louait alors un appartement minable sur Union Street, en bas de la colline près du port, avec ces sales Blancs de proprios logeant au-dessus qui regroupaient tous les vendredis leurs bons d'achat pour descendre chez l'épicier s'acheter quelques packs de six de mauvaise bière, qu'ils attaquaient dès après dîner pour se retrouver raides saouls avant minuit, fin prêts et bien lubrifiés pour ces inévitables bagarres qui éclataient régulièrement entre eux — bagarres qui plus d'une fois se terminaient dans la rue, surtout ces nuits de canicule estivale où ils devenaient irritables, se mettaient torse nu et commençaient à se tabasser si fort qu'il pouvait, par sa fenêtre ouverte, entendre ces bruits de bidoche martelée évoquant des tranches de bœuf passées à l'attendrisseur. Frère contre frère, père contre fils, maris contre amants de femmes volages, ils avaient toutes sortes d'excellents prétextes pour laver à coups de poing leurs querelles d'ivrognes jusqu'à ce que les flics du quartier débarquent pour calmer leurs différends.

Earl considéra le loueur de camions en silence, louchant derrière la fumée de cigarette qu'il soufflait par la bouche et le nez. D'où se croyait-il lui-même issu ? D'Aroostook, avec ses marais à canneberges et ses cadavres flottants ? De Belfast avec ses entrailles de volailles ensanglantées, et ses plumes qui volent dans les rues ? Ou du pénitencier d'État de Thomaston, trente ou quarante kilomètres plus au sud ? *Une inconfortable et sombre demeure de la déchéance et de la culpabilité,* tel est le sort qu'avaient voulu réserver à ses détenus les autorités qui en avaient ordonné la construction en 1820. Et leurs désirs avaient été suivis à la lettre. Des murs de granit épais de quatre-vingt-dix centimètres, des cellules de haute sécurité de trois mètres sur deux entièrement enfouies sous la pierre, et en guise de promenoir, une profonde carrière de calcaire creusée par des condamnés aux travaux forcés. Toute cette roche, toute cette masse vous pressurait l'âme d'un homme en un rien de temps, et Earl s'était toujours dit qu'il se serait sans doute pendu bien avant la fin de son séjour s'il n'avait pas eu de quoi s'occuper avec ses fresques murales. Et il se disait de surcroît que son séjour là-bas y avait sans doute contribué plus que tout autre lieu ou toute autre période de son existence.

Le pénitencier d'État, on se r'verra quand on pourra, ouais…

« Je viens d'un bled sur la côte, Thomaston, choisit-il finalement de répondre. Un coin peinard. De grandes maisons de Yankees blancs, des églises, des arbres et la carrière de calcaire sur cette vieille colline. Le genre de patelin où l'on pourrait croire que le temps s'est arrêté, s'il n'y avait eu le passage des saisons.

L'employé gratta de nouveau sa barbe de trois jours.

« On dirait le genre de coin qu'on a du mal à quitter… mais d'un autre côté, mon beauf me raconte que c'est pas facile d'y gagner un salaire décent. » Il fit glisser devant Earl une planchette sur laquelle était fixé un stylobille. « Quoi qu'il en soit, voici votre formulaire de location. Si vous voulez bien me présenter une carte de crédit et votre permis de conduire, pendant que vous le remplissez, je pourrai tout de suite aller chercher les clés du fourgon. »

Earl sortit d'une poche intérieure son portefeuille, en ôta les deux pièces d'identité que lui avait procurées Hassul et les tendit au loueur. Il ignorait si ce dernier et ses complices avaient dérobé à quelqu'un ses papiers, en substituant sur son permis la photo d'origine et la sienne, ou s'ils avaient demandé à un faussaire de leur établir ces documents de toutes pièces. Peu lui importait d'ailleurs. L'essentiel était que le numéro du permis et celui de la carte Visa de l'homme de paille qui se trouvait comme par hasard avoir exactement sa tête, fussent tous les deux valides, et que le crédit disponible grâce à ce petit bout de plastique tourne autour de vingt mille.

Earl s'appliquait à remplir les informations requises — son nom tout neuf de Gerald Donovan, son adresse et son numéro de téléphones bidon, tout le bataclan — quand il lui vint à l'esprit qu'il restait encore deux-trois trucs que s'était abstenu de lui fournir Hassul et qu'il pourrait tenter d'extraire de la cervelle du loueur de camions.

« Mon pote et moi, on a dû pas mal tourner pour trouver votre boîte et au passage, on a remarqué toutes ces cuves de produits chimiques derrière l'usine, de l'autre côté du carrefour, lança-t-il sur un ton dégagé. Vous voyez de quelle usine je veux parler ? »

L'autre acquiesça.

« Ça doit être Raja.

— Pardon ?

— Raja Pétrochimie, précisa l'employé. Une raffinerie de pétrole... une boîte indienne, faut pas s'étonner de leur gestion bizarre.

— Indiens comme les Sioux et les Apaches ?

— Indiens comme un plat de poulet tandoori accompagné de riz au curry. » Le visage moustachu du loueur se chiffonna. « Ce qu'ils stockent dans ces cuves, vous en voudriez pas pour arroser votre menu, ça je peux vous le garantir. »

Earl quitta des yeux son formulaire d'inscription.

« Vous n'avez pas l'air trop ravi de les avoir pour voisins.

— Je préfère pas en discuter, monsieur Donovan, répondit l'employé après avoir lu le nom sur le permis qu'on venait de lui tendre. Pas avec quelques centaines de milliers d'hectolitres de HF sous pression dans ces cuves que vous avez pu voir en passant devant. »

Earl joua la curiosité polie.

« De HF ? C'est quoi ça ?

— De l'acide fluorhydrique », précisa le loueur. Son visage s'était encore assombri. « Si vous étiez vraiment du coin, ou si vous aviez lu le même reportage que moi dans le journal, récemment, j'aurais pas besoin de vous l'expliquer. »

Earl attendit la suite.

« C'est l'truc qu'ils utilisent pour faire de l'essence à haut indice d'octane, y a pas plus toxique, répondit enfin l'autre. Ça reste gazeux tant que c'est enfermé dans ces réservoirs mais si jamais ils explosent et que ça se répand dans l'air, ça se condense en nuages et ça forme des pluies acides capables de transpercer le verre et le béton. Et si ça vous suffit pas, y a un truc dans cette saloperie qui le rend facilement absorbable par la peau. Elle s'insinue dans les pores jusqu'aux os en bouffant tout ce qui a entre les deux. On dit que si ça pénètre dans les yeux, le nez, la bouche... ou que si on le respire... je veux pas vous dégoûter mais ça vous réduit littéralement les boyaux en purée. »

La main d'Earl continuait de griffonner machinalement les cases du formulaire. « Je vois à présent pourquoi vous ne risquiez pas d'oublier cet article. »

L'autre acquiesça.

« Et j'vous en ai pas raconté la moitié. D'après ce que j'ai lu, il y a deux-trois semaines, on a dû évacuer des dizaines de familles d'un patelin du Texas à la suite de l'incendie d'une raffinerie qui avait laissé s'échapper du gaz fluorhydrique. Et à peu près à la même époque, la Russie a dû déplacer des milliers de personnes à cause d'une fuite dans une ancienne usine nationalisée... et même en cumulant ces deux accidents, la quantité de HF libéré ne représente qu'une infime fraction de ce que contiennent les cuves de chez Raja. »

Reprenant sa cigarette posée au coin du cendrier, Earl inspira une grande goulée de fumée.

« J'imagine qu'on a pris de sérieuses précautions contre tout risque d'accident sur ces cuves, observa-t-il en soufflant la fumée.

— Z'auraient dû, mais non. Après que ces dingues de terroristes ont pris pour cible New York, la sécurité intérieure a fait édicter un paquet de lois imposant aux entreprises chimiques de renforcer leurs protections. Mais ils se contrefichent de voir si les textes sont appliqués, pas besoin de vous faire un dessin… Le temps passe. Tout le monde râle à cause des coûts. Les flics et le FBI ont d'autres chats à fouetter. Les élections arrivent et les politiciens se mettent plutôt à causer des enfants, des profs et de la taille des classes, comme si on allait croire qu'ils s'intéressent à d'autres chiards que les leurs. Pendant ce temps, les complexes pétrochimiques engagent des escrocs en robe pour leur trouver toute sortes de lacunes dans la loi et ils envoient leurs lobbyistes à Washington pour être bien sûrs qu'ils peuvent dormir tranquilles. Leur rêve, c'est que personne ne s'occupe d'eux, vu que les améliorations, ça coûte des sous et qu'ils aiment mieux jouer avec la vie des gens que dépenser le moindre sou — et quand je parle des gens, c'est des millions de personnes dans le New Jersey, la Pennsylvanie, l'État de New York qui s'inquiètent rien qu'à cause de Raja… »

Earl hochait la tête, feignant l'incrédulité.

« Ça paraît proprement incroyable.

— Je sais, oui, répondit le loueur. Mais comme l'ont signalé les journalistes, la quantité de gaz fluorhydrique stockée dans les cuves de Raja suffirait à tuer non pas un, ni deux, ni trois, mais quatre millions de personnes — selon le sens du vent. »

Earl avait continué de hocher la tête tout en finissant de remplir son formulaire. Il songeait à la phrase d'Hassul un peu plus tôt dans la journée : *Je suis l'horloge dont l'aiguille marque les heures.* Il se demandait, par ailleurs, si cela faisait de lui le doigt qui presserait le bouton.

Il rapprocha de lui le cendrier, écrasa son mégot et restitua la planchette portant le formulaire à l'employé derrière le comptoir, tout en notant : « Ça m'a l'air complet… J'espère que mes questions ne vous ont pas trop tourneboulé. »

L'autre haussa les épaules, tout en parcourant le formulaire.

« Vous en faites pas pour ça, fit-il, bon prince. Je suis encore en vie et en pleine forme, alors pourquoi se plaindre ? »

Earl sourit.

« Voilà qui est bien dit. Tout ce qu'on peut faire, c'est contrôler ce qu'on peut et pour le reste, laisser courir. »

L'autre acquiesça, quitta des yeux le formulaire rempli et lui rendit son sourire.

« Tout m'a l'air en ordre, mec, conclut-il. Laissez-moi une minute pour entrer tout ça sur mon terminal, et je vous donne les clés du fourgon. »

« Je ne pense pas qu'on doive essayer d'en faire trop, observa Noriko Cousins. Plus on s'en tiendra à des choses simples, plus on aura de chances qu'ils acceptent de bosser pour nous. »

Elle regarda Tom Ricci et Derek Glenn assis en face d'elle devant son bureau, tout en se disant que Ricci n'avait à coup sûr pas la moindre intention de compliquer les choses. Si l'on devait se fier à son silence, il n'avait quasiment pas exprimé le moindre intérêt pour sa défense et illustration de l'affaire du mari disparu — qui, en pratique, s'était désormais élargie pour englober la disparition de la copine de monsieur, aussi bien aux yeux de l'Épée que des polices de New York et du comté de Nassau puisqu'il semblait raisonnable d'affirmer que découvrir le sort de cette dernière serait un grand pas vers la résolution du mystère de son sort à lui, bon ou mauvais.

Noriko avait espéré avoir vu clair dans l'indifférence apparente de Ricci qui pourrait — éventuellement — se traduire par un signe exprimant son désir de ne pas lui mettre de bâtons dans les roues et — qui sait — de remettre le cap à l'ouest vite fait. *Adios, hombre !*

Ce qu'elle avait perçu de Glenn, par comparaison, ne lui avait guère laissé d'espoir de pouvoir le dissuader aisément. Il y avait eu chez lui trop de coups de sonde inquisiteurs, de commentaires attentifs lors de la séance de présentation et de remise à niveau qu'elle avait effectuée l'après-midi même. Et puis aussi bien trop de coups d'œil directs, même si Noriko n'était pas non plus née de la dernière pluie et qu'elle savait fort bien que sa curiosité était due en partie au fait qu'il la trouvait attirante et qu'il avait peut-être perçu chez elle une certaine résonance — pour reprendre un terme trouvé dans son dictionnaire de mots croisés du *New York Times* — qu'elle avait pourtant cherché à étouffer dans l'œuf. Par principe comme en pratique, Noriko était opposée à tout mélange entre travail et plaisir. Trop souvent.

Et voilà qu'à présent Glenn la regardait, nonchalamment appuyé à un classeur métallique, ses bras musclés croisés sur la poitrine ; il portait une veste en tweed gris sur un pull à col montant bleu ciel, et un pantalon gris à plis.

« Quand tu parles de choses *simples,* je suppose que tu veux dire en fait *séparées,* observa-t-il. Dis-moi si je me trompe ? »

Noriko le considéra un moment avant de lui adresser un grand sourire qu'il lui retourna aussitôt, illuminant tout le bureau, la blancheur de ses dents régulières formant un contraste séduisant avec le noir tout aussi éclatant et régulier de sa carnation.

« Tu as parfaitement raison, dit-elle en se demandant quel genre de pulsion elle comptait étouffer en continuant d'échanger ainsi des amabilités avec Glenn. L'attention que j'ai pu porter à Armbright Industries, et au groupe Kiran en particulier, ne relève que de l'espionnage commercial tout ce qu'il y a de plus banal. D'un autre côté, Sullivan est une femme qui demande de l'aide, et son patron veut lui rendre un service personnel. Je ne vois aucune raison de lier les deux faits.

— Sauf quand tu considères qu'il est un représentant émérite au sein d'une division qui pourrait exporter des technologies sensibles à des puissances étrangères, le genre d'activité susceptible d'impliquer des individus louches du genre à faire un mal fou. »

Noriko haussa les épaules.

« Tu ne réussiras pas à m'entraîner dans une dispute, répondit-elle. Tout ce que je cherche, c'est à m'assurer qu'on ne s'emmêlera pas les pinceaux quand nos deux chemins doivent rester clairement distincts l'un de l'autre. *Séparés.* Jusqu'ici, on a évité d'extrapoler.

Autant continuer ainsi, à moins que nos deux itinéraires viennent naturellement à se rejoindre. »

Glenn demeura songeur. Assis sur une chaise qu'il avait ramenée de l'autre angle du bureau, Ricci gardait un silence à peu près total depuis son arrivée, les mains croisées sur les genoux, le pied gauche posé en équilibre sur le genou droit.

« T'as déjà eu l'occasion de parler aux flics qui sont à la recherche de Sullivan ? » demanda Glenn au bout d'une minute.

Acquiescement de Noriko.

« L'inspecteur responsable de l'enquête est un dénommé Ruiz, précisa-t-elle. Je ne le connais pas mais je suis en liaison directe avec Bill Harrison, ce qui veut dire que je peux aisément le contacter. »

Glenn arqua un sourcil.

« *Le* Bill Harrison ? L'ancien commissaire de police ?

— Tout juste.

— Impressionnant, commenta Glenn. J'ai lu la bio qu'il a rédigée après l'attentat terroriste. Il a perdu son épouse lors de l'effondrement, a failli également perdre sa fille et malgré tout, il a réussi à continuer à porter cette ville à bout de bras pendant que les politicards de Washington filaient se planquer dans des silos quelque part sous la grande prairie nord-américaine… »

Noriko acquiesça.

« Bill est un type bien et un ami.

— Ce que les Blancs qualifient de *modèle positif* pour nous autres pauvres Noirs », commenta-t-il.

Noriko regarda Glenn, releva son ton narquois et nota que le sourire était réapparu sur son visage.

« Un ami », répéta-t-elle avec un haussement d'épaules.

Le sourire s'élargit, toujours plus éclatant.

Noriko se força à regarder ailleurs et se racla la gorge.

« Donc, reprit Glenn, j'imagine qu'on ferait bien de commencer par passer un peu de temps avec Ruiz.

— C'est ce que j'avais en tête.

— On joue franc-jeu avec lui pour ce qui concerne Sullivan, on lui explique comment tout le bazar est venu à notre attention et on voit s'il a envie de partager ses infos, donnant-donnant.

— Certes, confirma Noriko. J'ai dans l'idée qu'il sera trop heureux de coopérer.

— Une fois que Harrison lui aura passé un coup de fil.

— Certes, répéta Noriko. Je veux juste qu'on soit bien d'accord que les indices éventuels qu'on pourrait avoir sur Kiran restent en dehors de la conversation.

— Séparés et distincts. »

Noriko acquiesça.

« Il est presque cinq heures du soir, un peu tard pour commencer à prendre des dispositions, remarqua-t-elle. Je décroche mon téléphone à la première heure demain matin. Et j'essaie de décrocher un rendez-vous avec Ruiz le plus tôt possible. »

Dans l'angle opposé de la pièce, Ricci s'avança sur sa chaise et planta les deux pieds par terre.

« Tes hommes maintiennent une surveillance sur site de Kiran ? demanda-t-il, la vrillant du regard de ses yeux bleu pâle. Je veux dire, à son siège principal, dans les monts Catskill ? »

Noriko lui rendit son regard, les lèvres pincées. La soudaine rupture du silence l'avait surprise, tout comme le changement de sujet qui l'accompagnait.

« Il y a un résumé des informations dans les fichiers que j'ai joints à mon mail pour SanJo, expliqua-t-elle. Nous restons dans le domaine de la légalité. Et de ce qui est viable.

— Et moi, je demande si cela inclut une planque nocturne permanente, là-bas », observa Ricci.

Noriko ne cilla pas.

« Ma pratique a toujours été de recourir le plus souvent possible à des observateurs sur place.

— Mais jamais de manière régulière et systématique.

— Non », admit-elle. Puis, après une pause : « Écoute, tu t'étonnes toi-même d'une recrudescence d'activité chez Kiran en dehors des heures de travail habituelles. Nous aussi. Et pas seulement hier ou la semaine dernière. Mais le fait que le président et directeur de la recherche de la société souffre de XP, une allergie gravissime à la lumière du jour, pourrait fort bien expliquer tout cela.

— Pourrait. Ou non », tempéra Ricci.

Nouveau silence. Noriko se trémoussa derrière son bureau.

« Quid de notre décision de rester concentrés sur Sullivan ? rétorqua-t-elle. De ne pas nous laisser fourvoyer ? Ou n'avons-nous pas été aussi clairs que je l'aurais cru ? »

Ricci haussa les épaules.

« Je posais juste quelques questions. Je ne t'ai jamais dit de mettre sur la touche qui — ou quoi — que ce soit. »

Glenn le lorgna depuis sa position debout contre le classeur et se racla la gorge.

« Peut-être avons-nous assez bavardé, maintenant. Je me disais qu'on pourrait en profiter tous les deux pour nous installer dans notre chambre d'hôtel, nous requinquer pour être frais demain. »

Ricci demeura assis quelques instants encore, son regard passant de Glenn à Noriko avant de revenir se poser sur Glenn.

« J'aimerais mieux faire d'abord un petit tour, répondit-il avec un nouvel haussement d'épaules. Je te rattraperai plus tard. »

Sur quoi, il se leva, se tourna vers la porte et sortit.

Noriko regarda le battant se refermer sur lui avant de se retourner vers Glenn.

« Il est toujours comme ça ?

— La plupart du temps, ouais. Sauf quand il est pire. »

Elle pinça les lèvres et exhala un long soupir sifflant.

« Le vol a dû te paraître bien, bien long, non ? »

Regard de Glenn.

« La nourriture était hyper-top, répondit-il. Les boissons aussi. »

Noriko l'étudia calmement sans mot dire, puis, après avoir désigné de la tête le portemanteau, elle repoussa sa chaise et se leva.

« Tu te sens d'attaque pour une ou deux parties encore ? »

Glenn sourit, lui adressa un clin d'œil.

« Je ne peux que te promettre d'essayer de faire de mon mieux. »

Debout derrière la cabane, au bord du fossé recouvert d'une bâche qui passait ici pour des latrines, Youssef se dit que le froid était si intense que sa queue risquait fort de geler et casser net dans sa main avant même qu'il ait pu finir de pisser. Mais l'envie de se soulager n'avait été qu'un prétexte pour s'isoler d'Ahmed. On avait caressé l'idée d'envoyer un appel radio à ceux qui l'attendaient sur le sentier muletier, tant pour les avertir de la progression des éclaireurs d'Ahmed que pour signaler son départ du camp nomade… une idée pour laquelle Youssef avait eu plaisir à constater que son bon sens avait prévalu. Même s'il avait déçu Khalid et le reste de ses hommes sur bon nombre de sujets depuis leur rencontre avec le barrage routier de Chikar, les inquiétudes qu'il avait exprimées concernant d'éventuelles interceptions avaient été sincères — et ne lui étaient toujours pas sorties de l'esprit. Ells ne l'avaient jamais quitté, du reste. Même dans ces régions reculées, mieux valait en effet se garder des oreilles indiscrètes.

Après avoir remonté sa braguette, Youssef s'en retourna vers la cabane et ses futurs guides de montagne. Il était allé trop loin désormais pour laisser la peur influer sur sa décision. Libellule allait d'ici peu faire sa fortune, et cette seule perspective devrait suffire à l'écarter de toute réédition de gestes impulsifs et stupides.

Ses clients connaissaient bien mieux que lui les dangers de ces confins montagneux et ils n'auraient pas besoin qu'on leur rappelle de se tenir sur leurs gardes.

Tom Ricci lorgna dans le viseur de son appareil-photo numérique. Il était tapi au milieu des pins et des chênes dénudés d'une crête boisée surmontant le site du groupe Kiran. Il avait laissé la Grand Prix TRX — sortie du garage de service de l'Épée situé en plein centre de Manhattan — une quinzaine de mètres derrière lui dans la nuit, sur le bas-côté d'une petite route vicinale, qui longeait le bord ouest du terrain sur quelques centaines de mètres avant d'obliquer au nord pour s'achever en cul-de-sac. Dénommée allée Rainer sur sa carte, elle se perdait elle aussi dans l'obscurité des bois, seulement entrecoupée d'un chemin abandonné depuis bien longtemps qui montait vers la crête par une rampe escarpée au départ du bas-côté droit de la route.

Ricci avait jugé l'emplacement idéal pour y laisser la voiture. L'allée isolée serait aisée à retrouver au retour et les deux reconnaissances successives qu'il avait déjà effectuées autour du site suggéraient que le meilleur point de vue se trouverait juste au-dessus de la piste, à travers les arbres.

Alors qu'il s'arrêtait doucement au bord de la route, Ricci avait remarqué qu'on avait posé une clôture grillagée de quatre mètres cinquante surmontée de fil rasoir en contrebas de la route. Le faisceau de ses phares lui révéla des portions de bitume défoncé et fissuré dans les anfractuosités de la couche de neige et de glace, mais aussi une pancarte réflectorisée ACCÈS INTERDIT sur la grille d'entrée. Et juste en dessous, une autre pancarte, bien plus ancienne : un grand rectangle de bois usé par les intempéries fixé à deux poteaux de guingois, arborant une inscription peinte à la main, éraflée, écaillée, à demi effacée mais pourtant encore lisible. La ligne supérieure indiquait : HÔTEL IMPÉRIAL — LIEU DE VILLÉGIATURE FUTURISTE. Dessous, en caractères plus petits, on pouvait lire : SERVICE DE GARDERIE — PISCINE CHAUFFÉE — CHAMBRES CLIMATISÉES — CLUB DES CÉLÉBRITÉS. Accroché à part, encore en dessous, sur deux crochets à œillets mangés de rouille, un bandeau de bois bien plus étroit annonçait : BUDDY GROOM, MAÎTRE DE CÉRÉMONIES, DE RETOUR POUR LA SAISON ESTIVALE 69 !

Ricci avait contemplé la pancarte, songeur. 1969, l'année érotique, l'été de l'amour… Si c'est justement cette année-là que l'hôtel Impérial avait connu son ultime succès, sans doute l'explication en était-elle que le numéro de Buddy Groom au Club des Célébrités s'était fait voler la vedette par le festival de Woodstock qui se tenait à quelques kilomètres de là, à peine.

Ricci coupa le contact, se pencha vers le siège de droite pour y récupérer la sacoche qui contenait sa torche, son appareil photo et ses jumelles, descendit de voiture et traversa la route. Il n'avait pas parcouru vingt mètres sous les arbres quand il tomba sur un escarpement d'où il pourrait avantageusement observer le terrain acquis par le groupe Kiran.

Tout cela remontait à un peu plus d'une heure.

Et depuis, il faisait le guet.

Il était à présent onze heures et quart au cadran virtuel du terminal intégré au tissu de sa manche. Tout autour de lui, le froid, le silence et l'obscurité totale régnaient sous la cime des arbres dénudés. Bien plus éclairé, il voyait s'étendre en contrebas le terrain aplani et parfaitement entretenu, bordé de hauts mâts métalliques portant des éclairages de stade qui répandaient une lumière d'une blancheur à peu près uniforme sur l'ensemble du site.

Ricci gardait l'œil à l'oculaire de son appareil photo numérique, en l'occurrence un dispositif de vision nocturne doté de capteurs électro-mécaniques miniaturisés permettant de modifier rapidement la mise au point du tube intensificateur et de l'oculaire, où qu'il vise, et quel que soit le grossissement adopté. Il s'était préparé à une sortie prolongée et s'était donc vêtu d'un épais blouson de motard en cuir noir, assorti d'un gilet en tissu isotherme ; il avait en outre, sitôt descendu de voiture, enfilé des gants de tir molletonnés et rabattu sur son visage un passe-montagne, couleur camouflage de nuit et doté d'un dispositif récupérateur de chaleur : l'ouverture réservée à la bouche contribuerait ainsi à piéger la chaleur et la vapeur d'eau normalement dispersées lors des expirations, pour les recycler avec l'air froid qu'il inhalait, lui permettant ainsi de maintenir sa température corporelle.

Il pressa sur le bouton d'ouverture de l'obturateur et ajouta aux clichés déjà pris une nouvelle image au téléobjectif de la camionnette de déménagement garée devant la grille de la porte de service. Il y avait des photos du véhicule proprement dit, des trois hommes en complet veston en train d'aller et venir entre la grille et l'arrière de la camionnette, poussant des diables lestés de cartons de bonne taille. Et des photos enfin du grand mec en caban — en cuir noir, comme le blouson de Ricci — qui était resté à proximité de la camionnette durant toutes leurs allées et venues. Blond, le teint pâle, maigre et nerveux, tout en bras et en jambes, il n'avait cessé de bouger, tantôt assis au volant, tantôt debout à faire les cent pas dans le froid autour du véhicule et fumer cigarette sur cigarette en les regardant grimper avec leurs caisses puis redescendre à intervalles irréguliers, avec sans doute les mêmes cartons, mais cette fois vides et repliés, pour les ramener à l'intérieur du site en repassant par la grille.

L'opération avait déclenché la curiosité de Ricci. Il ne savait pas trop ce qu'il s'était attendu à voir ce soir. Et surtout ce qu'il était en train de voir. Mais son instinct lui disait que rien de tout cela n'était censé être vu… et ses vérifications au pif, répétées, n'avaient fait que conforter cette impression. La camionnette de location suscitait une bonne partie de ses interrogations. L'activité autour de celle-ci. Et Grand Mec. Surtout lui.

Ricci avait lu les rapports de renseignement élaborés sur Hassul Benazir, il savait tout de son affection génétique et de ses habitudes de noctambule. Il avait également obtenu d'une source extérieure un résumé qui complétait le tableau. Une information que Noriko Cousins soit ignorait, soit avait délibérément décidé de lui cacher. Il n'aurait su dire. Comme il n'aurait su dire si elle était ou non la seule à UpLink — et a fortiori au sein de l'Épée — à garder ainsi des secrets. Quel qu'en soit l'enjeu, il avait toutefois du mal à s'en préoccuper outre mesure. Surtout quand lui-même conservait dans sa manche un ou deux secrets.

Il cala son viseur sur Grand Mec, appuya de nouveau sur le déclencheur. Il n'aurait jamais trop de photos de lui. On pouvait supposer sans grand risque que les autres étaient des membres du personnel de Kiran. Sans manteau, vêtus de complets sombres uniformes, tous étaient munis de cartes d'accès qui leur permettaient de franchir la porte de service, un volet roulant motorisé qui se refermait automatiquement derrière eux après chacun de leurs passages pour entrer ou sortir du bâtiment. Leurs traits asiatiques caractéristiques avaient rappelé à Ricci un détail lu dans le dossier consacré à Kiran : un noyau dur d'employés de la première heure — cadres, conseillers et techniciens, c'est du moins ainsi qu'on les décrivait — que Benazir avait fait venir du Pakistan grâce à des visas de travailleurs spécialisés.

Pour Grand Mec, c'était une autre chanson. Manifestement, pas un gars de la maison. Et impatient, qui plus est. Attendant près du fourgon de déménagement garé en évidence sur une aire de stationnement secondaire à proximité de l'entrée principale du bâtiment. Les seuls autres véhicules, une flottille de berlines Mercedes qui, devina Ricci, devaient être des voitures de société utilisées par les types en complet veston, se trouvaient garés pour leur part sur le parking principal réservé au personnel, près de l'entrée du site.

Non, décida Ricci. Ce fourgon détonnait autant que Grand Mec. Même en tenant compte du tout dernier emploi du temps de Benazir, sa présence sur place était des plus suspectes. Une entreprise comme Kiran effectuait ses livraisons par semi-remorques, pas au coup par coup avec de vulgaires fourgonnettes de location, utilisées à la journée ou à la semaine. Mais sinon, que viendrait-il faire ici ? Quelqu'un dans le bâtiment qui aurait choisi cette heure tardive pour débarrasser son bureau, peut-être évacuer ses archives ou du matériel périmé vers quelque entrepôt ? Idée ridicule. Plus dingue encore que d'imaginer des cadres supérieurs en train de sortir eux-mêmes tout ce fourbi avec des diables quand ils auraient pu engager d'autres personnes pour se charger de l'intendance. Aucune explication n'avait un début de sens — à moins d'imaginer un transport de marchandises destiné à rester confidentiel. Mais dans ce cas, quel intérêt y avait-il à vider ces caisses après les avoir chargées dans la camionnette ? Et avant même qu'elle ait démarré et, *a fortiori*, n'ait atteint sa destination ?

Ricci observait les trois pingouins et les vit descendre encore une fois de l'arrière du fourgon ; il arqua un sourcil. Ce coup-ci, au lieu de retourner directement vers l'entrée de service, ils verrouillèrent la porte de chargement du véhicule avec une clé, puis se dirigèrent vers Grand Mec qui se tenait toujours à côté de la portière du conducteur.

Il semblait bien que le chargement était terminé.

Ricci recula le zoom pour embrasser au grand angle toute la bande et pressa sur le déclencheur, en même temps que, aussi fugitive qu'inexplicable, lui revenait en tête une image de lui du temps de la police de Boston. Cinq ans plus tôt, l'inspecteur-principal Tom Ricci aurait trouvé un moyen d'ingurgiter la liste complète d'autorisations officielles exigées pour obtenir un mandat de surveillance. De persuader ses supérieurs de lui donner leur feu vert. Il serait parvenu au seuil légal permettant de défendre une cause raisonnable. Il aurait rempli en double, voire triple exemplaire tous les formulaires et rapports exigés, sans cesser de regretter de n'avoir pu se présenter devant le tribunal pour expliquer qu'il avait appris d'abord à se fier à son œil et à suivre son instinct quand celui-ci l'amenait à s'intéresser de près à quelqu'un… à la manière dont il s'intéressait ce soir au grand type et à ses acolytes…

Cinq ans depuis son départ de la brigade de Boston, songea Ricci. Cinq ans depuis qu'un de ces mêmes juges à qui il aurait pu faire appel pour obtenir une autorisation légale s'était fait acheter par un milliardaire dont le fils avait été arrêté pour meurtre. Cinq ans depuis que le môme était ressorti de prison à la suite d'une audience en référé, et que Ricci avait tiré un trait sur un insigne désormais terni par une accusation fallacieuse de détournement de preuves.

Il y avait des cicatrices qui s'effaçaient avec le temps et l'expérience, et d'autres qui au contraire s'enkystaient.

Ricci avait cessé d'avoir envie ou besoin de l'approbation de qui que ce soit. Pour quoi que ce soit.

Il abaissa son appareil-photo et passa aux jumelles pendues à son cou — elles aussi dotées d'un module de vision nocturne de quatrième génération — pour observer les quatre hommes derrière la camionnette de location. Les complets veston avaient l'air de donner des instructions au grand type — un en particulier qui faisait l'essentiel de la conversation tandis que Grand Mec écoutait, acquiesçait en branlant son cou maigre et, de temps à autre, émettait une brève réponse. Au bout d'un petit moment, leur petit groupe se sépara — Grand Mec sautant aussitôt derrière le volant de la camionnette, deux des complets veston tournant les talons pour réintégrer l'entrée de service, le troisième contournant l'utilitaire pour aller à l'arrière exercer une traction sur les poignées des portes battantes, afin manifestement de s'assurer de leur bon verrouillage avant de rejoindre les autres.

Ricci réfléchit à l'étape suivante. Les abords du parking de l'usine Kiran s'étendaient à flanc de montagne, desservis par la même route locale que celle qu'il avait empruntée pour venir ici depuis la nationale 87. C'était la seule bretelle d'accès qui soit proche, sans autre embranchement sur de nombreux kilomètres que cette route et deux ou trois voies en impasse. Ce qui signifiait que le chauffeur de la camionnette louée allait devoir d'abord reprendre cet itinéraire, quelle que soit sa destination ultérieure.

S'il se dépêchait, Ricci estimait avoir de bonnes chances de recoller à la camionnette.

Quelques minutes plus tard, il rebroussait chemin sur l'allée Rainer à bord de la Grand Prix. Un coup d'œil vers le bas de la pente sur sa droite lui permit de repérer la camionnette dans les nombreux espaces entre les arbres : elle était déjà sortie de l'aire de parking pour rejoindre le côté opposé de la voie d'accès.

Ses doigts se crispèrent autour du volant et il prit de la vitesse.

C'était une descente sinueuse de quatre cents mètres jusqu'à l'intersection du chemin avec la route vicinale. Ricci braqua pour s'y engager, enfonçant l'accélérateur alors qu'il mettait le cap au nord-est, direction qu'il avait vu prendre par le fourgon la toute dernière fois qu'il l'avait entrevu.

Et de fait, il aperçut ses feux arrière droit devant dans la nuit. Il estima son avance à une quarantaine de mètres et relâcha sa pression sur la pédale d'accélérateur — s'il voulait rester près, il n'avait pas non plus besoin de l'être trop, au risque d'être repéré par le chauffeur. Avec une circulation particulièrement clairsemée — il ne compta en tout et pour tout que trois véhicules en dehors du sien et de la camionnette —, il pouvait se permettre de laisser à cette dernière un peu d'avance sans pour autant la perdre de vue.

Ricci la suivit jusque sur la rampe d'accès à la branche de l'autoroute qui filait vers le sud et l'aurait éventuellement ramené à New York, en s'enfonçant toujours plus loin dans les montagnes. On apercevait des zones boisées, des fermes entourées de terrains d'étendue modeste, encore dénudés en cette période hivernale, et le long de la route, des épiceries fermées et plongées dans le noir qui avaient dû fermer pour la nuit depuis plusieurs heures déjà. Puis ce fut une gare de marchandises, un passage à niveau et au-delà, apparemment, les lumières d'une ville.

La camionnette rebondit sur les rails, Ricci la suivant toujours à bonne distance. Il traversa les voies à son tour, découvrit les lumières de ce qui était en fait un petit relais routier — une station-service Texaco de son côté de la route, un restaurant McDonald's juste après, et une autre station d'essence de l'autre côté de la chaussée, un peu plus loin. Juste en face du MacDo, un motel Super 8 affichait des remises spéciales pour les routiers et les cheminots.

Ricci vit le fourgon virer à gauche pour entrer dans le parking du motel, se garant de telle manière que le côté du conducteur fît face au bâtiment.

Ricci passa de la position code au mode lanternes, puis regarda par la fenêtre latérale. Les chambres du motel étaient disposées sur deux niveaux en L, en retrait d'un accès en rond-point assez spacieux pour accueillir des véhicules de grand gabarit. Il nota, sur le devant, un semi-remorque qui occupait une bonne partie de cet espace, deux camions plateau à essieux jumelés et une seule et unique voiture particulière. Le grand type était allé directement se garer face à la dernière chambre au rez-de-chaussée, à l'extrémité opposée de la réception, avant de descendre du fourgon. Il allait retourner vers celle-ci quand il marqua un temps d'arrêt pour chercher quelque chose dans sa poche de pardessus.

Puis une voiture passant sur la route bloqua un instant le champ visuel alors qu'elle pénétrait dans l'autre station d'essence pour s'immobiliser devant une pompe en libre-service. Il ne l'étudia que le temps d'avoir la confirmation qu'il s'agissait bien d'un des trois véhicules qu'il avait observés derrière lui sur la route de campagne… et de voir son chauffeur, un type en anorak coiffé d'une casquette de base-ball, descendre et saisir la poignée distributrice. Après quoi, Ricci reporta toute son attention sur le rond-point devant le Super 8.

Le grand type avait à présent entre les mains ses cigarettes et un briquet jetable — ce qui répondait à la question mineure de savoir ce qu'il avait bien pu chercher dans ses poches. D'une chiquenaude, il sortit une clope du paquet, la glissa entre ses lèvres, rangea le paquet, battit le briquet. Ricci vit une étincelle mais pas de flamme. Le grand type s'abrita, voûté, près du fourgon, mit la main en coupe au-dessus du briquet et refit une tentative. La cigarette refusa toujours de s'allumer. Au bout d'une minute de vains efforts, il rangea le briquet vide, avec un hochement de tête manifestement dépité.

Ricci le regarda traverser à grands pas le parking réservé aux visiteurs pour pénétrer dans la réception, la cigarette non allumée dépassant toujours de ses lèvres, sa frustration justifiée par une pancarte INTERDIT DE FUMER placée bien en évidence à la devanture du bureau.

Moins de dix minutes plus tard, il revenait en longeant le passage planchéié pour gagner sa chambre d'angle, dont il ouvrit la porte grâce à une carte d'accès.

Ricci resta un long moment encore assis, à nouveau aux aguets. C'était à peu près l'heure de la nuit où, ces derniers temps, ses pensées commençaient à lui échapper pour emprunter toutes sortes de chemins de traverse mais ça l'aidait de se concentrer sur l'action, d'être ainsi mentalement projeté à l'extérieur de lui-même, et il espérait bien pouvoir tenir le coup sans avoir besoin d'autres substances pour garder la tête sur les épaules. Il vit le conducteur qui avait fait le plein à la pompe remonter dans sa voiture — une Buick dernier modèle, analogue à son propre véhicule — virer à angle droit à la sortie de la station, traverser la chaussée pour entrer dans le parking du MacDo, puis redescendre de voiture et se diriger vers le restaurant. Il vit la lumière s'allumer derrière les rideaux tirés de la chambre de Grand Mec, et au bout d'un petit quart d'heure, les vit s'éteindre — l'heure du dodo. Il était probable que la fourgonnette de location était dépourvue d'alarme et Ricci se voyait déjà en train de le braquer dans l'obscurité du parking, et de visiter la soute, armé de son appareil-photo numérique… une idée qu'il aurait pu caresser si le véhicule avait été garé ailleurs que sous la fenêtre de Grand Mec, au risque d'être vu et entendu par ce dernier.

Ricci se pencha vers l'avant et croisa les mains au-dessus de la colonne de direction. Même s'il avait écarté cette seule idée comme abracadabrante, une autre avait déjà pris forme pour lui. Quand Noriko Cousins l'avait averti de ne pas trop en faire, il avait cru déceler quelque chose, même si ce n'était sans doute pas ce qu'elle avait cru vouloir dire. S'il n'était pas en mesure de découvrir ce que les types en complet veston avaient chargé dans la camionnette, peut-être au moins pourrait-il en savoir un peu plus sur le bagage que Grand Mec était susceptible de prendre avec lui.

Il laissa s'écouler quelques minutes encore, guettant toujours une apparition sur le parking du motel ou sur la galerie du rez-de-chaussée ou les balcons du premier. Une présence postée derrière la fenêtre de la réception, bref, guettant le moindre signe d'activité aux alentours du motel. N'ayant rien détecté, il prit dans la boîte à gants un sachet à indices en papier kraft, descendit de voiture et traversa la chaussée.

Le néon pâle de l'enseigne du motel installée à l'entrée du parking suffit à lui révéler la forme du briquet que Grand Mec avait jeté un peu plus tôt : un Bic jetable qui traînait au sol, près du pneu avant gauche de la camionnette.

Ricci attendit une seconde, aux aguets. Aucune porte ne s'ouvrit. Aucune lumière ne s'alluma. Rien ne survint pour le surprendre.

Il s'accroupit, récupéra le briquet et le laissa tomber dans le sachet en papier qu'il referma de deux plis successifs avant de le sceller à l'aide d'une étiquette adhésive. Puis il remit l'enveloppe dans sa poche de pardessus avant de revenir rapidement sur ses pas pour retourner sur le parking du MacDo.

Ricci nota que le type en anorak et casquette de base-ball avait regagné sa Buick et semblait assoupi dans le siège au dossier demi-incliné, calé contre l'appuie-tête, les yeux clos. Au lieu de retourner vers sa voiture, Ricci se dirigea vers la voiture du type, garée à l'autre bout du parking, et pianota des phalanges sur le toit de la Buick pour attirer son attention.

Le mec rouvrit les yeux, se redressa brusquement, regarda par la fenêtre. Arborant un sourire, Ricci lui indiqua son propre véhicule tout en lui demandant, par geste, de baisser sa vitre.

« Je peux vous rendre service ? » s'enquit l'autre type en se tortillant derrière le volant pour lui faire face.

Ricci acquiesça et dans le même temps, se rapprocha légèrement de la portière de son côté avant de projeter brutalement le bras droit par l'ouverture, presque jusqu'à l'épaule, et frapper violemment le type au coin du menton. L'autre émit un grognement de douleur mâtiné de surprise tandis que sa tête était projetée en arrière et qu'il portait les mains à son visage.

« Putain, mais vous êtes cinglé, vous !

— Je préfère l'être que m'être fait avoir », observa Ricci, et il ouvrit la main. « Allez, montre-moi ta plaque. »

L'autre resta assis, sans bouger, tout en se massant le menton.

« Va te faire foutre. »

Ricci garda la main tendue.

« Ta plaque, répéta-t-il. Soit tu me la présentes, soit je te demanderai de me suivre. Mais s'il faut en arriver là, je te garantis que je te fais boucler. »

Le gars lorgna Ricci pendant une bonne seconde, l'air renfrogné. Puis enfin, ses mains quittèrent son menton, sortirent de son anorak un porte-cartes qu'elles passèrent par la vitre ouverte.

Ricci l'ouvrit et le feuilleta, étudia la carte professionnelle de membre de la sécurité d'UpLink, déchiffra le nom inscrit sous l'hologramme représentant l'insigne de l'Épée.

« Bennett, répéta-t-il à voix haute. C'est Cousins qui t'as envoyé me filer ou c'est toi qui m'as repéré alors que je planquais devant Kiran ? »

L'agent le reluqua.

« Puisque t'es si malin, la Californie, devine. »

Ricci le fixa sans mot dire.

« Bravo ! On ne veut surtout pas avoir une mauvaise note dans son dossier.

— Ouais, ben, va te faire foutre, toi aussi. »

Le sourire de Ricci était tranchant.

« Tiens, une question au moins à laquelle tu pourras répondre, reprit-il. Ce fourgon... il va rester bien en évidence ?

— À ton avis ?

— Je veux dire, après ton tour de garde.

— Putain, j'avais parfaitement compris. »

Ricci le contempla un moment encore, alla pêcher dans sa poche l'enveloppe à preuves scellée, et la tendit par la vitre en même temps que le porte-cartes.

« Je veux qu'on examine le contenu de ce sachet pour y déceler des empreintes. Et vite... je veux dire, dès demain à la première heure », précisa-t-il avant d'ajouter : « Et si d'aventure t'essaies encore de me filer, tâche d'être plus malin la prochaine fois. Par exemple en évitant de prendre une bagnole qui sorte du même garage à matériel que celui où j'ai pris la mienne. »

Bennett le regarda, bouche bée.

« Merci pour le conseil... », lâcha-t-il.

Ricci s'arrêta sur une aire de repos un peu avant d'atteindre la grande barrière de péage séparant la fin de l'I-87 et la branche sud de l'autoroute urbaine de Garden State en direction de Manhattan.

Dans le parking vide qui s'étendait devant le bâtiment des visiteurs, il sortit son PDA PalmTop d'une pochette de son gilet tactique et composa un bref message électronique adressé à un compte Yahoo pour mobile.

O.W.K.
Prêt pour RDV demain. Où et quand ? Préférence ?
R.

Il patienta ensuite une dizaine de minutes à fixer l'écran de l'ordinateur de poche, hésitant entre les touches ENVOI et RETOUR de son clavier.

Rideau numéro un, rideau numéro deux, songea-t-il. *Je veux, mon neveu...*

Finalement, son choix fait, Ricci activa la connexion wifi de son Palm et envoya le message.

Ce faisant, il aurait presque senti sur son cou l'haleine du fauve.

L'ascenseur de Malisse était dangereusement déréglé.

Au début, tout avait paru normal. Il était entré, seul, dans la cabine, avait pressé le bouton du neuvième étage et s'était calé à la paroi du fond de la cabine tandis que celle-ci s'ébranlait. À sa grande surprise, elle s'était toutefois arrêtée au second sans pour autant qu'aucune des deux portes — intérieure et extérieure — s'ouvre. Lorsqu'il avait appuyé sur le bouton d'ouverture forcée des portes, la cabine s'était mise à plonger vers le bas de la cage avec une soudaineté telle qu'il en avait eu l'estomac au bord des lèvres, avant de s'immobiliser brutalement entre rez-de-chaussée et premier, puis de repartir d'un coup vers le haut, jusqu'au quatrième. Là aussi, les portes étaient demeurées obstinément closes, retenant Malisse au piège. Encore une fois, il appuya sur le bouton du neuvième, pressant frénétiquement dessus jusqu'à ce que la cabine semble daigner reprendre un fonctionnement normal, ses témoins lumineux lui indiquant qu'il avait repris son ascension dans la cage. Cinquième, sixième, septième, huitième… et bientôt le neuvième.

Puis, nouvelle secousse brutale et la cabine dépassa le niveau du neuvième comme propulsée par des boosters, câbles gémissant, flancs cliquetant, l'ensemble des boiseries et des miroirs intérieurs se mettant à vibrer, se détacher et se fracasser autour de lui.

Ballotté en tous sens, Malisse était au bord de la panique. À quelle vitesse évoluait-il ? Vingt mètres par seconde ? Trente ? Tâchant tant bien que mal de garder son équilibre, persuadé que les contraintes de cette folle accélération risquaient à tout moment de rompre les parois de la cabine, l'arracher à ses câbles et la précipiter au bas de la cage, il s'approcha, titubant, du tableau de commande et bascula l'interrupteur rouge de l'arrêt d'urgence.

Une sonnerie d'alarme retentit, assourdissante, mais la cabine continuait néanmoins de monter à une allure vertigineuse. Au bord de la panique, Malisse se demanda s'il n'était pas fichu. À quoi pouvait bien servir d'entendre tout ce raffut si l'ascenseur était dépourvu de freins ? Si l'alarme continuait de sonner sans discontinuer alors que la cabine continuait de grimper, grimper, grimper, jusqu'à dépasser le dernier étage de l'immeuble et si celle-ci n'était restée en un seul morceau que pour aller se fracasser contre le toit ?

Malisse agrippa la main courante, se préparant à la collision désormais inévitable, les oreilles saturées par le fracas aussi tonitruant qu'inutile de la sonnerie d'alarme…

Et puis soudain, il se retrouva réveillé par la sonnerie du téléphone posé au chevet du lit dans sa chambre au Mayfair.

Se débarrassant des couvertures, Malisse ôta le masque de sommeil de satin noir qu'il avait chaussé pour déjouer les sempiternels éclairages si odieusement intrusifs de Manhattan. Un instant après, il lorgnait le cadran de son réveil, puis, clignant par deux fois des paupières, l'approcha de ses yeux.

Il était deux heures quarante-cinq du matin.

Quel fâcheux pouvait donc bien le déranger à une heure pareille ?

Il saisit le combiné qu'il plaqua contre son oreille.

« Ouais, c'est qui ? lança-t-il, furieux.

— Duncan, répondit la voix à l'autre bout du fil. Vous m'avez l'air passablement crispé, Delano. Vous aurais-je distrait de quelque diversion nocturne ?

— Non, juste de mes rêves bienheureux », répondit Malisse. Il respira lentement pour se calmer. « Vous avez vu l'heure ?

— Vaguement, convint Duncan. Nous autres encartés au syndicat du marché noir, nous avons des horaires un peu particuliers, et j'espère pour vous que vous ne comptez pas sur mes excuses. Le fait est que vous devriez tout au contraire me féliciter. »

Malisse se rassit, entassa les oreillers contre la tête de lit, et se cala contre.

« J'imagine que vous allez me dire pourquoi, rétorqua-t-il d'emblée.

— Vous êtes bien réveillé ?

— Oui.

— Bien, fit Duncan. Parce que je n'ai pas envie de vous entendre vous plaindre que j'aurais omis de vous rappeler notre rendez-vous de demain. Ou plutôt, aujourd'hui dans la matinée, devrais-je dire. Sept heures, Park Plaza, à notre place habituelle près de ces joueurs d'échecs. »

Le dépit de Malisse s'était dilué dans une curiosité avide.

« Je n'ai pas souvenance qu'on ait convenu d'un tel rendez-vous, remarqua-t-il, reprenant la balle au bond.

— Vraiment non ?

— Vraiment non.

— Ma foi, peut-être bien qu'on n'en a pas eu non plus la fois d'avant, tout bien considéré, rétorqua Duncan. Quoi qu'il en soit, D, je suis passé chez un tailleur qui a bien reçu le pardessus que vous aviez commandé. Ils ont réalisé finalement toutes les modifications demandées… même s'il a fallu que je leur fournisse un tombereau entier de mes frusques personnelles, et qu'il y a encore cinq minutes, je poireautais encore dans leur salle d'attente. »

Malisse se redressa et inspira, tout excité.

« Duncan, là, vraiment, j'apprécie.

— Assez pour m'offrir le petit déj' ?

— *Ja, ja…* certainement ! »

L'agent du FBI rigola à l'autre bout du fil.

« Je sais que vous êtes sincère quand vous bégayez en flamand, observa-t-il. Sept heures pile, Delano. Et comptez sur moi pour avoir de l'appétit. »

7

New York / New Jersey / Cachemire indien

Un peu après huit heures du matin, Ricci quitta sa chambre d'hôtel, descendit en ascenseur et, alors qu'il passait devant l'entrée du restaurant au rez-de-chaussée, il vit Derek Glenn en sortir avec une tasse de café.

Ricci serait sorti dans la rue si leurs chemins ne s'étaient pas croisés.

Ils s'immobilisèrent face à face, échangèrent un regard.

« C'est moi qui suis en avance ou toi en retard ? » observa Glenn avec un sourire figé.

Ricci haussa les épaules.

« Je vais vérifier deux ou trois trucs en ville », expliqua-t-il. Glenn continuait de l'observer d'un air neutre. « T'étais habillé pareil quand on s'est quitté hier. »

L'expression de Glenn devint encore plus bizarre.

« Si ça te dérange tant que ça, je monte en vitesse me changer dans ma chambre. Je te retrouve au siège dans un moment. » Avant de tourner brusquement les talons pour se diriger vers les ascenseurs.

Quand Ricci arriva au travail, Noriko Cousins était à son bureau derrière son ordinateur. Elle leva les yeux d'un dossier ouvert à l'écran pour lui adresser un petit signe de la main derrière la porte.

« Je me suis laissé dire que tu avais eu une nuit chargée », dit-elle, pas vraiment ravie.

Ricci se dirigea vers la chaise d'angle et s'assit sans quitter son pardessus.

« J'étais pas le seul. »

Elle lui adressa un regard. « Suis-je censée deviner la signification de tout ceci ?

— On parle boulot, et cela signifie que votre guetteur attitré chez Kiran aurait intérêt à apprendre à se montrer plus discret. Si j'ai pu le repérer, alors le chauffeur de la camionnette également, observa Ricci avant de hausser les épaules. S'il y a une autre signification au mot "occupé" que tu désires discuter, je suis bien sûr tout ouïe. »

Noriko s'abstint de répondre tout de suite.

« J'ai reçu ton devis détaillé, poursuivit-elle. Toujours l'attitude du dur. Le numéro du loup solitaire. Mais jamais jusqu'ici je n'avais cru que tu pouvais être à ce point pathétique. »

Le sourire de Ricci se fit carrément tranchant.

« J'imagine qu'il vaut mieux qu'on s'en tienne à causer boutique. »

Noriko n'avait cessé de le fixer droit dans les yeux, et elle ne cilla pas.

« J'ignore comment vous opérez à San Jose ou ce que tu as réussi à leur faire passer à leur nez et à leur barbe, reprit-elle. Mais ici, tu es dans ma circonscription, et je tiens à être informée de tes mouvements. Filer planquer hier soir n'était pas une décision que tu aurais dû prendre sans mon autorisation… et pour que les choses soient bien claires, mon problème n'est pas de te retrouver la gorge tranchée sans que personne n'ait le moindre indice. L'important, c'est que tu aurais pu compromettre toute notre enquête. »

De l'autre côté du bureau, Ricci soutint son regard avant de hausser les épaules. « Si j'avait cherché à te dissimuler des secrets, je me serais loué une voiture chez Hertz au lieu d'aller en chercher une au parking de la maison où j'étais sûr que quelqu'un ne manquerait pas de remarquer sa disparition. » Il haussa de nouveau les épaules avant d'indiquer le classeur resté ouvert devant elle. « Ce qui est important, c'est de savoir si tous ces imprimés indiquent que ton petit Bennett a réussi à tirer des informations du briquet jetable. »

Noriko le regarda.

« Ton partenaire a appelé pour prévenir qu'il serait ici d'une minute à l'autre, indiqua-t-elle. Je veux le mettre sur le coup, lui aussi. »

Il s'écoula en fait près de cinq minutes dans un silence glacial avant que Glenn ne se pointe enfin. Il passa en trombe devant Ricci, le saluant d'un signe de tête, lança son pardessus vers une patère et s'approcha du bureau de Noriko.

« Bonjour, lui dit-il, tout sourires.

— Enfin arrivé », lâcha-t-elle en le gratifiant à son tour d'un petit sourire à sa manière.

Glenn prit un siège et attendit.

« Il serait peut-être temps de partager, et de le faire équitablement », proposa Noriko. Elle lui adressa un regard éloquent, puis reporta son attention sur Ricci. « En commençant par ce que tu as vu l'autre soir à Kiran, et puis ensuite. »

Tandis qu'une expression de surprise gagnait les

traits de Glenn, Ricci lui narra son observation de l'usine, lui décrivit le chargement de cartons à bord du fourgon de déménagement et, apparemment, leur ouverture, les costards-cravates qui s'en étaient chargés, sans oublier le grand type. Puis il décrivit la poursuite du véhicule jusqu'au motel des routiers, la récupération du briquet usagé sur le parking de l'établissement, avant enfin de le confier à Bennett aux fins d'examen… narrant tout cela par le menu sur un ton monocorde, précis mais dépassionné.

« Voilà, ce que j'ai vu », conclut-il. Il regarda Noriko droit dans les yeux. « Pour le reste, à toi de voir. »

Elle opina sans l'ombre d'une hésitation.

« Nous avons recueilli toute une tripotée d'empreintes sur le briquet, que nous avons corrélées avec l'IAFIS, grâce aux Fédéraux qui ont eu l'amabilité de nous y donner accès, dit-elle en recourant à l'acronyme désignant la base de données d'identification automatisée des empreintes digitales. Toutes appartiennent au même homme, un dénommé John Earl Fletcher… ou John Earl, comme il préfère se faire appeler.

— Quel genre de casier a ce monsieur ? s'enquit Glenn.

— Le genre long et moche », dit Noriko. Elle parcourut une page de son dossier. « Ça commence il y a près de vingt ans avec une série de crimes et délits mineurs dans l'État du Maine. Détention de substances illicites, conduite en état d'ébriété, atteinte aux droits du public, tu vois le topo. Suivent plusieurs passages devant le tribunal des mineurs avec arrestations et mises à l'épreuve, puis une condamnation pour vol à l'arraché sous la menace d'une arme blanche. Puis il passe six mois à la prison du comté pour coups et blessures volontaires. Un an plus tard, il tombe sous le coup d'une inculpation pour meurtre aggravé... un shérif adjoint. Il est alors condamné à quinze ans de détention au pénitencier d'État du Maine.

— Ça ne paraît pas cher payé pour le meurtre d'un flic, observa Glenn.

— C'est ce que je me suis dit, moi aussi, convint Noriko. En creusant un peu pour croiser les informations de l'IAFIS avec celles d'autres bases de données autorisées, j'ai découvert que la mort a été jugée accidentelle... les détails consignés sont fragmentaires mais il semble qu'il y ait eu derrière une affaire plus ou moins personnelle. Tous deux se connaissaient depuis le lycée, comme c'est souvent le cas dans les petites villes. Earl était camionneur dans une compagnie pétrolière locale. Un jour, le flic et lui ont une prise de bec au sujet d'une banale infraction routière, une histoire idiote. De fil en aiguille, ils en viennent aux mains. Le flic tombe par terre, se cogne la tête, ne se relève pas. Et Earl se retrouve à purger une longue peine en taule, où il devient un caïd.

— On s'améliore pas en vieillissant...

— C'est rarement le cas, confirma Noriko. La fois suivante où on lui remet la main dessus, après sa libération, notre bonhomme a changé de crèmerie pour s'installer à Newark, New Jersey, où il se fait arrêter lors d'un contrôle sur des affaires de racket et de corruption. Il est poursuivi dans plusieurs États pour complicité de racket... et plus grave, à plusieurs reprises, pour une activité de tueur à gages. Mais deux témoins clés changent leur déposition avant le procès et, une fois encore, ça débouche sur un non-lieu. »

Glenn renifla. « Oh, quelle chance, vraiment », observa-t-il avec un sourire ironique.

Noriko haussa les épaules et rabaissa les yeux vers son classeur.

« Il n'y a rien d'autre en dehors de ce que j'ai pu soutirer des dossiers informatiques. John Earl Fletcher — alias John Earl — semble disparaître de la circulation jusqu'à sa réapparition chez Kiran au volant de la camionnette. »

Ricci était resté jusqu'ici assis dans son coin du bureau sans réagir à ses paroles ou du moins, il semblait s'être contenté de se prélasser, le regard perdu dans le vide. Or voilà que ses yeux se glissèrent vers Noriko pour rester rivés sur elle.

« Tes guetteurs avaient déjà repéré ce bahut à l'usine ? demanda-t-il.

— Non, répondit-elle. Hier soir, c'était une première.

— Et il est toujours garé au motel. »

Elle acquiesça. « À la seconde même où Earl quittera sa chambre, je serai prévenue.

— En résumé, on a un gars qui est devenu un ponte du milieu, tueur professionnel et trafiquant de came, qui trimballe des marchandises pour Kiran dès la nuit tombée, puis va se garer à quinze cents mètres de là comme s'il n'était pas pressé d'aller quelque part avec. Tu trouves ça logique ? »

Glenn se gratta derrière l'oreille.

« Pas trop, non, convint-il. À moins qu'il attende quelque chose. »

Ricci se tourna vers lui.

« Qu'il attende quoi ? »

Glenn haussa les épaules.

« Quelqu'un à retrouver ou à contacter, un événement quelconque, rien ne nous permet de deviner. »

Silence. Noriko referma lentement le dossier qu'elle tenait et le reposa sur son bureau.

« J'ai vu un truc, ce matin, en dehors des éléments strictement juridiques, indiqua-t-elle. Un message électronique de Lenny Reisenberg. »

Les deux hommes la regardèrent.

« Le transitaire qui nous a embarqués dans l'affaire Sullivan ? » demanda Glenn.

Noriko opina.

« C'est une longue histoire. L'intéressant dans tout ça, ce pourrait être que Lenny a commencé à creuser un peu dans les relevés d'expédition de Kiran, et qu'un élément marquant qu'il a déjà jugé digne d'être signalé est qu'une bonne partie des composants pour laser à double emploi que Kiran expédie à l'étranger en quantités de plus en plus grandes — des pièces détachées qui m'interpellent depuis déjà un bout de temps — eh bien, que toutes ces pièces ont été envoyées à un distributeur international installé à Singapour. Une entreprise qui a des succursales importantes à Amman, en Jordanie, et au Caire. » Une pause, un haussement d'épaules. « Rien dans tout cela n'est forcément louche, puisque notre diplomatie considère ces deux pays comme des partenaires, mais enfin...

— Mais ils sont également des points de passage fréquentés par quantité de méchants de la région », compléta Glenn.

Elle acquiesça derechef et tous restèrent ensuite silencieux une bonne minute. Puis Ricci s'avança sur sa chaise, le regard passant de l'un à l'autre.

« Merde, on aurait intérêt à trouver vite fait ce que transporte ce fourgon de déménagement. »

John Earl sortit de la douche de sa chambre de motel, se sécha, se ceignit avec une serviette et se planta, demi-nu et encore trempé, devant le grand miroir fixé au battant de la porte. Il effleura le tatouage rouge à son cou, représentant un camion de pompiers Mack, tout en songeant au rêve fait la nuit précédente. Dans ce rêve — plutôt un cauchemar, à vrai dire —, il était de retour à Thomaston, de retour dans sa cellule, où il travaillait sur la version grand format de ce même camion qu'il avait peint sur le mur, au long de plusieurs années, après avoir enfin réussi à convaincre les matons de regarder ailleurs... même s'il savait qu'il n'avait pas été le seul détenu de la prison qu'on avait laissé se distraire avec des travaux manuels ou des activités artistiques, tant qu'il restait tranquille et qu'il obéissait aux ordres.

C'était un panorama assez spectaculaire qui s'était développé derrière ces barreaux, à droite et au-dessus de sa couchette, à commencer par le camion-citerne qu'il conduisait pour Hastings Energy — avant que sa dispute avec cet enculé d'adjoint, à Belfast, ne l'envoie à l'ombre —, pour se développer, petite touche par petite touche, tout autour du véhicule — d'abord un long ruban d'asphalte noire, sous les roues du poids lourd, puis des collines verdoyantes roulant jusqu'à l'horizon, et, dominant la scène, le grand ciel bleu, avec son gros soleil rond et ses nuages cotonneux. Earl travaillait à cette peinture chaque soir durant des heures, jusqu'à l'extinction des feux. Il avait toujours adoré les camions. Porteurs, semis, cabines avancées, citernes comme son attelage chez Hastings Energy. Et toutes ces nuits dans sa cellule où il peaufinait sa fresque ou bien la contemplait dans la pénombre après s'être pieuté, Earl s'imaginait au volant, les vitres baissées, le rugissement du vent à ses oreilles se mêlant au grondement de son monstrueux diesel Detroit et au lourd claquement des guitares de rock déversées par les haut-parleurs.

Ouais, songeait Earl, il s'imaginait alors dans ce gros Mack, il en rêvait quand il s'endormait. Il n'avait qu'à fermer les yeux pour se retrouver illico en train de foncer, libre comme l'air, sur une route de campagne anonyme, le Mack plus rouge et plus éclatant qu'un camion de pompiers, l'emportant n'importe où pourvu que ce soit loin d'ici, l'emportant là où on ne le retrouverait jamais, l'emportant toujours plus loin de cette sordide bâtisse de roc et d'acier, tandis que, kilomètre après kilomètre, la campagne déserte et dégagée se dévidait derrière lui.

Earl plissa le front, comme lui revenait son rêve de la nuit. Puis il s'éloigna de la glace pour récupérer ses fringues, là où il les avait jetées la veille, sur la chaise à côté du lit. Dans ce rêve, tout avait été changé — mis sens dessus dessous —, il s'était retrouvé dans sa cellule en train de réclamer en vain à l'un des gardiens de la peinture, l'implorant de lui en donner pour qu'il puisse travailler à sa fresque du camion, mais essuyant refus et moqueries, sans jamais pouvoir distinguer le visage du maton parce qu'il était dissimulé derrière un masque noir, un peu comme ces visières de scaphandre d'astronaute... ou, comme il s'en rendait compte à présent, tout pareil au casque à visière que portait Hassul Benazir alors qu'il l'informait de son putain de boulot d'aujourd'hui. Cette foutue putain de mission qui était censée lui rapporter une fortune, et dont il savait qu'en réalité elle l'amènerait à se faire tuer s'il l'accomplissait comme prévu — les chairs boulottées jusqu'aux os, les poumons se vidant par le cul, liquéfiés en brouet immonde par ce même air empoisonné qui éliminerait par millions toutes ces autres dupes sans méfiance.

Earl enfila sous-vêtements, chaussettes, jean et chandail, alla récupérer ses bottes près de la porte et se rassit au bord du lit pour les enfiler, en les faisant remonter par saccades au-dessus de ses chevilles.

Les millions, il n'en avait rien à foutre. Strictement rien à foutre. Si tous ces gens devaient ne pas voir se lever le prochain matin, Earl ne verserait pas une larme de plus pour eux qu'on n'en avait versé pour lui de toute son existence… soit en tout et pour tout, pas une seule.

Ils n'auraient qu'à se débrouiller tout seuls, après tout, comme il l'avait fait lui-même depuis toujours.

Et comme il continuerait à le faire aujourd'hui, demain et tous les autres jours qu'il était appelé ou non à connaître.

« Ravi de vous revoir… Monsieur Friedman, c'est bien ça ? »

Malisse était en face de Jeffreys dans le hall d'entrée de l'immeuble du DDC, le Club des courtiers en diamant, 47e Rue Ouest, un sac à vêtements en vinyle noir plié sur son bras gauche, une mallette à coque rigide tenue à la main droite.

« Tout à fait, confirma ce dernier. On peut dire que vous avez la mémoire des noms, vous…

— Ça, j'en sais rien, à moins que vous comptiez comme un don le simple fait d'être capable de mettre un visage sur tous les noms consignés dans ce registre. » Et le vigile de tapoter du bout du doigt ledit registre posé sur son comptoir tout en accompagnant son geste du sourire outré d'un acteur du muet. « Norman Green a appelé pour dire que vous seriez de retour en tout début de matinée.

— Appelé ?

— Il a pris un peu de retard mais vous pouvez vous inscrire et monter tout de suite l'attendre », dit Jeffreys. Il se pencha, un stylo à la main, et prenant un air de conspirateur, chuchota : « Vous avez une bonne demi-heure devant vous, Hoffman dit ses prières. » Puis, baissant encore le ton, comme si les mots lui avaient échappé : « Que le Seigneur ait pitié du pécheur en quête de repentir. »

Malisse grommela, saisit le stylo et signa le registre dans la colonne jouxtant son pseudo couché à la main.

« Si Dieu avait l'obligeance de me demander mon humble avis, je lui conseillerais de garder sa sollicitude pour le juste et de pisser à la raie de tous les autres », lâcha-t-il avant de se tourner vers l'ascenseur.

La boutique Urban Jewellers, sur la 47e Rue ouest était un petit commerce familial qui depuis plus de trente ans vendait des bijoux de médiocre qualité mais de prix abordable, en ciblant la clientèle de passage. L'enseigne — « Joailliers urbains » —, sous ses dehors sans grande imagination trahissait en fait une sorte de double sens non dépourvu d'astuce, puisque la référence directe — *urbains* — à sa situation au cœur même de la métropole new-yorkaise était également une référence au patronyme — quelque peu abrégé — de son fondateur et principal propriétaire, un certain Constantin Urbaniak, juif géorgien qui avait débarqué à New York à la tête d'une vague d'un demi-million d'immigrants ambitieux quand, à la suite d'une intense pression nationale et internationale, l'ex-Union soviétique avait assoupli sa politique d'émigration à l'égard des minorités opprimées, au tout début des années soixante-dix du siècle dernier.

Alors que Constantin continuait à veiller sur les affaires générales de la boutique — avec un œil tout particulièrement pour la comptabilité —, il en avait depuis sept ans déjà laissé la gestion quotidienne à sa fille et son gendre, un couple laborieux et limite honnête qui, lorsqu'il leur arrivait d'arnaquer leurs clients, préféraient l'exagération et l'embellissement à la franche tromperie, suivant en cela l'enseignement tiré d'un régime régulier de séries télévisées américaines, où l'on voyait des entreprises multimilliardaires fourguer à longueur de spots publicitaires des chandails pour se la péter dans la cour de récré, des sodas censés accroître votre sex-appeal d'ado, et des voitures coûteuses censées prouver votre réussite d'adulte.

Constantin Urbaniak n'avait jamais cherché à franchir ainsi la ligne jaune. Certainement pas quand il se tenait du matin au soir derrière les comptoirs vitrés de sa boutique, et surtout pas à cette époque. De son point de vue, l'honnêteté — ou l'honnêteté relative — était réservée aux hommes dépourvus d'inspiration comme son abruti de gendre, appliqué, certes, mais un rien obtus. Artisan par disposition et faussaire par hérédité — son cher oncle maternel était le fameux Solomon Smolianoff, célèbre pour ses faux durant le Seconde Guerre mondiale —, Constantin avait toujours estimé que sa vocation véritable était d'être créateur plutôt que vendeur. Et dans les coulisses de ses bureaux au soixante et onzième étage de l'Empire State Building, un plateau dont la partie visible hébergeait le service VPC d'Urban Jewelry et les terminaux de vente en ligne — le projet chouchou de son fils aîné Mikaïl, qui avait décroché un doctorat de gestion des affaires à l'université Johns Hopkins —, ce virtuose de l'imposture était imbu de lui-même et dépourvu de scrupules.

Au sein de la confrérie des faussaires en bijoux antiques, Urbaniak s'efforçait de rester le meilleur parmi les tout meilleurs.

Avram Hoffman avait suivi une piste de bruyants chuchotements (comme s'il pouvait y avoir des chuchotements discrets dans ce milieu) qui l'avait conduit bien des mois plus tôt à Constantin, venu avec une authentique perle japonaise rose ainsi qu'une poignée de diamants à taille brillant, et lui réclamant la fabrication d'une épingle à chapeau Belle Époque en or, sur laquelle monter ces pièces et accroître ainsi de manière exponentielle leur valeur déjà notable.

À en juger par la fréquence de ses visites ultérieures, le travail d'Urbaniak devait avoir eu l'heur de lui plaire. Certes, la difficulté des commandes d'Hoffman s'était accrue à mesure par sauts de plus en hardis, au même rythme que sa confiance que la main d'Urbaniak saurait leur apporter la perfection… et qu'il ne pourrait y en avoir de meilleur témoignage que le défi qu'il lui avait proposé dès son entrée dans le bureau quelques instants plus tôt.

La question soumise à Urbaniak cette fois-ci — soulignée par les photos qu'Hoffman avait étalées devant lui — était de savoir si son interlocuteur détenait bel et bien ce qu'il prétendait avoir en sa possession. Auquel cas, Urbaniak savait qu'il pourrait lui confectionner un objet mémorable, une authentique œuvre classique. Dans le cas contraire, il ne pourrait rien lui donner.

« Je dois vous interroger de nouveau au sujet du saphir, si vous n'y voyez pas d'inconvénient, dit-il en fixant son vis-à-vis. Un cabochon de première qualité de douze carats huit est une pièce remarquable. Un ovale de cette taille extrait des anciennes mines du Cachemire serait proprement fabuleux. Une rareté sensationnelle…

— Et pourquoi un courtier, fils et neveu de courtiers, ne pourrait-il accéder au fabuleux et au sensationnel ? rétorqua Hoffman. Ou bien ne croyez-vous pas que celui qui se trouve au milieu ne puisse transcender ses origines ? »

Urbaniak hocha la tête, un rien désarçonné par ce ton coupant.

« Ne l'oubliez pas, vous vous adressez à un homme qui a justement accompli ce parcours, observa-t-il. En URSS, j'étais ouvrier dans une usine. Ici, je suis resté longtemps boutiquier. (Il marqua un temps.) Rien de méprisant dans tout cela, et ne le prenez surtout pas mal. Je veux simplement m'assurer qu'il n'y a pas de malentendu entre nous avant de procéder.

— Alors, soyez rassuré, même si je vois pas en quoi cela pourrait vous poser problème. »

Urbaniak haussa les épaules.

« Nous pouvons commencer sans honte, reprit-il. Vous connaissez ma politique, Avram. Je suis tout sauf un camelot qui fourgue de la verroterie prétentieuse. Ou de la vulgaire camelote. Ce qui sort de mon atelier doit rester fidèle au travail passé qui l'a inspiré depuis toujours. »

Hoffma resta quelques instants sans rien dire, les lèvres pincées, le visage s'empourprant soudain au-dessus du trait de la barbe.

« Avram, vous vous sentez bien ?

— Oui, répondit l'intéressé, mais il semblait essoufflé. Très bien.

— Vous êtes sûr ? Je peux vous apporter un verre d'eau… »

Avram écarta la proposition d'un geste, inspira, souffla.

« Peu importe, coupa-t-il. La pierre que je vous fournis sera un Cachemire authentique. Certificats à l'appui. »

Urbaniak avait noté la rougeur qui s'étendait par petites taches sur le cou et le front d'Avram, mais vu la susceptibilité de son interlocuteur, il jugea préférable de s'abstenir de tout autre commentaire. Au contraire, il pesa soigneusement ses paroles, tout en inspectant les photos du saphir monté en bague étalées sur son bureau.

« Si c'est bien ce qu'il y paraît, dit-il au bout du compte, alors c'est bon.

— Serez-vous en mesure de concevoir une disposition basée sur mes photos ? »

Urbaniak le regarda.

« Je suis depuis fort longtemps un fervent admirateur des bijoux de Raymond Yard et je ne serais que trop ravi d'avoir l'occasion... (il marqua un temps pour trouver la formulation appropriée) d'adapter une de ses pièces. Yard était parmi les plus grands, un artiste hors pair parmi ses contemporains de la période Arts déco... et si l'on veut parler d'hommes capables de transcender leurs origines modestes, voilà un fils de cheminot qui était devenu l'ami et le conseiller des riches. La clientèle de son salon se recrutait parmi toutes les vieilles fortunes, et en particulier l'élite new-yorkaise. Les Vanderbilt, les Gould, les Beekman et autres Astor... » Nouvelle pause. « C'est pour John D. Rockefeller Junior qu'il avait organisé l'achat au Nizam d'Hayderabad de ce qui reste sans doute le saphir le plus célèbre au monde. Une pierre de soixante-six carats qui avait jadis brillé sur cette bague présentée sur les photos que vous m'avez apportées et qui devait être plus tard remontée sur des broches portées par la première, puis la seconde épouse de Rockefeller — et après la mort de Yard, incluse dans une autre bague pour répondre au caprice du fils d'un collègue de Raymond Yard, le diamantaire Esmerian. Quand enfin, il y a quelques années, elle est passée dans l'anonymat d'une collection privée, je crois que ce fut au terme d'une enchère record de trois millions de dollars. »

Avram avait déboutonné le col de sa chemise sous sa cravate pour continuer de respirer à grandes goulées.

« Plus, même, rectifia-t-il. Constantin, laissez-moi vous poser à mon tour une question. Supposez qu'une autre pierre ait été incluse dans le lot acquis par

Rockefeller auprès de ce maharadjah. Bien plus petite que la première — juste un peu moins de treize carats — mais provenant de la même origine et d'une excellence en tous points comparable. Puis supposez encore que Rockefeller ait demandé à Yard de la lui monter sur une bague en platine, bague destinée à une autre femme que son épouse. Une très jeune et très belle ingénue des planches de Broadway, qui entretenait avec lui une relation discrète, et dont la louable discrétion lui avait interdit de jamais révéler l'identité du gentleman qui lui avait offert cette bague, ou d'en indiquer la provenance… même si le bijou avait été dessiné d'après ces photos tirées d'un catalogue de vente chez Christie, photos que j'ai reproduites pour vous les apporter, et qu'elle portait gravée la lettre Y qui était la signature de Yard. » Avram s'avança sur sa chaise. « Est-ce que vous me suivez jusqu'ici ? »

Urbaniak croisa son regard avec intérêt, puis il opina.

« L'histoire que vous me présentez est absolument fascinante.

— Je me suis donné du mal pour recueillir les détails exacts », crut bon de préciser Hoffman avec des airs de conspirateur.

Urbaniak hocha de nouveau la tête. Il s'avisa que son interlocuteur travaillait peut-être un peu trop pour son propre bien. Hoffman avait graduellement retrouvé ses couleurs et sa respiration normale, mais il semblait malgré tout encore las, les nerfs à vif.

« Pour faire court, poursuivait à présent Hoffman, disons que cette comédienne s'est mariée après la disparition de Rockefeller, gardant tout au long de sa vie le secret sur sa relation intime avec lui, et léguant la bague à ses héritiers légitimes. Que celle-ci s'est donc transmise aux enfants, aux petits-enfants, puis aux arrière-petits-enfants, et ainsi de suite. Et qu'elle a fini aujourd'hui par se retrouver aux mains d'une personne au statut social éminent qui souhaiterait s'en défaire sans forcément rouvrir les poussiéreux cartons du scandale, aussi a-t-il engagé un courtier comme moi pour y procéder sans pour autant dévoiler le nom du propriétaire du bijou ». Il regarda Urbaniak de l'autre côté de la table. « La question que je vous adresse, à vous l'artisan émérite, est celle-ci : les qualités uniques de ce bijou suffiront-elles à convaincre un acheteur potentiel et celui ou celle qu'il engagera pour l'évaluer, qu'il s'agit bien d'un authentique Raymond Yard ? »

Urbaniak répondit sans hésiter.

« L'œuvre d'une main experte sera toujours reconnue par un œil expert. Et avec ou sans documents justificatifs, réclamera un prix justifié pour tous les amoureux de belles parures. »

Hoffman demeura silencieux une minute. Puis il acquiesça et se carra dans son fauteuil, semblant enfin se relaxer un peu.

« Constantin, reprit-il. Je m'en vais vous proposer de me faire quelque chose qui réponde à ces critères. »

Peu après avoir quitté le bureau d'Urbaniak, Avram se tenait à l'angle de la 33e Rue et de la Cinquième Avenue, désireux de ne pas attirer l'attention des passants, et passablement gêné par cet accès de faiblesse alors qu'il s'appuyait au fût métallique d'un réverbère pour reprendre son souffle.

Il s'en était fallu de si peu avec le joaillier, songea-t-il. Ce confinement. Cette sensation de manquer d'oxygène lui avait pris la tête, lui donnant l'impression d'avoir le torse entravé par des lanières de cuir.

Avram avalait goulée sur goulée d'air froid, et bientôt il crut se sentir mieux — certainement assez bien en tout cas pour achever le reste de sa tâche.

Il glissa la main dans son pardessus pour en sortir le mobile et envoya à Lathrop le bref message qu'il y avait mis en mémoire, puis il reprit la mallette qu'il avait posée sur le trottoir entre ses pieds.

A présent, il ne lui restait plus qu'à se dépêcher de rejoindre la banque en attendant qu'on réagisse à son appel.

« Tu es sûr de ne pas vouloir insister pour voir Ruiz avec nous ? » demanda Derek Glenn à Ricci. Il voûta les épaules pour se protéger d'une rafale de vent. « Quoi qu'il puisse se passer de louche chez Kiran, on ne peut pas oublier qu'on est venus ici d'abord pour retrouver Patrick Sullivan. »

Ricci garda le silence. Il se retrouvait, en compagnie de Glenn et de Noriko Cousins sur le trottoir d'Hudson Street, au pied du siège de l'Épée, quelques minutes seulement après que l'inspecteur eut téléphoné pour fixer leur rendez-vous.

« J'ignorais qu'on était ainsi collés comme des siamois, observa-t-il enfin. Il y a encore deux ou trois autres trucs que j'aimerais vérifier. »

Noriko le lorgna par-dessous la visière de sa casquette léopard.

« Des trucs ? »

Ricci acquiesça.

« Genre, l'immeuble résidentiel où vivait la petite amie de Sullivan, et ses alentours, et les endroits où elle aurait pu passer avant sa disparition, précisa-t-il. Des trucs comme ça et peut-être d'autres. »

Noriko continuait de le dévisager.

« Fais ce que tu veux, lâcha-t-elle. Mais si tu as la moindre intention de m'enfumer, je te promets que ça va chier. »

Ricci haussa les épaules.

« Si tu veux me mettre un autre agent de probation sur le dos, histoire de vérifier que je reste dans les clous, libre à toi. Mais à ta place, je m'inquiéterais plutôt de ce dont on a parlé, à savoir renforcer la surveillance automobile autour de ce motel — et le faire vite, avant que ton gars pique du nez sur son volant. »

Il y eut un instant de silence. Noriko regarda Ricci ; elle était sur le point de lui répondre quand elle se rendit compte qu'elle n'avait rien de plus à lui dire et retint ce qui avait pu lui venir au bord des lèvres.

Alors, à la place, elle leva le bras et, passant devant lui, s'avança vers le bord du trottoir pour héler un taxi.

Malisse stationnait devant la devanture du bureau de tabac de Nat Sherman, en face de la bibliothèque à l'angle de la Cinquième Avenue et de la 42e Rue, lorgnant d'un œil gourmand l'humidificateur à cigares en bois de rose et couvercle de verre biseauté, objet d'un prix sans aucun doute exorbitant, dans lequel il pouvait sans mal imaginer ses précieux Davidoff dominicains reposant dans des conditions idéales de conservation.

Un autre jour que celui-ci, son imagination aurait pu s'enflammer, au point de le propulser jusqu'au comptoir du magasin. Oui, songea Malisse, un autre jour, sa passion durable pour la perfection aurait pu l'amener à dépenser sans compter, alors qu'aujourd'hui, sa fidélité à ses obligations — renforcée par un mépris bien ancré pour la cupidité et la corruption — le poussait à mériter l'acompte du vieux Lembock avec un zèle empressé, et donc à se laisser guider par un œil non pas tourné vers la vitrine du bureau de tabac mais bel et bien fixé, attentif, sur l'écran du GPS portable placé au creux de sa main droite... un appareil qu'il avait surnommé le Duncan, en hommage à l'ami qui le lui avait procuré. Cela faisait désormais plus d'une heure que Malisse suivait sur sa carte électronique le spot qui représentait Avram Hoffman, le filant ainsi discrètement à pied depuis les pittoresques réverbères qui délimitaient le quartier des diamantaires et joailliers jusqu'à l'imposante tour à meneaux de l'Empire State Building, près d'un kilomètre plus bas, où il l'avait suivi jusqu'au bureau au quatre-vingt-douzième étage d'une société de négoce « Urban Gem Sales », dans un ascenseur qui — Dieu merci — avait conservé la parfaite maîtrise de ses évolutions, démarrage, montée, descente et arrêt — contrairement à la cabine en folie de son cauchemar nocturne.

Après être passé devant la porte du bureau pour repérer les lieux, Malisse était redescendu dans le hall du célèbre immeuble pour y attendre Hoffman au milieu de la percolation perpétuelle d'employés de bureau et de visiteurs et, sitôt son gibier réapparu de la batterie d'ascenseurs quelque quarante minutes plus tard, il avait repris sa filature méthodique, sans jamais se rapprocher de lui à moins d'un pâté de maisons, même parmi les foules les plus denses, voire n'hésitant pas à lui laisser jusqu'à cinq rues d'avance quand il sentait le moindre risque d'être repéré. Cela lui permettait de rester tranquillement hors de vue tout en restant à portée des amplificateurs de signal GPS qu'il avait glissés sous la doublure de la mallette d'Hoffman — quand ce dernier l'avait laissée dans le vestiaire de la synagogue du club des diamantaires.

Après avoir quitté le bâtiment — en fait, quasiment tout de suite —, Hoffman avait marqué une pause à l'angle du gratte-ciel, à portée de vue de Malisse, semblant s'appuyer momentanément à un réverbère, une main sur la poitrine, comme s'il avait été pris d'une crise de vertige ou d'un accès de faiblesse. Il avait paru se remettre au bout de quelques instants, au point même d'user de son téléphone mobile avant de poursuivre sa route mais Malisse n'en avait pas moins couché le fait dans son calepin mental, comme il le faisait pour toutes les observations liées à ses enquêtes. On ne savait jamais quelle graine d'information allait éventuellement s'avérer précieuse à long terme… même s'il supposait qu'Hoffman, homme particulièrement occupé, devait être également fort surmené. L'allure de ses pérégrinations matinales avait déjà donné des courbatures à Malisse.

L'homme avait bientôt repris son allure rapide sur le pavé, ramenant Malisse vers le nord de Manhattan, son fidèle « Duncan » toujours en main. Il avait repéré son bonhomme, d'abord devant les lions qui gardaient l'entrée de la bibliothèque, puis sur la 42e Rue où il l'avait laissé reprendre de l'avance, le temps qu'Hoffman s'engouffre sous le porche de ce que Malisse reconnut — lors de son passage ultérieur — comme une succursale de la Chase Manhattan.

Et encore maintenant, Hoffman était toujours à l'intérieur de la banque, sans doute à mener des transactions qui avaient ou non à voir avec l'enquête de Malisse.

Le flic belge soupira et laissa de nouveau son regard s'attarder avec envie sur le superbe humidificateur en vitrine.

Peut-être qu'une fois sa mission achevée, il repasserait pour s'enquérir de son prix.

D'ici là, il ferait ce qu'il savait faire à la perfection, à savoir attendre, observer et jauger ce qu'il discernait des activités d'Hoffman.

Tel Achab dans sa traque obstinée, Delano Malisse soufflait avant l'assaut final.

À peine Avram avait-il été reconduit hors de la salle des coffres par un agent de sécurité que son téléphone mobile sonna.

Il le sortit de sa poche de pardessus, l'ouvrit et se dirigea vers une zone inoccupée du comptoir bordant la salle principale de la banque, tenant toujours sa mallette d'une main ferme. Si lourde qu'elle soit devenue, il était hors de question qu'il la lâche ou la pose ne fût-ce qu'une seconde.

« Est-ce que je suis dans les temps, Avram ? dit la voix de Lathrop à son oreille.

— C'est ce que j'avais prévu. » Inhabituellement assoiffé depuis quelques minutes, Avram se passa la langue sur les lèvres mais elle était sèche. « J'ai ce qu'on voulait et à présent, j'ai juste besoin de savoir où on me veut, moi.

— À l'angle de la 26e et de Broadway, du côté du marché aux fleurs, répondit Lathrop.

— Si bas vers le centre… ?

— Vous verrez une boutique avec en devanture des conteneurs en plastique remplis de branches séchées bombées à la peinture blanche. Universal Florists. »

Soupir d'Avram. Il chercha des yeux une fontaine d'eau fraîche, n'en vit aucune, et décida qu'il allait peut-être devoir s'arrêter boire un coup avant d'arriver à destination.

« Ce pas-de-deux m'a crevé, se plaignit-il en poussant un nouveau soupir.

— Inutile de râler, coupa Lathrop. Je vais vous faire plaisir et tâcher d'abréger aujourd'hui. »

John Earl avait quitté la chambre du motel pour aller se chercher un petit déjeuner et il émergeait à présent du McDonald's de l'autre côté de la route, avec son plat d'œufs brouillés accompagnés de pommes de terre sautées quand il remarqua le type garé dans le parking réservé aux clients du fast-food.

Earl n'aurait su dire au juste ce qui, chez ce gars, avait éveillé ses soupçons. Sa voiture n'avait rien de spécial, c'était une Buick ou une Pontiac relativement récente — Earl était bien incapable de les distinguer au premier coup d'œil, et il n'avait pas envie d'y regarder de trop près au risque d'attirer l'attention sur lui. Rien de spécial non plus du côté du chauffeur, qui avait à peu près l'air de monsieur Tout-le-monde, avec une tête, un visage, deux épaules et une parka d'hiver.

Et rien de spécial dans son activité, qui était en gros de siroter un café d'un gobelet en carton fermé par un couvercle.

À première vue, donc, pas le moindre début de raison pour Earl de lui prêter un instant d'attention.

Il n'empêche qu'il n'était pas du genre à ignorer ses intuitions. Il avait passé presque la moitié de son existence au trou avec pour compagnons de chambrée une belle brochette de psychotiques bon teint, des mecs aussi prompts à le tuer qu'à l'enculer à la minute même où il baisserait sa garde… et pour la moitié restante, il l'avait passée en gros à commettre des actes susceptibles de le renvoyer direct au trou avec eux si jamais il ne faisait pas gaffe. Il avait été chasseur et gibier, parfois les deux en même temps, et d'un côté comme de l'autre, on ne se débrouillait bien qu'à condition d'avoir ses antennes à détecter les emmerdes parfaitement calibrées.

Earl passa sans s'arrêter devant la voiture pour gagner l'allée d'accès au motel sans une seule fois regarder droit dans sa direction.

Il n'avait sans doute pas de quoi se prendre la tête, mais on n'était jamais trop prudent, comme on le lui répétait au moins une fois l'an dans le Maine, et il ne connaissait pas de maxime mieux frappée au coin du bon sens. C'est la prudence qui lui avait permis de se la couler douce depuis déjà un petit bout de temps — peinard, peinard — et, mis à part quelques obstacles, cassis ou nids-de-poule épisodiques, il avait plutôt pas mal réussi à éviter les éclatements qui vous expédiaient au fossé sans espoir de rattraper le coup.

Longeant le fourgon de déménagement, sa clé électronique en main, il avait déjà décidé de ne prendre aucun risque.

Sitôt retourné dans sa chambre, il avait donné un coup de fil à Zahir chez Kiran, pour s'assurer qu'il amènerait bien des renforts avec lui.

À l'intense surprise d'Avram, Lathrop n'avait pas menti en lui promettant d'écourter leur petit ballet. Et même s'il avait du mal à croire que Lathrop fût jamais enclin à faire une faveur à quiconque, il n'en considéra pas moins l'accélération du tempo de leur ultime étape comme un ultime signe de courtoisie.

S'accrochant à ce climat de concision bienvenu, Avram hâta le pas pour s'éloigner du marché aux fleurs et rallier l'hôtel Benjamin Franklin, sis à l'angle de la Sixième Avenue et de la 23e Rue, quelques rues plus au nord, avec en tête encore un nouveau nom d'emprunt pour l'inscription (M. Landon) et un autre numéro de chambre (la vingt-sept). Il était en avance — c'est du moins son impression — puisque Lathrop ne donnait jamais d'heure exacte pour son arrivée. Mais peut-être fallait-il en trouver la raison dans son propre soulagement... un pic émotionnel qui — pour l'instant du moins — lui avait fait oublier lassitude, anxiété et fatigue de naguère.

Sous peu — d'ici une demi-heure, estima-t-il —, il réglerait enfin à Lathrop le lot entier de pierres avec l'argent retiré du coffre de la Chase. Il aurait alors enfin les mains libres. Urbaniak monterait le gros Cachemire sur sa bague hommage à Raymond Yard. Sous le charme de l'éclat de bleu de ses feux, Katari n'aurait de cesse que de se la procurer. Et lui, Avram...

Pour lui, ce serait la liberté, l'émancipation, la libération. Y avait-il de meilleurs mots pour décrire ce qu'il y gagnait ? Était-ce blasphématoire de voir dans les pierres de Lathrop son offrande personnelle pour le *P'solet*, jetons sacrés d'une valeur immense lui achetant une transcendance dont il n'avait pu que rêver dans un monde matériel ?

Avram avisa l'hôtel au milieu du pâté de maisons devant lui et il pressa le pas. Ah, *fuzzgrenade.com, softgel.net*, songea-t-il en se remémorant vaguement les noms des sites indiqués par ce guitariste. Quoi qu'il en soit, il repensait à la signification de sa sublime musique. Un de ces quatre, il avait bien l'intention de retrouver ce môme sur Internet, le croiser à nouveau sur la navette fluviale et cette fois le gratifier d'un énorme pourboire, et cette fois le regarder droit dans les yeux sans l'once d'une envie mais au contraire ce sentiment de connivence partagé par ceux qui savent toujours rester détachés, ceux qui…

La douleur au creux de sa poitrine le saisit d'un coup. Lui empoigna le cœur, le broyant comme un étau. Il s'immobilisa au milieu de la rue, la mallette s'échappa de sa main inerte pour choir sur le trottoir, tandis que ses mains se portaient à sa gorge, une gorge soudain crispée, résistant à tous ses efforts pour inspirer.

Et puis la ville se mit à tournoyer et il se retrouva étendu sur le dos, regardant le ciel hivernal bleu et froid sans air, un ciel zébré par le sillage d'un avion de ligne, très loin, très haut, les visages des passants penchés en cercle autour de lui, celui d'un homme plus proche que les autres. L'homme leur criait quelque chose, à propos d'une ambulance… il leur demandait d'appeler une ambulance…

Avram le saisit par le poignet, ou crut le faire, il n'était pas sûr, tant sa confusion était grande. Il commençait à se détacher de lui-même, Avram et plus Avram, un être bidimensionnel, presque sans substance, un ultime éclat de conscience désormais écrasé entre deux murs de douleur se refermant sur lui.

Il essaya de se rappeler quelque chose, en vain, essaya de demander à l'homme dont le visage était devenu si proche du sien s'il connaîtrait, lui, la réponse.

Et puis le visage fut balayé. Sous les yeux d'Avram, le ciel bleu au-dessus de lui prit momentanément une teinte rouge brûlante, incandescente puis le recouvrit sous l'éclat d'une chape de blanc aveuglant.

Et puis, en toute fin, il n'y eut plus que le noir.

À l'angle nord-est de la Sixième et de la 23e, alors qu'il attendait que le feu passe au rouge pour lui permettre de gagner le côté ouest de l'avenue, Malisse vit sa proie s'effondrer sur le trottoir, presque une rue plus loin.

Le visage éperdu, il regarda par-dessus son épaule vers l'imminent déferlement de phares, pare-chocs et calandres, n'eut qu'une fraction de seconde pour minuter son plongeon avant de se précipiter au travers du flot remontant vers le nord en murmurant une prière à l'adresse de Mercure au pied ailé… ignorant délibérément l'autre réputation du dieu romain, celle de messager des voleurs.

Un concert d'avertisseurs, de crissements de pneus et d'obscénités lui fracassa les oreilles.

« Et alors, ça t'avance à quoi ? » protesta derrière lui une jeune femme, debout au bord du trottoir, mani-

festement outrée par le vocabulaire particulièrement ordurier d'un machiniste de bus. Mais Malisse qui avait déjà couvert les trois quarts de la traversée n'était pas mécontent de lui.

Il enjamba le bord du trottoir, vira à l'angle et continua de foncer vers Hoffman toujours étendu et autour de qui avait commencé de se former un petit attroupement de piétons. Il les bouscula bientôt, les écartant des deux bras avant de s'agenouiller au-dessus de la forme prostrée….

Malisse vit les lèvres et le bout des doigts bleuis, les joues livides, entendit sa respiration devenue un sifflement torturé et songea aussitôt à l'accident cardiaque.

« Une ambulance ! » s'écria-t-il en balayant du regard le cercle de témoins interdits. « Que quelqu'un appelle une ambulance ! »

Et puis soudain, les doigts cyanosés d'Hoffman agrippèrent son poignet, l'attirant vers le bas, vers lui.

Malisse vit ses lèvres bouger, n'entendit rien d'autre que le rideau envahissant des bruits de la rue et s'approcha, s'approcha, s'approcha encore.

« Le nom de mon père ? » débita Hoffman. Ses yeux s'agrandirent, les pupilles étaient énormes. « Le… le nom de mon père ? »

Malisse le couva du regard, étreint par un brusque chagrin, regrettant de ne pouvoir répondre à sa question alors que les yeux se révulsaient dans leurs orbites et que la main glissait mollement de son bras.

Il entendit alors les sirènes… et sachant qu'il avait fait ce qu'il devait faire en tant qu'homme, il lui revint soudain qu'il était également enquêteur et aussitôt scruta les alentours, à la recherche de la mallette échappée des mains de la victime.

Ignorée dans cette confusion, elle gisait au sol, presque contre sa cheville.

Malisse en saisit la poignée et se releva. Quelqu'un allait-il remarquer que ce n'était pas la sienne ?

Le regard d'un homme dans la foule lui révéla que c'était le cas d'un des témoins au moins.

Malisse croisa son regard une seconde seulement. Brun, vêtu d'un long manteau de brousse ample comme une cape, l'homme lui causa un choc : il avait cru le reconnaître. Et Malisse eut bien l'impression de lire une réaction analogue dans les yeux qui s'étaient soudain rivés dans les siens. Où donc, ailleurs qu'ici, l'avait-il déjà vu ? Et surtout où et quand s'étaient-ils dévisagés ?

L'homme était parti, absorbé par la foule grandissante, avant qu'il ait pu vraiment se souvenir.

Et puis, conscient lui aussi d'aller un peu trop vite, Malisse tourna les talons et s'éloigna dans la rue, la mallette à la main.

Ted Bristow jura dans sa barbe en se demandant ce qu'il allait bien pouvoir faire avec ce long semi-remorque Ford — arborant sur son flanc la mention guère explicite OAK LEDGE TRANSPORT — qui venait d'obliquer dans le parking du relais routier Super 8 quatre minutes auparavant, pour se garer dans le sens de la longueur, bloquant entièrement sa vue sur le fourgon et sur le motel qu'il était censé surveiller en continu.

Il aurait été trop facile pour le conducteur du fourgon de noter son manège de surveillance s'il s'avisait de se garer de l'autre côté du parking du MacDo afin de trouver un angle lui permettant de regarder par-derrière le semi. Et plus facile encore de le repérer s'il descendait de voiture pour se mettre à fureter à pied. Ce qui, conclut Bristow, le laissait, comme on dit, pris entre le marteau et l'enclume.

Tout cela ne lui plaisait pas le moins du monde et sans doute cela plairait-il encore moins à Noriko Cousins. Parce que tout pouvait arriver pendant qu'il avait la vue ainsi bloquée… absolument tout.

Une ride plissa son front. Il était en faction sur ce parking depuis bientôt trois heures quand Earl traversa la route pour s'acheter son petit déjeuner, passant devant la Grand Prix de Bristow une première fois au moment de pénétrer dans le restaurant, une seconde au retour, alors qu'il ramenait à sa chambre de motel son sac d'Œufs Mac-Machin.

Sur le coup, Bristow n'avait pas cru s'être fait avoir mais on ne pouvait jamais être sûr à cent pour cent. Près de trois ans au sein de l'Épée, deux baux de six avec le FBI auparavant, ce n'était pas l'expérience qui lui manquait en matière de surveillance. Le problème était que dans la plupart des cas, vos vis-à-vis dans le camp des méchants avaient une expérience comparable, vue de leur côté de la planque, et les plus malins et les habiles ne trahiraient pas un seul instant que vous aviez éveillé leurs soupçons.

En fait, songea Bristow, les plus compétents du lot étaient tout à fait capables de faire venir se garer un camion, pile devant l'adversaire, histoire d'avoir une couverture bien pratique au moment de passer à l'action. La cour du motel était pourvue de sorties devant et derrière et, en cet instant précis, il ne pouvait voir ni l'une ni l'autre.

La ride au front de Bristow se creusa. Putain, qu'est-ce qu'il était censé faire ? Les voitures de renfort qu'il avait espéré voir venir de Manhattan étaient bloquées au milieu des habituels embouteillages d'un matin de semaine sur le pont George-Washington et, à en déduire de leur dernier point radio, il pourrait s'estimer heureux de les voir débarquer d'ici une heure, et sans doute plutôt une heure et demie. Il était manifeste qu'il ne pourrait pas attendre aussi longtemps un coup de main. Il ne pouvait pas se permettre d'attendre, point final, sans réagir d'une manière ou de l'autre. Mais toute initiative de sa part pouvait faire capoter une opération dont le caractère d'urgence avait redoublé quasiment du jour au lendemain sans pour autant qu'il s'estimât prêt à prendre des décisions impulsives... ce qui ramena bien vite à la case départ ses réflexions hâtives sur le sujet. Mais était-ce si certain ?

Bristow porta à ses lèvres son troisième café de la matinée et hésita avant d'en boire une gorgée. Son goût répugnant mis à part, il avait peut-être une autre raison de le reposer. Il ne pouvait pas non plus se mettre à tournicoter autour du camion sans se donner en spectacle. Mais il pouvait en revanche sortir prendre une autre tasse, et, avec une relative discrétion tirer parti de son aller-retour jusqu'au MacDo, pour mettre à jour ses observations de l'homme au fourgon. Si ce connard de bahut devait continuer de lui boucher la vue, eh bien tant pis. C'était toujours mieux que de ne rien faire.

Bristow déposa la tasse sur le plancher de la voiture, descendit, se tourna vers le restaurant et il s'apprêtait à faire un large détour pour en gagner l'entrée quand le moteur du tracteur s'amplifia soudain derrière lui : le semi venait d'embrayer.

Bristow se figea à mi-pas. Il y avait cinq minutes que ce semi était garé dans la cour du motel. Personne n'en était descendu pour faire un arrêt au stand au restaurant. Et voilà qu'il repartait, comme ça...

À son avis éclairé, tout ça chlinguait un max.

Jetant aux orties toute subtilité, Bristow tourna brusquement la tête pour regarder vers la route au moment où le semi-remorque virait pour quitter le parking...

Et comprendre aussitôt qu'il s'était fait avoir.

La fourgonnette de location était déjà partie.

Ils étaient convenus de se rencontrer côté sud du parc de Washington Square, sur l'un des bancs qui faisaient face à l'imposante fontaine asséchée et à l'arche, et c'est là en effet que Tom Ricci s'était installé pour le regarder approcher entre les arbres dénudés par le vent, sur sa droite. Il n'y avait guère de promeneurs en cette froide matinée de janvier, juste de tout petits groupes épars d'étudiants de l'université de New York, sans oublier les pigeons et les écureuils venus quêter quelques miettes.

Il attendit que l'homme en long manteau de brousse vienne s'installer sur le banc à côté de lui, et tourne à moitié la tête vers lui, puis il continua d'attendre quelques instants encore, sans mot dire.

« Ricci, dit enfin l'homme. Je crois me souvenir qu'il faisait plus beau lors de notre dernière rencontre au parc. »

Ricci l'observa en détail.

« Vous avez trouvé mon nom, observa-t-il. Donnez-m'en un, que je sache comment vous appeler. »

L'homme resta plusieurs secondes encore assis sans rien dire, les lèvres légèrement entrouvertes, la tête penchée.

« Lathrop, dit-il enfin.

— Patronyme ou prénom ?

— Ouais. »

Ricci vit un sourire effleurer ses lèvres.

« Je ne suis pas d'humeur à jouer. Merde, pourquoi m'avoir fait venir ici ?

— Je vous l'ai expliqué dans mon mail adressé à San Jose.

— Vous m'avez dit que vous aviez des éléments concernant les recherches sur les lasers d'un nos concurrents. Des informations susceptibles de nous intéresser.

— Je crois avoir employé le mot *plans* plutôt qu'*informations*, rectifia l'homme. Et précisé concurrent *de la côte Est.*

— Lequel ?

— C'est pour vous ou pour UpLink ? »

Ricci le regarda de nouveau.

« Lequel ? » répéta-t-il.

Une brève hésitation. Puis un haussement d'épaules.

« Kiran. »

Ricci hocha la tête.

« OK, Lathrop. Dites-m'en plus.

— Vous n'imaginez tout de même pas que ce sera gratuit, non ?

— Je crois que j'ai d'abord besoin d'en savoir un peu plus sur ce que vous avez à vendre avant que je ne songe à l'estimer. »

Silence. Deux écureuils à la fourrure de jais dégringolèrent d'un arbre pour approcher de la fontaine vide, se courant après. Le premier prit un peu d'avance et se percha sur la margelle en agitant la queue comme pour narguer son poursuivant, puis, lorsqu'ils reprirent leurs gambades, il bondit sur le sentier dallé et fila escalader un autre arbre.

« C'est le seul endroit de la ville où l'on voit des écureuils noirs, observa Lathrop. J'avais toujours cru qu'ils hibernaient l'hiver mais c'était avant que je débarque à New York. »

Les yeux de Ricci revinrent à Lathrop après qu'il eut observé l'ascension des deux petits rongeurs dans leur course poursuite endiablée.

« Peut-être que les choses sont différentes ici.

— Ou peut-être que je n'en savais pas autant que je le croyais sur la vie des écureuils. »

Ricci eut un petit sourire, attendit.

Lathrop se cala contre le dossier du banc, les mains dans les poches.

« J'ai pas mal bourlingué, expliqua-t-il. Ça fait déjà pas mal de temps. Je lance un truc, je m'arrange pour que ça tourne bien, et je repars recommencer ailleurs sitôt que je vois que ça commence à partir en sucette. » Il marqua un temps. « Ce qui arrive tôt ou tard, fatalement, vous voyez. »

Ricci réfléchit à l'observation.

« Si tard que ça ? »

Lathrop lui fit face, ses yeux noirs rencontrant ses yeux bleu pâle.

« Vous ne croirez jamais ce qui m'est arrivé il y a moins d'une demi-heure. J'ai perdu une mallette importante.

— Si tard, là aussi ? »

Lathrop inspira, expira.

« L'heure de vérité, observa-t-il. Celle où il faut agir ou se planter. »

Nouvelle pause. Ricci ne lâcha pas du regard son interlocuteur.

« Il m'en faut plus.

— Et c'est là qu'il va falloir raquer.

— On pourra toujours régler ce détail entre nous, objecta Ricci. Allez, parlez-moi de ce que j'ai besoin de savoir tout de suite. »

Lathrop resta encore un très long moment assis, immobile, sans répondre, avant enfin d'acquiescer.

« Il s'agit d'une arme, commença-t-il. Quelque chose de sérieux. »

Ricci appela Glenn sur son mobile depuis une cafétéria bruissante d'étudiants située sur la 4e Rue Est, juste en face des larges degrés de pierre de l'amphithéâtre Tisch de l'université de New York.

« Ricci », dit Glenn, de la voix un rien distraite de celui qui vérifie à l'écran l'identité de son correspondant. « Je m'apprêtais à te contacter.

— Les flics t'ont déjà relâché ? » Ricci marqua une pause, le temps d'absorber les paroles de Glenn. « Attends voir, me contacter à quel sujet ?

— Il s'est passé un truc là-bas, dans le nord de l'État », expliqua Glenn. Son débit s'était à présent accéléré. « Earl a baisé notre gars au motel avant que les renforts aient eu le temps d'arriver. »

Ricci en eut le souffle coupé.

« Il l'a baisé avec son camion de location ?

— Ouais. Ça m'a tout l'air d'un coup monté, précisa Glenn. Noriko l'a appris par téléphone et a aussitôt abrégé sa réunion avec Ruiz...

— Tu lui avais refilé des tuyaux sur Earl ou Kiran ?

— Non, pas encore. On ne savait pas au juste quelle proportion partager, on voulait d'abord être fixés sur la conduite à tenir ensuite...

— Pas besoin, coupa Ricci. Grouille-toi plutôt de venir me retrouver au siège.

— Attends une minute. Je...

— Au siège. Tous les deux, le coupa Ricci. Le plus tôt possible. »

Puis il pressa la touche FIN sur son clavier tactile, alla chercher dans sa poche de pardessus son organiseur Palm qu'il posa sur la table devant lui.

Il ne fallut à Ricci que quelques secondes pour déchiffrer la plaque d'immatriculation du fourgon sur la photo numérique qu'il avait téléchargée sur son Palmtop, obtenir de l'annuaire le numéro vert national de la société de location et, se faisant passer pour un client qui avait oublié ses papiers à l'intérieur de la camionnette, il en fournit le numéro à l'hôtesse du service clientèle pour qu'elle puisse retrouver l'endroit où on l'avait récupéré.

« J'ai l'information sur l'écran sous mes yeux, monsieur, indiqua-t-elle. C'est notre succursale de Trenton, dans le New Jersey.

— Vous avez l'itinéraire depuis Manhattan ?

— Désolée, non, mais il y a en revanche une adresse, et un point d'échange direct.

— Donnez-le-moi. »

L'hôtesse s'exécuta et Ricci rappela juste après avoir raccroché

Trois sonneries plus tard, une voix masculine : « Allô, location du périphérique.

— Je vous ramène une fourgonnette », annonça Ricci. Avant de lui donner le numéro d'immatriculation. « Vous voudrez bien me confirmer que vous êtes bien l'agence où je vous l'ai louée. »

Le gars marqua un temps à l'autre bout du fil.

« Vous êtes M. Donovan ? » Le type avait l'air perplexe.

Ricci réfléchit.

« Un de ses amis. Pourquoi ?

— Eh bien, je lui ai expliqué qu'il ne peut sortir de notre centre que pour un délai de quarante-huit heures maxi », expliqua le responsable de l'agence. Son ébahissement sembla s'accroître. « En outre, il n'avait indiqué qu'un seul chauffeur sur le formulaire de location. Ce qui veut dire que personne d'autre que M. Donovan ne devrait se trouver au volant, encore moins restituer le véhi…

— Il est dans l'impossibilité de le faire, coupa Ricci. Il faudra que ce soit moi ou personne.

— Écoutez, s'il vous arrive quoi que ce soit sur la route, je suis baisé, moi, côté assurance…

— Je vous ai dit que mon ami n'était plus là. Bon, alors, vous voulez le récupérer votre fichu bahut, oui ou non ? »

Le gars marqua une courte pause, émit un soupir résigné.

« Vous êtes le mec qui avez conduit Donovan hier ?

— Non. Comment ça ?

— Parce que j'essaie de vous éviter de perdre votre

temps, expliqua le loueur. Il — enfin, votre copain qui n'est plus là — avait mentionné qu'ils étaient passés devant l'usine pétrochimique Raja en arrivant, et qu'ils avaient remarqué ces énormes cuves de gaz corrosif, derrière... ce qui me suggère qu'ils ont dû se paumer, passée la sortie de l'autoroute, et qu'ils se sont écartés de leur itinéraire en essayant de trouver mon agence. »

La main de Ricci se crispa sur le téléphone.

« Vous feriez mieux de me dire comment arriver chez vous. »

Earl avait parcouru presque toute la I-87 au volant du fourgon de location et il était presque arrivé à la barrière de péage quand il dépassa une pancarte indiquant l'existence d'une aire de repos plus très loin sur sa gauche.

Ce serait l'endroit idéal pour donner à Zahir — qui, assis à côté de lui, n'avait pas desserré les dents depuis leur départ du Super 8 — une leçon propre à lui remettre les pieds sur terre.

Il roula encore quatre cents mètres, avisa l'entrée de l'aire et se déporta vers la bretelle d'accès.

Zahir le regarda, semblant soudain se rappeler qu'il avait une langue.

« Hé, où tu vas ?

— Arrêt pipi. » Earl indiqua d'un signe de tête, le bâtiment des sanitaires qui venait d'apparaître dans leur champ visuel. « On a encore un bout de chemin à faire avant de quitter l'autoroute. »

L'incrédulité de Zahir était manifeste.

« T'as perdu la tête. C'est toi qui redoutais que le

motel ait été placé sous surveillance. On peut pas s'arrêter maintenant. »

Earl haussa les épaules. C'était presque une blague, venant de Zahir, de s'entendre traité de cinglé. Voilà un type qui s'apprêtait plus ou moins à mourir en martyr, à la recherche d'un paradis situé au-delà d'un nuage qui allait transformer tous les pèlerins à cent cinquante bornes à la ronde en amas de pustules purulentes. Quelqu'un qui devait forcément savoir que ces tenues anti-risques biologiques qu'on leur avait refilées ne leur offriraient qu'une protection illusoire quand le canon laser installé à l'arrière dégommerait les cuves de gaz HF de Raja… que rien, absolument rien, ne serait en mesure de les protéger, pas au point zéro.

Ouais, un vrai putain de rigolo, son copain de virée automobile. C'est qu'il le croyait, le Zahir, que le paiement obtenu d'Hassul aurait une valeur quelconque dans l'au-delà.

« Il y avait un gars en planque, on l'a eu, crut bon de commenter Earl. Et pour ce qui est de l'arrêt. C'est dame nature qui commande, pas moi. »

Avant que Zahir ait pu émettre un nouveau couinement de protestation, Earl vira dans le parking désert juste devant le bâtiment des sanitaires en brique rouge et coupa le moteur du fourgon, en laissant les clés sur le contact.

« Tu m'attends ici ? »

Zahir répondit d'un bref signe de tête mécontent.

Avec un haussement d'épaules, Earl descendit du véhicule, entra dans les sanitaires déserts et poussa la porte des toilettes pour hommes.

Dans une stalle fermée, il prit une ou deux minutes pour uriner — tant qu'à faire, autant ne pas simuler — puis il remonta sa braguette et transféra le neuf millimètres compact Sig-Sauer de l'étui fixé à son mollet sous la jambe de pantalon à sa poche de pardessus où, la main tranquillement posée sur la crosse, il pourrait aisément dégainer à la seconde même où il serait remonté dans le fourgon.

En ressortant des lavabos, Earl se rendit compte que la seule chose qu'il avait oubliée, c'était de tirer la chasse derrière lui… mais bon, on ne pouvait pas non plus penser à tout quand on était pressé.

Alors qu'Earl ressortait du bâtiment des sanitaires, les mains dans ses poches de pardessus, Zahir l'attendait, assis, les doigts de la main droite serrés autour de la crosse d'un Zastava modèle 70 — le pistolet de la police russe — qu'il avait planqué dans l'espace entre la portière du fourgon et le siège du passager. Il n'avait pas la moindre confiance dans ce *kafir*, et il devait parer à toute velléité de trahison. Si ce ne devait pas être le cas, Zahir relâcherait simplement le petit automatique et poursuivrait la mission comme prévu.

Quoi qu'il en soit, il était content d'avoir envisagé toutes les éventualités.

Alors qu'Earl approchait de la camionnette, il le vit sortir une main de sa poche de pardessus, et la tendre pour ouvrir la portière côté conducteur.

« Ah, on peut dire que ça fait du bien », commenta-t-il en même temps qu'il l'ouvrait en grand.

Zahir vit au même instant l'arme surgir dans l'autre main d'Earl, encore plus vite qu'il ne l'avait anticipé.

Il dégaina son Zastava sans l'ombre d'une hésitation, pressant sur la détente alors même qu'Earl faisait feu lui aussi, les deux canons crépitant de concert pour cracher leurs munitions.

Le visage déformé par la douleur, Earl recula en titubant, agrippant sa poitrine, avant de rouler dans l'herbe brunie au pied du bâtiment.

Zahir lâcha alors son flingue sur le siège avec une grimace, une douleur brûlante envahissant tout le côté gauche de son abdomen. Il devait se dépêcher à présent s'il voulait accomplir ce que le destin lui avait réservé.

Se glissant derrière le volant, il mit le contact en même temps qu'il claquait la portière. Puis il écrasa l'accélérateur, jaillissant du parking des visiteurs pour regagner la voie express le plus vite possible.

Jaillies de la bretelle de raccordement de l'I-95, les motos s'élancèrent sur l'autoroute à péage du New Jersey, une bonne demi-douzaine de ces machines se faufilant dans la circulation automobile dense qui se déversait au ralenti au débouché du pont George Washington. Légères, maniables, fines et rapides, c'étaient quasiment les mêmes machines que celles qu'UpLink avait conçues pour le ministère de la Défense en vue d'équiper le 75e Rangers pour ses forces de déploiement rapide et d'attaque, procurant manœuvrabilité là où il n'y avait pas vraiment de place pour manœuvrer.

Penché au-dessus du guidon de sa bécane, scrutant la route derrière la visière de son casque profilé, Ricci cherchait à repérer les marquages orange et bleu du fourgon de location. Chevauchant sur sa droite dans l'étroit couloir entre voitures et camions, Derek Glenn faisait de même, tout comme les quatre autres agents de l'Épée en cuir noir de motard qui avaient déboulé comme un essaim de frelons du parking de Soho.

« Tu vois quelque chose ? demanda Glenn dans son micro-casque mains libres sans fil.

— Non », répondit Ricci. Il contourna rapidement un break aux pare-chocs recouverts de vieux autocollants délavés au soleil. « Non, rien de rien. »

Ils continuèrent de foncer, faisant ronfler leurs moteurs, sinuant et zigzaguant entre les autres véhicules sur l'autoroute. Des complexes industriels s'alignaient de part et d'autre de la chaussée, derrière les rails de sécurité, la vitesse brouillant et arrondissant leur géométrie sévère aux angles du champ visuel des motards. Ils ne savaient pas si le fourgon était devant ou derrière eux, même s'il valait bien mieux que la dernière hypothèse fût la bonne, car cela voudrait dire qu'ils avaient des chances d'arriver avant à l'usine pétrochimique. Dans l'autre cas, il leur faudrait rattraper leur retard, sans pouvoir l'évaluer. La camionnette pouvait aussi bien se trouver quinze cents mètres devant eux qu'avoir dix kilomètres d'avance et cela, ils ne le sauraient que lorsqu'ils l'apercevraient. Mais elle pouvait aussi être déjà garée devant ces réservoirs emplis d'acide fluorhydrique, à deux doigts de les perforer à l'aide d'un faisceau laser à haute intensité tiré d'une distance de cinquante à cent mètres. Ainsi pouvaient-ils n'être qu'à un clin d'œil, un battement de cil, de la fin de toute conjecture sur leur situation, alors qu'ils libéreraient déjà un nuage toxique emporté par le vent qui envelopperait tout homme, femme et enfant à bord de tous les véhicules sur la route, emportant leurs vies comme un poing corrosif jailli du bout du bras de la Faucheuse elle-même.

Ricci arriva tout contre la lunette arrière d'un gros 4x4 de loisirs, se glissa de côté. Se faufila derrière le gros cul d'un autocar Greyhound, qu'il doubla en le rasant. Il entendit un crissement de gomme sur l'asphalte, ne se retourna pas pour regarder, pas mécontent que l'incident ou l'accident qui avait engorgé le trafic là-haut sur le pont avait de toute évidence occupé les gendarmes et les flics — même si pour l'heure, c'était un peu le cadet de ses soucis. Pour l'heure, il cherchait surtout à foncer le plus vite possible, les mains agrippées au guidon, les semelles de ses bottes collées aux repose-pieds.

Puis à nouveau la voix de Glenn sur le mains libres : *« Hé, Ricci... regarde ! »*

Ricci se tourna vers lui, le vit faire de grands gestes, le bras droit tendu devant lui.

Il suivit des yeux le mouvement, au moment même où il se tapait un nid-de-poule, et avisa le marquage orange et bleu. Une fourgonnette ? Il en avait bien l'impression. Le véhicule se trouvait peut-être à deux cents mètres devant lui, tout petit, trop petit pour qu'il puisse confirmer qu'il s'agissait bien de leur fourgonnette. Mais il approchait de la bretelle de sortie vers Raja Petro, et il n'imagina pas un seul instant qu'il pût s'agir d'une coïncidence.

Ricci poussa la poignée des gaz et bondit vers l'avant en se disant qu'il avait enfin peut-être une chance de rattraper le coup.

Affaibli par la perte de sang, la chemise rouge et collante à l'endroit où la balle d'Earl avait pénétré juste au-dessus de la taille, Zahir, penché sur le volant, approchait à présent de la sortie de l'autoroute à péage — progressant à une allure d'escargot au milieu de la circulation dense de la grande banlieue. Il avait mobilisé toutes ses forces, toute sa volonté pour atteindre son objectif, se concentrant sur la conduite, un acte habituellement automatique, et il put constater qu'il y arrivait presque. Presque…

Puis un bruit derrière lui. De plus en plus fort. Au début, il ne parvint pas à le définir. Zahir savait qu'il était à l'article de la mort, et tout comme la glorieuse mission qui l'attendait avait réussi à mobiliser ce qui restait de ses forces physiques, il avait quant à lui mobilisé ce qui restait de sa force mentale pour répondre à l'appel. De sorte que tout ce qui se trouvait à l'extérieur avait été chassé de ses pensées, jugé comme superflu, un gâchis de forces précieuses. Mais peut-être avait-il eu tort…

Peut-être…

Il y avait eu ce type dans la voiture garée au motel.

Ce type qui, selon Earl, pouvait bien être un guetteur.

Zahir écouta encore. Ou plutôt se concentra sur la seule chose encore à sa portée, à savoir écouter. Ce bruit. Non, *ces* bruits. Le grondement combiné de plusieurs moteurs en accélération rapide. Des engins qui fonçaient au milieu d'une circulation qui avançait au pas. Comment concilier les deux ?

Zahir fit ressortir son esprit du tunnel où il s'était plongé, juste le temps de saisir de quoi il retournait :

un coup d'œil dans le rétro latéral lui révéla un groupe de motos qui déboulait de derrière.

La courbe de la bretelle de sortie étant à portée de vue, Zahir plaqua la main sur le volant, assaillant à coups de klaxon les voitures bloquées devant lui.

Il était bien décidé à parvenir à la rampe de sortie avant que les infidèles aient pu le rattraper.

Trois quarts d'heure de retard à son boulot de vendeuse dans une boutique de mode de la galerie Rariton — un boulot qu'elle avait dégoté tout juste une semaine plus tôt dans un marché du travail passablement restreint —, Johanna Hearns, bloquée dans les embouteillages, était déjà à deux doigts de la crise de nerfs derrière son volant, à deux doigts de défoncer le tableau de bord et de hurler comme une folle pour évacuer sa frustration, quand l'autre imbécile au volant du fourgon derrière elle se mit à jouer du klaxon pour lui signaler qu'il désirait quitter l'autoroute à la prochaine sortie, située une ou deux voitures plus loin dans la file.

Johanna hocha la tête et lâcha un chapelet d'injures qui auraient étonné son mari par leur inventivité — lui qui croyait pourtant les connaître toutes, mon cul, oui. Il pensait quoi, Môssieur le gros connard au volant de son fourgon ? Qu'il était le seul sur la route à être pressé ? Qu'elle faisait exprès de le bloquer parce qu'elle adorait rester coincée, pare-chocs contre pare-chocs, à humer la bonne odeur des tuyaux d'échappement mêlée à l'air fétide de Jersey ? Ou peut-être qu'elle adorait se prélasser dans l'habitacle à écouter les émissions matinales sur son autoradio ? Et tiens, et tant qu'à inventer des questions pertinentes, pourquoi pas celle-ci : une fois écarté l'autre maniaque du klaxon, où diable étaient ces putains de flics quand on avait besoin d'eux ?

Johanna fit quelques exercices de respiration pour garder son calme — souvenir de ses cours de relaxation prénatale. Monsieur Fourgon était tellement pressé de gagner la charmante bourgade de Trenton qu'elle avait décidé d'allumer ses feux de détresse, dans l'espoir que quelqu'un dans la file de gauche aurait l'amabilité de lui céder le passage, laissant ainsi la voie libre à l'autre excité.

On se calme, on se calme, se répéta Johanna, et d'un geste sec, elle activa les feux de détresse.

Elle ne souhaitait qu'une seule chose : que l'autre connard dans son fourgon s'étouffe à son prochain repas.

« C'est notre camionnette ! annonça Ricci sur le canal radio commun à toute son équipe de motards. Je lis sa plaque d'immatriculation.

— L'enculé... » La remarque à la radio venait de Cole, un des agents derrière Ricci. « Il klaxonne comme un malade pour que les autres usagers avancent et lui laissent le passage pour lui permettre de gagner la rampe. »

Ricci zigzaguait toujours entre les files.

« Coince-le », répondit-il et il fonça.

Le dernier des véhicules encore devant lui ayant enfin cédé le passage, Zahir avait presque gagné la rampe de sortie quand les premiers éléments du commando de motards déboulèrent. Un coup d'œil dans ses rétros latéraux lui confirma que plusieurs approchaient par l'arrière de chaque côté et que les deux premiers étaient déjà quasiment parvenus à sa hauteur.

Emballant le moteur, il obliqua brusquement pour s'engager sur la rampe limitée à quarante — fonçant au double de la vitesse autorisée.

Plus près, plus près, toujours plus près.

Ricci envoya une grande giclée de gaz dans le moteur de sa moto, et s'engagea à son tour sur la rampe de sortie, entre le flanc gauche de la camionnette et la barrière de béton sur sa gauche à lui, en rasant le bas-côté étroit.

Il parvint à la hauteur de la vitre de la cabine, et put ainsi y jeter un coup d'œil fugitif.

Le type en costume sombre qui se trouvait au volant lui rendit son regard — et ce bref instant de distraction suffit à lui faire perdre le contrôle de son véhicule qui se mit à zigzaguer doucement d'un bord à l'autre de la rampe.

Ricci se laissa décrocher, une seconde avant que le flanc de la camionnette ne l'expédie contre le rail de sécurité, vit Glenn l'imiter dès que le véhicule se rabattit de son côté. Roulant trop près derrière Glenn, un des autres motards perdit le contrôle de sa machine qui alla valdinguer de l'autre côté du rail. La moto se coucha sur le flanc, précipitant son pilote dans le vide au bas de la rampe.

Ricci entendit son cri jaillir dans la liaison radio, l'entendit monter puis s'interrompre brutalement.

« Sacré nom de Dieu. » À son oreille, la voix de Glenn à présent. « Sacré nom de Dieu...

— Cole, intervint Ricci. Tu m'entends toujours ?

— Ouais. C'était Margolis. Merde, je crois bien qu'il...

— Ne crois rien. Tu t'arrêtes plutôt et tu restes avec lui. Les autres, suivez-moi. »

Ricci avait les tempes battantes. L'espace d'une milliseconde, il s'était retrouvé à l'usine Earthglow, Nichols mourant entre ses bras, transformé en sac ensanglanté par le Chat sauvage. Ricci avait alors senti quelque chose se révulser en lui. Le broyer comme une meule géante. *Je suis là, avec toi,* avait-il dit au môme. *Reste tranquille.*

Une milliseconde.

Qui ne s'acheva jamais.

Ricci vit la fourgonnette quitter la rampe de sortie devant lui et reprit sa poursuite.

Parvenu au bas de la rampe, toujours agrippé au volant, s'efforçant de l'empêcher de lui échapper des mains, Zahir sentit soudain dans sa bouche un goût de sang. Un sang au goût cuivré, remonté des tréfonds de son corps. Il eut un soudain regain de faiblesse, sa conscience sombra dans le gris.

Puis il se rappela la mission, la gloire et se reprit une fois encore.

Al-hamdu Lillahi, articula-t-il en silence. Plusieurs fois. *Al-hamdu Lillahi.*

Sentant à présent Dieu guider sa main, Zahir quitta la rampe et, alors que sa vue s'éclaircissait, il se rendit compte qu'il avait pris la mauvaise direction en débouchant sur le boulevard et qu'il l'avait enfilé à contresens.

Les motos se déversaient de la rampe de sortie derrière la fourgonnette quand elle partit en sens inverse de la circulation avant d'effectuer un brusque demi-tour dans un crissement de pneus.

Ricci entendit retentir une cacophonie de klaxons tandis que le flot de voitures et de camions dérapait et se divisait, il vit deux voitures se percuter en ayant voulu éviter une collision frontale. Il y eut des crissements stridents, un choc insupportable, puis le fourgon repartit cette fois dans la bonne direction, fonçant à présent dans un grondement de moteur vers Ricci et les autres, les obligeant à s'égailler pour lui ouvrir le passage. Le fourgon s'y engouffra et, brûlant deux feux rouges, fila avant d'obliquer dans une rue latérale.

Zahir se remémora l'itinéraire sinueux parcouru précédemment, il reconnaissait les usines et leurs enseignes.

Les motos toujours collées à ses trousses, Zahir écrasa l'accélérateur, estimant désormais avoir un avantage… quand bien même il ne serait que de quelques minutes. Il avait déjà emprunté cette route, lui — pouvaient-ils en dire autant ?

Une poignée de minutes, oui. Il ne lui en fallait pas plus : quelques minutes pour les tenir à distance.

Quelques minutes, et il pourrait déclencher le canon « Libellule ».

Zahir s'engagea dans une rue sur sa gauche, puis au bout, prit à droite, encore à droite, de nouveau à gauche et enfin, avisa le site de Raja devant lui. Le grondement maléfique des motos derrière lui s'était momentanément atténué quand il avait quitté l'autoroute, mais il l'entendait à nouveau grossir, et il comprit alors qu'il n'aurait aucune chance de parvenir à l'intersection avec la station-service abandonnée.

C'était sans importance.

Allah lui donnerait ce qu'il désirait.

Alors qu'il fonçait vers l'entrée du parking, il vira brutalement juste après la rangée de voitures du personnel de l'usine, droit vers la clôture grillagée qui séparait le parking extérieur de la zone de stockage du gaz liquéfié.

Et voilà qu'ils se dressaient devant lui, les groupes de cuves avec leurs serpentins de tubulures.

Zahir fit un brusque tête-à-queue, recula jusqu'à la clôture, écrasa les freins.

Derrière son pare-brise, il put voir les motos s'engouffrer dans le parking. Sorti du bâtiment de l'usine sur sa droite, un vigile en uniforme se dirigeait vers lui au petit trot — gras, sans méfiance, celui-là au moins ne présentait pas la moindre menace.

Après être passé au point mort, Zahir allait récupérer le pistolet Zastava qu'il avait rangé dans la boîte à gants quand il se ravisa, jetant plutôt son dévolu sur la mitraillette MP5K planquée sous son siège.

« Hep, m'sieur ! s'écria le gardien, trottinant jusqu'à la hauteur de sa portière. C'est une zone interdite au public. Vous savez pas lire les pancartes ? »

L'ayant entendu malgré la vitre fermée, Zahir constata également qu'aucune des deux mains de l'homme n'était près de son arme.

Gras. Sûrs d'eux. Ils seraient donc toujours incapables de retenir les leçons.

Le vigile avait entendu lui aussi le grondement des motos, à présent. Il tourna brièvement la tête vers l'entrée du parking, vit les motards, se retourna encore une fois vers Zahir.

« Putain, s'écria-t-il, c'est quoi, ça, encore ? »

Zahir n'avait pas de temps à perdre à baisser la vitre — les motos approchaient. Il leva le MP5 et tira deux brèves salves de trois balles directement dans la tronche du vigile, l'effaçant de sa vue.

Puis, négligeant le verre brisé qui l'avait recouvert de ses paillettes argentées, il mit l'arme en bandoulière, passa dans la zone de chargement du fourgon, se jeta à plat ventre et, maniant l'équivalent d'une tourelle, braqua le faisceau du canon vers les cuves.

Ricci passa en moto derrière le véhicule et il eut juste le temps de voir que le rideau arrière était déjà levé, ouvert de l'intérieur, avant que des rafales d'arme automatique ne commencent à s'en déverser. Il saisit les poignées du guidon, s'éloignant de la camionnette pour éviter les volées de balles, mais un des agents sur son autre côté fut un poil plus lent à réagir. Les balles le cisaillèrent et il partit en vrille, pour se faire éjecter de sa selle quand la moto percuta le grillage de la clôture.

Ça suffit comme ça, songea Ricci. Fini de jouer.

Il immobilisa la moto à hauteur du fourgon, mit la béquille, et quitta la selle pour se tapir au sol, sortant de sous son blouson de cuir son automatique à canon court à vélocité variable, réglant l'arme en puissance de feu mortelle. À côté de lui, un autre motard venait lui aussi de s'arrêter dans un crissement de freins.

« Glenn ?

— Ouais.

— À trois, on passe de l'autre côté et on ouvre le feu.

— Je te suis.

— Un, deux...

— Ricci !

— Quoi ?

— Mate ça.

— Mate quoi ?

— Merde, regarde ! » Le doigt pointé.

Ricci regarda. Et comprit ce que Glenn avait cherché à lui faire remarquer.

Les tirs de l'arrière de la camionnette avaient cessé, et une mitraillette... une MP5, estima Ricci... gisait au sol devant le pare-chocs arrière, sa crosse noire luisant de sang humide.

Ricci se tourna vers Glenn, croisa son regard derrière la visière de son casque et acquiesça, communiant en silence.

Lentement, avec précaution, leurs armes prêtes à tirer, ils longèrent la camionnette, le dos collé au flanc du véhicule, puis débouchèrent sur l'ouverture de chargement à l'arrière.

Le chauffeur gisait étalé au-dessus de ce qui ressemblait à un petit canon à tourelle monté sur un pivot de la taille d'une petite valise. L'homme était à plat ventre, une mare cramoisie s'étalait en dessous de lui, maculant la tourelle, maculant la main qui pendait, inerte, à l'extérieur de la porte de chargement ouverte. À l'intérieur du fourgon, il y avait trois panneaux de contrôle garnis d'écrans et de cadrans divers. Les écrans plats étaient éteints.

Ricci regarda Glenn.

Glenn regarda Ricci.

« Mission accomplie », dit Glenn.

Et tous deux rabaissèrent leurs armes.

8

New York / Cachemire sous contrôle pakistanais

«J'imagine qu'il n'est pas trop difficile de deviner la raison de ma présence ici», dit John Earl, qui s'efforçait tant bien que mal de rester encore debout.

Hassul Benazir regarda Earl, assis derrière son bureau au siège de Kiran.

« Notre accord », dit-il simplement.

Earl acquiesça.

« Notre accord, affirma-t-il. Cinquante mille avant, cinquante mille après…

— Que ce soit un succès ou un échec », précisa Benazir.

Earl acquiesça derechef, les mains enfoncées dans les poches de son manteau. Comme toujours, le bureau autour de lui était silencieux, à l'exception des bruits de pompage et de filtration de l'eau dans l'aquarium mural.

Il attendit. Dur, dur comme tout, de rester debout… même si ça n'aidait pas que la balle de Zahir continuât de flotter dans un bain de sanies rougeâtres entre ses côtes, sans doute sur le point de donner à son cœur un ultime baiser glacé.

Sage, bébé. On est sage.

Ouais, se dit Earl, le vieux camion de pompiers tout rouge qu'il avait conduit si longtemps allait d'un instant à l'autre sortir de la route de la vie. Il avait, à plusieurs reprises déjà, garni de poignées de gaze le trou béant dans sa poitrine, puis se l'était enveloppée de pansements adhésifs propres avant de se pointer au bureau, mais le seul résultat avait été d'imbiber de sang sa chemise et son manteau — enfin, surtout le manteau — en l'empêchant de jaillir à flots comme de l'eau de la vidange d'une baignoire.

Benazir s'était levé et, contournant son bureau, s'était placé devant lui.

« Vous aurez l'argent à une condition, dit-il à Earl. J'aimerais toutefois savoir auparavant comment vous avez réussi à échapper à ce qui vient tout juste de commencer à filtrer aux infos. Ces hommes en moto… » Benazir haussa les épaules, laissa la phrase en suspens. « Oui, comment ? » reprit-il.

Earl essaya de bouger le moins possible. S'il faisait un simple pas en avant, en arrière ou sur le côté, il imaginait qu'il allait se retrouver le nez par terre. Bien entendu, ce n'était pas ses pieds qu'il allait devoir bouger.

« Eh bien, commença-t-il, en sortant de sa poche le Sig 9. Disons que ça s'est passé à peu près comme ça. »

Le visage de Benazir ne trahit quasiment aucune réaction. Après quelques secondes, il cligna lentement les yeux, les laissant clos l'espace de plusieurs secondes, avant de relâcher une longue expiration en même temps qu'il les rouvrait enfin.

« Vous n'aviez jamais envisagé devoir payer le solde, n'est-ce pas ? dit Earl. Jamais imaginé que je serais encore là pour venir le réclamer. »

Hassul hocha la tête.

« Non, admit-il. Je ne l'avais jamais envisagé. »

Earl le regarda, gardant le flingue toujours entre eux, serrant les lèvres pour s'empêcher de tousser. Pas vraiment le moment de salir la moquette avec ce qu'il avait dans le bide.

D'un mouvement du canon, il indiqua l'aquarium.

« Je vais te laisser le choix, Hassul. Ou tu laisses ton petit copain venimeux te faire des papouilles, ou tu discutes avec mon copain Siggy ici présent. Quel que soit ton choix, ça devrait être rapide. »

Benazir resta quasiment sans expression, continuant de le fixer de ses yeux brun-noir.

Enfin, au bout d'un long moment, il acquiesça, se dirigea d'un pas décidé vers l'aquarium, et en ôta le panneau amovible plaqué bois de la trappe d'alimentation, tout en haut, et le déposa par terre.

« Je crois que je m'en doutais », dit-il d'une voix douce, puis il tourna la tête pour regarder Earl dans le même temps qu'il remontait sa manche de chemise.

Earl bougonna.

« C'est ce que je crois plus ou moins, moi aussi », observa-t-il. Il releva le canon un poil plus haut, le doigt replié sur la détente. « À présent, vas-y, Hassul. Salue Papattes de ma part… et je te le promets, on se retrouvera sous peu. »

Hassul le dévisagea quelques instants encore, confirma d'un signe de tête, puis il se retourna et glissa la main dans l'aquarium.

Surgissant comme un trait de sa caverne artificielle, la pieuvre fut prompte à lui envelopper le bras dans ses tentacules venimeux.

La vidéoconférence entre, côté San Jose, Megan Breen et côté New York, Noriko Cousins et Tom Ricci, prit place presque aussitôt après le départ des agents fédéraux du bureau de Noriko.

Leur visite à la branche de l'Épée à Manhattan n'avait rien d'une coïncidence, et les raisons de celle-ci constituait justement l'objet principal de leur discussion.

« Ça me troue le cul que t'aies laissé faire une chose pareille », était en train de s'étonner Megan à l'adresse de Noriko. « Une menace de l'envergure que tu as décrite… comment ne pas l'avoir signalée aussitôt aux autorités ? La liste des protocoles que tu as violés est si longue que je ne peux que citer les premiers qui me viennent à l'esprit. La police de New York, le FBI, la sécurité intérieure — tous auraient dû être informés. » Elle marqua un temps, hocha la tête. « C'était une alerte de sécurité nationale de niveau code rouge. Des millions de personnes auraient pu mourir…

— Mais elles ne sont pas mortes et la raison en est justement qu'on n'a pas attendu pour agir », observa Noriko. Elle pinça les lèvres. « Tout ce que ça a coûté, c'est la vie de deux de mes hommes. »

Megan la contempla, depuis l'autre bout du continent.

« Je ne discute pas tes initiatives. Mais le fait que tu aurais dû — et pu — le signaler au moment de les prendre. »

Assise dans son fauteuil à la table de conférence, Noriko fixa l'écran vidéo, puis jeta un coup d'œil à Ricci avant de regarder de nouveau l'écran. Elle voulut dire quelque chose, puis se ravisa. Et se remit à fixer le moniteur.

« J'avais des raisons que je ne peux pas divulguer », se contenta-t-elle de dire.

Megan la dévisagea.

« Des raisons... », répéta-t-elle.

Noriko acquiesça.

« Des raisons, répéta Megan, une seconde fois, incrédule. Noriko, écoute bien ce que je m'en vais te dire...

— Elle a très bien pigé, coupa brusquement Ricci. Si tu veux absolument faire porter le chapeau à quelqu'un, je suis là pour ça. »

Megan hocha la tête.

« Je ne comprends pas, fit-elle.

— Mon informateur m'a donné le tuyau à la condition qu'on s'occupe de tout nous-mêmes, précisa Ricci. Il voulait avoir du temps pour se tirer de la ville avant qu'elle soit bouclée, et je lui en ai fait la promesse. C'était toujours mieux que le laisser filer sans qu'il ait parlé. »

Il y eut un silence prolongé. Megan inspira, souffla.

« Cet informateur mystérieux que tu viens d'évoquer... tu aurais au moins pu lui dire ce que tu voulais en échange de cette information. Tu crois vraiment que le laisser agir à sa guise valait le coup de mettre UpLink sur la sellette ? Notre réputation, nos contacts... ça valait le coup, tu crois, de les mettre en péril rien que pour un type comme lui ? »

Ricci la regarda de ses yeux bleu glacier et se contenta de hausser les épaules.

« Non, dit-il. Mais pour ma promesse, si. »

« Oui, monsieur, puis-je vous aider ? » s'enquit le buraliste derrière son comptoir.

Malisse acquiesça.

« L'humidificateur en bois de rose Cocobolo, répondit-il. Celui que vous avez en vitrine, avec le couvercle en verre biseauté…

— Je sais très bien duquel vous voulez parler, répondit le commerçant, toisant Malisse avec un brin d'humeur. C'est un modèle unique. »

Malisse se tirailla le lobe de l'oreille.

« Je vois, fit-il. Eh bien, je l'avais déjà remarqué il y a quelque temps et j'étais curieux de savoir son prix. »

Le buraliste le regarda de nouveau et lui indiqua un montant en dollars avec toutes les apparences d'un mépris satisfait.

Malisse tâcha de ne pas s'étrangler devant ce chiffre exorbitant. Son vol de retour à Anvers réservé pour la matinée, il était retourné au bureau de tabac sur un coup de tête… et surtout un coup de tête idiot d'avoir imaginé qu'il aurait les moyens de se payer la boîte à cigares.

Certes, songea Malisse, il ne le méritait probablement pas. Certainement pas, même. Il n'avait pas réussi à prouver quoi que ce soit de concluant au sujet des saphirs. Il n'avait pas réussi à déterminer s'ils étaient authentiques ou faux. Il n'en savait pas plus qu'auparavant sur leur origine, ou sur l'identité du gredin en long manteau de brousse qui avait sans aucun doute eu pour mission de rencontrer feu l'infortuné Hoffman avant sa chute. Il n'avait en somme rien fait, absolument rien fait de concret à New York sinon en goûter les plaisirs et restituer une mallette bourrée d'argent à la veuve éplorée d'Hoffman l'intermédiaire.

Certes, Rance Lembock proposerait de le payer malgré sa déception. Et non, Malisse ne voudrait accepter du vieux survivant du génocide que le simple remboursement de ses frais. Dans ces conditions, comment pouvait-il oser justifier son achat de l'humidificateur ?

« Ah, monsieur… si ça ne vous dérange pas… ? »

Malisse considéra le buraliste, brutalement tiré de sa rêverie.

« Si quoi ne me dérange pas ?

— J'ai d'autres clients qui attendent, expliqua le commerçant en indiquant du geste quelque individu sans doute invisible devant le comptoir où Malisse s'était cru jusqu'ici tout seul. Alors, à moins que vous ayez besoin d'autre chose… »

Malisse le coupa d'un geste de la main, le doigt pointé vers le ciel.

« Oui, mon ami, lui dit-il. Oui, j'ai besoin d'autre chose ! Apportez-moi l'humidificateur, un carton de Davidoff pour le garnir… et emballez-moi tout cela vite fait, car j'ai un avion qui m'attend pour m'emporter loin de cette ville glaciale. »

Le buraliste arqua les sourcils. Son mépris mué en surprise, il tourna prestement les talons pour aller chercher les précieux articles.

Malisse le regarda faire, sans la moindre culpabilité devant la décision qui l'avait frappé à l'improviste comme la foudre dans un ciel sans nuages.

Parfois, se dit-il, un homme ne devait pas être récompensé uniquement pour ses réussites.

Parfois, avoir fait simplement de son mieux méritait récompense.

Les sept cadavres avaient été alignés à côté des autres, couchés sur le dos, nus, débarrassés de leur plaque d'identité, leurs uniformes de l'armée indienne enfouis sous l'épaisse couche de neige, un peu plus loin au flanc de la montagne.

Dépourvu de toute émotion, Youssef les regarda. Il était trop tard pour récrire l'histoire, pourtant il était à peu près certain que sa décision de ne pas envoyer de message radio à ses acheteurs leur avait probablement coûté la vie… en ruinant ses espoirs personnels de terminer cette nuit fortune faite. Alors que les uniformes de gardes frontières qu'avaient porté les hommes — ainsi que les plaques d'identité assorties — leur avaient permis de passer devant les Indiens de l'autre côté de la ligne de contrôle, cette même astuce ne les avait pas empêchés de tomber dans l'embuscade des éclaireurs d'Ahmed, ici, sur le col.

Froids et pâles au clair de ligne, ils auraient pu passer pour leurs propres fantômes s'il n'y avait eu, pour chacun de ces hommes, nota Youssef, cet unique orifice suintant de rouge d'une balle tirée au beau milieu du front.

Pour autant qu'il sache, les esprits désincarnés ne portaient pas les marques d'une exécution à bout portant.

Il se tourna vers l'un des éclaireurs qui l'avait conduit jusqu'aux corps, en tâchant de garder sa présence d'esprit. « Redis-moi quand ces fils de pute se sont fait prendre. »

L'éclaireur le regarda.

« Il y a deux heures, répondit l'homme en indiquant du geste le surplomb rocheux tout proche. On les avait repérés un peu plus tôt. On est montés par l'autre versant et on les a chopés.

— Et tu dis qu'il semblerait qu'ils attendaient ici depuis déjà un certain temps ?

— Il y a des signes, oui. »

Silence. À quelques pas de là, juste hors de portée de voix, un guide Bakarwal attendait près de son mulet, tenant dans la main la longe de la bête qui exhalait en ronflant un panache de vapeur dans l'air nocturne glacé.

Youssef le considéra quelques instants tout en réfléchissant. La perspective de faire fortune était peut-être envolée pour lui, du moins pour l'instant. Mais la partie était loin d'être terminée, et il devait peut-être sortir un nouvel atout de sa manche pour s'assurer que la méfiance de l'éclaireur ne se retourne pas plutôt contre lui.

« Les nomades, reprit-il d'un ton plus bas. La trahison ne peut venir que d'eux. Ils auront comploté avec ces soldats pour qu'on se fasse prendre avant qu'on ait pu opérer notre rendez-vous de l'autre côté de la frontière. »

L'éclaireur continuait de le lorgner.

« Je n'aurais pas trop de mal à le croire, constata-t-il. Le gouvernement et les généraux indiens seraient prêts à payer un prix élevé pour mettre la main sur le canon Libellule. »

Youssef acquiesça.

« Une fortune suffisante en tout cas pour satisfaire l'âme avide d'un Bakarwal. D'après mes renseignements, seuls deux exemplaires complets ont été produits. Et l'autre est aux mains de nos frères en Améri... »

Youssef prit conscience d'une présence qui se faufilait derrière lui bien trop tard pour éviter le bras qui se rabattit soudain autour de sa gorge — et la froide pression d'une lame en travers de celle-ci.

Une voix rauque à son oreille : « Ne juge l'âme de quiconque. Pas quand c'est toi qui as envoyé à la mort un de tes propres agents dans le désert glacé entre ici et Chikar. »

Youssef voulut hocher la tête en signe de dénégation, mais sentit la lame appuyer un peu plus fort sur sa gorge et se figea.

Pendant ce temps, l'éclaireur devant lui s'était rapproché de plusieurs pas.

« Est-ce que tu t'imaginais qu'Ahmed ne t'aurait pas fait surveiller depuis le début, espèce de vil porc ? Qu'il n'aurait pas infiltré les membres de ton convoi ? Qu'il n'aurait pas une voix pour l'informer que tu avais entamé la traversée des montagnes avec un autre ? Ou se pourrait-il que tu aies déjà oublié ton brave compagnon Khalid ? »

Youssef déglutit lentement et le fil d'acier du poignard rencontra sa pomme d'Adam.

« Couvre de reproches qui tu voudras, mais c'est toi qui as fait en sorte que ton convoi de mulets croise ces militaires… s'il s'agit bien de militaires, lui dit l'éclaireur, rapprochant son visage du sien. Je les soupçonne d'être tout autre chose. Des combattants Khalistani déguisés en soldats. Ou bien des Nagas. Ou encore des rebelles du Pendjab. « Le visage de l'homme se rapprocha encore. « Ce sont parfois les frères qui rivalisent avec le plus de férocité, non ? Et il y a eu bien des rivalités pour mettre la main sur cette arme parmi nos frères indiens auto-proclamés. »

Youssef déglutit encore. La lame déchira la peau.

« Laisse-moi parler à Ahmed, souffla-t-il d'une voix rauque, en désespoir de cause. Je peux prouver que tu te trompes…

— Ahmed », répéta l'éclaireur. Un sourire moqueur s'était étalé sur son visage. « Dis-moi, vil petit porc… qu'est-ce qui te garantit que mes hommes et moi sommes loyaux envers ce seul Ahmed ? Que nous n'avons pas nous aussi nos propres acheteurs pour le canon ? Qu'est-ce qui te rend si certain de sa destination — de ses cibles programmées — dans un monde où l'incertitude prévaut ? »

Youssef le regarda, et sa bouche dessina un rond grimaçant de surprise.

Il venait soudain de s'aviser qu'il n'avait pas de réponses. Pas la moindre réponse à aucune des questions de l'éclaireur. Pas la moindre réponse à ses propres questions. Pas la moindre réponse à quoi que ce soit.

Rien, à vrai dire, rien à retirer du monde sinon cette incertitude, alors que le regard de l'éclaireur l'abandonnait pour se porter vers l'inconnu venu par derrière, et que, d'un geste de la main, il lui faisait signe de trancher, que le couteau s'enfonçait alors pour trancher, s'enfonçait toujours plus loin dans sa gorge.

REMERCIEMENTS

Je tiens ici à rendre hommage, pour leur aide, à Marc Cerasini, Larry Segriff, Denise Little, John Helfers, Brittany Koren, Robert Youdelman, Esq., Danielle Forte, Esq., Dianne Jude, et à la merveilleuse équipe du Penguin Group (USA), y compris David Shanks et Tom Colgan.

Mais avant tout, c'est à vous, amis lecteurs, qu'il revient de décider dans quelle mesure notre effort collectif aura été couronné de succès.

Tom Clancy

DU MÊME AUTEUR

aux Éditions Albin Michel

Romans :

À LA POURSUITE D'OCTOBRE ROUGE
TEMPÊTE ROUGE
JEUX DE GUERRE
LE CARDINAL DU KREMLIN
DANGER IMMÉDIAT
LA SOMME DE TOUTES LES PEURS, tomes 1 et 2
SANS AUCUN REMORDS, tomes 1 et 2
DETTE D'HONNEUR, tomes 1 et 2
SUR ORDRE, tomes 1 et 2
RAINBOW SIX, tomes 1 et 2
L'OURS ET LE DRAGON, tomes 1 et 2
RED RABBIT, tomes 1 et 2
LES DENTS DU TIGRE

Série de Tom Clancy et Steve Pieczenik :

OP-CENTER 1
OP-CENTER 2 : IMAGE VIRTUELLE
OP-CENTER 3 : JEUX DE POUVOIR
OP-CENTER 4 : ACTES DE GUERRE
OP-CENTER 5 : RAPPORT DE FORCE
OP-CENTER 6 : ÉTAT DE SIÈGE
OP-CENTER 7 : DIVISER POUR RÉGNER
OP-CENTER 8 : LIGNE DE CONTRÔLE
OP-CENTER 9 : MISSION POUR L'HONNEUR
OP-CENTER 10 : CHANTAGE AU NUCLÉAIRE
NET FORCE 1
NET FORCE 2 : PROGRAMMES FANTÔMES
NET FORCE 3 : ATTAQUES DE NUIT
NET FORCE 4 : POINT DE RUPTURE
NET FORCE 5 : POINT D'IMPACT
NET FORCE 6 : CYBERNATION
NET FORCE 7 : CYBERPIRATES

Série de Tom Clancy et Martin Greenberg :

POWER GAMES 1 : POLITIKA

POWER GAMES 2 : RUTHLESS. COM

POWER GAMES 3 : RONDE FURTIVE

POWER GAMES 4 : FRAPPE BIOLOGIQUE

POWER GAMES 5 : GUERRE FROIDE

POWER GAMES 6 : SUR LE FIL DU RASOIR

Documents :

SOUS-MARINS. Visite d'un monde mystérieux : les sous-marins nucléaires

AVIONS DE COMBAT. Visite guidée au cœur de l'U.S. Air Force

LES MARINES. Visite guidée au cœur d'une unité d'élite

LES PORTE-AVIONS. Visite guidée d'un géant des mers

Composition : IGS
Impression : Bussière, mars 2008
Éditions Albin Michel
22, rue Huyghens, 75014 Paris
www.albin-michel.fr

ISBN 978-2-226-18640-9
N° d'édition : 25902 — N° d'impression : 080806/4
Dépôt légal : avril 2008
Imprimé en France